Les Chevaliers d'Émeraude

TOME IV
La princesse rebelle

Déjà parus

- *Les Chevaliers d'Émeraude*
    tome I : Le feu dans le ciel
    tome II : Les dragons de l'Empereur Noir
    tome III : Piège au Royaume des Ombres

À paraître bientôt

- *Les Chevaliers d'Émeraude*
    tome V : L'île des lézards

Anne Robillard

Les Chevaliers d'Émeraude

TOME IV
La princesse rebelle

Éditions de Mortagne

Données de catalogage avant publication (Canada)

Robillard, Anne, 1955-

Les Chevaliers d'Émeraude

Sommaire : t. 4. La princesse rebelle.

ISBN 2-89074-676-3 (v. 4)

I. Titre. II. Titre : La princesse rebelle.

PS8585.O325C43 2002   C843'.6   C2002-941612-4
PS9585.O325C43 2002

Édition

Les Éditions de Mortagne
Case postale 116
Boucherville (Québec)
J4B 5E6

Distribution

Tél. : (450) 641-2387
Téléc. : (450) 655-6092
Courriel : edm@editionsdemortagne.qc.ca

Dépôt légal

Bibliothèque nationale du Canada
Bibliothèque nationale du Québec
Bibliothèque Nationale de France
1er trimestre 2004

ISBN : 2-89074-676-3

9 – 04 – 08 07 06

Imprimé au Canada

Nous reconnaissons l'aide financière du gouvernement du Canada par l'entremise du Programme d'aide au développement de l'industrie de l'édition (PADIÉ) et celle du gouvernement du Québec par l'entremise de la Société de développement des entreprises culturelles (SODEC) pour nos activités d'édition. Gouvernement du Québec – Programme de crédit d'impôt pour l'édition de livres – Gestion SODEC.

REMERCIEMENTS

Je tiens d'abord à applaudir toutes les petites princesses rebelles de ce monde (Sara Anne, Cindy, Roxanne, Alexanne, Stéphanie, Maude, Charlotte et bien d'autres) qui ont confiance en elles et qui laisseront leur marque dans cette vie. Vous êtes une de mes principales sources d'inspiration. Merci aussi à tous les guerriers magiques qui partagent ma vie et qui me donnent des ailes : Marlène, Yves, Vie, Suzon, Nolan, Katy, Marco, Daniel, Hélène, Xavier, William, Karyn, Marc-Olivier, Christophe et Diane. Et que serais-je sans mes fées Claudia, Pierrette, Chantal, Ginette, Catherine, Max, Caroline, Alexandra et Christian ? Je veux aussi remercier tous les lecteurs qui prennent le temps de me faire parvenir leurs commentaires sur le site web des Chevaliers d'Émeraude. Votre concours est plus précieux que vous le croyez.

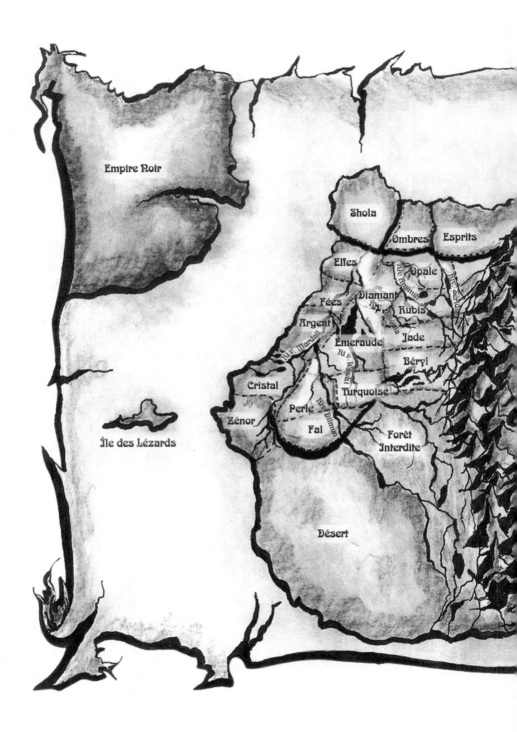

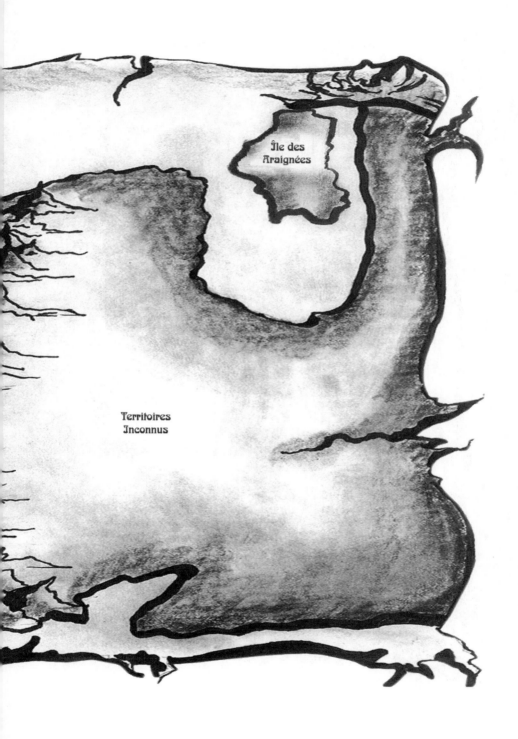

L'ORDRE
PREMIÈRE GÉNÉRATION

CHEVALIER WELLAN D'ÉMERAUDE
ÉCUYER BAILEY
ÉCUYER VOLPEL

◆

CHEVALIER BERGEAU D'ÉMERAUDE
ÉCUYER ARCA
ÉCUYER KUMITZ

◆

CHEVALIER CHLOÉ D'ÉMERAUDE
ÉCUYER JANA
ÉCUYER MAÏWEN

◆

CHEVALIER DEMPSEY D'ÉMERAUDE
ÉCUYER ATALL
ÉCUYER KOWAL

◆

CHEVALIER FALCON D'ÉMERAUDE
ÉCUYER OFFMAN
ÉCUYER YANN

◆

CHEVALIER JASSON D'ÉMERAUDE
ÉCUYER LORNAN
ÉCUYER ZERROUK

◆

CHEVALIER SANTO D'ÉMERAUDE
ÉCUYER CHESLEY
ÉCUYER HERRIOR

L'ORDRE
DEUXIÈME GÉNÉRATION

CHEVALIER BRIDGESS D'ÉMERAUDE
ÉCUYER GABRELLE
ÉCUYER YAMINA

❖

CHEVALIER BUCHANAN D'ÉMERAUDE
ÉCUYER BIANCHI
ÉCUYER HIALL

❖

CHEVALIER KERNS D'ÉMERAUDE
ÉCUYER MADIER
ÉCUYER SHERMAN

❖

CHEVALIER KEVIN D'ÉMERAUDE
ÉCUYER CURRI
ÉCUYER ROMALD

❖

CHEVALIER NOGAIT D'ÉMERAUDE
ÉCUYER BOTTI
ÉCUYER FOSSELL

❖

CHEVALIER WANDA D'ÉMERAUDE
ÉCUYER JOSLOVE
ÉCUYER URSA

❖

CHEVALIER WIMME D'ÉMERAUDE
ÉCUYER AMAX
ÉCUYER CALLAAN

L'ORDRE
TROISIÈME GÉNÉRATION
~

CHEVALIER ARIANE D'ÉMERAUDE
ÉCUYER WINKS
ÉCUYER KISILIN
✧

CHEVALIER BRENNAN D'ÉMERAUDE
ÉCUYER DREWRY
ÉCUYER SALMO
✧

CHEVALIER COLVILLE D'ÉMERAUDE
ÉCUYER SILVESS
ÉCUYER PROROK
✧

CHEVALIER CORBIN D'ÉMERAUDE
ÉCUYER BRANNOCK
ÉCUYER RANDAN
✧

CHEVALIER CURTIS D'ÉMERAUDE
ÉCUYER DAVIS
ÉCUYER DIENELT
✧

CHEVALIER DEREK D'ÉMERAUDE
ÉCUYER DAIKLAN
ÉCUYER KRUSE
✧

CHEVALIER HETTRICK D'ÉMERAUDE
ÉCUYER CANDIELL
ÉCUYER IZZLY
✧

chevalier kagan d'émeraude
écuyer fallon
écuyer sheehy

✧

chevalier kira d'émeraude

✧

chevalier milos d'émeraude
écuyer carlo
écuyer fabrice

✧

chevalier morgan d'émeraude
écuyer heilder
écuyer zane

✧

chevalier murray d'émeraude
écuyer dyksta
écuyer rieser

✧

chevalier pencer d'émeraude
écuyer akers
écuyer alisen

✧

chevalier sage d'émeraude

✧

chevalier swan d'émeraude
écuyer dillawn
écuyer robyn

PROLOGUE

Dans le premier tome, *Le feu dans le ciel*, Émeraude Ier ressuscite un ancien ordre de chevalerie afin de protéger le continent d'Enkidiev contre les nouvelles tentatives d'invasion d'Amecareth, empereur du continent d'Irianeth et seigneur des hommes-insectes. Dotés de pouvoirs magiques, les nouveaux Chevaliers d'Émeraude sont enfin prêts à combattre l'ennemi.

La Reine Fan de Shola se présente au château qui les abrite et confie à Émeraude Ier sa fille Kira, alors âgée de deux ans. Wellan, le chef des Chevaliers, tombe amoureux de Fan, mais le Royaume de Shola subit le premier les attaques féroces des dragons de l'Empereur Noir et tous les Sholiens, y compris la belle reine, sont massacrés.

Les Chevaliers parcourent alors Enkidiev afin de trouver des volontaires pour creuser les pièges qui stopperont l'assaut des monstres.

Le deuxième tome, *Les dragons de l'Empereur Noir*, commence sept années plus tard. Maintenant âgée de neuf ans, Kira désire plus que tout au monde devenir Écuyer. Mais pour l'empêcher d'être une cible facile pour Amecareth, Wellan et le magicien Élund refusent sa candidature.

Décidant de prendre son destin en main, la princesse mauve conjure le défunt Roi Hadrian d'Argent, jadis chef des Chevaliers d'Émeraude, afin qu'il lui apprenne le maniement des armes.

Pendant ce temps, les dragons d'Amecareth s'infiltrent sur le territoire d'Enkidiev sous forme d'œufs flottant jusqu'aux berges de ses nombreuses rivières où ils éclosent. Au même moment, Asbeth, le sorcier recouvert de plumes de l'empereur, s'attaque aux Chevaliers.

Convaincu qu'il ne pourra pas le vaincre à l'aide de ses seuls pouvoirs, Wellan se rend au Royaume des Ombres pour y recevoir l'enseignement des maîtres magiciens. Il y découvre des hybrides conçus par Amecareth et protégés par l'Immortel Nomar qui veut s'assurer que leur père ne les retrouve jamais.

Tandis que Wellan apprend à maîtriser de nouvelles facultés magiques, ses frères et ses sœurs d'armes traquent Asbeth dans les forêts du continent. Le sorcier s'empare alors du corps d'un jeune Elfe et conduit les Chevaliers au bord de l'océan pour les y anéantir. Mais, de retour de son exil dans le monde souterrain, Wellan fait échouer les plans de l'homme-oiseau.

Dans le troisième tome, *Piège au Royaume des Ombres*, Kira a quinze ans et ressent les premiers frémissements de l'adolescence. Elle réalise son rêve le plus cher : elle devient enfin Écuyer d'Émeraude.

Éprouvant le besoin de s'unir à une compagne, Jasson et Bergeau prennent épouse, imitant ainsi leurs compagnons Dempsey et Falcon.

Au moment où Wellan visite le Royaume d'Argent, une magnifique pluie d'étoiles filantes signale la naissance du porteur de lumière, personnage central de la prophétie qui prédit la fin du règne d'Amecareth. L'Immortel Abnar, chargé par les dieux de veiller sur les humains, ramène aussitôt le bébé à Émeraude afin de veiller sur lui.

Sur la plage d'Argent, la Reine Fan apparaît à Wellan pour l'avertir que les troupes d'Amecareth convergent vers Zénor. Tous les Chevaliers s'y rassemblent en vitessse. C'est après avoir éliminé seule les dragons de l'ennemi que Kira découvre ses origines. Mais elle n'a pas le temps de s'apitoyer sur son sort, car les Chevaliers doivent répondre à un appel de détresse en provenance du Royaume des Ombres.

Aux abords du cratère de ce vaste pays recouvert de glace, Wellan succombe à un sortilège d'Asbeth qui a survécu à leur dernier duel et qui entend se venger. Ayant incendié le sanctuaire des hybrides, le sorcier poursuit impitoyablement la princesse mauve dans les galeries. Au moment où elle s'échappe sur les plaines enneigées de Shola, Asbeth est finalement neutralisé par la puissante magie de Nomar.

Ayant accompli leur mission, les Chevaliers rentrent à Émeraude, sans se rendre compte que le jeune Sage, qu'ils ramènent avec eux, est possédé par l'esprit vengeur du Chevalier Onyx. Sous les traits innocents du paysan, le renégat prononce le serment d'Émeraude dans le château où il a jadis failli perdre la vie et rassemble les objets qui lui redonnent ses pouvoirs d'antan.

1

UN NOUVEAU CHEVALIER

Quatre années s'étaient écoulées depuis l'arrivée de Sage d'Espérita parmi les Chevaliers d'Émeraude. Il était le seul homme de tout Enkidiev à avoir bénéficié de la procédure d'exception et il avait rapidement prouvé sa valeur lors des nombreux raids des soldats-insectes sur les côtes du continent. Son puissant coup d'épée et son esprit de stratège ne cessaient d'émerveiller ses frères d'armes. Wellan, le chef incontesté des Chevaliers, se faisait un devoir de ne pas afficher de préférence pour l'un de ses hommes, mais il ne pouvait nier la grande affection qu'il éprouvait pour ce guerrier qui se battait de la même façon que lui. Le seul défaut de Sage, selon Wellan, c'était l'amour que lui inspirait Kira. Étant tous deux hybrides, ils risquaient de concevoir un jour des monstres que les soldats-insectes pourraient facilement repérer. Mais tant qu'ils ne parleraient pas de mariage, Wellan ne voulait pas s'interposer.

Le cerveau de l'Empereur Noir fonctionnait plus lentement que celui des humains, mais il était tenace : il dépêchait garnison sur garnison pour tenter de percer une brèche dans les défenses d'Enkidiev. Au retour de chaque combat, Wellan s'isolait de ses frères. Il jetait sur papier les détails de la bataille et tentait en vain de comprendre la stratégie de l'ennemi. Amecareth semblait déployer ses troupes au hasard et, curieusement, il n'envoyait jamais plus d'une centaine de guerriers à la fois. Pourquoi ?

Vêtu d'une simple tunique verte, Wellan baignait dans un rayon de soleil qui entrait par une fenêtre de la bibliothèque du Château d'Émeraude. Ses yeux bleus fixaient la carte géographique où de petites croix, le long de la côte d'Enkidiev, indiquaient l'emplacement de toutes les batailles qui avaient eu lieu depuis le début des tentatives d'invasion.

Sage s'arrêta entre deux rayons et observa le grand chef. Wellan lui rappelait le Roi Hadrian d'Argent, un personnage tout aussi imposant que lui, mais qui était mort depuis bien longtemps déjà. Les habitants du château ignoraient qu'un esprit ancien se cachait dans le corps du jeune guerrier d'Espérita et que celui qu'ils appelaient familièrement Sage avait était nul autre que le Chevalier Onyx d'Émeraude. Ayant attendu plus de cinq cents ans dans le métal froid de son épée enfouie au fond d'une grotte, il revenait enfin dans le royaume où le Magicien de Cristal avait failli lui enlever la vie. Il avait la ferme intention de lui faire payer sa cruauté.

Wellan faillit démasquer Onyx durant les premiers jours de sa nouvelle incarnation à Émeraude, mais ce dernier avait adroitement endormi ses soupçons en adoptant un comportement exemplaire au château comme au combat, et en agissant comme le fils dont le grand chef rêvait. Seul Jasson continuait d'entretenir des doutes à son sujet, mais personne ne l'écoutait... pour l'instant.

Sage s'avança entre les tables de bois et s'arrêta près de Wellan en jetant un coup d'œil au parchemin qui le fascinait.

– On dirait bien que les hommes-insectes ne savent pas ce qu'ils font, déclara le jeune guerrier, même s'il connaissait ces créatures mieux que quiconque.

– Ce n'est pas mon opinion, répliqua Wellan en levant un regard amical sur lui.

Le grand chef aimait bien ce soldat aux yeux lumineux. Ses cheveux noirs comme la nuit, qu'il refusait de faire couper depuis son arrivée à Émeraude, lui atteignaient désormais le milieu du dos et il ne les attachait qu'à la guerre. Sage, contrairement à Wellan, portait son costume d'apparat. Il prit place sur le banc devant le chef en arborant l'air d'un élève attentif.

– Alors, quelle est ton opinion ? s'enquit-il.

– L'esprit des hommes-insectes est différent du nôtre, je ne peux donc pas m'attendre à ce qu'ils élaborent une stratégie ressemblant à la mienne, expliqua Wellan.

– Les marques sur ta carte semblent pourtant indiquer que l'empereur disperse ses soldats comme des billes.

– C'est ce qu'on en déduit, lorsqu'on la regarde avec des yeux humains.

– Ne me dis pas que tu vas troquer tes yeux contre ceux des insectes ! se moqua Sage.

Wellan s'esclaffa et son rire résonna dans la large pièce. La présence de Sage dans sa vie était vraiment rafraîchissante.

– Tu devrais plutôt aller te préparer pour l'adoubement, lui suggéra le jeune homme.

Le grand chef se rappela tout à coup que le roi avait refusé d'attendre que les Écuyers soient tous en âge de devenir Chevaliers avant d'adouber Kira. Il serait bientôt forcé d'annoncer à la Reine Fan, la mère de la jeune femme mauve, qu'il ne pouvait plus protéger sa fille de dix-neuf ans.

– Pourquoi ne veux-tu pas qu'elle devienne Chevalier ? lui demanda Sage en inclinant doucement la tête.

– Parce qu'elle n'en fera plus qu'à sa tête, soupira Wellan, soudainement très las.

– Mais elle a une très belle tête, ricana le Chevalier.

– Elle est aussi la protectrice du porteur de lumière, ne l'oublie jamais, Sage. Si elle se fait stupidement tuer par l'ennemi, nous mourrons tous.

– Dans ce cas, tu t'inquiètes pour rien. Kira serait capable de défendre Enkidiev à elle toute seule, répondit Sage avec un sourire narquois.

Wellan connaissait la force physique et les incroyables pouvoirs magiques de la princesse hybride, mais il savait pertinemment qu'elle ne maîtrisait pas son terrible caractère d'enfant gâtée. Cependant, si Émeraude Ier avait décidé de l'armer Chevalier, il ne pouvait certes pas s'opposer à sa volonté. Il roula le parchemin et l'attacha avec une lanière de cuir, sous le regard étincelant de son protégé.

– Tu as raison, concéda Wellan. Je vais aller me préparer.

Il se releva et Sage le prit par les épaules pour l'accompagner jusqu'à l'aile des Chevaliers. En marchant dans le somptueux couloir, il jeta un coup d'œil dans la cour et vit que la foule commençait à s'y masser. Ce serait décidément une soirée intéressante.

Le jeune guerrier abandonna Wellan à l'entrée de sa chambre et utilisa ses facultés magiques afin de retrouver celle qui lui avait permis d'être accepté dans l'Ordre aussi facilement. Si Sage s'était épris de cette étrange créature à la peau mauve, Onyx, lui, voulait s'en servir pour accéder à la position qu'il convoitait depuis cinq cents ans : le trône d'Émeraude. Kira était la pupille du roi, mais elle ne manifestait aucune intention de régner sur son royaume après sa mort, même si le pouvoir lui revenait de droit. En continuant de la courtiser, Sage pourrait l'épouser et devenir roi par alliance.

Il localisa l'énergie de Kira dans ses appartements du palais et revint sur ses pas. En pensant aux changements qu'il instaurerait dans le pays dès qu'il en serait le monarque, il grimpa au dernier étage et poussa la porte de la grande chambre que la princesse mauve avait autrefois occupée. Debout devant la glace, elle laissait Bridgess tresser ses longs cheveux dans son dos en admirant pour la dernière fois sa tenue d'Écuyer.

– Je crois que ton beau prétendant a envie de passer un peu de temps avec toi avant la cérémonie, lui murmura alors la femme Chevalier à l'oreille.

Kira fit volte-face et la tresse échappa aux mains habiles de Bridgess qui soupira de découragement. La jeune femme se précipita dans les bras de Sage et ils échangèrent un baiser passionné.

– Si tu l'emprisonnes dans tes bras pendant quelques minutes encore, j'arriverai à terminer sa coiffure, lança leur sœur d'armes en brandissant la brosse à cheveux.

– Je ferais n'importe quoi pour toi, Bridgess tu le sais bien, assura Sage en cherchant un second baiser sur les lèvres violettes de la princesse.

Kira ne lui résista d'aucune manière. Désormais âgée de dix-neuf ans, elle pouvait exprimer ses sentiments avec beaucoup plus de liberté, même en présence des habitants du château. Elle embrassa longuement son bel ami tandis que leur compagne essayait une fois de plus de natter ses cheveux souples comme de la soie.

Sage avait beaucoup changé depuis leur première rencontre à Espérita, mais Kira mettait cette transformation sur le compte de son passage de l'adolescence à l'âge adulte. Il n'était plus le jeune homme timide et courtois de jadis, mais un soldat mature et responsable qui se montrait nettement plus entreprenant à son égard, ce qui ne lui déplaisait pas du tout.

– Ça y est, tu peux l'emmener, déclara Bridgess, satisfaite de son travail.

Sage prit Kira par la taille et l'entraîna. « Ils font un si beau couple », pensa l'aînée en les regardant quitter la pièce. Les amoureux s'arrêtèrent près des larges fenêtres du couloir menant aux chambres royales, et la Sholienne vit que la cour se remplissait à vue d'œil.

– Tous ces gens ne sont là que pour moi ? s'étonna-t-elle.

– En fait, ils sont surtout là pour le festin gratuit, se moqua Sage.

Elle lui assena un violent coup de coude dans l'estomac, sans pourtant lui faire trop de mal, puisqu'il portait sa cuirasse verte de Chevalier. Il lui saisit les bras et l'embrassa dans le cou en remontant vers ses cheveux.

– Non, arrête ! exigea Kira en se dégageant. Tu sais bien que je perds la tête quand tu caresses mes oreilles et ce n'est vraiment pas le moment.

– Ce n'était pas du tout mon intention. Je réserve mes plus belles avances pour notre soirée de noces.

Comme cette promesse ne semblait pas égayer la jeune femme, Sage sonda aussitôt son cœur : elle craignait la réaction de Wellan... Pourtant, le grand Chevalier n'allait certes pas s'opposer aux désirs du roi qui le nourrissait depuis son enfance.

– Aujourd'hui, j'ai surtout besoin que tu m'appuies, l'implora Kira, les yeux chargés d'angoisse.

– T'ai-je déjà laissée tomber ?

– Non, mais tout à l'heure, ce sera encore plus important.

« Elle prépare donc quelque chose qui risque de déplaire au grand chef », devina le guerrier qui aimait bien le caractère indépendant de sa future épouse.

– Je t'appuierai, assura-t-il avec un air grave. Tu es bien trop importante pour moi pour que je t'abandonne.

– Merci, Sage.

Ils descendirent main dans la main le grand escalier et Kira rassembla son courage avant de pénétrer dans la cour. Les Écuyers accoururent pour la féliciter et l'accompagner jusqu'au dais où l'attendaient Émeraude Ier, ses dignitaires et le vieux magicien Élund. Tout en marchant près d'elle, Sage chercha de ses yeux lumineux le Magicien de Cristal, mais ne le vit nulle part.

– Je croyais qu'Abnar devait assister à ton adoubement, murmura-t-il à sa belle.

– Il paraît que les dieux ont constamment besoin de lui par les temps qui courent, répondit-elle. Il se trouve rarement au château ou même dans la Montagne de Cristal.

Onyx se doutait que l'Immortel flairait sa présence dans le corps de Sage, puisqu'il brillait par son absence depuis son arrivée à Émeraude. « Pourquoi m'évite-t-il ainsi après avoir tout mis en œuvre pour m'éliminer lors de ma première vie ? » se demanda-t-il.

Tous ceux qui devaient participer à la cérémonie d'adoubement prirent place autour du dais et la foule se tut graduellement. Wellan sortit finalement de l'aile des Chevaliers et vint se placer à la tête de son armée, en cachant de son mieux sa contrariété. Tant que Kira avait été Écuyer, il avait pu la maîtriser, mais l'adoubement allait tout changer.

En voyant que sa cour était maintenant au grand complet, le roi fit avancer la jeune femme mauve devant lui. Un sourire bienveillant éclairait son visage ridé par les ans. Il se rappela l'arrivée de Kira à Émeraude alors qu'elle n'était pas plus haute que trois pommes et soupira avec nostalgie.

– C'est un grand moment pour moi, mon enfant, déclara-t-il sur un ton infiniment doux.

– Pour moi aussi, Majesté.

– L'instant dont tu as rêvé toute ta vie est enfin arrivé. J'ai jadis promis à ta mère de faire de toi un Chevalier et me voilà libéré de ma promesse. Kira de Shola, pupille du Royaume d'Émeraude, revêts maintenant ton nouvel uniforme.

Kira avait choisi Kevin et Nogait, les meilleurs amis de son futur époux, ainsi que Swan et Ariane pour l'assister durant cette importante cérémonie. Pendant que ses compagnes levaient autour d'elle un paravent pour lui permettre de se déshabiller au milieu de la foule, Kevin et Nogait lui apportèrent sa tunique, son pantalon et ses bottes de cuir lacées. En constatant que ces vêtements n'étaient pas verts, Wellan se crispa. Il fit un pas vers le dais pour protester contre cette violation du code de chevalerie, mais Bridgess le retint solidement par le bras.

Lorsque Swan et Ariane retirèrent l'écran, Kira était vêtue de mauve de la tête aux pieds. Nogait lui tendit une ceinture de cuir à laquelle pendait un fourreau et elle l'attacha autour de sa taille en captant la terrible colère de Wellan. Kevin lui remit ensuite une dague et Ariane, une longue épée. Kira les glissa à leur place et vit Swan lui tendre une cuirasse mauve sertie d'améthystes.

Wellan poussa un grondement de mécontentement et voulut tourner les talons pour quitter cette grotesque cérémonie, mais Bridgess, Chloé et Jasson l'en empêchèrent, craignant que ce geste irréfléchi ne soit très mal perçu par leur monarque.

– Elle n'est pas tout à fait comme nous, chuchota Jasson à son chef, alors il est normal qu'elle porte un uniforme différent.

– Qu'elle s'expose en cible au milieu de nos rangs, tu veux dire, siffla le grand Chevalier entre ses dents.

Émeraude Ier procéda à l'adoubement sans même remarquer le visage cramoisi de Wellan. Kira répéta le serment de l'Ordre avec ferveur. Le roi posa finalement le plat de son épée sur l'épaule de la Princesse de Shola désormais Chevalier, et un sourire triomphant éclata sur son visage mauve. Derrière elle, Bridgess, Chloé et Jasson furent incapables de contenir plus longtemps leur chef offensé. Sa cape verte claqua au vent et Wellan se dégagea pour se diriger vers l'aile de l'Ordre.

Entourée des Chevaliers qui la félicitaient, Kira le vit s'éloigner, mais ce n'était guère le moment de le rattraper pour lui expliquer son point de vue. Elle serra ses nouveaux compagnons d'armes dans ses bras et accepta les bons vœux des Écuyers, jusqu'à ce que Sage la fasse pivoter vers lui.

– C'est donc ça que tu mijotais, coquine. Si tu l'as fait exprès pour t'aliéner notre grand chef, c'est réussi.

– Je savais qu'il ne serait pas d'accord avec ma décision, mais je l'ai surtout prise pour des raisons personnelles, assura Kira.

Elle salua la foule venue assister à son adoubement et promit, à voix haute, de donner sa vie pour protéger Enkidiev. Le peuple acclama sa princesse inhabituelle, puis chacun se servit dans les innombrables plats que leur présentaient les serviteurs du château. Des musiciens se mirent à jouer et les enfants formèrent des farandoles autour des adultes pendant que les soldats et leurs conjoints se dirigeaient vers le palais où Émeraude Ier avait fait préparer un festin pour sa pupille.

Kira prit place aux côtés de son tuteur dans le grand hall. Elle mangea en riant des farces de Bergeau et dansa avec ses frères d'armes, immensément heureuse d'avoir enfin atteint son but : devenir Chevalier.

Pendant que tous s'amusaient, Bridgess s'esquiva et retourna dans le couloir. Où Wellan avait-il pu se réfugier pour laisser éclater sa colère ? Ses sens magiques lui permirent de le repérer sur les passerelles qui couraient le long des remparts.

2

LES INQUIÉTUDES DE WELLAN

L'uniforme de Kira fit naître dans le cœur de Wellan des images plutôt inquiétantes. Les soldats de l'Empereur Noir n'étaient pas des créatures particulièrement intelligentes, mais ils finiraient par remarquer qu'un seul des Chevaliers d'Émeraude portait un costume mauve. Par expérience, le grand chef savait que l'ennemi s'en prendrait d'abord à ce guerrier qui se démarquait des autres.

Dès que le roi eut adoubé Kira, Wellan avait foncé dans la foule et s'était dirigé vers l'escalier menant à la passerelle. Les soldats de garde furent plutôt surpris de le voir grimper parmi eux, mais ne dirent rien. Ils s'écartèrent plutôt de son chemin tandis qu'il arpentait les remparts en tentant désespérément de calmer sa respiration. Enfin, le grand Chevalier s'était arrêté à l'endroit le plus éloigné du palais et s'était accoudé au créneau pour réfléchir. Si le Roi d'Émeraude avait tenu sa promesse à la défunte Reine de Shola en faisant de sa fille un soldat, lui-même ne serait plus en mesure, par contre, de protéger la vie de la princesse mauve.

Le soleil se couchait paresseusement sur la campagne environnante lorsque les paysans reprirent le chemin de leurs fermes. Alors qu'il les observait, Wellan sentit

Bridgess approcher par-derrière. Avant qu'il puisse ouvrir la bouche pour expliquer sa conduite, la femme Chevalier passa ses bras autour de son torse et appuya sa joue sur son dos en lui transmettant une puissante vague d'apaisement.

— Viens au moins prendre une bouchée, susurra-t-elle. Ça lui ferait plaisir.

— Je suis bien trop en colère pour avaler quoi que ce soit.

— Kira est l'une des nôtres à présent.

— Dans ce costume ? explosa-t-il en faisant volte-face.

La tendresse qu'il discerna dans les yeux bleus de sa compagne refroidit aussitôt sa colère. Dès ses premières années d'apprentissage auprès de lui, Bridgess avait su l'amadouer. D'ailleurs, il n'avait aucune raison de s'en prendre à elle.

— Je suis désolé, soupira-t-il.

Elle caressa son visage avec douceur en pensant qu'elle aurait bien aimé occuper une place encore plus grande dans son cœur, mais elle avait accepté depuis de nombreuses années déjà de le partager avec le fantôme de la Reine de Shola.

— Tu n'as aucune raison d'être fâché contre Kira, minauda-t-elle. Elle voulait seulement se démarquer de nous.

— Elle se fera tuer à son premier combat dans cet accoutrement voyant, et tu le sais aussi bien que moi.

— Tu dois apprendre à lui faire confiance, Wellan.

— J'ai suffisamment d'expérience militaire pour deviner ce qui se passera lorsqu'elle nous accompagnera sur la côte.

— Dans ce cas, je suggère que vous en parliez tous les deux, car elle n'y a certainement pas pensé.

Bridgess le tira vers l'escalier le plus proche, mais il résista et elle comprit, à son air obstiné, qu'il valait mieux le laisser encore un peu prendre l'air du soir. Elle effleura ses lèvres d'un baiser rempli de promesses et le laissa seul. Wellan la regardait s'éloigner en pensant qu'un peu d'amour soulagerait sans doute ses inquiétudes au sujet de l'avenir d'Enkidiev, mais Bridgess se dirigeait déjà vers le palais pour continuer à faire la fête avec ses compagnons. Il pouvait entendre la musique et les chants, mais il n'avait pas le cœur à célébrer. Il se tourna plutôt vers les teintes du couchant qui enflammaient l'horizon et pria Theandras de lui venir en aide.

Il demeura à l'extérieur jusqu'à ce que les étoiles envahissent le ciel et les contempla un long moment sans y déceler de message pour les humains. Calme et sereine, la voûte céleste semblait davantage lui suggérer de chasser ses inquiétudes. Dès que le château fut redevenu silencieux, il se décida à redescendre dans la cour avec l'intention de faire un saut aux bains puis de rejoindre ses Écuyers qui étaient probablement déjà endormis. Il longea la passerelle dans le noir et descendit prudemment l'escalier. Devant lui, des pierres précieuses brillèrent à la lueur des flambeaux et il s'arrêta brusquement.

— Je ne suis plus une enfant, Wellan ! explosa Kira, qui l'attendait en bas. J'ai dix-neuf ans et je sais me battre beaucoup mieux que n'importe quel Chevalier ! J'exige que tu me témoignes le respect que tu me dois en tant que frère d'armes ! Ton absence à la fête que l'on donnait pour moi était inacceptable !

— L'Ordre ne fonctionne bien que parce qu'il observe des règles très strictes, maugréa-t-il.

— Et aucune d'entre elles n'oblige les Chevaliers d'Émeraude à porter un costume vert.

— C'est une convention adoptée par les premiers Chevaliers, et nous avons décidé de la conserver. En portant un costume mauve, tu nous fais clairement savoir ce que tu penses de nos traditions.

— Moi, j'appelle ça un compromis. Tu n'as jamais voulu que je devienne un Chevalier, alors en choisissant de m'habiller en mauve, j'exauce à demi ton vœu. Chaque fois que tu me regarderas, tu auras la satisfaction de croire que je ne fais pas tout à fait partie de l'Ordre.

— Et tu deviendras une cible de premier choix pour l'ennemi. Mais maintenant que tu juges être assez vieille pour prendre tes propres décisions, fais-toi tuer si c'est ce que tu veux.

Le grand Chevalier descendit les quelques marches qui le séparaient de la cour et Kira jugea plus prudent de s'écarter de son chemin. Bouillant de colère, Wellan se dirigea vers l'aile où il logeait avec ses frères et ses sœurs d'armes. Kira ne le poursuivit pas. Elle lui avait fait connaître sa pensée et c'était tout ce qu'elle voulait.

3

UN MARIAGE INDÉSIRABLE

Dans les jours qui suivirent, Wellan commença à préparer sa nouvelle campagne sur la côte d'Enkidiev. Contrairement à ce que tout le monde prévoyait, il n'exigea pas que Kira change la couleur de son uniforme. Si elle tenait à tout prix à ressortir du groupe et à s'afficher en cible, c'était son affaire. Il continua donc de diriger l'Ordre sans se préoccuper d'elle.

L'ennemi ne s'était pas manifesté sur le continent depuis quelques mois, mais Wellan se doutait que l'Empereur Noir allait bientôt tenter de nouveau l'invasion. Pour en avoir le cœur net, le grand chef appela la Reine de Shola à plusieurs reprises afin de s'informer auprès d'elle des intentions de ses ennemis, mais elle ne répondit pas à ses invocations. La fierté de Wellan l'empêchait d'autre part de s'adresser à Kira. Pourtant, la jeune femme mauve était devenue une magicienne beaucoup plus puissante que tous les Chevaliers réunis, puisqu'elle avait étudié sous la tutelle d'Abnar. Elle aurait certes pu contraindre sa mère à leur apparaître, mais Wellan préféra se fier à son instinct et il ordonna à son armée de se préparer à partir tout de suite après les réjouissances organisées en l'honneur de Parandar, le chef de tous les dieux. Il s'agissait d'une grande fête, célébrée tous les sept ans sur Enkidiev, lors de laquelle les soldats devaient demeurer au château qui recevait un grand nombre de visiteurs pendant quelques jours.

La routine militaire avait réussi à rassurer le grand Chevalier quand Kira manifesta son désir d'unir sa vie à celle de Sage d'Émeraude avant leur départ pour la côte. Tout le monde se doutait que les tourtereaux finiraient par se marier, mais Wellan craignait que les enfants issus d'un tel mariage ne leur créent encore plus d'ennuis que leur mère rebelle. S'ils naissaient dotés de la faculté de communiquer avec les insectes, ils causeraient très certainement leur perte à tous.

Wellan soignait son cheval dans l'écurie du château. Il pensait à la conversation qu'il aurait avec son protecteur, le Roi d'Émeraude, à ce sujet. Le vieux monarque adorait Kira et il lui accordait habituellement tout ce qu'elle lui demandait. « Comment pourrai-je le persuader d'empêcher cette union ? » se demandait-il avec découragement.

Kira apparut à l'improviste dans l'allée centrale et il posa sur elle un regard contrarié. Elle portait évidemment son uniforme gravé de la croix de l'Ordre sur lequel les émeraudes traditionnelles avaient été remplacées par des améthystes. Pas question de prendre la fuite afin d'éviter une autre querelle. Le chef des Chevaliers continua de brosser la bête en silence.

– Wellan, je voudrais obtenir ton consentement pour épouser Sage, déclara Kira en s'arrêtant de l'autre côté du cheval.

Pour toute réponse, il lui décocha un regard incrédule : depuis son adoubement, elle se passait de plus en plus souvent de son avis.

– Je sais que tu n'es pas d'accord avec ce mariage, mais j'ai la ferme intention d'épouser l'homme que j'aime, poursuivit Kira.

– Alors pourquoi m'en demander la permission ? répliqua le grand Chevalier.

– Parce que cela fait partie du protocole auquel tu tiens tant.

– Un Chevalier ne se soumet pas au code de chevalerie pour faire plaisir à son chef. Il le fait parce qu'il y est tenu. Je pense que tu essaies seulement de me provoquer en m'imposant la vue de ce costume qui déroge à nos traditions et qui met ta vie en danger.

– Je n'essaie pas de te provoquer, Wellan. Je veux seulement me faire respecter.

– Dans ce cas, tu as une bien curieuse façon de t'y prendre.

Il tira le cheval par le licou et le ramena vers sa stalle, déposant au passage l'étrille sur un crochet fixé au mur.

– Wellan, écoute-moi ! exigea Kira en le suivant. J'ai longtemps eu honte de mes origines, avant de comprendre que mon sang différent me donnait un avantage sur vous tous. J'ai donc décidé de m'en servir. J'ai accepté mon destin de protectrice du porteur de lumière, mais au lieu de t'en réjouir, tu me critiques sans arrêt.

Découragé par l'imagination délirante de sa jeune sœur d'armes, Wellan secoua la tête en refermant la stalle de son destrier. Il se retourna et constata que le Chevalier mauve lui bloquait la route. Kira ressemblait de plus en plus à

Jahonne, l'hybride avec qui il avait passé de nombreuses années au Royaume des Ombres, mais il ne décelait dans son cœur ni douceur ni compassion.

– J'ai raison, n'est-ce pas ? insista Kira.

– Non, répondit-il en tentant de passer à côté d'elle.

– Regarde-moi quand tu me parles !

Son ton impérieux vexa le grand chef qui s'immobilisa en la regardant d'un air glacial. Personne ne s'adressait à lui de cette façon, et surtout pas un Chevalier à peine adoubé.

– C'est dans le code, ajouta aussitôt Kira en sentant sa fureur se ranimer.

– Depuis quand le respectes-tu ? siffla-t-il entre ses dents.

– Depuis toujours, mais je ne peux pas m'empêcher d'être différente.

– Tu peux bien te marier si tu veux, mais je trouve dommage que tu choisisses un soldat aussi méritant que Sage.

Il la contourna et se dirigea vers les portes ouvertes de l'écurie. Kira serra les poings jusqu'à ce que ses griffes violettes s'enfoncent dans ses paumes et ravala un cri de rage. Wellan sortit dans la grande cour et, furieuse, elle s'élança derrière lui. Elle le rattrapa, lui saisit le bras et le fit pivoter vers elle.

– Retire ce que tu viens de dire ! explosa-t-elle.

Son éclat de voix attira l'attention des serviteurs et des paysans qui vaquaient à leurs occupations quotidiennes, et ils s'écartèrent en vitesse dans la crainte d'un affrontement magique entre les deux soldats en colère.

– La franchise fait aussi partie de ce code auquel tu ne fais référence que lorsque tu en as envie, répliqua le grand chef sur un ton cassant.

– Un Chevalier d'Émeraude n'a pas le droit d'en insulter un autre ! rugit Kira.

« Est-ce son sang d'insecte qui se manifeste enfin ? » se demanda Wellan en observant ses traits soudainement plus durs. Elle était, après tout, la fille de l'empereur qui régnait sur la moitié de l'univers.

– Retire ce que tu as dit ou j'exigerai que tu le fasses devant le roi, et tu sais que j'en ai parfaitement le droit ! ordonna-t-elle en plaçant ses mains devant elle, ce qui signifiait qu'elle pouvait y faire apparaître sa double lame à tout instant.

Sachant très bien qu'il ne l'emporterait pas en combat singulier, Wellan tourna les talons et poursuivit sa route vers l'aile de l'Ordre. Il entendit alors Kira hurler de rage, ce qui était indigne de la part d'un Chevalier, mais il poursuivit sa route, décidé à éviter cet affrontement ridicule. Un vent violent se mit à tourbillonner autour de lui, soulevant des nuages de sable. Allait-elle gâcher toutes ses années d'entraînement en se laissant gagner par la haine ? Si Kira le blessait, elle risquait l'expulsion. S'en rendait-elle compte ?

– Sage m'aime et il n'a pas d'œillères comme toi ! s'écria-t-elle. Il ne voit pas que mes défauts, il voit aussi mes qualités ! Et je l'épouserai, que tu y consentes ou non !

Wellan se retourna lentement et vit les yeux violets de Kira s'animer d'une étrange lumière intérieure. Allait-elle se transformer en insecte sous ses yeux ? L'hybride capta ses pensées et la terreur s'empara d'elle. Malgré sa peau mauve, ses griffes acérées et ses dents pointues, elle se considérait humaine d'abord et avant tout. Effrayée à l'idée d'adopter instinctivement un comportement propre à la race de son père insecte, elle s'enfuit vers les grandes portes des remparts.

La bourrasque s'intensifia, balayant tout sur son passage, projetant les charrettes de foin contre les murs de pierre et semant la panique dans la cour. Wellan planta ses pieds dans le sable et lutta pour rester debout. Le vent tomba lorsque Kira quitta l'enceinte du château, emportant la tempête avec elle.

Alarmés, plusieurs de ses frères d'armes et leurs Écuyers émergèrent de l'aile des Chevaliers, l'épée au poing, persuadés que l'ennemi fondait sur le Château d'Émeraude. Falcon en tête, ils rejoignirent Wellan, ébahis à la vue des tombereaux renversés, des monticules de sable accumulés contre les murs des bâtiments, des paysans accrochés les uns aux autres et des chevaux affolés dans l'enclos.

— Mais que s'est-il passé ici ? demanda Falcon à son chef.

— J'ai eu une discussion avec Kira.

— Une discussion ? s'étonna Santo en évaluant les dommages autour de lui.

— Nous n'étions pas du même avis, expliqua Wellan.

– Où est-elle ? s'inquiéta Sage.

– Elle a quitté la forteresse, mais elle ne doit pas être très loin puisqu'elle est partie à pied.

Certain d'être le seul à pouvoir la calmer, Sage se dirigea vers les portes sans attendre le reste de l'histoire, mais ses frères d'armes voulurent en savoir plus long.

– Wellan, qui a causé tous ces dégâts : elle ou toi ? s'informa Kevin.

– C'est elle. Retournez à vos occupations, maintenant. C'est terminé.

Ils hésitèrent un instant puis, devant son air autoritaire, ils décidèrent de lui obéir. La plupart rentrèrent au palais, convaincus que, d'une façon ou d'une autre, ils finiraient bien par apprendre ce qui s'était passé, tandis que les autres remettaient les charrettes à l'endroit ou rassuraient les paysans.

4

Le courroux d'une reine

Dès qu'il franchit les murs fortifiés, Sage scruta les environs. Il sentit l'énergie de Kira qui se dirigeait vers la Montagne de Cristal. Il s'élança sur la route de terre et rattrapa la femme Chevalier avant qu'elle décide d'escalader la paroi rocheuse, ce que lui permettaient ses griffes. Doté d'extraordinaires pouvoirs magiques, l'esprit d'Onyx qui habitait le jeune homme avait sondé Wellan et découvert qu'il s'opposait à ses projets de mariage. Il comprenait les inquiétudes de celui-ci au sujet de leur éventuelle progéniture. Cependant, le grand chef, pourtant érudit, ignorait encore beaucoup de choses au sujet des hybrides.

Lorsqu'elle se rendit compte que Sage approchait en courant derrière elle, Kira fit volte-face et se précipita dans ses bras. Le jeune guerrier la serra avec amour en lui transmettant une vague d'apaisement comme on lui avait enseigné à le faire depuis son arrivée à Émeraude.

– Pourquoi le provoques-tu toujours ainsi ? la gronda-t-il en l'embrassant dans le cou.

— Je lui ai juste demandé la permission de t'épouser, pleurnicha Kira. Je ne l'ai pas fait de gaieté de cœur, mais le code prévoit qu'un Chevalier doit prévenir les dirigeants de l'Ordre de ses intentions.

— Et sa réponse a provoqué ta colère ?

Soudainement embarrassée à l'idée de lui répéter les paroles peu flatteuses du grand Chevalier, Kira cacha son visage dans le cou de son amoureux sans répondre.

— Est-ce qu'il t'a insultée ? se fâcha Sage.

— D'une certaine façon, murmura-t-elle, en restant blottie contre lui.

— Kira, va-t-il falloir que je retire moi-même cette information de ton esprit ?

Elle se dégagea aussitôt et fit quelques pas en lui tournant le dos. Elle savait que Wellan aimait beaucoup ce jeune homme qui lui ressemblait. Elle ne se sentait pas le droit de les brouiller pour un affront auquel elle aurait dû s'attendre.

— Ce n'était rien d'important, soupira-t-elle. Je n'aurais pas dû m'emporter ainsi. Oublions cet incident, je t'en prie.

— C'était suffisamment sérieux pour que tu saccages la cour du château...

Les oreilles pointues de la princesse s'écrasèrent contre ses cheveux violets. Sage comprit alors qu'elle lui cachait quelque chose. Pourtant, elle avait l'habitude de tout lui dire. Pourquoi cette soudaine réserve ?

– Il ne veut pas que tu m'épouses ? insista-t-il.

Kira pivota et fixa les yeux brillants de Sage. Elle ne voulait surtout pas lui faire de la peine. Il était si beau, ce guerrier qui, tout comme elle, avait vu le jour dans un royaume du nord.

– Il a dit qu'il s'en moquait, mentit-elle avec beaucoup de conviction.

– Mais tu sais que tu n'as qu'à dire blanc pour qu'il dise noir. Il adore te faire fâcher et il semble bien qu'il y soit parvenu une fois de plus.

Il s'empara de ses poignets et l'attira à lui. Kira résista d'abord à ses baisers, qui se firent de plus en plus pressants, puis se laissa gagner par son ardeur. Il réussissait toujours à la calmer et à la rassurer. Elle ne pourrait jamais trouver un meilleur mari dans tout l'univers.

– Je suis certain que Wellan sera là lorsque nous unirons nos vies devant les dieux et qu'il se réjouira pour nous, l'encouragea Sage.

Elle avait du mal à le croire, mais elle aimait entendre la voix de son prétendant quand il caressait ainsi sa joue, alors elle le laissa lui parler dans le creux de l'oreille pendant plus d'une heure sans bouger. Lorsqu'il sentit qu'elle n'allait plus provoquer de tornade autour d'elle, il la ramena sans se presser vers le château. Ils se racontèrent les plans de leur future vie commune.

Dans la cour, Wellan demanda à ses apprentis de s'exercer à l'épée. Bailey et Volpel étaient devenus de solides adolescents de quinze ans qui lui donnaient du fil à retordre en combat singulier. Le grand chef observa leurs mouvements, corrigea leur position et bondit entre eux pour les affronter ensemble. Les deux garçons le firent finalement reculer jusqu'au mur, mais Wellan connaissait leur stratégie : il para tous leurs coups en faisant en sorte qu'ils se nuisent mutuellement. Il désarma Volpel et fonça sur Bailey, l'agrippa par la tunique et le plaqua contre sa poitrine. La lame de son maître sous la gorge, l'adolescent demanda grâce et Wellan le libéra en riant.

Content de leurs progrès, le grand Chevalier envoya ses apprentis aux bains et se rendit à sa chambre pour se défaire de sa cuirasse avant de les y rejoindre. Il poussa la porte et ressentit aussitôt l'air glacial qui accompagnait toujours les apparitions de sa dame fantôme. Il entra dans la pièce, referma la porte et détacha les courroies de sa cuirasse. Il attendit patiemment que sa belle amie se matérialise devant lui. Sa dernière visite remontait à plusieurs années déjà, et il ne pensait plus qu'à la douceur de ses longs doigts sur sa peau.

La Reine Fan apparut finalement, vêtue d'une longue robe blanche piquée de petites étoiles scintillantes et bordée de dentelle lumineuse. Ses longs cheveux argentés flottaient autour d'elle, animés d'un vent divin, mais ses yeux exprimaient un déplaisir qui étonna le Chevalier.

– *Pourquoi vous opposez-vous au bonheur de ma fille, Wellan ?* lui reprocha-t-elle avant qu'il puisse ouvrir la bouche.

– Ce n'est pas à son bonheur que je m'oppose, Majesté, c'est à son union avec un autre hybride, même s'il est le meilleur soldat à avoir jamais servi sous mes ordres.

– *Mais de quoi avez-vous peur ?*

– Des insectes qu'ils pourraient concevoir ensemble, de leur énergie combinée qui aurait tôt fait d'attirer l'empereur jusqu'ici, et de je ne sais quoi encore. Votre fille aurait mieux fait de choisir un mari humain qui l'aurait rendue heureuse sans faire planer toutes ces calamités au-dessus de nos têtes.

– *Et vous vous croyez mieux placé qu'un Immortel pour prédire l'avenir, Chevalier ?*

Fan le fixa dans les yeux un long moment, mais Wellan n'osa pas sonder son esprit. De toute façon, il sentait son mécontentement sans se servir de ses sens magiques, et il ne désirait pour rien au monde l'aggraver. Il devait plutôt lui faire comprendre le péril que ce mariage représentait pour les humains.

– Mon devoir est de protéger Enkidiev contre l'empereur, lui rappela-t-il, comme elle demeurait silencieuse. Je croyais que c'était aussi le vôtre.

Elle fit un pas vers lui et la pièce devint encore plus froide. Habituellement, Wellan se blottissait dans les bras de sa reine lorsque son corps se solidifiait, mais cette fois il ressentit un indicible danger qui le fit reculer jusqu'à la porte.

– *Vous avez raison de me craindre, sire Wellan*, tança le fantôme. *Cette fois, je ne suis pas descendue dans votre monde pour assouvir vos sens.*

– Il semble plutôt que vous ne veniez vers moi que lorsque votre fille est contrariée, rectifia-t-il. Comme elle s'est tenue tranquille durant les quatre dernières années, vous avez ignoré tous mes appels. Et maintenant qu'elle est en mesure de se défendre seule, vous n'avez plus besoin de moi. Ai-je raison ?

– *Je croyais que Nomar vous avait au moins enseigné à vous incliner devant les décisions des maîtres magiciens. Vous n'avez pas le droit de porter une telle accusation contre un Immortel.*

Wellan baissa la tête. Il regrettait ses paroles, même si elles exprimaient la souffrance de son cœur amoureux.

– *J'ai eu des choses beaucoup plus importantes à faire que de vous réconforter*, poursuivit la reine sur le même ton de reproche.

Elle tendit la main de côté et un petit garçon lumineux, aux cheveux presque transparents, se matérialisa près d'elle. L'enfant était âgé de quatre ans environ. Il s'accrocha timidement à longue robe étoilée à la vue du géant devant lui. Wellan observa la scène sans vraiment la comprendre, tout en ressentant une puissante attirance pour l'enfant.

– *Voici mon fils, Dylan*, déclara la reine, toujours fâchée. *Son père est un grand Chevalier dans le monde des vivants, ce qui fait évidemment de cet enfant un Immortel. Croyez-vous que son destin sera plus facile que celui de sa sœur ?*

« Mon fils ? » se troubla le grand chef, incertain. Il ouvrit la bouche pour questionner Fan au sujet de sa paternité, mais aucune parole ne voulut s'en échapper.

– *Regardez-le bien, Wellan, car vous ne le reverrez plus jamais. Les Immortels sont éduqués par les dieux eux-mêmes, et on ne leur révèle jamais l'identité de leur parent humain.*

– Vous ne pouvez pas m'imposer un tel châtiment, protesta enfin le Chevalier.

– *Et puisque Nomar a oublié de vous instruire au sujet des hiérarchies supérieures, il m'appartient donc de vous mettre en garde contre vos jugements. Voici comment les maîtres magiciens punissent ceux qui osent mettre leur parole en doute.*

Une décharge iridescente jaillit soudainement de sa main lumineuse et frappa les jambes de Wellan. Ce dernier perdit l'équilibre en étouffant une plainte sourde. Il s'écrasa brutalement sur les genoux, en proie à une effroyable douleur. En faisant appel à tous ses pouvoirs magiques pour calmer le feu qui consumait ses articulations, il leva des yeux malheureux vers la femme qu'il aimait, mais le visage de la magicienne resta de marbre.

Wellan porta alors son attention sur le petit garçon aux cheveux transparents, à demi caché derrière la robe de sa mère. « Il a mes yeux », constata le Chevalier malgré ses larmes de souffrance. Il tendit une main tremblante vers l'enfant, mais le gamin se dématérialisa subitement, en même temps que Fan, et le Chevalier demeura seul dans la chambre glaciale.

5

UN GRAND CHOC

Comme leur maître ne les rejoignait pas dans la salle des bains, les deux apprentis de Wellan le cherchèrent avec leurs facultés surnaturelles et captèrent son chagrin et ses souffrances. Ils sortirent prestement de l'eau, enfilèrent leurs tuniques sans même prendre le temps de se sécher et coururent à toutes jambes dans le couloir des chambres. Ils pénétrèrent dans celle de Wellan et trouvèrent leur maître recroquevillé sur le plancher de pierre, grelottant de tous ses membres.

Volpel s'agenouilla près de lui, prit sa tête entre ses mains et la serra contre sa poitrine en lui transmettant un baume apaisant. Pendant ce temps, Bailey le parcourait de ses mains lumineuses afin de découvrir la source de son mal.

— Il y a une énergie étrangère dans ses jambes ! s'exclama-t-il.

Volpel lança aussitôt un appel à l'aide au Chevalier Santo par voie télépathique. Cependant, comme tout ce que pouvait entendre un Chevalier avec son esprit pouvait être entendu par ses compagnons, tous abandonnèrent leurs activités pour converger vers la chambre de leur chef.

– Maître, que s'est-il passé ? s'énerva Volpel.

Wellan, hagard, regardait son apprenti mais semblait incapable de prononcer un seul mot. Bridgess et Santo, qui se trouvaient déjà dans le palais, furent les premiers à arriver sur les lieux et, avec l'aide de leurs Écuyers, ils déposèrent le grand Chevalier sur son lit. Pendant que Santo passait ses mains lumineuses au-dessus du corps de Wellan, Bridgess appliqua les siennes sur ses tempes pour lire ses pensées. Leurs frères et leurs sœurs d'armes commençaient à se masser au pied du lit, mais la pièce était trop petite pour les contenir tous. La plupart durent donc attendre des nouvelles dans le couloir.

– Mais que se passe-t-il, par tous les dieux ? tonna Falcon qui était arrivé le dernier.

– Wellan est souffrant, répondit Ariane de l'intérieur de la chambre.

Sage et Kira arrivèrent à la course dans l'aile de l'Ordre, mais ils ne purent se frayer un passage à travers cette foule inquiète. La jeune femme mauve ferma aussitôt les yeux et projeta sa conscience à travers le mur de pierre pour toucher l'esprit du grand Chevalier. Elle ressentit la puissante énergie de sa mère magicienne, puis celle d'un autre être de lumière qu'elle ne connaissait pas.

– Laissez-moi passer ! s'écria-t-elle en ouvrant les yeux.

Tout le monde connaissait ses grands pouvoirs de guérison, aussi les Chevaliers et les Écuyers s'empressèrent-ils de s'écarter de son chemin. Elle réussit enfin à se rendre au chevet de Wellan. Mais Sage demeura à l'écart avec les autres pour observer son travail à distance. Kira s'agenouilla près de Bridgess.

– Nous pensons qu'il est victime d'un sort, lui apprit la femme Chevalier.

– Je détecte une intervention magique au niveau de ses genoux, ajouta Santo, terriblement inquiet.

– Un sorcier n'aurait jamais pu se rendre jusqu'ici sans que nous le sachions, protesta Kevin.

Les soldats commençaient à s'emballer. Dempsey éleva la voix pour leur recommander de laisser Santo faire son travail. Tandis que le silence retombait, Kira posa sa main à quatre doigts sur la poitrine du grand Chevalier et ferma de nouveau les yeux. Une intense lumière violette s'échappa de sa paume, ce qui incita ses compagnons d'armes à reculer par prudence. Le Chevalier mauve remonta à la source des dernières émotions ressenties par le grand chef. Dans un étrange brouillard glacé, le visage d'un enfant lui apparut, mais elle ne le reconnut pas. Il avait le même âge que Lassa, mais ses traits ressemblaient davantage à ceux des Fées. Ses cheveux n'avaient aucune couleur : on aurait dit de minces fils de verre transparent qui balayaient doucement ses frêles épaules. Quant à ses yeux... Une porte noire se referma brusquement devant Kira. Elle sursauta et tomba assise sur la pierre froide. La lumière disparut aussitôt.

– Qu'as-tu trouvé ? s'inquiéta Kevin.

– Je n'en sais rien, murmura la Sholienne en levant vers lui des yeux angoissés, mais je pense qu'un nouveau personnage est entré en scène dans le conflit qui nous oppose à l'empereur...

– Un autre mage noir ? s'alarma Falcon, dont la tête apparaissait au-dessus de celles de ses frères massés dans le couloir.

– C'est difficile à dire... à moins qu'un enfant puisse en être un...

En constatant que Wellan ne revenait toujours pas à lui, Santo demanda à ses compagnons de quitter la chambre et de l'attendre dans le hall des Chevaliers où ils feraient le point tous ensemble un peu plus tard. Habitués à obéir aux ordres qu'ils recevaient, les soldats sortirent un à un dans le couloir où les attendaient leurs frères et leurs sœurs d'armes. Sage tendit la main à Kira qui s'y accrocha volontiers. Il l'aida à se relever et l'entraîna à la suite des autres. Santo chassa aussi les Écuyers pour pouvoir demeurer seul avec Bridgess et leur chef.

– Est-ce la douleur dans ses jambes qui lui a fait perdre conscience ? s'enquit la jeune femme.

– Non, répondit Santo. Pour une raison que j'ignore, il s'est volontairement coupé de nous.

– Je l'ai senti aussi en fouillant ses pensées, confirma-t-elle, et il a empêché Kira d'identifier l'enfant. Je pense qu'il tentait de le protéger, mais contre qui ?

– As-tu trouvé autre chose dans sa tête ?

– La Reine de Shola lui a rendu visite, mais leurs paroles ne se sont pas enregistrées dans l'esprit de Wellan.

– Il me semble peu probable qu'elle soit responsable de son état, protesta Santo qui connaissait l'amour que son chef vouait à la Reine Fan.

Bridgess, pour sa part, n'en était pas aussi sûre. Elle soupçonnait depuis longtemps que Wellan avait été ensorcelé par cette femme mystérieuse issue d'un peuple nordique. Elle savait également que la reine finirait par se lasser de lui.

— Dis-moi à quoi tu penses, la pressa Santo.

— Je crois qu'elle lui a annoncé une mauvaise nouvelle, risqua Bridgess.

— Que les dieux nous protègent, s'il s'agit d'une invasion que nous ne pouvons plus arrêter.

— Essaie de communiquer avec maître Abnar et, s'il le faut, nous filerons vers la côte.

— Sans Wellan ?

— Je suis certaine qu'il aura repris conscience d'ici là. Ne t'inquiète pas pour lui, je reste à ses côtés.

Santo embrassa Wellan sur le front et sortit de la chambre en rassemblant son courage, car son âme n'était pas celle d'un chef. Il s'arrêta dans le couloir désert et ferma les yeux pour appeler par voie télépathique l'Immortel qui veillait sur l'Ordre d'Émeraude depuis cinq cents ans. Mais Abnar ne répondit pas à sa requête. « Il a probablement dû se rendre auprès des dieux, ce qui l'empêche de nous entendre », comprit-il. Il tenterait donc de lui parler plus tard.

Il se hâta alors vers le grand hall en réfléchissant à ce qu'il allait dire à ses compagnons. Il les trouva assis autour des longues tables de bois, dans un silence d'enterrement. Il s'approcha en promenant ses grands yeux noirs sur chacun d'entre eux, comme Wellan l'aurait fait.

— Il n'est pas physiquement souffrant, annonça-t-il, et il n'est pas victime d'un sort non plus. Bridgess et moi pensons qu'il s'agit surtout d'un choc émotif.

— Mais ses jambes ? protesta Falcon.

– Nous ne pouvons pas encore nous expliquer pourquoi ses genoux sont ainsi affectés, mais nous sommes persuadés que Wellan saura nous le dire lui-même dès qu'il se réveillera.

Tous ses compagnons se mirent à le questionner en même temps afin de savoir ce qui avait pu bouleverser leur chef à ce point. Kira se tourna vers Sage : il fixait intensément Santo. D'ailleurs, il semblait être le seul Chevalier à ne pas s'émouvoir de l'état de santé de Wellan, alors que ce dernier l'aimait comme un fils.

Incapable de répondre à toutes les questions, Santo parvint à faire taire les Chevaliers et les Écuyers. Il leur promit des réponses au réveil de Wellan, puis les invita à diriger des vagues d'apaisement sur leur chef pour l'aider à surmonter sa peine. Il fit ensuite signe aux serviteurs de déposer la nourriture sur la table même si la plupart de ses compagnons n'avaient plus faim. Pour les encourager, Dempsey leur parla de l'imminente campagne sur la côte et les apprentis finirent par s'égayer.

Malgré tous les encouragements de Sage, Kira ne toucha à rien de ce qu'il déposa dans son assiette. Lorsque le repas fut terminé, elle le pria de la laisser seule. Un sourire énigmatique sur les lèvres, le jeune homme l'exauça après l'avoir tendrement embrassée.

Pendant qu'elle songeait aux traits étrangement familiers du petit garçon qui occupait les pensées de Wellan, Kira se traîna les pieds jusqu'aux enclos. Son énorme cheval noir s'approcha d'elle. Elle grimpa sur la clôture pour flatter son encolure. Qui était cet enfant ? Elle revit ses yeux... les yeux de Wellan ! Avait-il abandonné un fils quelque part sur le continent ? Toutes les femmes aimaient cet homme

séduisant et musclé qui se comportait comme un roi.
Avait-il eu des aventures romantiques lors de ses nombreuses missions ?

– C'est vraiment compliqué d'être un adulte, soupira
Kira en caressant les oreilles d'Hathir. Tu ne le sais peut-être
pas, mais tu as de la chance d'être un animal.

6

L'âme d'un grand chef

Lorsque Wellan se réveilla, au milieu de la nuit, il trouva Bridgess couchée près de lui, la tête appuyée sur son épaule et le bras serrant sa poitrine de façon protectrice. Il tenta de se rappeler les derniers événements ayant précédé sa perte de conscience. Subitement, il revit le visage en colère de la femme qu'il aimait. Il ferma les yeux et se remit à trembler, ce qui réveilla la femme Chevalier.

— Wellan, est-ce que ça va ? chuchota Bridgess en se relevant vivement sur les coudes.

Elle alluma magiquement la chandelle sur la table de bois près du lit. Elle vit alors les larmes qui coulaient silencieusement sur le visage de son chef bien-aimé.

— Dis-moi comment te consoler, s'affligea Bridgess en essuyant tendrement ses joues.

— Tu avais raison, hoqueta-t-il.

Elle attendit patiemment qu'il se livre en caressant ses cheveux blonds, ce qui ne lui était pas arrivé souvent depuis qu'elle le connaissait. Au fond, ce grand et puissant héros avait un cœur tout aussi vulnérable, sinon plus, que celui de tous les autres hommes.

– Elle ne m'a jamais aimé, poursuivit-il en se détournant avec embarras. Elle ne venait vers moi que lorsque sa fille se mettait les pieds dans le plat, elle me comblait pour que je ne refuse jamais ses requêtes.

« La Reine de Shola », comprit Bridgess. Les hommes étaient-ils tous aussi lents que lui à se rendre à l'évidence ? Mais ce n'était guère le moment de lui faire la morale. Il avait davantage besoin de son amour et de sa compréhension. Elle se pencha doucement sur sa poitrine pour l'embrasser sur les lèvres. Elle voulait lui faire comprendre qu'il existait, dans le monde des vivants, une femme de chair et de sang prête à le rendre heureux.

Il la considéra longuement en silence tandis qu'elle lui offrait son amour. Profondément touché par sa sincérité, il regrettait de n'avoir pas porté plus d'attention à elle pendant toutes ces années. Alors, il fit ce qu'il n'avait jamais fait pour qui que ce soit depuis son arrivée au Royaume d'Émeraude à l'âge de cinq ans : il lui ouvrit entièrement son cœur. Bridgess y plongea sans hésitation et découvrit un petit garçon blond grouillant de vie, qui riait sans cesse en courant dans les couloirs du palais de son père. Puis elle frissonna d'horreur lorsque sa mère l'intercepta et le traîna de force dans une pièce vide pour le frapper à coups de bâton jusqu'à ce qu'il demande grâce.

Elle vit ensuite le petit garçon se sauver du Château de Rubis et se réfugier dans la forêt pour se consoler puis, au repas du soir, affirmer à son père, en ravalant ses larmes, qu'il s'était lui-même infligé ces blessures en grimpant dans les arbres, de crainte de s'attirer une fois de plus les foudres de la Reine Mira.

Bridgess assista, impuissante, à son départ du Royaume de Rubis. Elle le vit se débattre dans les bras du Roi Burge qui le remettait aux serviteurs chargés de le conduire au pays d'Émeraude. Elle sentit également sa terreur pendant le long trajet à travers les bois. Les premières nuits de Wellan dans le château étranger avaient été un véritable cauchemar pour lui, mais l'arrivée des jeunes élèves qui allaient, comme lui, devenir des Chevaliers d'Émeraude, le réconforta. Malgré les interdictions du magicien Élund et des serviteurs qui s'occupaient de ces enfants magiques, Wellan avait souvent dormi dans le lit de ses nouveaux frères pour se rassurer. Avec le temps, il avait durci son cœur pour se protéger. Il s'était rapidement imposé comme le chef de la petite bande, entre autres parce qu'il n'avouait jamais ce qu'il ressentait.

La bibliothèque devint son refuge. L'intelligence et la mémoire phénoménale de Wellan lui permirent d'assimiler une quantité importante de connaissances, mais sa soif d'apprendre ne connaissait pas de limites. Il s'échappait silencieusement de sa chambre, la nuit, pour se rendre dans la vaste pièce déserte et lire jusqu'au lever du soleil. Relativement heureux durant cette période de sa vie, quelque part dans un coin sombre de son cœur, il continuait tout de même d'entretenir de la rancœur envers la Reine de Rubis qui l'avait expatrié.

Puis, Bridgess le sentit s'enflammer lorsqu'il posa les yeux pour la première fois sur la Reine Fan de Shola. La beauté physique et magique de cette femme unique au monde avait réussi à ouvrir une brèche dans son cœur qu'il avait pourtant scellé. L'amour étant une émotion qui ne s'explique pas, Wellan ne comprit pas ce qui lui arrivait. Il sut seulement qu'il ne pourrait plus continuer sa vie sans elle. Mais, tragiquement, quelques jours plus tard, la magicienne mourait dans ses bras, ce qui anéantit les derniers espoirs de Wellan de trouver le bonheur. Bridgess se rendit compte alors que les nombreuses apparitions de sa dame fantôme tout au long de sa vie d'adulte l'avaient maintes fois empêché de sombrer dans le désespoir.

Elle fut ensuite témoin de son combat intérieur lorsqu'elle-même, son Écuyer, était devenue une femme et qu'elle avait tenté d'apaiser son cœur endolori. Il s'était épris d'elle, mais sa loyauté envers la défunte reine lui avait défendu de lui rendre son amour comme il l'aurait souhaité. « Il m'aime... », se dit Bridgess avec bonheur, sans cesser d'explorer les émotions du grand chef pendant qu'il les lui offrait.

Elle ressentit également son ambivalence devant Kira dont l'existence même représentait à la fois une menace pour les humains et leur seule chance de survie. Le viol de Fan par l'Empereur Amecareth le révoltait. Il admirait sa fille hybride qui avait réussi à survivre et à développer de belles aptitudes guerrières, mais il éprouvait aussi une grande crainte de la voir engendrer des monstres qu'il serait ensuite obligé de détruire.

Les dernières images enregistrées par son âme étaient celles de la reine fantôme qui était venue lui reprocher son intolérance envers Kira, et celles du petit garçon qu'elle tenait par la main. Bridgess ouvrit brusquement les yeux. Wellan avala avec difficulté devant son air interrogateur.

— La Reine Fan a un enfant ? s'étonna-t-elle.

— C'est mon fils..., fit-il d'une voix étranglée. Un Immortel, né dans le monde des morts, et je ne le verrai jamais grandir.

– Wellan, je suis vraiment désolée, murmura-t-elle en appuyant la tête sur sa poitrine et en le serrant très fort.

– Elle m'a ensorcelé afin de se servir de moi...

– Mais c'est fini maintenant, n'est-ce pas ?

– Oui, c'est fini...

Elle comprenait son chagrin, mais elle ne pouvait rien faire pour lui rendre cet enfant qui vivait dans l'au-delà. Plus que tous les autres hommes sur la terre, il méritait d'élever son fils et de lui transmettre ses belles qualités, mais parce que sa mère en avait décidé autrement, il ne connaîtrait jamais cette joie.

Bridgess transmit à Wellan une vague d'amour si puissante qu'elle sentit son corps musclé se détendre entiè-rement sous elle. S'il lui en donnait la permission, une fois qu'il aurait repris son aplomb, elle prendrait soin de lui pour le reste de sa vie. Mais avec Wellan, rien n'était gagné d'avance. Ses Écuyers allaient bientôt revenir dans la chambre pour la nuit. Elle voulait lui épargner toutes leurs questions d'adolescents, alors elle s'employa à l'endormir avant leur arrivée.

Lorsque Volpel et Bailey apparurent dans l'embrasure de la porte, elle leur fit signe d'entrer sans faire de bruit et couvrit Wellan. Elle l'embrassa avec amour sur le front et le laissa aux bons soins de ses apprentis.

un loup dans la bergerie

Les Chevaliers d'Émeraude ne revirent leur chef que le lendemain matin. Jasson et Bergeau qui, la veille, avaient ressenti le désespoir de Wellan et entendu les appels télépathiques de ses Écuyers, quittèrent leurs fermes au lever du soleil. Ils souhaitaient se joindre à leurs compagnons au repas du matin et constater de leurs propres yeux l'état de santé de leur chef. Ils se trouvaient tous à table lorsque Wellan entra dans la pièce, flanqué de ses deux apprentis, transformés en gardes du corps pour l'occasion.

Contrairement à son habitude, le grand Chevalier ne promena pas son regard glacé sur ses frères. Il garda plutôt les yeux baissés en se rendant à sa place, embarrassé par les récents événements. « Pourtant, il est tout à fait humain de flancher de temps en temps, pensa Santo. Au moins, ses genoux ne semblent plus le faire souffrir. » De l'autre côté de la table, assise entre ses deux apprenties, Bridgess avait décidé de ne pas couver Wellan et de le laisser retrouver son courage par lui-même, mais la tristesse qu'elle lisait sur son visage lui déchirait le cœur.

Volpel et Bailey choisirent pour leur maître des aliments variés et voulurent le faire manger : Wellan n'avait pas faim. Il semblait dépenser son énergie à demeurer en équilibre sur le banc dans l'attente des premiers commentaires de ses hommes. Personne n'osait le questionner. Bergeau tenta de le dérider en racontant ses mésaventures à la ferme, mais le grand chef ne semblait même pas l'écouter.

Chloé vit qu'il recommençait à sombrer dans le chagrin et elle fut la première à réagir. Elle se leva, prit la cruche de jus de fruits frais et alla en verser dans son gobelet d'argent. Wellan la faisait songer à un enfant victime d'affreux cauchemars. Elle l'embrassa sur la joue, puis l'enlaça avec amour. Le grand Chevalier ferma les yeux et accepta volontiers cette marque d'affection.

– T'ai-je déjà dit à quel point je t'aime ? murmura-t-elle à son oreille.

Un léger sourire flotta sur les lèvres de Wellan. Assise un peu plus loin, Kira eut pour la première fois la sensation qu'il était un homme comme les autres et qu'il se donnait de grands airs parce qu'il commandait une armée. Elle se tourna ensuite vers Sage. Ce dernier mangeait avec appétit sans s'occuper de leur chef qui luttait contre ses émotions. Pendant un instant, elle eut presque envie de planter ses griffes dans la cuisse de son futur époux pour le sensibiliser à la douleur de Wellan, mais elle se ravisa. La dernière chose dont avait besoin le grand Chevalier, c'était d'une querelle entre ses hommes.

Pendant le repas, les soldats magiciens se succédèrent aux côtés de Wellan. Le grand chef accepta les paroles réconfortantes de ses frères. Il finit par leur avouer l'existence de son fils de lumière qu'il ne pourrait pas éduquer lui-même. En fait, ce matin-là, il se nourrit davantage de l'énergie de ses compagnons que de la nourriture qu'on déposa devant lui. Kira crut plus sage de ne pas s'approcher de lui, pour ne pas ramener à son esprit leur dispute de la veille et l'image de Fan.

Tandis que les Chevaliers quittaient le hall pour aller poursuivre l'entraînement de leurs Écuyers, Sage murmura à l'intention de Kira de le laisser seul avec Wellan. Sa requête inquiéta la jeune femme mauve, mais elle sortit tout de même avec les retardataires.

Lorsqu'il ne resta plus que Wellan et ses deux garçons à la table, Sage s'inclina respectueusement devant le grand Chevalier. Il demanda la permission de lui parler d'un sujet délicat qui ne pouvait plus attendre. Le grand Chevalier suggéra donc à ses apprentis de débuter leur entraînement à la lance sans lui. Les deux garçons hésitèrent un moment, mais comme il insistait, ils obtempérèrent. L'hybride prit alors place près de Wellan et le sonda : même s'il n'était pas encore tout à fait remis de ses émotions, il ne désirait pas reporter cette discussion à plus tard.

— Pourquoi t'opposes-tu à mon mariage avec Kira ? lança-t-il sans détour.

— Parce que j'en crains les conséquences, avoua Wellan.

— Tu as peur que nous mettions des insectes au monde, n'est-ce pas ?

— C'est une de mes craintes, en effet.

— Dans ce cas, tu t'inquiètes pour rien, mon frère, puisque les hybrides ne peuvent pas se reproduire entre eux. Ils ont besoin d'un partenaire humain pour procréer.

Wellan utilisa le peu d'énergie qui lui restait pour fouiller l'esprit de Sage. Ce dernier était sincère. Le grand chef lui fit donc part de son pressentiment que leur union n'attire l'empereur tout droit sur le Château d'Émeraude. Là encore, Sage le rassura : Kira seule intéressait Amecareth, peu importe où et avec qui elle passerait sa vie.

— Je ne suis pas un hybride au même titre que ma mère ou que Kira, expliqua-t-il. Je ne possède pas suffisamment de sang insecte pour qu'il le détecte, même s'il se tenait à deux pas de moi. Wellan, j'aime Kira et je veux devenir l'homme de sa vie, mais je ne l'épouserai pas si tu n'es pas d'accord. Je tiens à ce que nous restions en bons termes, toi et moi.

Le grand Chevalier se sentait cruellement divisé. Il détestait se tromper et ce mariage ne lui disait rien qui vaille, mais pouvait-il se permettre de s'aliéner deux de ses soldats ?

— Tu me jures que cette union ne mettrait pas l'Ordre en péril ? voulut s'assurer Wellan.

— Je t'en donne ma parole, répondit Sage en mettant son poing sur son cœur, geste qui signifiait, pour les hommes d'Espérita, qu'ils prenaient un engagement.

Wellan le fixa un long moment et le jeune guerrier soutint bravement cette froide exploration de son esprit et de son cœur. Le grand Chevalier s'étonnait toujours d'y trouver autant de sagesse et de puissance, puisque cet homme n'avait pas grandi au Château d'Émeraude comme les autres soldats magiciens. « Mais il est un descendant en droite ligne du Chevalier Onyx », se rappela-t-il.

— Tu sais que je dis la vérité, insista Sage.

– Dans ce cas, je ne m'oppose pas à ton mariage avec elle, consentit enfin Wellan.

Un large sourire éclata sur le visage du jeune homme. « Dommage que Kira ne soit pas aussi docile que lui », déplora l'aîné en lui rendant son sourire. Les deux soldats se saisirent mutuellement les bras en signe de solidarité, mais Sage sentit la faiblesse de son chef. Acceptait-il cette union dans un moment de vulnérabilité ? Le jeune guerrier aimait bien ce géant qui lui rappelait son ami Hadrian d'Argent. Il ne le laisserait pourtant pas l'empêcher d'accéder au trône d'Émeraude.

Pour ménager les jambes de Wellan, Sage l'aida à se relever et fit apparaître de la lumière bleue dans celle de ses paumes qui lui soutenait le dos. Le grand Chevalier demeura inconscient du sort que Sage venait de lui jeter. Il marcha avec lui jusque dans la cour du château. En y pénétrant, il dut protéger ses yeux de la lumière éclatante du soleil. Il aperçut ses deux Écuyers qui, près du mur fortifié, proje-taient leurs lances dans des balles de foin. Il remercia Sage de son aide et continua seul en direction des garçons.

Le sourire du Chevalier aux yeux lumineux s'évanouit d'un seul coup. Le plan d'Onyx fonctionnait à merveille. Jusque-là, personne ne soupçonnait qu'il avait pris posses-sion du corps de Sage. Dans la cour, il aperçut Kira qui s'entraînait toute seule avec la belle épée double qu'elle matérialisait à volonté et à laquelle elle faisait exécuter des arcs autour d'elle à une vitesse foudroyante. Onyx possédait aussi le pouvoir de faire apparaître une arme semblable. C'était d'ailleurs lui qui avait enseigné à Hadrian cette sorcellerie d'un autre temps. Mais Sage ne pouvait pas se permettre d'attirer ainsi l'attention sur lui. Il devait patiem-ment attendre son heure. Il se composa donc un visage vibrant d'adoration et se dirigea vers Kira.

N'ayant plus de maître, la femme Chevalier avait choisi de s'exercer avec Sage. Elle voulait lui enseigner le maniement de l'épée double. Elle avait donc demandé à Morrison, l'armurier, d'en forger une pour son futur mari. Émerveillé, l'artisan avait mesuré et dessiné l'arme que Kira avait fait apparaître sous ses yeux. Après de longues semaines de travail, il lui en avait présenté une réplique plus qu'acceptable.

Sage s'empara de l'arme en question, qui était appuyée contre la clôture de l'enclos. Il réchauffa les muscles de ses bras avant d'affronter Kira, conscient que sa belle l'observait. Il était essentiel qu'il conserve l'amour de cette étrange créature jusqu'à ce qu'il gouverne enfin le royaume.

Un peu plus loin, près des grandes portes donnant accès à la forteresse, Bergeau et ses Écuyers faisaient boire leurs chevaux avant de rentrer à la ferme. Jasson et ses apprentis s'approchèrent d'eux, en tenant leurs propres chevaux par la bride.

– Tu ne trouves pas étrange que Sage manipule cette épée d'une autre époque avec autant de dextérité ? souffla Jasson à Bergeau.

– Quand tu sais te battre avec une épée ordinaire, tu peux te battre avec toutes les autres, répliqua son frère d'armes en haussant les épaules.

– Tu veux parier là-dessus ?

Jasson vit que ses Écuyers étaient scandalisés, car on leur avait enseigné qu'un Chevalier ne devait jamais accepter de pari, même avec ses propres compagnons d'armes. Il leur tapota amicalement le dos en leur expliquant que ce n'était qu'une façon de parler. Mais, inconsciemment, Bergeau relevait déjà le défi. Il observa avec attention les deux jeunes Chevaliers qui combattaient près des enclos.

– Moi, je dis que n'importe qui peut y arriver, déclara-t-il.

– Qu'attends-tu pour me le prouver ? le provoqua Jasson.

Un sourire pétillant apparut sur le visage basané de l'homme du Désert. Il rejoignit le couple d'amoureux, suivi de Jasson et de leurs Écuyers qui ne voulaient surtout rien manquer. Ils se plantèrent devant la clôture pour observer Kira et Sage pendant quelques minutes.

– Que peut-on faire pour vous, messieurs ? s'informa Sage en saluant ses aînés.

– On se demandait s'il est vraiment difficile de se servir de cette curieuse épée, expliqua Bergeau en fronçant les sourcils.

– Il n'y a qu'une façon de le savoir.

Si Bergeau avait été seul, Sage aurait sans doute cru à l'innocence de sa question. Mais Jasson étant près de lui, il comprit que ce Chevalier soupçonneux cherchait une autre façon de le démasquer. Heureusement que tous ses compagnons d'armes n'étaient pas aussi perspicaces que lui. Aucune des illusions que l'esprit d'Onyx projetait autour de son corps d'accueil ne détournait Jasson de sa détermination à le confondre. Sa méfiance commençait à devenir gênante. S'il réussissait à influencer Wellan aussi facilement que Bergeau, il risquait de tout gâcher. Comment se débarrasser de lui ?

Le Chevalier aux yeux lumineux tendit avec arrogance l'épée double à Bergeau. Cela suffit à l'homme du Désert pour s'enflammer. Il empoigna l'arme par ses deux gardes soudées ensemble, surpris de sa légèreté.

Kira lui montra comment la tenir à l'endroit avec la main droite et à l'envers avec la main gauche. Elle lui enseigna ensuite à tracer de grands arcs dans les airs, devant lui et de chaque côté de son corps. Bergeau s'exécuta de son mieux, mais il trouvait fort difficile de surveiller les deux lames en même temps.

– Comment arrive-t-on à se battre avec ce truc ? s'exclama-t-il, vexé par son manque d'habileté.

Pour toute réponse, Kira l'attaqua à la tête et Bergeau réagit aussitôt en parant le coup avec l'une des deux lames, mais l'autre faillit bien lui entailler la jambe.

– Par tous les dieux ! s'écria-t-il. Il est impossible de manipuler une épée aussi longue sans se blesser soi-même !

– Il faut s'entraîner pendant des années avant de savoir la manier de façon adéquate, assura Kira avec amusement. Si tu es patient, je te l'enseignerai.

– Pendant que l'ennemi franchira nos frontières sans que je puisse l'arrêter parce que je ne sais pas m'en servir ? Très peu pour moi !

Il rendit l'épée à Sage sans cacher sa frustration de ne pouvoir l'utiliser correctement malgré son expérience des armes. Le jeune guerrier se tourna alors vers Jasson qui l'observait toujours avec suspicion.

– Veux-tu l'essayer aussi ? lui offrit Sage.

– Pourquoi pas ? répondit-il en relevant fièrement la tête.

L'hybride la lui tendit et dégaina l'épée à lame unique qu'il avait reçue du Roi d'Émeraude lors de son adoubement. Jasson empoigna l'arme comme il avait vu Bergeau le faire, puis la fit tourner en cercles autour de lui pour se familiariser avec son poids. Ce fut surtout son instinct qui lui permit de parer le premier coup du jeune homme, décoché sans avertissement.

– Sage, attends qu'il soit prêt ! protesta Kira.

Les lames s'entrechoquèrent durement et le visage de Jasson s'empourpra, car il savait fort bien faire la différence entre un combat amical et un duel. Il recula de quelques pas sans perdre son adversaire des yeux. Il n'était pas facile de manipuler cette arme aussi grande qu'un homme, même pour un soldat qui savait se battre avec une épée ordinaire. Il décida donc de se fier davantage à sa maîtrise de l'énergie ambiante plutôt qu'à ses aptitudes d'escrimeur.

Sage tourna autour de lui comme un fauve avant de l'attaquer sans ménagement. Jasson para les coups de son mieux, mais sa lenteur à exécuter des arcs dans les airs laissait trop souvent son corps à découvert et, à plusieurs reprises, la lame de Sage frôla dangereusement sa tunique.

– Du calme, mes frères ! les avertit Bergeau qui n'aimait pas du tout l'allure que prenait cet affrontement. Ce n'est qu'un exercice !

Sage ne lâchait plus sa proie. Jasson sentit alors tous ses sens magiques l'avertir qu'il était en danger de mort. Il allait se retirer du combat lorsque son assaillant le chargea sur le flanc, là où Jasson n'arrivait pas à se défendre avec l'épée double. La lame du jeune guerrier lui entailla la hanche. Jasson poussa un cri de douleur, tandis que sa tunique verte se teignait rapidement de rouge, juste sous sa cuirasse. Le bras de Sage se tendit de nouveau, mais sa lame heurta celle de Kira.

– Ça suffit ! ordonna-t-elle. Ne vois-tu pas que Jasson est blessé ?

Pendant un court instant, tous ceux qui les entouraient crurent que Sage allait s'attaquer au Chevalier mauve, mais, fort heureusement pour lui, il se contenta d'émettre un grognement de frustration. Jasson laissa tomber la longue épée sur le sol. Il pressa les mains sur sa blessure qui saignait abondamment. Alertés par l'angoisse de leur frère d'armes, les Chevaliers qui se trouvaient dans la cour se précipitèrent vers lui. Lorsqu'elle vit aussi approcher Wellan, flanqué de ses deux Écuyers, Kira craignit que son futur époux ne reçoive sa première punition depuis son admission dans l'Ordre. Le grand chef se fraya un chemin parmi ses hommes et s'arrêta devant Jasson. En apercevant le sang, il releva aussitôt la tunique du Chevalier pour l'examiner.

– Qui t'a blessé ? se fâcha Wellan.

– Je me suis coupé tout seul avec cette épée maudite, répondit Jasson en fixant durement Sage dans les yeux.

À la grande surprise de tous ceux qui avaient assisté au combat, ce dernier, loin de chercher à rétablir les faits, laissa Jasson mentir à leur chef. Kira savait que Wellan n'était pas en état d'opérer quelque guérison que ce soit. Elle fit prestement disparaître son épée et posa les mains sur la plaie sanglante de Jasson, laquelle se referma aussitôt.

— Vous n'avez rien de mieux à faire que de manipuler des armes que vous ne connaissez pas ? s'emporta Wellan en les dévisageant d'un air glacial.

— Nous voulions juste l'essayer par curiosité, confessa Bergeau en haussant les épaules.

— Ce n'est pas un jouet ! poursuivit le chef, mécontent. C'est une épée dix fois plus dangereuse que celles dont vous vous servez ! C'est pour cette raison que les anciens Chevaliers d'Émeraude ont arrêté de l'utiliser !

— Comment auraient-ils pu continuer de s'en servir, puisqu'ils ont été lâchement assassinés par le Magicien de Cristal ? répliqua Sage, dont les yeux devinrent soudainement plus lumineux.

Wellan fit volte-face et son expression sévère indiqua à Sage qu'il n'aurait pas dû répliquer. L'esprit d'Onyx comprit aussitôt son erreur.

— Je l'ai lu dans un livre, se défendit-il.

— Sais-tu aussi pourquoi le Magicien de Cristal a dû sévir contre les mercenaires qui se servaient de ces armes ? siffla Wellan.

Sage rengaina son épée et baissa la tête. Il ne voulait pas débattre ces faits historiques avec leur chef érudit.

— Le Magicien de Cristal a été obligé de détruire ces Chevaliers dont le cœur était devenu si sombre qu'ils s'entretuaient pour prendre le pouvoir ! leur rappela Wellan, en colère. Et je ne veux surtout pas que la présente incarnation de l'Ordre connaisse le même sort !

— Il y a vraiment trop d'agressivité dans l'air, constata Santo en s'approchant.

Il enlaça les épaules musclées de Wellan, dont le visage était écarlate, et lui recommanda d'aller se reposer à l'ombre avant de perdre à nouveau conscience. Mais le grand Chevalier ne détournait pas son attention de Sage.

— Je suis certain que vous trouverez quelque chose à faire pour vous refroidir, déclara le guérisseur à l'intention de Sage et Jasson, pour leur faire comprendre de déguerpir pendant qu'il s'occupait de Wellan.

Le premier gagna rapidement l'aile des Chevaliers sans demander son reste.

— Ce comportement m'étonne de toi, reprocha soudainement Wellan à Jasson.

— Ce sont des choses qui arrivent entre jeunes boucs, surtout en présence d'une jolie fille, plaisanta Jasson pour détendre l'atmosphère.

Kira s'éloigna discrètement, car elle ne voulait surtout pas se retrouver au beau milieu de ce conflit ridicule.

— Tu as une épouse, il me semble, sourcilla Wellan.

— C'est Sage qui s'est senti menacé, je te ferai remarquer, se défendit Jasson. Je ne suis pas amoureux de Kira. Je suis seulement son ami.

— Cet incident est clos, trancha Santo. Tu ne devrais pas rester au soleil, Wellan.

Bailey et Volpel, désormais assez vieux pour lire entre les lignes, comprirent que leur aîné tentait de mettre fin à cette discussion inutile. Ils entraînèrent leur maître vers les murailles.

Santo examina la cicatrice sur la hanche de Jasson pendant que Wellan s'éloignait en compagnie de ses Écuyers. « Ce coup d'épée aurait pu facilement sectionner ses muscles », jugea-t-il.

— Ce n'est pourtant pas ton genre de te blesser tout seul, fit remarquer Santo.

— Quand on se croit habile, on cesse de faire attention, répliqua Jasson.

Santo avait suivi le combat de loin et l'explication de son compagnon ne concordait pas avec ses observations. Il plongea donc son regard sombre dans les limpides yeux verts de Jasson, à la recherche de la vérité.

— Tu sais aussi bien que moi qu'il avait l'intention de te blesser sérieusement. Pourquoi le protèges-tu ? demanda finalement le guérisseur en fronçant les sourcils.

— Parce qu'il est un jeune mâle en amour, ricana Jasson. Nous sommes tous passés par là. Je ne lui en veux pas.

Jasson salua ses frères et se dirigea vers son cheval, ses apprentis sur les talons. Bergeau le suivit aussitôt, pas content du tout d'avoir entendu mentir son compagnon d'enfance.

Kira ramassa aussi discrètement que possible l'épée double forgée, mais elle sentit tout de même que le Chevalier guérisseur l'avait vue. Elle se retourna lentement vers lui.

– Pourquoi Sage a-t-il attaqué Jasson ? lui demanda-t-il.

– Je n'en sais rien, avoua-t-elle, mais cela ne se reproduira plus, je te le promets.

– Merci d'être intervenue et d'avoir empêché une tragédie, se radoucit Santo.

– C'était tout naturel.

Elle appuya l'épée double de Sage contre la clôture de l'enclos pendant que Santo, perplexe, contemplait l'aile des Chevaliers où le jeune guerrier s'était réfugié.

Consterné par ce qui venait de se produire, Bergeau rattrapa Jasson au moment où il se hissait sur son cheval et le retint par la jambe.

– Est-ce qu'il y a de l'hostilité entre Sage et toi ? s'inquiéta-t-il.

– Il a tenté de me tuer parce que je suis le seul à voir clair dans son jeu, mon frère, grommela Jasson. Ce garçon n'est pas aussi parfait qu'il veut nous le faire croire.

– Te rends-tu compte de ce que tu dis ?

– C'est un imposteur, Bergeau ! Tu as entendu ce qu'il a dit tout à l'heure au sujet des premiers Chevaliers ? Sage d'Espérita ne sait pas lire ! Si cet homme a réellement trouvé ces renseignements dans un livre, alors il ne peut pas être Sage !

– Mais comment un homme pourrait-il ressembler autant à un autre ?

– Je n'en sais rien, mais ce n'est pas lui ! explosa Jasson.

– Alors, qui est-ce ?

– Je suis prêt à parier que c'est un sorcier.

– Dans ce cas, tu dois prévenir Wellan.

– Je l'ai déjà fait, mais il refuse de m'écouter, parce qu'il adore cet étranger.

– Maintenant que Sage a blessé quelqu'un, il faudra bien qu'il t'écoute. On ne peut pas laisser un homme aussi dangereux demeurer parmi nous !

Jasson hésita un moment avant d'admettre que Bergeau avait raison. Il lui promit de revenir pour le repas du soir et lui serra le bras avec affection. L'homme du Désert s'écarta pour laisser partir son compagnon et ses Écuyers. Jasson guida son cheval vers les grandes portes du château, suivi de ses garçons. « C'est le premier acte d'agression posé par un Chevalier envers un autre », songea Bergeau en les regardant quitter la forteresse. Il se rappela soudain les premiers soldats d'Émeraude, qui s'étaient entretués avec leurs pouvoirs magiques et leurs épées. Il espéra de tout son cœur que la nouvelle incarnation de l'Ordre ne refasse pas la même erreur.

8

AUCUN REMORDS

Tandis que Jasson et ses Écuyers s'éloignaient, Kira fronçait ses sourcils violets. Elle n'avait pas eu à utiliser ses pouvoirs magiques pour comprendre que la conversation entre Jasson et Bergeau concernait son futur époux. Elle demeura un moment dans la cour. Wellan se trouvait maintenant à l'ombre de la muraille et observait les progrès à la lance de ses deux apprentis, toujours fâché de la stupidité de ses frères d'armes. « Mais pourquoi Jasson lui a-t-il menti au sujet de sa blessure ? » se demanda Kira. Cela allait tout à fait à l'encontre des règlements du code.

Décidée à en avoir le cœur net, Kira se rendit à l'aile de l'Ordre et repéra Sage dans le hall. Elle longea le couloir en bénissant tous les dieux d'y trouver un peu d'air frais. Elle s'arrêta dans la grande pièce de ralliement des Chevaliers : le jeune guerrier aux yeux étincelants était assis à l'une des longues tables et il buvait du vin en solitaire.

– Tu peux approcher, l'invita-t-il sans même lever la tête vers elle. Il y en a assez pour deux.

La jeune femme prit place près de lui et il lui tendit sa coupe. Elle avala une gorgée pour lui faire plaisir et la lui remit.

— Pourquoi as-tu blessé Jasson ?

— Je n'aime pas sa façon de te regarder, mentit-il pour qu'elle ne cherche pas à sonder ses pensées et qu'elle ne capte pas en lui la présence d'Onyx.

— Mais il est marié et il aime sa femme. Jasson a toujours été gentil avec moi parce qu'il est fait ainsi. Il voit le cœur des gens, il ne s'attarde pas à leur apparence physique. Tu n'as aucune raison d'être jaloux de lui. En fait, tu n'as aucune raison d'être jaloux de qui que ce soit.

— Je préférerais quand même qu'il ne rôde plus autour de toi.

— Sage, tu dois apprendre à me faire confiance.

Elle se blottit avec amour dans ses bras, surprise de sentir ses muscles aussi tendus. La jalousie et la colère n'avaient pas de place au sein de leur groupe. Elle trouverait une façon de le lui faire comprendre avant qu'il se mette à attaquer tous ceux qui lui manifestaient de l'affection. Sage était un bon soldat. Elle ne voulait surtout pas qu'il soit expulsé de l'Ordre.

— Dis-moi au moins que tu le regrettes, chuchota-t-elle à son oreille.

— Je ne regrette jamais mes gestes, répondit-il durement. Que cela serve de leçon à Jasson.

— Sage ! s'écria Kira, scandalisée.

Elle le repoussa et aperçut son sourire amusé. Se payait-il sa tête une fois de plus ? Elle voulut protester contre son manque de délicatesse, mais il s'empara de sa bouche et l'embrassa avec passion en caressant le bout de ses oreilles pointues. Kira, toute résistance tombée, s'abandonna à son étreinte.

— Wellan serait fier de toi si tu t'excusais auprès de Jasson, minauda-t-elle.

— Il est déjà fier de moi.

— Les Chevaliers d'Émeraude ne sont pas rancuniers, Sage. En fait, c'est le respect et l'affection qu'ils se témoignent les uns aux autres qui font d'eux une armée si redoutable.

— Va le rappeler à Jasson, dans ce cas, puisqu'il me déteste depuis mon arrivée au château.

— Non, c'est impossible...

Sage voulut mettre fin à ce sermon inutile par des baisers, mais Kira s'esquiva avec un air de reproche.

— Tu n'auras plus un seul baiser avant d'éprouver un peu de remords, le menaça-t-elle.

— Bon, d'accord, je regrette d'avoir blessé Jasson. Maintenant, viens un peu par ici.

— Tu n'es même pas sincère !

— Approche et inspecte mon cœur si tu ne me crois pas.

Dubitative, elle fit ce qu'il lui demandait, mais dès qu'elle fut suffisamment près de lui, il l'emprisonna dans ses bras. Elle commença par se débattre en le traitant de tous les noms, pendant qu'il riait aux éclats, puis elle se laissa emporter par l'ivresse de ses baisers.

9

UNE BELLE PETITE FAMILLE

Lorsqu'il arriva enfin sur ses terres, Jasson se détendit en les trouvant parfaitement calmes. Il ralentit l'allure de son cheval dans l'allée de peupliers qui menait à sa maison et ses apprentis l'imitèrent aussitôt. Le Chevalier scruta lentement ses champs au passage, puis ses pâturages. Les animaux s'étaient abrités de la chaleur sous les arbres et ils somnolaient. Il longea ensuite ses vergers avant de constater que son comportement inquiétait ses Écuyers.

— C'est seulement un pressentiment, répondit-il à leurs questions silencieuses.

— Vous croyez vraiment que le Chevalier Sage viendrait vous attaquer ici ? s'étonna Zerrouk.

— Je n'en sais rien, mon petit, soupira-t-il, mais je ne peux plus lui faire confiance.

En fait, depuis l'arrivée de Sage d'Espérita au Royaume d'Émeraude et de son adoubement un peu trop rapide à son goût, Jasson discernait une curieuse énergie autour du jeune guerrier. Au début, il s'agissait surtout d'une ombre maléfique attachée à ses pas, mais après ses premiers combats sur la côte, Jasson avait commencé à percevoir les battements de deux cœurs dans sa poitrine. Il avait tenté d'en parler à Wellan, mais ce dernier, aveuglé par les qualités militaires de son protégé, avait mis l'appréhension de Jasson sur le compte de sa récente paternité. « Il est seulement normal que tu t'inquiètes davantage maintenant que tu as un fils », lui avait-il dit.

Toutes les nuits depuis quatre ans, Jasson redoutait qu'un malheur s'abatte sur sa famille. La crainte de ce désastre s'associait de plus en plus aux menaces du Chevalier Sage d'Émeraude. Le cri de joie d'un enfant mit fin à ses rêveries. Sur la route de terre, Liam, son fils de quatre ans, courait à sa rencontre. Jasson se désespéra de le voir seul, puisqu'il avait exigé que Sanya et leurs deux serviteurs ne le perdent jamais de vue. Lui et ses Écuyers mirent pied à terre avant que le bambin effraie les chevaux et qu'il soit accidentellement frappé par un sabot.

Liam s'arrêta devant son père, transporté de joie. Il avait hérité de sa mère ses cheveux bruns légèrement bouclés et de son père ses grands yeux verts pétillants de curiosité. Depuis sa naissance, le bambin s'était montré plus précoce que les enfants de son âge. Il avait marché avant la fin de sa première année de vie, s'était mis à parler peu de temps après et jouait déjà avec de petites épées de bois. Pressé d'enquêter sur l'univers, Liam se trouvait à l'étroit dans la maison et dans la cour et, bien souvent, il s'aventurait seul dans les champs dès que les adultes relâchaient leur surveillance.

– Liam, je t'ai demandé de rester avec maman pour la protéger en mon absence, lui reprocha Jasson.

– Mais qui protège papa ? s'exclama l'enfant, en mettant ses petits poings sur ses hanches.

– Je suis un soldat. Je suis capable de me défendre moi-même.

Les Écuyers tentèrent de dissimuler leur incrédulité, eux qui venaient de le voir subir une blessure sérieuse aux mains d'une recrue. Jasson capta leur commentaire silencieux mais choisit de ne pas y répondre devant son fils.

– Je veux monter sur le cheval ! s'écria Liam en trépignant.

Décidément, Jasson n'exerçait aucune autorité sur ce gamin qui ne suivait que son bon plaisir, comme sa mère d'ailleurs. Il hésita à le mettre en selle, puisque Sanya s'y opposait.

– Sur le cheval, papa ! insista Liam qui se pendait à sa tunique.

L'enfant mit soudainement le nez dans le sang séché et en reconnut l'odeur. Il lâcha prise en manifestant sa frayeur.

– Papa est blessé ?

– Non, papa est guéri, le corrigea Jasson en l'asseyant sur la selle, au grand amusement de Lornan et de Zerrouk. Il arrive parfois que je me blesse, comme toi quand tu vas jouer dans les vergers et que tu essaies de grimper aux arbres.

– Tu es tombé toi aussi ?

Jasson avertit d'un geste ses apprentis qu'il ne voulait surtout pas que Liam apprenne ce qui s'était passé au château ce jour-là.

– Quand vous serez mariés et que vous aurez des enfants, leur recommanda-t-il, ne vous laissez jamais manipuler ainsi.

Il fit marcher l'animal jusqu'à la maison en souhaitant avoir le temps de faire disparaître sa tunique avant que Sanya voit le sang. Trop tard. Elle contournait la chaumière en courant, suivie de leurs serviteurs affolés.

– Liam ! appela Sanya.

– Ici, maman ! cria l'enfant. Sur le cheval de papa !

Elle accourut, s'empara de son fils et l'attira dans ses bras. Elle le serra d'abord avec soulagement puis le gronda pour la centième fois depuis le début de la journée.

– Je t'ai demandé de rester près de moi, Liam, lui reprocha-t-elle. Pourquoi ne m'écoutes-tu pas ?

– J'ai vu papa !

Elle allait lui faire un sermon sur les dangers de la route lorsqu'elle aperçut la tunique souillée de son époux. Soudain, toute pâle, elle commença à dévêtir Jasson devant tout le monde. Il lui saisit aussitôt les bras pour l'arrêter.

– Je n'ai rien, lui assura-t-il.

– Mais c'est du sang ! s'énerva la jeune femme. Que s'est-il passé ? Sommes-nous en guerre ? Qui t'a attaqué ?

– C'est seulement un petit accident lors d'un exercice à l'épée.

– C'est dangereux, une épée, fit Liam en imitant sa mère.

Cette dernière se défit de l'emprise de Jasson et le tira par la manche en direction de la maison, sans oublier d'ordonner aux serviteurs de surveiller étroitement son fils. Les deux Écuyers, quoique inquiets, décidèrent de s'occuper des chevaux au lieu de venir en aide à leur maître. De toute façon, Sanya était une adversaire un peu trop coriace à leur goût...

Jasson suivit docilement son épouse jusqu'au milieu de la cuisine, se laissa déshabiller et, nu comme un ver, se soumit sans rouspéter à son examen en règle. Il ne servait strictement à rien de lui expliquer ce qui s'était passé avant qu'elle se calme. Lorsqu'elle fut certaine que la plaie était bien refermée et qu'il n'y avait pas d'autres blessures sur le corps de son mari, Sanya le contempla d'un air effrayé.

— Il me semblait t'avoir déjà dit que j'étais un soldat, se moqua-t-il, et qu'il arrivait parfois que...

Elle lui donna dans l'estomac un coup de poing à couper le souffle. Il voulut finir sa phrase, mais elle tenta à nouveau de le frapper. Il lui saisit vivement les poignets, la ramena contre lui et appuya son menton sur ses cheveux bruns.

— Je sais que tu dois nous défendre contre les hommes-insectes et je suis terrorisée chaque fois que tu pars en guerre, mais je ne veux pas ramasser tes entrailles dans la cour du Château d'Émeraude à la suite d'un accident stupide ! tempêta-t-elle.

— Et je n'ai pas l'intention de laisser qui que ce soit me découper en petits morceaux non plus, Sanya. Je t'en prie, calme-toi. De toute façon, j'étais entouré de Chevaliers guérisseurs. Santo s'est jeté sur moi avant que mon sang touche le sable !

Il la relâcha et elle étouffa un juron entre ses dents. Pourquoi fallait-il que les hommes soient tous aussi stupides ?

— Sanya, ce sont des choses qui arrivent aux Chevaliers. Nous ne sommes pas parfaits.

Jasson la berça contre lui un long moment en lui prodiguant une vague d'apaisement. La jeune femme se calma peu à peu. Ensuite, elle alla chercher une tunique propre qu'elle avait lavée en son absence. Il enfila le vêtement sans rouspéter et embrassa Sanya pendant de longues minutes en caressant son dos. Lorsqu'elle fut tout à fait rassurée, ils sortirent de la maison, main dans la main.

Dans la cour, entre la chaumière et les bâtiments, les serviteurs nettoyaient les légumes qu'ils avaient cueillis dans le jardin pendant que les apprentis amusaient le fils de leur maître. Une petite épée de bois à la main, Liam était grimpé sur le dos de Lornan qui marchait à quatre pattes en prétendant être un cheval, alors que Zerrouk les attendait, tapi dans l'herbe haute comme un grand chat sauvage de Rubis.

Jasson prit place sur la nappe que son épouse et sa servante avaient déposée sur le sol. Il observa les jeux des garçons tout en écossant sagement des pois avec les femmes. Plus tard, il emmènerait ses Écuyers nourrir les animaux, mais pour l'instant, il importait de passer ces quelques heures en famille.

— Papa, il y a un fauve, là ! cria Liam, fou de joie.

« Décidément, il sera un grand chasseur », s'enorgueillit Jasson.

– Crois-tu pouvoir nous en débarrasser ? demanda le père, faussement effrayé. Nous devons à tout prix protéger nos animaux contre les prédateurs !

– Oui ! s'exclama l'enfant en enfonçant ses petits talons dans les côtes de l'Écuyer.

Lornan étouffa une plainte sourde et avança en direction de Zerrouk afin de ne pas recevoir d'autres coups de pied de la part de Liam. Arrivé près de l'herbe haute, le bambin bondit sur le sol et abattit son épée dans les hautes tiges, mais l'apprenti, qui avait anticipé son geste, s'était déplacé vers la droite. Dans un grognement sauvage, il se précipita par-derrière sur le petit garçon et l'emprisonna dans ses bras. Liam poussa un cri de frayeur qui fit fuir tous les oiseaux qui se reposaient dans les arbres avoisinants.

– Je crains que nous n'ayons plus de fils, Sanya, plaisanta Jasson. Si nous allions en faire un autre ?

Elle le mitrailla de petits pois et il éclata de rire. Zerrouk libéra le garçonnet qui courut se réfugier auprès de son père pour lui annoncer que leur ferme était perdue. Jasson l'embrassa dans le cou en répondant qu'ils achèteraient d'autres animaux et qu'ils recommenceraient à zéro.

– Dans la vie, il ne faut jamais, jamais perdre espoir, Liam.

– Jamais, répéta l'enfant en adoration devant lui.

Pendant que le repas mijotait sur le feu, Jasson et les garçons s'occupèrent de remplir les abreuvoirs des chevaux et des vaches et de nourrir les poulets. Ils mangèrent ensuite avec Sanya, Liam et les serviteurs, égayés par les récits des combats imaginaires du bambin contre les monstres qui vivaient dans les vergers. À la fin du repas, Jasson annonça qu'il devait rencontrer Wellan au château pour une affaire très urgente. Ses Écuyers se levèrent pour l'accompagner, mais le Chevalier leur fit signe de rester assis.

– Je veux que vous montiez discrètement la garde en mon absence, leur demanda-t-il tout bas pour que sa famille ne l'entende pas.

Jasson se composa un air grave et se retourna vers sa femme.

– Je laisse mes garçons à tes bons soins, Sanya, déclara-t-il. Il s'agit d'une discussion qui ne concerne que Wellan et moi.

– Je comprends, répondit-elle bravement. Je veillerai sur eux.

Il embrassa son épouse et son fils qui commençait à fermer l'œil, puis sella son cheval. Le soleil se couchait à l'ouest, mais Jasson aurait le temps d'atteindre la forteresse avant qu'il ait tout à fait disparu.

10

LES SOUPÇONS DE JASSON

Lorsque Jasson arriva dans le hall des Chevaliers, il trouva ses compagnons assis autour des immenses tables à terminer leur repas. Les Écuyers de Wellan étaient à leur place habituelle, mais pas le grand Chevalier. Après avoir examiné le reste de l'assemblée, il remarqua avec inquiétude que Sage manquait également à l'appel.

— Où est Wellan ? s'énerva-t-il.

Son éclat de voix fit tomber le silence sur l'assemblée. Santo se leva en sondant son frère d'armes, étonné de son ton agressif.

— Il discute avec le roi des préparatifs du mariage de Kira, répondit-il en l'apaisant d'un baume télépathique.

Mais il n'apporta aucun soulagement à Jasson qui tourna prestement les talons. Santo capta alors la terreur qui venait de s'emparer de lui. Puisque c'était Santo qui dirigeait les Chevaliers en l'absence de Wellan, le guérisseur laissa ses Écuyers Herrior et Chesley poursuivre leur repas et rattrapa son compagnon dans le couloir qui menait au palais.

— Jasson ! l'appela-t-il.

Mais celui-ci, préoccupé par ce qu'il voulait dire à leur chef, ne l'entendit pas. Santo hâta le pas et l'arrêta brusquement.

– De quoi as-tu peur, Jasson ?

– Je ne veux pas alarmer tout l'Ordre avant d'en avoir discuté avec Wellan, répondit l'interpellé, visiblement inquiet.

– Ce n'est pas une bonne idée de le déranger pendant qu'il dîne avec le roi. Reviens dans le hall avec moi et nous l'attendrons ensemble.

– Si je dois l'attendre, alors ce sera dehors. Je ne veux pas couper l'appétit à tout le monde.

Jasson se dégagea et sortit dans la cour. Intrigué par son comportement inhabituel, Santo l'y suivit. Sous le porche de pierre, Jasson avalait à plein poumons l'air frais du soir, comme si son corps était en feu. Pourtant, le guérisseur ne détectait aucun mal physique en lui, seulement de l'angoisse.

– Où sont tes Écuyers, mon frère ? s'informa Santo.

– Je les ai laissés à la ferme pour qu'ils protègent ma femme et mon fils en mon absence, lui apprit Jasson en laissant retomber ses épaules.

– Qu'ils les protègent de quoi ?

Jasson garda le silence et lui tourna le dos.

– Dis-moi ce qui t'effraie, l'invita Santo.

– Je ne peux pas encore le prouver, mais je crois que nous avons un imposteur dans nos rangs.

– C'est une grave accusation à porter contre un autre Chevalier.

– J'en suis parfaitement conscient, Santo, et c'est pour ça que je voulais d'abord en parler avec Wellan.

– Qui suspectes-tu ?

– Sage. Il n'est plus le garçon que nous avons recueilli au Royaume des Esprits il y a quatre ans.

– Évidemment, puisqu'il est devenu un homme, entre-temps.

– Mais pas le genre d'homme qu'il promettait d'être. Quelque chose s'est produit entre son départ d'Espérita et notre arrivée ici. Fouille un peu ta mémoire, je t'en prie. Il ne peut pas avoir fait autant de progrès en si peu de temps. Nous avions à peine quitté sa contrée qu'il se comportait déjà comme un véritable Chevalier. Tu ne trouves pas cela étrange de la part d'un gamin qui a grandi dans un monde en vase clos où personne ne possède de pouvoirs magiques, alors que nous avons mis toute une vie pour devenir ce que nous sommes maintenant ?

« C'est étrange en effet », pensa Santo. Doué pour les armes, Sage avait appris à maîtriser ses facultés surnaturelles en très peu de temps, mais était-ce suffisant pour le soupçonner d'occultes desseins ?

– S'il était vraiment un imposteur, tu ne crois pas que Wellan s'en serait déjà aperçu ? riposta Santo dont les sourcils froncés trahissaient un certain malaise.

– Je ne sais pas ce que ce garçon lui a fait, mais apparemment, lorsqu'il est question du jeune guerrier d'Espérita, les yeux de notre grand Chevalier se remplissent d'étoiles et il ne voit plus rien. Et tu sais aussi bien que moi que Wellan est difficile à impressionner. La magie de cet imposteur est décidément très puissante.

– Donc, selon toi, l'homme qui a prêté le serment d'Émeraude il y a quatre ans n'est pas celui que nous avons rencontré au Royaume des Esprits, c'est bien ça ?

Jasson lui dressa alors la liste de toutes ses observations des dernières années. Non seulement Sage avait réussi à gagner l'estime et le respect de Wellan d'une façon peu commune, mais il avait projeté d'épouser la princesse mauve dès qu'elle serait en âge d'unir sa vie à un homme, comme s'il convoitait le trône.

– Mais Kira n'en veut pas elle-même, lui rappela Santo.

– Ce qui ne l'empêchera pas de devenir reine à la mort d'Émeraude Ier. Tu connais aussi bien que moi les intentions de notre monarque à ce sujet. Le mari de Kira deviendra par le fait même roi de ce royaume.

Il y avait plus encore. Cet homme citait des passages d'ouvrages de la bibliothèque alors que Sage d'Espérita ne savait ni lire ni écrire. Il maîtrisait également une arme vieille de cinq cents ans dont les meilleurs escrimeurs de l'Ordre n'arrivaient pas à se servir, sauf Kira.

– Il sait trop de choses qu'il ne devrait pas savoir ! explosa Jasson, écarlate. Et c'est parce que je vois clair dans son jeu qu'il a tenté de me tuer ce matin, Santo.

– De te tuer ? s'étonna ce dernier.

– Tu sais que je ne te mentirais pas à ce sujet.

— Mais tu as menti à Wellan.

— Ce n'était ni le temps ni l'endroit pour lui faire part de mes craintes.

Santo étudia rapidement les arguments de son compagnon. Il devait admettre que quelque chose ne tournait pas rond dans le comportement du jeune guerrier.

— Mais s'il était sorcier, nous le sentirions tous, protesta le guérisseur.

— Pas s'il est plus puissant que nous.

Santo se mit à arpenter le porche en réfléchissant aux conséquences des accusations de Jasson.

— Si cet homme est véritablement un imposteur et s'il exerce un certain pouvoir sur Wellan, alors il est préférable de ne pas mêler notre grand chef à notre enquête, décida-t-il en se tournant vers Jasson. Nous devons le démasquer nous-mêmes.

— Oui, tu as raison.

— Et je suggère que nous ne parlions pas tout de suite de tes soupçons à nos frères. Il serait bien dommage de ruiner la carrière d'un soldat tel que Sage si nous faisions fausse route.

Jasson acquiesça aussitôt. Le plan de Santo était plus raisonnable que de faire irruption dans la salle à manger privée du roi où ses paroles seraient tombées dans des oreilles qui ne voulaient pas les entendre. Le guérisseur ramena Jasson vers l'aile des Chevaliers, plutôt satisfait d'avoir évité un drame.

11

VICTIME D'UN SORT

Dans un salon privé, à l'étage des appartements royaux, Émeraude Ier recevait trois illustres visiteurs pour le repas du soir. Il s'agissait d'une pièce sobre, sans fenêtre, qui ne contenait qu'une table carrée d'un bois très précieux et quatre fauteuils de velours rouge.

Assis devant des mets aromatiques qui auraient dû le mettre en appétit, Wellan préférait boire du vin en écoutant les paroles du monarque qui avait ressuscité son Ordre de chevalerie. En face de lui, Kira mangeait aux côtés de Sage. Le grand Chevalier se surprit à penser qu'ils faisaient un couple charmant, lui qui, quelques heures plus tôt, s'opposait à leur union. Il ne se souvenait même plus de ce qui l'avait fait changer d'avis. Kira, tout en observant l'étiquette de la cour, ne pouvait s'empêcher de remarquer le curieux comportement de Wellan.

Quant à Sage, il affichait des manières dignes d'un prince et il prêtait une attention flatteuse aux propos du roi. « C'est plutôt étrange pour un jeune paysan élevé dans un pays sans monarchie », songea la princesse mauve. Toute cette scène lui semblait artificielle, comme dans un rêve.

– Il faut que tu comprennes que cette belle enfant héritera un jour du trône d'Émeraude, déclara le roi au jeune prétendant.

– J'en suis parfaitement conscient, Majesté, assura Sage, et je suis prêt à la soutenir dans ses importantes fonctions. Mais ce qui me pousse surtout vers Kira, c'est mon cœur. Je l'aime plus que tout au monde et je veux la rendre heureuse, que ce soit dans un palais ou sur un champ de bataille.

– Personnellement, je préférerais que ce soit au Royaume d'Émeraude.

– Mais nous sommes avant tout des soldats, sire.

« Pourquoi Wellan ne dit-il rien, lui qui n'a jamais cessé de vouloir m'éloigner des lances des hommes-insectes ? » s'étonna Kira. En effet, Wellan aurait dû prendre le parti du roi à ce moment précis de la conversation et se lancer dans un long discours sur l'importance de la prophétie. Au lieu de cela, il regardait le mur derrière Émeraude Ier avec un curieux intérêt. Kira se retourna discrètement pour regarder au même endroit : il n'y avait là qu'un vieux fanion. En fait, les plus belles pièces d'art ornaient le mur opposé. Elle sonda son grand chef et s'étonna de trouver son esprit aussi vide qu'une page blanche. Peut-être était-il toujours sous le choc de la dernière visite de Fan.

Lorsque le repas fut terminé, Kira constata que Wellan n'avait toujours rien mangé. Il se leva lentement, s'inclina devant Émeraude Ier en agrippant le rebord de la table pour conserver son équilibre, puis s'éloigna d'un pas chancelant vers la porte. Voyant qu'il risquait d'un moment à l'autre de s'écraser sur le plancher, Kira déposa sa serviette de table et se précipita à son secours en faisant signe à Sage de rester avec le roi pour lui tenir compagnie.

Elle saisit le bras musclé du grand Chevalier, soudainement mou comme du chiffon, et le passa par-dessus son épaule, puis entoura sa taille de son autre bras. Wellan lui jeta un regard inquiet. Pendant un instant, Kira eut l'impression qu'il ne la reconnaissait pas. Elle le fit marcher lentement jusqu'à sa chambre de l'aile des Chevaliers. Ensuite, elle appela Santo avec son esprit, car elle voulait qu'il lui explique la soudaine léthargie du plus brillant stratège de tout Enkidiev.

En attendant le guérisseur, Kira fit asseoir Wellan sur son lit et détacha les courroies de sa cuirasse. Une fois qu'il en fut débarrassé, elle l'aida à se coucher. Elle le soutenait des deux mains lorsqu'une douleur aiguë lui transperça soudain les mains. Sous le choc, elle laissa tomber Wellan sur ses draps. Elle recula de quelques pas en écarquillant les yeux devant les lacérations sanglantes qui striaient ses paumes. Heureusement, Santo et Jasson se précipitaient déjà dans la chambre.

— Quelque chose dans son dos m'a mordu ! s'écria la jeune femme mauve en état de choc.

Jasson retira la tunique de Wellan et le retourna immédiatement sur le ventre. Il scruta chaque centimètre de la peau de son dos et n'y trouva rien d'anormal. Il examina aussi le vêtement de son chef. Si quelque chose avait attaqué sa jeune sœur d'armes à travers la tunique verte, il aurait dû y avoir des trous dans le tissu ou du sang, mais il n'y avait même pas un pli.

— Ce ne sont pas des marques de crocs, fit le Chevalier guérisseur en examinant les mains de Kira. Ce sont des brûlures.

– Mais il n'y a ni morsure ni brûlure dans le dos de Wellan ! déclara Jasson, exaspéré.

En se servant de la lumière réparatrice de ses paumes, Kira fit disparaître ses propres lésions tandis que Santo examinait Wellan à son tour. Il passa sa main lumineuse entre les omoplates du grand Chevalier, qui était toujours dans un étrange état de léthargie. Des flammes bleues jaillirent brusquement de sa peau et les deux soldats s'écartèrent du lit.

– Comment est-ce possible ? s'exclama Jasson.

– C'est l'œuvre d'un sorcier, il n'y a plus aucun doute, comprit Santo.

– Alors, il faut tout de suite le transporter chez le Magicien de Cristal avant que cette malédiction s'étende à nous tous, décida son compagnon.

Ils ne prirent pas le temps de rhabiller le grand chef. Ils le remirent debout, uniquement vêtu de son pantalon et de ses bottes. Lui prenant chacun un bras, ils le traînèrent à l'extérieur de la chambre. Inquiète à l'idée qu'un mage noir se soit faufilé jusqu'à Wellan sans que personne s'en aperçoive, Kira suivit les Chevaliers jusqu'à la tour d'Abnar en fouillant de l'esprit tout le château.

Les trois hommes ne passaient pas de front dans l'étroit escalier de pierre, aussi Jasson agrippa-t-il les jambes de Wellan et Santo, ses bras. Ils le soulevèrent ainsi pour finalement le déposer sur la table de travail à l'étage inférieur, là où le Magicien de Cristal enseignait jadis la magie aux enfants. La tour abritait désormais le porteur de lumière et Armène, qui veillait sur lui comme un aigle. À cette heure, cependant, ils dormaient tous les deux à l'étage supérieur.

– Maître Abnar, nous avons besoin de vous, implora Santo même si l'Immortel n'avait pas répondu à ses précédentes demandes.

Comme le guérisseur n'obtenait pas de résultats, Kira, plus puissante que lui, ferma les yeux et lança dans l'autre monde un appel si puissant qu'il en assourdit les deux Chevaliers l'espace d'un instant. Abnar se matérialisa enfin devant eux dans une pluie de petites étoiles dorées, les mains brillantes d'énergie, comme un magicien prêt à combattre.

– Où est ce sorcier ? demanda-t-il en tournant sur lui-même.

– C'est ce que nous aimerions savoir, répondit la princesse, découragée.

Le Magicien de Cristal éteignit son énergie avec un air interrogateur. Les Chevaliers comprirent alors qu'elle lui avait lancé un appel à l'aide en lui faisant croire qu'un mage noir s'attaquait à elle.

– Nous pensons que Wellan est victime d'un sort, expliqua la jeune femme mauve. Quand j'ai touché son dos, des flammes bleues m'ont brûlée.

Sur un signe d'Abnar, Santo et Jasson retournèrent le grand chef sur le ventre. En plissant le front, le Magicien de Cristal passa la main dans le dos du grand Chevalier. De longues flammes bleues et crépitantes s'élevèrent jusqu'à lécher le plafond.

– Je vois..., murmura-t-il.

Il se mit à réciter des paroles dans une langue qu'aucun d'entre eux n'avaient jamais entendue. Ce faisant, il tendait les deux mains au-dessus des omoplates de Wellan. Les flammes l'attaquèrent de nouveau, mais cette fois, il leur opposa un éclair aveuglant qui arracha une plainte sourde au grand chef. Les Chevaliers se protégèrent les yeux. Lorsque l'opération fut terminée, des volutes de fumée se dégageaient du dos de la pauvre victime.

– Il va s'en remettre, assura Abnar.

Les Chevaliers auraient bien aimé en être aussi certains que lui. L'Immortel alluma la paume de sa main droite d'une lumière ambrée qu'il étala comme un baume sur Wellan, ce qui fit instantanément disparaître les dernières traces du maléfice.

– Ce qui m'inquiète, déclara-t-il en se retournant vers les soldats, c'est que cette magie a été installée en lui de façon à ne pas être facilement détectée par des magiciens ordinaires. Celui qui lui a jeté ce sort pourrait bien recommencer sur d'autres Chevaliers sans qu'ils s'en aperçoivent.

– Vous appelez ça de la magie ? s'étonna Jasson. Moi, j'appelle ça de la sorcellerie !

– Il y a une distinction importante entre les deux, Chevalier Jasson, répondit calmement le Magicien de Cristal. Le sort jeté par un sorcier vise toujours à tuer sa victime, alors que celui jeté par un magicien vise à le manipuler.

– C'est donc pour cette raison que Wellan se comportait de façon étrange pendant le repas, comprit Kira.

– Êtes-vous en mesure de nous dire d'où provient ce sort ? demanda Santo.

Les yeux gris d'Abnar se voilèrent de colère, phénomène auquel ils n'avaient pas souvent assisté depuis que l'Immortel veillait sur l'Ordre.

– C'est un sort vieux de cinq cents ans, leur apprit-il, mais tous ceux qui ont appris à l'utiliser sont morts depuis longtemps.

– À l'époque des premiers Chevaliers ? s'inquiéta Jasson.

Abnar joignit ses doigts et les appuya sur ses lèvres sans répondre tandis qu'il fouillait profondément sa mémoire. Assise sur une malle de bois, Kira attendait avec intérêt.

– En rentrant du Royaume des Ombres, il y a quatre ans, vous avez ramené avec vous une énergie très ancienne que je croyais disparue à tout jamais, déclara finalement l'Immortel. Je suis demeuré longtemps à l'écart afin de l'observer à partir de la cité des dieux, mais elle se terre dans le château.

Wellan s'agita sur la table, comme s'il reprenait graduellement ses sens. Ses yeux s'ouvrirent mais il ne tenta pas de se relever. Il ne voyait rien, comme s'il flottait toujours entre deux mondes. Alors que Santo s'approchait de lui, il sombra de nouveau dans l'inconscience.

– Il mettra un moment à redevenir lui-même, les avertit Abnar. Je veux que vous le laissiez sur cette table pour la nuit, car aucun autre sortilège ne pourra l'atteindre ici.

Santo accepta même s'il hésitait à abandonner son chef dans cette tour en sachant qu'une énergie maléfique les guettait tous.

– Sommes-nous libérés de ce sort maintenant que vous l'avez extirpé de Wellan, maître ? demanda Santo.

– Je crains que non, soupira Abnar. Je ressens toujours sa présence dans le château.

– Dites-nous comment le reconnaître pour que nous puissions au moins nous défendre, le pria Kira.

– Il s'appelait Onyx et il s'est échappé du Château d'Émeraude avant que je puisse régler son sort.

– Et comme par hasard, Sage est son descendant ! s'exclama Jasson.

– Mais Sage ne ferait jamais une chose pareille à Wellan, protesta Kira, insultée. Il le vénère.

– Mais s'il est lui aussi sous l'emprise du renégat..., suggéra Santo.

– Non, c'est impossible ! s'écria Kira. Je l'ai touché dans le dos plusieurs fois sans être attaquée par des flammes. Si la magie du Chevalier Onyx a envahi ce château, elle ne se trouve certainement pas dans le corps de mon futur mari. Cherchez ailleurs.

– Mais Sage n'est pas lui-même, lui dit Jasson en s'efforçant de demeurer calme, dans la crainte de blesser l'amour de la jeune femme mauve pour le guerrier d'Espérita.

– Comment le sauriez-vous ?

– Kira, nous sommes seulement à la recherche de l'énergie d'Onyx, lui rappela Santo. Nous n'accusons personne.

Mais les yeux de Jasson racontaient une toute autre histoire. Furieuse, la Sholienne quitta la tour en maugréant. « Il est bien trop facile de rejeter le blâme sur le dernier venu », pensa-t-elle en retournant à l'aile des Chevaliers.

Il faisait maintenant noir et la lune éclairait à peine la grande cour, mais Kira possédait une vision différente de celle des humains et elle évita facilement tous les obstacles qui se dressaient sur sa route. Elle utilisa ses sens magiques pour repérer Sage : il était dans sa chambre. Elle ne voulait certes pas lui révéler ces stupides accusations, mais elle désirait la chaleur de ses bras.

Le couloir était désert, la plupart de ses compagnons d'armes se prélassant toujours dans le hall où les aînés racontaient de vieilles histoires qu'elle connaissait par cœur. Elle s'apprêtait à frapper chez son prétendant lorsqu'elle entendit à l'intérieur des bruits qui ressemblaient à ceux d'un combat. Ses sens invisibles l'informaient pourtant qu'il n'y avait qu'un seul homme dans cette pièce.

— Sage ! appela-t-elle, alarmée.

Pas de réponse. Elle poussa la porte qui ne broncha pas. Cela la surprit puisqu'il n'y avait aucun système de verrouillage dans le palais. Elle frappa plus durement sur la surface de bois en ordonnant à Sage de lui ouvrir. Elle allait recourir à sa magie lorsque le vacarme cessa. La porte céda brusquement et Kira fut projetée dans la pièce. Le jeune guerrier était couché sur son lit, complètement trempé par la sueur. Elle promena son regard violet dans la chambre, à la recherche d'un agresseur visible ou invisible. Toutes les affaires de son futur mari étaient éparpillées autour de lui, mais il était seul. Elle se précipita à son chevet et s'agenouilla sur le plancher.

– Sage, que s'est-il passé ? Qui t'a agressé ?

– Personne... C'était seulement un mauvais rêve...

Ses grands yeux lumineux se posèrent sur elle avec supplication. Elle attira sa tête et l'appuya contre sa poitrine de façon rassurante.

– Tout le monde peut faire des cauchemars, mon chéri.

Elle l'embrassa sur le front avec tendresse. Comment les Chevaliers osaient-ils prétendre que ce beau jeune homme innocent transportait en lui un tel fléau magique ?

– Je t'ai cherchée en quittant le roi, murmura-t-il en fermant les yeux.

– J'ai conduit Wellan chez le Magicien de Cristal.

– Si tu me l'avais demandé, j'y serais allé avec toi.

– Je suis désolée, Sage, j'aurais dû te demander de m'accompagner.

Elle caressa doucement son visage blême pendant que les dernières images du mauvais rêve s'estompaient d'elles-mêmes dans son esprit.

– Le roi m'a accordé ta main, chuchota-t-il en se laissant cajoler. Je suis le plus heureux des hommes, Kira.

Elle le serra alors si fort qu'elle faillit l'étrangler. Il se dégagea de son étreinte avant qu'elle lui casse le cou et s'assit prudemment sur le lit. Il reprenait enfin des couleurs. Il était beau malgré ses cheveux noirs plaqués sur ses joues et ses yeux humectés de larmes. Il caressa du doigt son oreille pointue. Kira frémit de plaisir quand Sage embrassa ses lèvres violettes avec douceur.

– Il a dit que nous pouvions nous unir quand bon nous semblerait, susurra Sage en allant chercher un autre baiser.

– Alors, il faut le faire le plus rapidement possible, parce que je ne pourrai plus résister bien longtemps à tes avances, répondit-elle en frissonnant.

Le renégat l'entraîna avec lui sur le lit. Même s'il avait perdu la maîtrise de Wellan, son plan se déroulerait tout de même comme prévu puisqu'il épouserait la princesse mauve.

12

BEAUCOUP DE FLAIR

Au matin, lorsque Wellan ouvrit l'œil, il constata avec étonnement qu'il était couché sur une table dans la tour du Magicien de Cristal. Il se releva lentement sur ses coudes et se rendit compte qu'il ne portait que son pantalon et ses bottes. Il plongea dans sa mémoire à la recherche de ses derniers moments de conscience, mais n'y trouva que le néant. Soudain, il remarqua les yeux de saphir du petit garçon blond qui, à quelques pas de lui, l'observait attentivement.

– Ça va mieux maintenant ? demanda Lassa en plissant le front comme Abnar lui-même l'aurait fait.

– J'ignorais que ça n'allait pas, répondit Wellan pour ne pas effrayer inutilement l'enfant.

– Quand le maître garde quelqu'un dans sa tour pour la nuit, c'est jamais bon signe.

– Et qu'est-ce que tu en sais, toi ? fit le Chevalier en s'asseyant sur la table.

– Je sais beaucoup de choses même si j'ai seulement cinq ans, répliqua Lassa, les bras fièrement croisés sur sa poitrine.

– Je suis certain que oui, fit Wellan en posant les pieds sur le sol.

Ayant passé tous les jours de sa jeune vie en compagnie du Magicien de Cristal, ce bambin avait probablement été le réceptacle de plus de savoir que tous les Chevaliers réunis.

– Est-ce que tu sais pourquoi je suis ici ?

– Le maître vous a débarrassé d'un mauvais sort, je pense, mais vous n'étiez pas en état de repartir avec vos amis.

– Qui m'a emmené ici ?

– Les Chevaliers Santo, Jasson et Kira.

– Est-ce que tu sais aussi en quoi consistait ce mauvais sort ?

Le gamin secoua la tête. Il devait donc s'agir de quelque chose d'un peu trop sombre pour un enfant de son âge, sinon Abnar lui en aurait parlé. Wellan se mit debout, content de se sentir les jambes solides.

– Êtes-vous obligé de partir tout de suite ? s'affligea Lassa.

– Je suis le chef des Chevaliers, jeune homme. J'ai de grandes responsabilités envers mes soldats.

– Et envers moi ?

– Dans quelques années, tu seras mon Écuyer et tu passeras tellement de temps avec moi que tu en auras assez de ma tête.

Wellan ébouriffa les cheveux blonds de l'enfant sans pouvoir s'empêcher de revoir le visage de son fils qui grandissait sans lui dans le monde des morts. Il chassa aussitôt cette pensée, pour ne pas sombrer de nouveau dans la tristesse. Il voulut atteindre la porte mais le Magicien de Cristal apparut en lui bloquant la route.

– Comment vous sentez-vous ce matin, sire Wellan ?

– Je suis plutôt confus, avoua le grand Chevalier. Je ne me souviens pas d'être venu jusqu'ici. En fait, je ne me souviens pas de grand-chose...

Abnar se retourna vers le porteur de lumière qui grommela de mécontentement mais qui grimpa tout de même en vitesse l'escalier de pierre.

– Vous ne lui avez pas encore enseigné à disparaître pour se déplacer ? s'étonna Wellan.

– Il serait beaucoup trop difficile à surveiller, répliqua l'Immortel avec un sourire.

Abnar joignit alors ses mains, geste qu'il posait généralement lorsque la situation était grave.

– Pourquoi suis-je ici ? demanda Wellan.

– Quelqu'un a installé en vous une énergie magique afin de paralyser votre volonté.

– Quelqu'un ?

– Vous connaissez bien l'histoire d'Enkidiev. Je ne vous raconterai donc pas en détail ce qu'il est advenu des soldats à qui j'avais conféré des pouvoirs pour combattre les troupes de l'empereur lors de la première invasion.

Le grand Chevalier acquiesça, même s'il ne voyait pas le lien entre sa soudaine perte de volonté et ce lointain passé.

– Un seul d'entre eux m'a échappé, le plus malin et le plus puissant aussi, et il semble qu'il ait maintenant envie de se venger de moi.

– Le Chevalier Onyx ? s'étonna Wellan. Mais il est mort depuis longtemps... à moins qu'il n'ait été un maître magicien lui-même.

– Non. Je n'aurais pas poussé la témérité jusqu'à faire d'eux des demi-dieux. Mais la haine peut parfois faire accomplir des miracles aux hommes, même s'ils sont de courte durée. Je ne suis pas convaincu que l'âme d'Onyx ait repris un corps physique, bien que certains de vos compagnons soient persuadés du contraire. Pour ma part, je pense plutôt qu'elle circule toujours sous forme d'énergie.

– Est-ce moi qui l'ai ramenée du Royaume des Esprits ?

– C'est possible, mais je ne désire pas m'attarder à la façon dont elle a retrouvé son chemin jusqu'ici. Je veux plutôt l'éliminer une fois pour toutes afin qu'elle ne sème pas la mort dans vos rangs.

– Vous croyez qu'Onyx étendrait sa vengeance à mes soldats ?

– L'existence même des nouveaux Chevaliers d'Émeraude est une insulte pour cet homme qui a vu les siens disparaître un à un de ma main parce qu'ils ne méritaient pas de conserver leur supériorité. Vous êtes les guerriers qu'ils auraient dû être, les preux défenseurs de la paix sur le continent. Vous n'avez jamais songé à vous trahir mutuellement ou à déposséder les rois qui nous gouvernent. Au contraire, vous les servez tous avec le même respect et le même dévouement... enfin, tous sauf un.

Wellan baissa la tête en se rappelant qu'il n'avait jamais réussi à régler son différend avec le Roi des Elfes qu'il tenait responsable du génocide des Sholiens. Mais ce n'était guère le moment de s'y attarder.

— Comment pouvons-nous combattre Onyx, maître ? demanda-t-il plutôt.

— Je suis le seul qui puisse le vaincre, sire Wellan, mais si je l'affronte personnellement et que je suis vaincu, le porteur de lumière sera sans défense. D'ailleurs, il n'est pas impossible que ce vil Chevalier ait conclu un pacte avec l'Empereur Noir afin de s'assurer la mainmise sur le Royaume d'Émeraude qu'il a autrefois convoité.

— Nous pourrions assurer la protection de Lassa pendant que vous le traquerez.

— Oui, c'est vrai, mais je préfère qu'Onyx se manifeste de lui-même. Pour l'instant, il se contente de s'insinuer dans vos esprits en semant la zizanie pour me laisser savoir qu'il est là, mais tôt ou tard, il sortira de sa cachette.

— Dans ce cas, je m'assurerai que mes compagnons y résistent.

— Je vous ai débarrassé du mauvais sort, mais le renégat pourrait fort bien en jeter d'autres à vos hommes sans qu'ils s'en rendent compte. Soyez vigilant. Si l'un d'eux se comporte de façon inhabituelle, appelez-moi sans tarder.

Wellan lui promit de le tenir au courant de toute anomalie au château et prit congé.

13

La menace

Le soleil se levait paresseusement lorsque Wellan quitta la tour du Magicien de Cristal. Il traversa la grande cour déserte sans se presser. Ses genoux le faisaient souffrir depuis la dernière visite de la Reine de Shola et, pendant un instant, il se demanda s'il serait en état de repartir sur la côte après les célébrations en l'honneur de Parandar et le mariage de Kira.

Il entra dans l'aile des Chevaliers et se rendit aussitôt aux bains, car il avait le plus grand besoin de purifier son corps. Tout en se laissant tremper dans l'eau chaude et réconfortante, il capta la présence de ses compagnons dans le hall. Après un bon massage, qui acheva de lui redonner son aplomb, il retourna à sa chambre. Ses Écuyers avaient placé des vêtements propres sur son lit. Leur prévenance lui réchauffa le cœur. Il enfila le pantalon et la tunique, puis choisit des bottes propres et attacha sa ceinture.

Tous se tournèrent vers lui lorsqu'il entra. Kira le sonda rapidement et fut bien contente de voir qu'il se portait bien. Wellan compta mentalement ses soldats et constata qu'ils étaient tous là, sauf Jasson.

— Est-ce que ça va, maître ? s'informa Volpel, même si, en théorie, il devait attendre que Wellan parle le premier.

— Je me sens très bien, le rassura le grand chef sans lui faire de reproche.

— Tu nous as donné la frousse, hier soir, glissa Santo.

— J'ai été victime d'un mauvais sort, déclara Wellan d'une voix forte, et je vous remercie de m'avoir conduit à temps chez le Magicien de Cristal.

La stupéfaction des plus jeunes lui fit tout de suite comprendre qu'ils n'étaient pas tous au courant de ce qui s'était passé.

— Nous avons ramené de notre expédition à Espérita un spectre malfaisant qui y attendait sa délivrance depuis cinq cents ans. Les premiers Chevaliers d'Émeraude n'étaient pas des hommes aussi bons et braves que vous.

Wellan parlait tout en investiguant leurs cœurs pour voir si Onyx ne se terrait pas dans l'un d'eux. Il avait jadis lu que certains esprits malins pouvaient circuler d'une personne à une autre sans qu'on puisse jamais les capturer.

— Le Magicien de Cristal a été contraint de leur retirer les pouvoirs magiques qu'il leur avait accordés lorsqu'il a constaté que leur cupidité les avait soulevés les uns contre les autres. Il a même été obligé de tuer certains d'entre eux, dont les cœurs étaient devenus trop noirs pour être sauvés. Un seul a réussi à échapper à son courroux. Il s'appelait Onyx et il était, à l'origine, un sujet du Roi d'Émeraude.

Tous se tournèrent vers Sage, le descendant du Chevalier renégat. Le jeune guerrier se sentit subitement visé par ses frères. Il se releva lentement en fixant Wellan droit dans les yeux.

— Mon ancêtre n'était pas un mercenaire ! protesta-t-il. Il était magicien et guérisseur, et il s'est réfugié à Espérita parce qu'il en avait assez des horreurs de la guerre ! La preuve qu'il n'était pas un homme méchant, c'est que l'Immortel Nomar a accepté de conclure un marché avec lui !

— Sage, je t'en prie, reste calme, susurra Kira en tentant de glisser ses doigts entre les siens.

— On ne t'a pas dit toute la vérité à son sujet, voulut lui expliquer Wellan. Et personne n'est responsable des agissements de ses ancêtres. Tu n'as aucune raison de te fâcher.

— Je pense que tu sors ces vieux squelettes de vos placards parce que j'ai manifesté mon désir d'unir ma vie à celle de l'héritière du trône d'Émeraude et que mon sang bâtard vous effraie tous !

— C'est faux, l'assura le grand chef, qui ne voulait pour rien au monde s'aliéner ce brave soldat.

Le visage normalement très pâle de Sage se colora rapidement et Wellan sut qu'il allait devoir trouver de meilleurs arguments pour l'apaiser.

— Ce qui se passe actuellement au Château d'Émeraude n'a rien à voir avec toi ou Kira ou le roi, poursuivit-il. C'est un affrontement entre l'esprit du Chevalier Onyx et le Magicien de Cristal. Nous nous trouvons malheureusement coincés entre les deux.

Sage poussa bruyamment son banc et quitta la salle sous le regard de ses frères, impuissants. Kira voulut se lever pour le suivre, mais d'un geste sec, Wellan lui fit signe de rester assise. À sa grande surprise, le Chevalier mauve lui obéit.

– Je m'occuperai de lui tout à l'heure, déclara le chef. Pour l'instant, je veux que vous mesuriez l'étendue de la menace que représente l'esprit d'Onyx. Il est furieux contre Abnar, sa colère a eu cinq cents ans pour croître. Il fera n'importe quoi pour éliminer le Magicien de Cristal et, s'il y arrive, le porteur de lumière ne se rendra pas à l'âge adulte.

– Dis-nous quoi faire, Wellan, le pria Dempsey.

– Son esprit est mobile et sournois, expliqua le grand Chevalier. Il peut facilement se déplacer entre nous. S'il a été chassé de mon corps hier, cela ne signifie pas qu'il a été éliminé. Il est certain qu'il s'insinuera dans une autre victime. Ce qu'il cherche avant tout, c'est à nous opposer les uns aux autres, car c'est seulement en brisant notre unité qu'il nous empêchera de venir en aide à Abnar. Ce serait également une grande victoire pour lui de détruire les nouveaux Chevaliers d'Émeraude tout comme ses compagnons ont été détruits par le Magicien de Cristal.

– Je pense qu'il a déjà réussi à opposer Sage et Jasson hier, se rappela alors Santo.

– Il a raison, l'appuya Bergeau. Ce qui s'est passé entre eux n'était pas naturel.

– C'est exactement le genre d'incident qu'il nous faut reconnaître, confirma le grand Chevalier. Même les Écuyers ne sont pas exempts de cette menace. Je veux que tous les actes d'agression et tous les comportements inhabituels me soient signalés sans délai. C'est la seule façon de démasquer Onyx.

Wellan recula vers la sortie et ses Écuyers se levèrent pour le suivre. Sur un signe de leur chef, ils restèrent à table, car le grand Chevalier voulait parler à Sage en tête à tête. Après l'acte de sorcellerie dont il avait été témoin la veille, Santo décida pourtant qu'il était plus prudent que l'un d'eux l'accompagne et il bondit à sa suite.

Wellan voulut protester lorsque son compagnon le rejoignit dans le couloir, mais Santo lui expliqua qu'il n'était pas prudent pour qui que ce soit de se retrouver seul avec le jeune guerrier offensé alors que l'esprit du renégat rôdait dans le château. Wellan obtempéra et, ensemble, ils rejoignirent Sage devant les enclos. Le jeune homme faisait visiblement de gros efforts pour maîtriser sa colère.

— Sage, tu n'es pas responsable de ce qui s'est passé il y a cinq cents ans, assura amicalement le grand Chevalier en s'arrêtant derrière lui.

— Et personne ne t'empêchera d'épouser Kira non plus, ajouta Santo.

— Mon ancêtre n'était pas un criminel, se défendit Sage, la gorge serrée.

— Les gens d'Espérita l'ont vénéré et peut-être ont-ils eu raison de le faire, le rassura Santo. Il n'est pas impossible qu'un homme se rachète à la fin de sa vie. Mais à l'époque où il se battait pour défendre Enkidiev, il n'a pas toujours agi de façon honorable.

— Il faut que tu comprennes que ce n'est pas ta faute, insista Wellan.

Le jeune guerrier au regard lumineux baissa la tête.

— Je suis désolé de m'être emporté, s'excusa-t-il finalement en posant un genou en terre devant le grand chef.

— Allez, debout, lui ordonna Wellan. Tu n'es pas un Écuyer.

Il l'aida à se relever en posant sur lui un regard paternel.

— J'ai réagi comme si cette critique m'était adressée personnellement. Ce n'est pas un comportement digne d'un Chevalier, poursuivit Sage.

— J'accepte tes excuses, répondit Wellan avec sincérité.

Il lui résuma ce qu'il avait dit aux autres après son départ et lui recommanda d'ouvrir l'œil. Sage acquiesça avec une innocence désarmante. Il accepta même de retourner dans la grande salle avec eux. Maintenant qu'ils connaissaient son existence, tous les Chevaliers utiliseraient leurs facultés magiques afin de trouver le renégat.

14

UN MARIAGE ROYAL

Cette semaine-là, le roi annonça officiellement à la population d'Émeraude qu'il y aurait un festin pour fêter l'union de sa pupille et du Chevalier Sage. Émeraude Ier ne désirait pas que Kira s'éloigne du château. Au lieu de lui donner des terres en cadeau de noces, il lui fit donc préparer une section du palais où elle pourrait vivre en toute intimité avec son nouvel époux. Les préparatifs de la célébration semblèrent alléger le cœur des soldats qui sondaient sans cesse le château à la recherche de l'esprit d'Onyx. Curieusement, jusqu'au mariage, le renégat ne se manifesta plus.

Armène ne quittait presque jamais la tour de l'Immortel où elle veillait sur le petit Prince de Zénor. Le matin de son mariage, Kira y transporta toutes ses affaires : elle voulait que ce soit cette merveilleuse femme qui lace sa tunique de noce et coiffe ses cheveux. La future mariée avait pris un bain d'huiles odorantes et bientôt tout l'antre d'Abnar fut rempli de leur doux parfum.

La servante aida sa fille adoptive à enfiler la tunique blanche piquée d'innombrables émeraudes qui avait été portée par toutes les reines avant elle. Elle laça ensuite les fils d'or sur ses bras, ses épaules et dans son dos et lui fit faire un tour sur elle-même pour l'admirer. Debout sur son lit, le petit Lassa sautillait en contemplant son amie mauve.

– C'est avec moi que tu te maries ! s'écria-t-il avec enthousiasme.

– Tu es bien trop jeune, puceron, s'amusa Kira. Ce matin, j'épouse l'homme que j'aime.

– Mais c'est moi que tu aimes !

Kira s'approcha de lui et l'embrassa sur le bout du nez. Elle l'assura que s'il avait eu vingt ans de plus, elle l'aurait probablement préféré à Sage, mais qu'elle n'avait pas envie d'attendre tout ce temps avant de pouvoir se marier.

– Pourquoi pas ? protesta le petit prince. Je serai beau et grand et fort, dans vingt ans !

– Disons que je ne suis pas aussi patiente que toi, dans ce cas.

Kira prit place sur un tabouret de bois. Armène coiffa patiemment ses cheveux violets en une multitude de petites tresses qu'elle attachait avec des fils d'or. Puis elle agrafa à chacune des bijoux en forme de fleurs, sertis d'émeraudes et de diamants. Lorsqu'elle eut terminé, Kira ressemblait aux nombreuses déesses dont les statues ornaient la chapelle du château. Armène maquilla ensuite ses yeux et appliqua un lustre brillant sur ses lèvres mauves.

– Tu es si belle que je vais en mourir ! s'exclama Lassa qui, les deux mains sur le cœur, se laissa tomber sur le dos dans ses couvertures.

– Arrête de dire des sottises, répliqua Kira en riant.

Mais lorsqu'elle s'approcha de la glace, elle dut reconnaître que ce déguisement lui donnait un charme plutôt exotique. Elle descendit prudemment l'escalier de pierre en bas duquel l'attendait Jasson, qu'elle avait choisi pour l'escorter jusqu'au dais à l'autre bout de la cour.

– Tu es ravissante, s'émerveilla ce dernier.

– Merci, murmura timidement Kira en s'accrochant au bras qu'il lui tendait.

En costume d'apparat, le Chevalier l'accompagna à travers la cour. La place était bondée, car toute la population d'Émeraude avait voulu assister à la cérémonie. Ce n'était pas tous les jours qu'on mariait une princesse. Les paysans et les serviteurs s'écartèrent sur leur passage, les yeux remplis d'admiration.

– Es-tu bien certaine de vouloir épouser cet étranger ? chuchota Jasson à Kira alors qu'ils avançaient en direction du dais.

– Sage n'est plus un étranger. C'est un Chevalier d'Émeraude comme toi et moi.

– Mais il y a quelque chose qui cloche en lui.

– Ce qui est tout à fait normal puisqu'il a grandi dans un monde différent du nôtre. Mais il fait de gros efforts, reconnais-le.

– Il n'y a donc rien que je puisse dire pour te dissuader de l'épouser ? insista Jasson.

— Absolument rien.

Puisqu'elle n'avait pas l'habitude de porter des tuniques aussi longues, Jasson l'aida à grimper les marches menant à la plate-forme où le roi donnerait la main de sa pupille à Sage. Il ne fallait surtout pas qu'elle se casse le cou avant d'avoir pu prononcer ses vœux. Elle arriva devant Émeraude Ier saine et sauve et tous demeurèrent ébahis devant sa beauté. Même Wellan ne cachait pas son admiration.

En costume de cérémonie lui aussi, ses longs cheveux noirs attachés sur la nuque, les pierres précieuses de sa cuirasse verte luisant au soleil, Sage s'approcha de Kira, prit sa main et y posa un baiser amoureux en la contemplant. Pas question de goûter ses lèvres chatoyantes avant la fin de la cérémonie, même si elles le tentaient.

À quelques pas d'eux, Wellan, droit et silencieux, se disait que le temps passait trop rapidement. Cette étrange jeune femme mauve sur le point de se marier, il l'avait vue pour la première fois dans la salle d'audience du Roi d'Émeraude. Âgée de deux ans, elle ne parlait même pas leur langue. Que de progrès fantastiques elle avait faits en dix-sept ans !

Le roi procéda à toutes les lectures d'usage que les amoureux entendirent à peine, trop occupés à se serrer tendrement les doigts, puis il leur fit enfin répéter leurs vœux de fidélité, d'assistance mutuelle et tout le reste. Vers midi, il les déclara mari et femme devant toute l'assemblée. Sage étreignit publiquement Kira, l'embrassant avec passion.

Mais Jasson n'était toujours pas convaincu de sa sincérité. N'importe qui pouvait prétendre être transporté de joie, surtout en épousant la princesse héritière d'un royaume. Tous défilèrent pour leur serrer la main et leur souhaiter beaucoup de bonheur. Quand vint son tour, Jasson adressa des mots durs au nouveau marié.

– Je finirai par te démasquer, Onyx, fit-il en lui écrasant brutalement les doigts, et ce jour-là, tu regretteras de ne pas être mort il y a cinq cents ans.

Kira vit Sage perdre le beau sourire qu'il arborait depuis le début de la cérémonie et elle s'empressa d'intervenir. Elle l'éloigna de Jasson avant que les deux hommes, qui étaient armés, recommencent à se battre. Ils s'observèrent avec colère pendant un instant, puis Jasson quitta la plate-forme pour aller rejoindre sa femme, son fils et ses Écuyers.

– Vous vous comportez comme des gamins ! reprocha Kira à son nouvel époux.

L'hybride se tourna vers elle. Ses traits se détendirent aussitôt devant le magnifique visage de Kira encadré de petites tresses et de fleurs brillantes : une véritable apparition d'un autre monde. Non seulement était-il de retour chez lui, à Émeraude, mais on allait de plus lui remettre le trône sur un plateau d'argent grâce à son mariage avec cette étrange femme mauve aux griffes acérées. Il ne lui resterait plus qu'à régler le compte du Magicien de Cristal et son bonheur serait complet.

On déboucha les barils de vin et on remplit gaiement les coupes pendant qu'au milieu de la cour, on faisait rôtir de grosses pièces de viande. Émeraude Ier avait tenu sa promesse à la défunte mère de Kira de faire de sa fille un Chevalier d'Émeraude. Maintenant, il venait de l'unir à un homme qui la seconderait lorsqu'elle deviendrait reine. La magicienne serait contente.

Wellan se promenait au milieu de la foule en liesse, la main sur la garde de son épée, sondant sans relâche chaque centimètre du château. « Même dans une fête, il ne peut s'empêcher d'être un soldat », se dit Bridgess alors qu'il passait devant elle. Elle s'empara de deux coupes de vin et le rattrapa. Les Écuyers avaient reçu la permission de participer aux jeux d'adresse avec les autres jeunes gens du royaume. Les deux Chevaliers pourraient donc passer un peu de temps entre adultes.

Bridgess s'arrêta devant le grand chef et lui tendit une coupe. Wellan l'accepta volontiers et but à sa santé.

– Je veux que tu me réserves la première danse, annonça-t-elle avec un sourire irrésistible.

– Mais je ne sais pas danser, protesta-t-il.

– Ce soir, je te montrerai ce que tu as besoin de savoir.

Les Chevaliers se mêlèrent au peuple pour le repas et, lorsque vint le temps de danser sur la musique d'un orchestre mi-royal, mi-paysan, Bridgess tint sa promesse et entraîna Wellan qui avait pourtant choisi le coin le plus reculé de la cour pour manger en paix. Il exécuta avec application les mouvements que lui enseigna sa jeune amie. Même s'il avait la grâce d'un canard hors de l'eau, elle apprécia ses efforts.

Tous s'amusèrent follement ce soir-là. À la lumière d'un grand feu de joie, allumé au milieu de la cour, Bergeau fit danser ses jumelles de deux ans sous le regard rempli d'étoiles de son épouse Catania, originaire de Zénor. Le roi fit aussi quelques pas avec Armène, mais ses vieux os le ramenèrent rapidement à son fauteuil capitonné. L'esprit malin d'Onyx ne semblait pas vouloir se manifester, ce qui soulagea beaucoup les plus âgés des Chevaliers. Les plus jeunes étaient trop occupés à fêter pour même y penser.

Lorsque Sage et Kira se retirèrent finalement dans le palais, les villageois commencèrent à quitter le château, une famille à la fois. Jasson profita de cet exode pour rentrer chez lui avec les siens, car il s'avérait plus sécuritaire de voyager en groupe la nuit.

15

UN COUP MONTÉ

Wellan attendit que la cour soit déserte et que les sentinelles referment le pont-levis avant de gagner l'aile des Chevaliers. En fin de compte, ce mariage royal s'était fort bien déroulé et il méritait de se reposer un peu. Mais en entrant dans sa chambre, il découvrit Bridgess en simple tunique assise sur son lit. Nulle trace de ses Écuyers.

– Où sont les garçons ? s'inquiéta aussitôt le grand Chevalier.

– Ils ont dit que tu voulais me voir en privé et ils sont partis aux bains.

Wellan ne leur avait pourtant rien demandé de tel. Un rapide examen télépathique des lieux confirma qu'ils se trouvaient bien dans les grands bassins d'eau chaude avec d'autres jeunes gens de leur âge. *Volpel, Bailey, qu'est-ce que ça signifie ?* les questionna Wellan. *Nous avons pensé que ça vous ferait du bien de passer un peu de temps seul avec votre belle dame, maître,* répondit moqueusement la voix de Bailey. *Ne vous inquiétez pas pour nous, nous dormirons dans l'ancienne chambre du Chevalier Jasson,* ajouta Volpel. Pour la première fois de sa vie, Bridgess vit Wellan rougir : il savait bien que tous les Chevaliers et tous les Écuyers avaient entendu cette communication.

Vous n'ignorez pas ce que je pense de ce genre d'initiatives, les gronda le chef. *Nous savons que cela va à l'encontre du code, mais nous sommes maintenant assez vieux pour comprendre que vous avez besoin d'un peu d'intimité*, répondit Volpel. *Et puis, nous serons juste à côté*, acheva Bailey.

— Et moi qui pensais qu'il s'agissait d'un élan de ton cœur, soupira Bridgess en se levant pour sortir. Va leur donner la correction qu'ils méritent.

Wellan l'arrêta dans son mouvement et leurs regards se rencontrèrent à la lumière de l'unique chandelle de la petite pièce. Il ne voulait pas qu'elle pense qu'il avait envie d'elle parce que la Reine de Shola l'avait repoussé, mais il ne savait pas comment le lui dire.

— Tu t'inquiètes pour rien, murmura-t-elle. Je sais que tu m'aimes.

En effet, Bridgess connaissait désormais ses véritables sentiments envers elle depuis son incursion dans son cœur. Elle lui facilita les choses par un tendre baiser. Le grand Chevalier ferma les yeux sous les impulsions de son corps trop longtemps privé de caresses.

— Reste..., l'implora-t-il.

Il n'eut pas besoin de le lui dire deux fois. Tout en l'embrassant, elle détachait les courroies de sa cuirasse. Wellan répondit à son ardeur, flatté qu'elle n'ait pas choisi un autre compagnon parmi les valeureux Chevaliers d'Émeraude qui la désiraient.

– C'est toi que j'aime, idiot, susurra-t-elle en déposant ses armes et sa cuirasse sur la tablette de bois au-dessus de la commode.

Wellan retira lui-même sa tunique et ses bottes. Il tremblait d'impatience, mais il attendit qu'elle revienne vers lui. Il faisait attention à ses pensées, qu'elle pouvait lire sans aucune difficulté. Elle glissa enfin les mains autour de son torse et le second baiser lui rappela tout ce qu'il avait manqué pendant les dernières années.

Il la laissa lui retirer son pantalon. Accepterait-elle de l'aimer comme si rien ne s'était passé entre le fantôme de Fan et lui ? Bridgess capta son interrogation.

– Ce n'est pas ta faute si elle t'a jeté un sort, chuchota-t-elle entre deux baisers. Et je suis bien contente qu'elle l'ait brisé.

– Je n'arrive pas à m'expliquer comment on peut être victime d'un maléfice et ne pas s'en rendre compte.

– Nous trouverons la réponse à cette énigme une autre fois, tu veux bien ?

– Oui, je veux bien...

Elle le fit reculer lentement, le poussa sur le lit et mit fin à ses incessantes questions en grimpant sur lui et en l'embrassant passionnément.

une voix dans la nuit

Kira conduisit Sage à leurs nouveaux appartements du palais en pensant que tout ce luxe l'impressionnerait, puisqu'il avait vécu dans une toute petite maison d'Espérita avant d'habiter une chambre plutôt sobre de l'aile des Chevaliers. Son mari ne jeta pourtant qu'un coup d'œil désintéressé à la riche décoration et se tourna vers elle, ses yeux lumineux remplis de désir. Kira se dit que le principal intérêt d'un jeune marié ne résidait peut-être pas dans le décor de la chambre nuptiale... Il l'embrassa pendant un long moment puis comprit avec agacement que, pour la dévêtir, il lui faudrait délacer une kyrielle de ruban doré.

— Cela fait partie du plaisir de la nuit de noces, mon chéri, expliqua Kira devant sa moue déconfite.

Sans plus de façon, le jeune marié tira la dague de sa ceinture et, d'un seul mouvement du poignet, fit sauter tous les fils sur le bras de sa compagne.

— Sage ! s'exclama-t-elle, horrifiée.

— Tu n'as pas l'intention de porter cette robe pour un autre homme, non ?

– Mais c'est une tradition de défaire lentement le fil...

Les yeux violets de Kira se remplirent de larmes. Déçue, elle n'osa pas lui dire qu'elle avait rêvé des centaines de fois aux douces mains de son époux qui délaceraient un à un les rubans en frôlant délicieusement sa peau. Il s'attaqua à l'autre manche et Kira vit tomber en pluie précieuse les petits morceaux dorés.

Sans se préoccuper des sentiments de sa belle, le renégat fit subir le même sort au ruban qui serpentait dans son dos. Tout en contemplant son jeune corps entièrement mauve, le nouveau marié enleva ses vêtements d'apparat puis l'attira dans ses bras. Kira se consola : leur première nuit d'amour effacerait certainement cette déception de sa mémoire. Après de longs baisers de plus en plus étourdissants, elle succomba aux caresses de son époux et leur nuit de noces fut un tourbillon de plaisir, de douleur, de surprise et de passion.

Lorsque Sage s'endormit finalement près d'elle, Kira était encore plus épuisée qu'à la suite d'un dur combat. Elle se blottit contre son dos. Elle allait se laisser aller au sommeil lorsqu'elle entendit une voix lointaine... une voix qui prononçait son nom ! Elle se releva sur ses coudes et tendit l'oreille. La voix ne provenait pas de la fenêtre ou du couloir, elle émanait du lit ! Kira chassa sa peur et se concentra davantage pour tenter de comprendre ce qu'elle disait.

Kira, c'est Sage, je vous en prie, écoutez-moi... Elle se tourna vers son mari, mais il dormait à poings fermés. *Pas celui-là, le vrai...* Elle dut alors faire de gros efforts pour ne pas céder à la panique. *C'est une ruse,* répliqua-t-elle par voie télépathique. *Vous êtes le Chevalier Onyx et vous cherchez à nous séparer.* Elle entendit alors des sanglots qui lui déchirèrent le cœur. Le Chevalier déchu pouvait-il feindre un tel chagrin ? Et dans son sommeil, en plus ? Que risquait-elle en le laissant aller au bout de son mensonge ?

Où êtes-vous ? demanda-t-elle. *Je suis prisonnier de mon corps et je ne puis m'exprimer que lorsque le sorcier s'endort. Si vous saviez à quel point cela me brise le cœur que ce soit lui qui dorme désormais dans votre lit alors que c'est moi qui vous aime.* Et les sanglots reprirent de plus belle en semant la consternation dans l'âme de Kira. Mais qui croire ? L'homme qui dormait profondément près d'elle ou celui dont elle entendait la voix ?

Quand vous a-t-on emprisonné ? voulut-elle savoir. *À notre arrivée au Royaume d'Émeraude. Quand j'habitais Espérita, il entrait et sortait de mon corps, comme s'il essayait de s'y habituer. J'ai tenté de le repousser, mais il est trop fort... Kira, mon âme s'envolera vers les grandes plaines de lumière si je n'arrive pas à me libérer de lui, mais si je devais cesser d'exister, je veux que vous sachiez que je vous aime et que je vous aimerai toujours.*

Et la voix se tut. Plus un sanglot, plus rien. Kira se recoucha un peu plus loin de son époux. Comment savoir lequel des deux il était vraiment ? Vers qui se tourner pour demander de l'aide ? Certainement pas vers Jasson, qui aurait tôt fait de le condamner sans procès. Wellan accepterait-il de l'écouter ? Et le Magicien de Cristal ? Peut-être connaissait-il une façon de départager les deux entités.

Elle ne dormit que quelques heures. À son réveil, elle trouva Sage, ou celui qui prétendait être Sage, étendu sur le côté, qui la regardait de ses yeux lumineux. C'est alors qu'elle se rappela qu'à son arrivée à Espérita, ses yeux ressemblaient à des miroirs qui captaient la lumière. Jamais ils n'avaient brillé ainsi. Était-ce un signe de la possession du corps de Sage par l'esprit du Chevalier Onyx ?

– J'ose croire que ce sont des plans amoureux que tu prépares ainsi, fit-il avec un radieux sourire.

Il ne fallait surtout pas qu'elle éveille les soupçons du renégat avant d'être certaine de son identité. Alors, elle alla cueillir un baiser sur ses lèvres en imaginant que c'était le véritable Sage qu'elle embrassait. Ils quittèrent enfin le lit pour prendre un bain et manger en tête à tête. Kira enfila ensuite son uniforme mauve de Chevalier et chercha une excuse pour prendre congé de son mari pendant quelques minutes.

– J'ai promis à Lassa de lui apporter une portion de gâteau ce matin, déclara-t-elle le plus naturellement du monde. Et il faudra qu'Armène enlève ces bijoux de mes cheveux, parce qu'ils m'ont empêchée de dormir cette nuit. Veux-tu venir avec moi ?

– Non. J'ai des choses à faire moi aussi, répondit-il sur un ton presque énigmatique. Nous nous reverrons au repas du soir dans le hall des Chevaliers.

« Que peut-il bien vouloir faire le lendemain de son mariage ? » s'étonna-t-elle. Elle préféra ne pas le lui demander, ce qui aurait retardé ses propres plans, et se rendit à l'antre de l'Immortel sans oublier d'apporter un morceau de gâteau sur une petite assiette de terre cuite. Elle grimpa l'escalier usé de la tour et s'arrêta à la première meurtrière pour observer Sage qui se dirigeait vers l'écurie. Il en ressortit avec son cheval, qu'il enfourcha aussitôt et qu'il guida vers les grandes portes ouvertes de la forteresse.

– Kira ? l'appela une voix aiguë derrière elle.

Elle sursauta et fit volte-face. C'était le petit prince, posté quelques marches plus haut. En apercevant la pâtisserie, il s'égaya. Il cabriola jusqu'à elle, mais Kira le poussa vers le palier avant de lui donner l'assiette. Lassa prit une bouchée du gâteau et ferma les yeux avec délices. « On ne doit pas lui en servir souvent », pensa Kira qui connaissait la sévérité d'Abnar en ce qui concernait l'éducation du petit prince.

— C'est ton mari que tu surveilles ? demanda l'enfant, la bouche cerclée de crème.

— C'est une question indiscrète, Lassa.

— Moi, si j'étais ton mari, je voudrais que tu me surveilles tout le temps.

Armène descendit les marches de l'étage supérieur et soupira avec soulagement en trouvant son protégé en compagnie de la nouvelle mariée.

— Bonjour, Mène, fit la jeune femme mauve avec un sourire heureux.

— Est-ce que ta nuit de noces t'a plu ? se moqua doucement la servante.

— Sage a été encore plus formidable que je l'imaginais, lui mentit Kira pour ne pas l'alarmer. Mais ce sera encore mieux lorsque j'arrêterai de l'assommer avec tous ces bijoux dans mes cheveux.

— Allez, viens un peu par ici. Je vais t'en débarrasser.

Kira grimpa sur un banc et la laissa défaire ses tresses et retirer les petites fleurs précieuses. Le Prince de Zénor dévorait son gâteau en l'admirant. Il était charmant, cet enfant, mais indiscipliné aussi. Le Magicien de Cristal n'arrivait jamais à retenir son attention plus de dix minutes à la fois. Curieusement, le porteur de lumière préférait jouer avec ses chevaux de bois plutôt qu'étudier la magie.

— Maître Abnar n'est pas ici ? s'enquit Kira sans paraître trop anxieuse.

— Il est toujours là, mais on ne le voit pas, répondit Lassa en se léchant les doigts.

— Que doit-on faire quand on veut lui parler ?

— Il arrive tout de suite quand on fait une bêtise.

Abnar se matérialisa derrière le petit prince. Il posa sur lui un regard désapprobateur, mais Lassa s'étira le cou et se contenta de lui sourire. L'Immortel leva ensuite ses yeux gris sur Kira. Elle sentit qu'il sondait son âme, elle n'aurait donc pas besoin de lui expliquer la situation en détail.

Dès que les tresses furent défaites et que Lassa eut léché avidement l'assiette vide, la servante, sur un signe d'Abnar, ramena l'enfant à l'étage supérieur pour le nettoyer. Le gamin souffla un baiser à Kira et laissa Armène prendre sa main collante pour l'entraîner dans l'escalier.

— Alors, tu crois que le Chevalier Onyx s'est emparé du corps de Sage d'Espérita ? fit l'Immortel avec un air grave.

— C'est une possibilité, maître. J'ai entendu une voix qui semblait être celle du jeune homme que j'ai rencontré là-bas, à l'époque où ses yeux ne demeuraient pas ainsi allumés. Mais il pourrait aussi s'agir d'une ruse de la part du Chevalier renégat. Je ne sais pas comment faire la diffé-rence entre les deux.

— Il faudrait que tu le questionnes sur des événements qui ont eu lieu avant la prise de possession. Mais cela ris-querait de le mettre sur ses gardes et je ne veux pour rien au monde mettre ta vie en danger. Tu dois agir comme si tu ne te doutais de rien.

– Il me sera plutôt difficile, à partir de maintenant, de partager le lit du Chevalier Onyx sans avoir peur pour nous tous.

– Dans ce cas, je n'ai plus le choix. Je devrai l'affronter moi-même.

– Pendant qu'il est dans le corps de Sage ? s'alarma Kira.

– C'est là qu'il a choisi de s'installer. Je n'y peux rien.

– Mais vous n'êtes pas obligé de tuer mon mari pour le débarrasser d'Onyx, n'est-ce pas ?

Le Magicien de Cristal ne répondit pas. Son silence assombrit le cœur de Kira, qui regretta aussitôt d'être venue lui confier ses soupçons.

– Je devrai donc l'en faire sortir avant ce duel, décida-t-elle.

– Même moi je n'y arriverai pas s'il a décidé d'y rester, expliqua-t-il.

– Je trouverai un moyen.

– Kira, je comprends ce que tu ressens.

– Non, fit-elle en secouant la tête. Si vous compreniez mes sentiments pour Sage, vous chercheriez une solution pour le sauver. C'est lui que j'ai épousé, pas Onyx, et je ne laisserai rien lui arriver. Je l'ai juré devant les dieux, rappelez-vous.

Sans attendre les arguments de l'Immortel insensible, elle bondit vers la porte, mais elle s'arrêta brusquement et se retourna : ses yeux étaient remplis de larmes.

– Donnez-moi au moins le temps d'essayer, implora-t-elle.

– Je veux bien, mais si je sens que ta vie ou celle de tes compagnons est en danger, je devrai intervenir à ma façon.

Désespérée, Kira fonça vers l'aile des Chevaliers dans l'intention de supplier Wellan de lui venir en aide. En arrivant près de la chambre du grand chef, elle sentit la présence d'une autre personne avec lui. Bridgess ! Kira ne voulut pas les déranger au milieu de cette réconciliation, alors elle se rendit dans le hall pour les y attendre en réprimant ses larmes.

17

ONYX ET JASSON

Au Royaume d'Émeraude, le temps des récoltes était arrivé. Habituellement, afin que rien ne se perde, Jasson recrutait tous les jeunes gens du coin pour lui donner un coup de main et il les récompensait en leur laissant emporter une part de blé, d'avoine et de maïs. De leur côté, ses Écuyers avaient déjà commencé à remplir des paniers de pommes, de prunes, de pêches et de poires, car ils se levaient beaucoup plus tôt que lui le matin. Les dieux avaient été cléments cette année-là, les provisions dureraient pendant toute la saison des pluies.

En attendant l'arrivée de la main-d'œuvre, Jasson marchait entre les longues tiges de blé. Il examinait l'état de ses plants lorsque ses sens magiques l'avertirent d'un danger. Alarmé, il détala comme un lapin en direction de sa maison. Tout semblait parfaitement calme, mais il continuait de ressentir une terrible menace. Il jeta un coup d'œil dans les vergers, mais ses Écuyers n'y étaient pas. Il fonça dans sa demeure : là non plus.

Affolé, il fit demi-tour et contourna la chaumière pour atteindre l'endroit où sa femme et ses serviteurs préparaient les conserves et les repas pendant la saison chaude. Stupéfait, il s'arrêta net devant le Chevalier Sage, assis sur son cheval.

— Je n'aime pas les menaces, siffla ce dernier en posant sur lui ses yeux couleur de lune.

— Où sont ma femme et mon fils ? s'enflamma Jasson.

— Je les ai expédiés dans un autre univers où ils s'ennuieront très certainement de toi.

Jasson poussa un cri de rage et se précipita sur le renégat, mais un éclair bleu creva le sol devant lui. Le terrible choc le projeta sur le dos. Étourdi, il se releva sur ses coudes. Le cavalier restait impassible au milieu de la fumée.

— Si tu veux les revoir, range-toi de mon côté, lui dit-il. Ensemble, nous détruirons les Immortels et nous établirons sur Enkidiev un règne de paix et de prospérité qui durera jusqu'à la fin des temps.

— Je suis un Chevalier d'Émeraude, pas un mercenaire ! riposta Jasson en se relevant avec difficulté.

— Moi aussi. J'ignore ce qu'Abnar a pu vous dire à notre sujet. D'ailleurs, vous n'avez certainement pas pu vous renseigner dans les ouvrages d'histoire qu'il a fait brûler. Nous étions de braves hommes. Nous avions des familles et des fermes comme celle-ci. Nous aimions aussi notre continent et nous avons tous accepté de le défendre contre l'envahisseur. Et qu'avons-nous reçu en retour ?

— Vous avez tenté de détrôner des rois !

— Nous leur avons seulement réclamé ce qui nous revenait de droit. Tu es bien naïf de croire que le Magicien de Cristal vous traitera différemment après cette guerre, Jasson. La seule façon pour toi de sauver ta femme et ton fils, c'est de marcher à mes côtés.

— Jamais ! s'écria le soldat en secouant la tête.

Jasson aimait sa famille plus que tout au monde, mais il n'était pas devenu un Chevalier d'Émeraude pour céder au chantage d'un esprit maléfique d'un autre temps.

— Et bien ! soit ! soupira le renégat.

Onyx lança une seconde décharge en direction du Chevalier récalcitrant. Il frappa Jasson en pleine poitrine et le pauvre homme s'écrasa sur le sol, assommé. Certain de l'avoir mis hors de combat, le renégat talonna son cheval et disparut dans la fumée bleue.

Bien qu'étourdi, Jasson rassembla son énergie et se releva. Du sang coulait abondamment sur sa poitrine et ses bras, mais, malgré ses blessures, il n'abandonnerait certainement pas ses frères. *Wellan,* appela-t-il avec son esprit. Aucune réponse. Il tenta de communiquer avec les autres Chevaliers et se heurta à un grand vide. Onyx les avait-il déjà tués ?

Faisant fi de sa douleur, il fonça vers les enclos, mais il trouva tous ses chevaux morts sur le sol. Il laissa échapper un grand cri de rage, tourna les talons et se mit à courir sur la route de terre qui menait au château.

18

Le renégat

Kira rejoignit ses compagnons qui mangeaient dans le hall sans se douter de la menace qui planait sur eux. Sage n'était pas encore rentré au château. Il devenait de plus en plus pressant qu'elle confie ses craintes à son chef avant son retour. Elle avala un peu de pain et de fromage, puis, ne tenant plus en place, elle bondit de son siège et retourna dans le couloir des chambres. Heureusement, Wellan et Bridgess sortaient des bains. Avant même de la sonder, le grand Chevalier comprit qu'il s'était produit un malheur.

– J'ai trouvé le Chevalier déchu, annonça-t-elle bravement. Il a pris possession du corps de Sage et il faut le faire sortir de là sans tuer mon mari.

– Il se cache dans le corps de Sage ? s'étonna Wellan. Mais c'est impossible, je l'aurais senti.

– Onyx est un puissant sorcier. Si je n'avais pas entendu la voix du vrai Sage au milieu de la nuit, je ne l'aurais pas cru non plus, mais je te dis la vérité.

Le grand Chevalier s'adossa contre le mur du couloir et réfléchit. Pourquoi Onyx était-il resté caché si longtemps dans le corps de Sage ?

– En as-tu parlé au Magicien de Cristal ? demanda Bridgess.

– Oui, assura Kira, et il a dit que si l'esprit d'Onyx décide de s'incruster dans son corps, lui-même ne pourra pas l'en chasser. Mais, en l'affrontant, il risque de tuer mon époux.

– Je sais que c'est un choix difficile, Kira, mais tu dois d'abord penser au bien de tous, lui rappela la femme Chevalier. C'est le serment d'un Chevalier d'Émeraude.

– Mais je ne peux pas abandonner mon mari qui est, rappelez-vous, un Chevalier d'Émeraude lui aussi. Il doit y avoir une façon de vaincre Onyx et de sauver Sage en même temps.

– J'ai déjà lu quelque chose à ce sujet, se rappela soudainement Wellan.

Une lueur d'espoir brilla dans les yeux de la jeune femme mauve. Fébrile, elle suivit les pensées du grand Chevalier alors qu'il fouillait son incroyable mémoire. Kira s'étonna d'y trouver autant de renseignements encore tout frais, comme s'il venait de les recueillir.

– À l'aide de certaines incantations, il est possible de faire sortir l'esprit maléfique de la personne qu'il possède et de l'enfermer dans un objet magique, déclara-t-il, le regard absent.

– Quel genre d'objet magique ? le pressa Kira.

Wellan plissa le front avant de sonder encore plus profondément son immense savoir. Les deux femmes gardèrent le silence pour qu'il arrive le plus rapidement possible à une solution.

Au même moment, dans le grand hall, les Chevaliers terminaient leur premier repas de la journée en compagnie de Bergeau, arrivé tôt ce matin-là. Ils discutaient entre eux des moyens à leur disposition pour capturer le renégat.

— Nous avons scruté tous les coins du château en vain, leur rappela Falcon avec découragement.

— Il est donc composé d'une énergie que nos sens magiques ne peuvent pas capter, en déduisit Chloé.

— Et nos sens ordinaires, alors ? suggéra Swan.

— Il me semble que si un squelette vieux de cinq cents ans se promenait dans le Royaume d'Émeraude, quelqu'un nous aurait prévenu, se moqua Nogait.

— Ce n'est pas ce que je voulais dire ! protesta la jeune femme. Je pense qu'une aussi vilaine énergie doit créer des remous sur son passage et rendre les gens plus nerveux.

— Donc, en les observant, on saurait où dénicher le renégat, termina Dempsey.

— Et comment peut-on combattre une énergie invisible qui se déplace ? s'étonna Bergeau.

À ce moment, tout le château se mit à trembler comme le jour où Kira avait conjuré l'esprit du Chevalier Hadrian. Un bruit sourd et métallique à l'autre bout de la grande salle les fit sursauter. Ils se précipitèrent vers la porte pour se rendre compte avec stupeur qu'une grille de fer s'y était matérialisée. Bergeau agrippa les barreaux et constata qu'ils étaient bien réels. Il les secoua avec fureur pendant que les autres se massaient derrière lui.

– Mais d'où cela sort-il ? s'exclama l'homme du Désert.

Dempsey les sonda avec ses sens magiques qui, curieusement, lui indiquèrent que rien n'obstruait la porte. Il posa la main sur le métal froid dont l'existence était un mystère. Il tenta d'utiliser des rayons d'énergie, mais ils rebondirent et fusèrent dans toutes les directions. Les soldats s'écrasèrent aussitôt sur le sol pour ne pas être blessés.

– Onyx ! s'exclama Dempsey en flairant l'intervention d'un sorcier.

La secousse ébranla la tour du magicien Élund alors qu'il dormait encore d'un sommeil profond. Il s'éveilla en sursaut et s'accrocha à son lit qui ballottait comme un bateau sur un océan en colère. Ses chats poussèrent des miaulements rauques et, pris de panique, se mirent à courir dans tous les sens dans la pièce circulaire.

– Mais qu'a-t-elle encore fait ? rugit le vieil homme en se rappelant que le dernier tremblement de terre à Émeraude avait été causé par Kira.

Le lit s'immobilisa enfin et Élund mit le pied sur le sol, décidé à sévir une fois pour toutes contre cette créature mauve sortie tout droit de l'enfer. Il ramassa son bâton et se dirigea vers l'escalier. Des barreaux de fer se matérialisèrent brusquement devant lui, coupant l'accès à l'étage supérieur.

— Cette fois, elle dépasse les bornes ! hurla le magicien.

Il leva son bâton au-dessus de sa tête et se mit à réciter les formules magiques qu'il connaissait pour faire disparaître cet obstacle... en vain.

De l'autre côté du château, la tour du Magicien de Cristal subissait le même sort. À peine éveillé, Lassa vit s'écraser les tablettes qui soutenaient ses livres et les meubles se mirent à danser sur le plancher de pierre.

— Mène ! cria-t-il, terrorisé.

La servante quitta son lit tant bien que mal et courut à son secours. Le petit prince se réfugia dans ses bras et cacha sa tête dans son cou tandis qu'elle le serrait contre elle de toutes ses forces. Incapable de conserver son équilibre sur le sol en mouvement, Armène se coucha sur le lit en protégeant l'enfant de ses bras.

— Que se passe-t-il, Mène ? s'inquiéta Lassa.

— Il arrive parfois que la terre tremble, mon trésor, mais ça ne dure jamais longtemps.

— Est-ce qu'elle tremble parce qu'elle a peur ?

— Je n'en sais rien. Tu poseras cette question à maître Abnar lorsqu'il reviendra, d'accord ?

Même si la tour les secouait dans tous les sens, le gamin se sentit soudainement en sécurité contre la poitrine de sa mère adoptive. Il porta son pouce à sa bouche et ferma les yeux pendant que la servante priait les dieux du panthéon céleste.

Dans le couloir des chambres, Wellan, Bridgess et Kira ressentirent aussi la secousse. Le grand Chevalier et Bridgess foncèrent vers leurs chambres pour y prendre leurs armes. Kira pouvant faire apparaître son épée double quand bon lui semblait, elle sonda plutôt les alentours. Elle capta l'affolement des Chevaliers dans le hall et s'y rendit en vitesse, mais elle dut s'arrêter en catastrophe, car une grille de fer bloquait l'entrée de la grande salle. Elle passa la main devant les barreaux : une puissante énergie magique les maintenait en place.

— Peux-tu les faire disparaître ? lui demanda Bergeau, en colère.

— C'est une magie que je ne connais pas ! s'exclama le Chevalier mauve.

Wellan et Bridgess arrivèrent derrière elle, l'épée à la main. À leur tour, ils constatèrent avec effroi que les soldats étaient coincés dans leur propre hall. Malgré la secousse sismique, les plus jeunes tentaient de grimper jusqu'aux fenêtres de la vaste pièce, mais chaque fois qu'ils en atteignaient une, d'autres barreaux y apparaissaient. Wellan observait la scène en se demandant comment combattre un ennemi aussi puissant, d'autant plus qu'ils ne pouvaient ni le voir ni le sentir. Il leva la main dans l'intention d'utiliser un rayon d'énergie pour arracher les barreaux.

– Non ! s'écrièrent les Chevaliers.

– Dempsey l'a déjà fait et il a failli tous nous tuer ! lui expliqua Falcon. Notre magie ne peut pas altérer ce métal ensorcelé par un sorcier !

– Il n'y a qu'une façon de nous sortir d'ici, Wellan, intervint Dempsey, en conservant son calme. Trouve le responsable et arrête-le.

Le grand Chevalier considéra son frère d'armes un instant et comprit qu'il avait raison. Il ne leur était d'aucun secours debout devant cette grille magique. Il lui fallait retrouver Onyx et le neutraliser avant qu'il cause plus de dommages.

– Rassure les Écuyers, ordonna-t-il.

– C'est ce que je comptais faire, assura Dempsey.

Wellan rassembla le courage qui faisait de lui le chef de ces braves soldats et s'élança vers la sortie. Bridgess et Kira le suivirent sur-le-champ. C'était bien peu de guerriers pour affronter un fantôme du passé, mais ils le vaincraient. Le trio émergea dans la cour alors que la terre cessait de trembler. Wellan ralentit immédiatement le pas, alerté par le silence funèbre et l'étrange fumée bleue qui rampait sur le sol.

– Restez près de moi, intima Wellan aux deux femmes.

Ils avancèrent lentement vers la tour du Magicien de Cristal, tous leurs sens magiques en alerte. Les volutes de fumée devinrent de plus en plus denses et grimpèrent le long des remparts comme une armée de serpents. Bientôt, les trois Chevaliers se retrouvèrent dans un univers méconnaissable où tout ce qui les entourait avait pris une inquiétante teinte azurée.

– Je ne vois même plus la tour, murmura Kira, inquiète.

– On dirait même que le palais a disparu, ajouta Bridgess.

Wellan ne les écoutait pas. Ses sens plus aiguisés que les leurs depuis son séjour au Royaume des Ombres l'avertissaient d'une présence beaucoup plus malfaisante que celle d'Asbeth. Il s'immobilisa et leva les bras pour arrêter les deux femmes soldats.

– Nous ne sommes pas seuls, leur souffla-t-il.

Bridgess et Kira tournèrent lentement sur elles-mêmes en cherchant la source de la sombre énergie. Le Chevalier mauve se concentra et capta un tourbillon de colère et de rancune.

– Par là, indiqua-t-elle à ses compagnons.

La silhouette noire d'un cavalier apparut au milieu de la cour. Il était impossible de l'identifier, mais il s'en dégageait une puissance qui ne ressemblait à rien de ce que les Chevaliers avaient affronté par le passé.

– Le grand chef lui-même, lança une voix retentissante. C'est un honneur.

Wellan s'avança en gardant les deux femmes derrière lui. Il projeta sa conscience en direction de l'inconnu mais elle fut aussitôt écrasée comme un insecte sur le sol vaporeux et le grand Chevalier recula en vacillant sur ses jambes.

– Il est inutile de vous servir de votre magie insignifiante contre moi, ricana la voix en se répercutant sur les murs avoisinants. Retournez au palais et laissez-moi régler mes comptes avec les Immortels.

– Qui êtes-vous ? s'écria Wellan qui n'aimait pas du tout qu'on vienne le menacer chez lui.

– Vous le savez très bien et vous connaissez aussi le but de ma présence à Émeraude. S'il faut que je vous tue tous un par un pour faire sortir ce meurtrier de sa grande tour, je n'hésiterai pas à le faire. Alors, si j'étais vous, je me mettrais à l'abri.

– Onyx..., murmura Bridgess.

– L'intelligence des femmes de cet Ordre est indéniablement supérieure à celle de leurs frères d'armes, se moqua le cavalier immobile.

« Même son cheval semble aussi rigide qu'une statue », remarqua Kira. Elle plissa les yeux pour mieux distinguer ses traits, mais la fumée bleue qui envahissait la cour obscurcissait son visage. Il était impossible de dire s'il s'agissait ou non de Sage, mais ce n'était certes pas sa voix.

– Si c'est Abnar que vous êtes venu affronter, alors choisissez un terrain neutre où votre magie ne blessera pas de pauvres innocents, l'intima Wellan.

– Est-ce là la nouvelle philosophie d'Abnar ? Il ne dit plus : « Tuez-les tous jusqu'au dernier » ?

– Contrairement aux soldats de votre époque, nous sommes de véritables Chevaliers d'Émeraude, entraînés pour maîtriser notre puissance et pour servir l'humanité ! rétorqua Wellan en se redressant fièrement. Nous ne sommes pas une horde de bandits à qui on aurait soudainement accordé des pouvoirs magiques !

Le ciel s'assombrit subitement comme si la nuit venait de s'abattre sur la terre et des éclairs bleutés le sillonnèrent de façon menaçante.

– Wellan, il serait plus prudent de ne pas le provoquer, lui conseilla Bridgess.

– Il est facile de se croire supérieur lorsque notre vie n'est pas en danger, rétorqua Onyx. Mais si je n'arrive pas à détruire le meurtrier de Cristal aujourd'hui, vous subirez le même sort que nous à la fin de la guerre, de cela je suis certain. Alors nous verrons bien si vous demeurerez aussi vertueux.

Wellan tenta de rappeler désespérément à sa mémoire ce qu'il avait lu au sujet des esprits qui s'emparaient des corps humains et de la façon de s'en protéger, mais ses sens l'avertirent que le renégat était sur le point de frapper.

19

UN VIEIL ENNEMI

Dans sa haute tour, Abnar se tenait à la fenêtre et contemplait avec inquiétude la cour remplie de fumée. Il aurait certainement de la difficulté à se débarrasser d'Onyx, même si le renégat s'était piégé lui-même en refermant magiquement les grandes portes de la forteresse, en relevant le pont-levis et en scellant le château sous un dôme invisible. Mais Abnar captait aussi la nouvelle puissance du Chevalier déchu qui, curieusement, avait une odeur d'Immortel.

Le Magicien de Cristal savait qu'il devrait l'affronter tôt ou tard, mais il hésitait à se jeter dans la mêlée en laissant sans défense l'enfant blond qui jouait derrière lui, rassuré depuis la fin du tremblement de terre et inconscient du drame qui se déroulait dans la grande cour. Aucun Chevalier ne pourrait protéger Lassa si Abnar perdait ce combat. Le renégat ne prendrait certes pas au sérieux la prophétie concernant le petit prince, puisqu'il ne pensait qu'à asseoir son propre pouvoir sur Émeraude. L'enfant deviendrait donc une proie facile pour l'Empereur Noir. Et si le porteur de lumière mourait avant d'avoir accompli sa mission, le monde libre périrait avec lui...

✧　　✧

✧

Onyx mit pied à terre. Sa sombre monture disparut aussitôt. Il s'avança lentement vers les Chevaliers pendant que la cour devenait encore plus obscure. Tout le corps de Kira se mit à vibrer à l'approche du danger. Cet homme était un meurtrier en puissance, pas un Chevalier d'Émeraude comme le prétendaient les anciens écrits.

— Vous vous complaisez dans de grands principes de justice et dans l'utilisation d'une magie rudimentaire, et vous vous croyez forts, en plus ! rugit la voix d'Onyx. C'est à nous que le Magicien de Cristal a octroyé de véritables pouvoirs, mais il a perdu la confiance de ses soldats humains parce qu'il n'a pas fait preuve d'honnêteté envers eux ! Jamais il n'a eu l'intention de récompenser ceux qui ont risqué leur vie pour sauver Enkidiev ! Au contraire, il les a lâchement assassinés un par un une fois la guerre terminée !

— Je comprends ce que vous ressentez, fit Wellan qui le voyait s'approcher un peu trop.

— Pour cela, il aurait fallu que vous soyez l'un des nôtres, Wellan ! Mais vous et vos hommes n'êtes que des guerriers de salon ! Vous n'avez combattu que des ennemis stupides et prévisibles ! Nous, les anciens Chevaliers, nous avons affronté des troupes de sorciers déchaînés !

Wellan, qui n'avait rencontré qu'un seul mage noir dans toute sa vie, pouvait fort bien s'imaginer la terreur de se retrouver devant toute une armée de ces créatures maléfiques. Mais sa connaissance de cette guerre lointaine était académique et incomplète et il n'avait aucune façon de savoir si Onyx lui disait la vérité.

— Comment vous a-t-il enseigné à vous battre ? poursuivit le renégat. Avec loyauté et honneur ? Avec vos armes ou avec votre magie ? Vous rendez-vous compte au moins qu'il aurait pu vous accorder de bien plus grands pouvoirs encore s'il n'avait pas aussi peur de vous ?

– Nous en savons suffisamment pour nous défendre ! répliqua Bridgess qui se sentait insultée.

– Alors, laissez-moi vous montrer ce que vous devriez tous être capables de faire.

Il tendit la main et une formidable épée double comme celle de Kira s'y matérialisa, mais elle était faite d'un métal entièrement noir sur lequel couraient de petits éclairs bleus. Il la mania avec beaucoup de souplesse, en n'utilisant qu'une seule main, et il devint évident pour Wellan qu'il savait fort bien s'en servir. Le sombre Chevalier s'avança davantage. C'était bien le visage du jeune guerrier d'Espérita. Il portait une cotte de maille brillante. Une ceinture de cuir sombre ceignait sa taille, attachée par une boucle en forme de tête de dragon. Ses longs cheveux noirs flottaient dans son dos et ses yeux blancs brillaient plus que jamais.

– Sage..., murmura Kira, effrayée.

– Le pauvre garçon se meurt à l'intérieur de moi et ça vaut beaucoup mieux pour lui, déclara Onyx avec un sourire cruel. Un paysan sans éducation ne mérite pas d'épouser une princesse guerrière. C'est à mes côtés que vous régnerez sur le Royaume d'Émeraude, Kira de Shola.

– Jamais ! hurla la jeune femme mauve.

– Et parce qu'il y a du sang d'insecte dans vos jolies veines, l'Empereur Noir sera bien obligé d'accepter mes conditions de coexistence, car je régnerai sur tout Enkidiev. S'il refuse, vous le détruirez pour moi.

— Je suis un Chevalier d'Émeraude, pas un assassin !

— Vous obéirez à mes ordres comme tous mes nouveaux sujets ! tonna Onyx en faisant trembler une fois de plus le château.

Kira prit son élan pour bondir sur lui, toutes griffes dehors, mais Bridgess eut l'heureux réflexe de l'agripper par la ceinture et de la retenir fermement.

— Il cherche à nous faire perdre notre sang-froid, Kira, lui souffla-t-elle à l'oreille. Ce Chevalier puise sa force dans notre haine. Tu ne dois pas y céder.

« Elle a raison, il essaie de nous mettre en colère », comprit la jeune femme mauve. Elle détendit alors tous ses muscles, ce qui convainquit Bridgess de la libérer. Wellan se tenait toujours devant elles, immobile et attentif, l'exemple parfait de ce que devait être un Chevalier d'Émeraude, tout à l'opposé de ce démon qui s'était emparé du corps de l'homme qu'elle aimait.

Les représentants du passé et du présent s'observaient. Wellan n'entendait pas céder un seul centimètre au renégat, même s'il devait y perdre la vie. Kira voulut sonder l'esprit de son chef pour ajuster sa stratégie à la sienne, mais elle le trouva totalement fermé, probablement pour ne donner aucune emprise à Onyx.

— Je ne vous laisserai pas vous rendre jusqu'à Abnar, l'avertit Wellan.

— Je vois mal comment vous pourriez m'en empêcher, surtout si c'est lui qui vous a enseigné à vous battre, rétorqua le renégat. Vous a-t-il au moins appris à matérialiser vos propres armes magiques ?

Wellan ne répondit pas, mais Kira sentit qu'il se raidissait et s'apprêtait à combattre. Il n'y avait pas la moindre trace de peur ou de haine en lui. Entraîné par le magicien Élund à se servir défensivement de ses pouvoirs et par les soldats du Roi d'Émeraude à manier la lourde épée, la dague et la lance, Wellan avait aussi reçu l'enseignement de Nomar au Royaume des Ombres. Sa concentration intense ne pouvait pas être brisée par les provocations d'Onyx.

– J'ai beaucoup d'admiration pour vous, Wellan, déclara le sorcier en se radoucissant. Vous êtes un homme intelligent et puissant comme Hadrian d'Argent. Vous devriez avoir déjà compris que les humains sont les marionnettes préférées des Immortels. Les dieux leur ont accordé, il y a fort longtemps, la permission de faire ce qu'ils voulaient de nous, à condition que leurs initiatives servent à nous élever spirituellement et physiquement. Les dieux ignoraient évidemment qu'un jour les Immortels comploteraient contre eux et qu'ils nous utiliseraient pour exécuter leurs sombres desseins.

– Vous dites n'importe quoi, répliqua le grand Chevalier en dégainant par prudence son épée.

– J'ai été le pantin de deux Immortels et j'ai passé cinq cents ans dans l'Éther à écouter les murmures venant des hautes sphères. Non, Wellan, je sais parfaitement de quoi je parle. Les Immortels sont nos ennemis au même titre que ces affreux insectes qui cherchent à conquérir le monde. Mais tous ensemble, nous pourrions rétablir sur Enkidiev l'ordre et la paix que les dieux nous ont promis lorsqu'ils nous ont créés.

– En semant la mort et la destruction ? répliqua le grand Chevalier. Ce n'est pas le serment que nous avons prêté.

– En détruisant uniquement Abnar et ses copains malhonnêtes.

Onyx s'avança davantage en faisant mollement tourner son arme menaçante.

– Ce serait un honneur indicible que vous vous battiez à mes côtés, Wellan.

– Je suis un Chevalier d'Émeraude, pas un sorcier, et je respecte la hiérarchie divine.

Sans avertissement, Onyx fondit sur Wellan. La vitesse de réaction du grand Chevalier surprit les deux femmes. Même si elle savait que son chef était suffisamment fort pour affronter le renégat, Kira ne voulut courir aucun risque. Elle fit apparaître son épée double, prête à le seconder. De l'autre côté de Wellan, Bridgess tenait son épée à deux mains.

Malgré sa puissance, le renégat semblait au moins vouloir respecter les règles des combats singuliers. Il ne se servit que de la force de ses bras et de ses connaissances de l'escrime pour affronter Wellan sans utiliser la sorcellerie. Au milieu de la fumée bleue, l'affrontement entre l'ancien et le nouveau Chevalier d'Émeraude fut terrible.

Le bras vigoureux de Wellan compensait l'agilité de son adversaire et sa lame mobile, mais le grand Chevalier n'était pas un escrimeur de longue haleine. Lorsque ses forces se mirent à décliner, Onyx l'attaqua sans merci, comme un prédateur ayant suffisamment joué avec sa proie. Il assaillit Wellan d'une pluie de coups dont l'un lui entailla l'épaule en lui arrachant une plainte sourde. Le grand chef recula afin d'arrêter le sang avant la prochaine offensive, mais Onyx matérialisa une boule de feu bleuâtre dans sa main et la lui lança sur les jambes. Le choc et la douleur projetèrent

Wellan sur le dos, mais avant même qu'il s'écrase sur le sable, Kira bondissait en rappelant à sa mémoire tout l'entraînement qu'elle avait reçu du Roi Hadrian.

Bridgess vit qu'Onyx s'apprêtait à enfoncer la pointe de sa longue épée dans la poitrine de Wellan à la manière d'une lance. Elle se précipita devant lui pour encaisser le coup à sa place. Mais Onyx ne termina pas son geste. La botte de Kira le frappa durement au visage et il chancela. Même si elle ne voulait pas abîmer le corps de Sage, la jeune femme devait à tout prix l'éloigner de Bridgess et Wellan pendant que ce dernier refermait sa blessure.

Elle frappa de nouveau le renégat à la poitrine avec le plat de sa botte puis après avoir effectué une rapide pirouette sur elle-même pour se donner plus de puissance, elle lui assena un violent coup de pied sur le bras qui faillit lui faire perdre le contrôle de son arme. Avant qu'il reprenne complètement son équilibre, elle l'attaqua avec des coups rapides de son épée double qu'il para difficilement.

Assis sur le sable, pendant que Bridgess soignait sa blessure, Wellan assista à un combat digne des livres d'histoire. Les deux épées doubles s'entrechoquaient en provoquant des gerbes d'étincelles multicolores et des roulements de tonnerre. La force et l'endurance surhumaines de Kira étaient impressionnantes. Ce petit bout de femme mauve combattait avec la férocité d'un chat sauvage et Onyx reculait devant ses assauts, en les parant de son mieux, mais sans avoir le temps de contre-attaquer.

Le renégat n'avait affronté qu'un seul combattant de la trempe de cette femme mauve et son style de combat ressemblait beaucoup au sien. Il n'avait défait son ami Hadrian qu'une seule fois durant leurs combats amicaux. Tous ses souvenirs de la première invasion, qu'il avait cru enterrés à jamais dans sa mémoire, jaillirent comme l'eau souillée d'une vieille fontaine. Il poussa un cri de rage en passant à l'attaque.

Kira se replia devant la fureur de son adversaire tout en profitant de l'occasion pour l'attirer loin de l'endroit où Bridgess aidait Wellan à se relever. La force physique du renégat était formidable, mais le Chevalier mauve bloqua habilement ses coups.

Dans la grande tour, le Magicien de Cristal se tourna une fois de plus vers le petit garçon blond assis sur le lit où ses chevaux de bois et ses chevaliers en céramique menaient une dure bataille contre une armée de dragons d'ébène. Les dieux lui avaient confié sa garde, mais il ne pouvait pas non plus laisser le Chevalier Onyx mettre Kira, Wellan et Bridgess en pièces. Pour l'avoir jadis dirigé au combat, l'Immortel savait qu'Onyx laisserait la jeune femme s'épuiser avant de se servir de sa magie meurtrière pour la détruire.

Abnar ferma les yeux, se dématérialisa et réapparut, quelques secondes plus tard, au milieu de la cour remplie de brouillard. D'un geste de la main, il chassa la fumée bleue en même temps que les ténèbres. Le soleil inonda de nouveau le Château d'Émeraude, aveuglant les humains qui s'y trouvaient.

En voyant apparaître enfin son vieil ennemi, Onyx mit fin au combat qui l'opposait à Kira pour se se concentrer sur le véritable objet de sa vengeance. Il fit prestement disparaître l'épée noire de ses mains et y matérialisa deux sphères couleur nuit dans lesquelles fourmillaient des centaines de petits serpents d'énergie. Avant que Kira puisse réagir, il les projeta vers elle. Elle eut tout juste le temps de les faire dévier avec ses lames magiques. Mais la violence du choc la fit basculer en arrière. Elle s'affala sur le sol en cachant son visage dans ses bras tandis que les balles incandescentes frappaient le mur au-dessus d'elle, faisant voler des éclats de pierre.

Étourdie, les bras tailladés par la pluie de fragments, Kira se releva avec difficulté. Sa double épée avait disparu. Onyx se tenait maintenant immobile devant Abnar qui rassemblait l'énergie de sa magie pour l'expédier dans l'Éther. L'air devint si lourd qu'il se mit à crépiter comme à l'approche d'un terrible orage.

— Non ! s'écria la jeune femme qui ne voulait pas voir Sage disparaître pour toujours.

Mais Abnar ne l'entendit point. Son attention était désormais rivée sur son vieil ennemi.

— Il y a cinq cents ans que j'attends ce moment, savoura le renégat.

— J'aurais dû te poursuivre jusqu'à t'éliminer, Onyx.

— Mais tu as préféré assassiner lâchement ceux d'entre nous qui n'étaient pas en mesure de se défendre. Je suis venu te faire payer tes crimes et reprendre ma véritable place dans l'univers. Ce château me revient de droit.

Kira chassa la peur qui lui comprimait la poitrine, puis elle se concentra de toutes ses forces pour appeler sa mère à son secours. C'était en effet la seule qui pouvait désormais sauver Sage d'Espérita d'une mort certaine.

– Mama, vous êtes l'amie du Magicien de Cristal, murmura-t-elle en joignant ses mains avec ferveur. Faites-lui comprendre qu'il doit éliminer Onyx sans tuer mon mari...

20

L'épée dorée

À bout de souffle et en proie à d'atroces douleurs aux épaules et dans le dos, Jasson courait sur la route de terre qui séparait sa ferme du Château d'Émeraude. Il avait vu se former au-dessus de la forteresse un étrange nuage indigo que zébraient de fulgurants éclairs. Il devina que le sorcier l'avait déjà prise d'assaut, et il résolut de ne pas abandonner ses frères à leur sort. Il était un Chevalier d'Émeraude, un défenseur d'Enkidiev, et il combattrait Onyx malgré ses blessures.

Lorsqu'il arriva finalement au château, le pont-levis était fermé. Il avait étudié le système de défense d'Émeraude : il savait donc pertinemment qu'il n'existait aucune autre entrée. Malgré sa grande lassitude, il ferma les yeux et fit appel à la puissance magique qu'il possédait. Il tenta d'utiliser ses pouvoirs de lévitation. Il inclina ses paumes vers le pont-levis et tira dessus de toutes ses forces mais, scellé par la sorcellerie d'Onyx, il refusa de bouger.

Jasson laissa retomber ses bras en haletant. Au bord de l'évanouissement, il chercha désespérément une autre façon de venir en aide à ses frères. Il sonda l'intérieur de la forteresse sans ressentir la présence de ses compagnons, en raison du dôme invisible installé par Onyx pour empêcher Abnar de fuir. Même si le renégat avait déjà éliminé l'Ordre en entier, Jasson ne le laisserait jamais régner sur le Royaume d'Émeraude.

Il se traîna le long du profond fossé, dont le niveau d'eau était très bas à ce temps de l'année, dans l'espoir de se glisser dans le système d'évacuation. Il leva les yeux vers les créneaux et regretta de ne pas avoir les griffes de Kira, qui lui auraient permis d'escalader le mur de pierre. Malheureusement, en plus d'être un humain, il était blessé aux bras.

Il commençait à se décourager lorsqu'il sentit dans son dos une brise glaciale. Il fit volte-face en dégainant son épée de son mieux. Bientôt, il aperçut une belle femme vêtue d'une longue robe lumineuse... la dame fantôme de Wellan ! Il rengaina son épée et, chancelant, s'inclina devant elle, au risque de s'étaler de tout son long.

— *Sire Jasson, ils ont besoin de vous*, annonça-t-elle d'une voix douce comme de la soie en saisissant ses épaules pour le forcer à se redresser.

— Mais je ne peux même pas entrer dans le château ! s'exclama le Chevalier, frustré.

— *Prenez ma main.*

Il le fit sans la moindre hésitation, car il savait qu'elle était un maître magicien et qu'elle avait de grands pouvoirs. Il ressentit un froid semblable à celui du Royaume de Shola s'emparer de tout son corps et il fut transporté dans un kaléidoscope étourdissant qui le déposa à l'intérieur du palais, dans une chambre somptueuse. Mais la belle dame n'était plus là.

Il capta sa propre image dans un immense miroir en forme de fleur et vit que ses blessures ne saignaient plus. Il s'approcha davantage de la glace et glissa le bout des doigts dans les déchirures de sa tunique pour découvrir que ses plaies s'étaient refermées. La magie de la reine fantôme avait guéri ses blessures.

— *Pour vaincre le Chevalier du passé, vous devez le rendre au réceptacle qui l'a transporté jusqu'à vous,* fit la voix de la Reine de Shola qui résonna autour de lui.

— Le réceptacle ? s'étonna Jasson. Mais il s'est servi d'un cheval comme tout le monde !

Il promena ses yeux verts sur les meubles et aperçut des objets appartenant à Sage d'Espérita. Il était donc dans les nouveaux appartements de Kira. Ce n'était certainement pas un hasard. Fan l'avait transporté là parce que le fameux contenant s'y trouvait !

Il s'approcha de la commode et examina tous les articles de plus près. Il doutait que l'esprit d'Onyx ait pu résider à l'intérieur de l'un d'eux. Puis, des paroles prononcées par le jeune homme quatre ans plus tôt, lors de leur séjour au Royaume des Esprits, lui revinrent en mémoire. Sage possédait une épée magique qu'il avait découverte dans la cachette de son ancêtre, le Chevalier Onyx ! Jasson se rappela les étincelles qui s'en étaient échappées lors de son combat contre Wellan dans la plaine au pays des Elfes.

— Mais oui ! s'exclama le Chevalier. Onyx s'est caché dans son épée jusqu'à ce qu'on l'en libère !

Il se mit à fouiller partout, dans les armoires, les malles et les tiroirs, puis il se tourna vers le lit. En utilisant ses pouvoirs de lévitation, il souleva le matelas. L'épée dorée reposait là, sur le sommier de bois. Il l'attira magiquement à lui et s'en empara. « Que dois-je en faire, maintenant ? » s'énerva Jasson. Il avait étudié la magie avec ses frères, mais jamais Élund ne leur avait parlé d'une formule magique permettant d'emprisonner les esprits des défunts dans des objets.

— *Abnar saura le faire*, lui souffla la voix du fantôme.

— Mais il ne vient presque plus jamais à Émeraude !

— *Il est dans la grande cour et il a besoin de votre aide.*

L'arme du renégat à la main, Jasson voulut se précipiter dans le couloir, mais la porte était obstruée par des barreaux de métal.

— *Ils ne sont réels que pour ceux qui y croient*, chuchota Fan.

Le Chevalier prit une profonde inspiration, ferma les yeux et passa à travers l'obstacle magique. Il se retourna, étonné de voir que les épaisses tiges de métal s'y trouvaient toujours. « Ce n'est qu'une illusion », comprit-il. Toutes les portes du couloir étaient bouchées de la même façon. Les serviteurs emprisonnés dans les nombreuses pièces réclamaient son aide. Jasson leur promit de revenir les délivrer dès qu'il aurait éliminé la cause principale de cette sorcellerie.

21

LE DUEL

Le soleil éclatant ne semblait pas importuner Onyx. Il se préparait à détruire l'Immortel et ne considérait plus la princesse mauve et les deux Chevaliers comme des menaces pour ses sombres desseins. Aucun des trois, d'ailleurs, n'était en mesure de venir en aide au Magicien de Cristal. Au pied des remparts, Kira soignait ses blessures à l'aide de sa lumière violette pour qu'elles guérissent aussi rapidement que possible et Wellan, soutenu par Bridgess, n'arrivait même plus à maintenir seul son équilibre.

– Où vont les Immortels qui ont trahi leurs maîtres, Abnar ? tonna soudainement Onyx.

Le Magicien de Cristal demeura muet, mais sa longue tunique blanche devint plus lumineuse. Était-ce là le signal qu'attendait le renégat ?

– Les dieux vous ont demandé de nous aider à croître et à nous élever vers eux ! Mais vous vous êtes servis de nous pour tenter de les supplanter !

Des sphères d'un bleu très sombre apparurent dans les paumes d'Onyx, mais avant qu'il puisse les lancer, Abnar lança sur lui des éclairs dorés. Les rayons foudroyants éclatèrent sur le bouclier invisible qui protégeait le Chevalier déchu.

— Qui t'a enseigné cela ? murmura l'Immortel, incrédule.

Les boules d'énergie quittèrent les mains d'Onyx à la vitesse d'une étoile filante et frappèrent le Magicien de Cristal de plein fouet, le projetant dans le sable.

— Non ! cria Kira en se précipitant à son secours.

D'un geste de la main, le renégat envoya sur elle une force invisible qui la plaqua contre la muraille. Kira heurta violemment le mur et retomba sur les genoux, assommée.

— Donne-moi mon épée, ordonna Wellan à Bridgess.

— Tu ne peux même pas tenir debout, protesta la femme Chevalier. Si quelqu'un doit affronter ce brigand, ce sera moi.

Wellan voulut s'y opposer, mais Bridgess l'obligea à s'asseoir dans le sable. La main sur la garde de son épée, elle s'avança entre les deux adversaires, tout en sachant qu'elle risquait d'y perdre la vie. Tout ce qu'elle voulait, c'était donner à Abnar la possibilité de rassembler ses forces.

— Bridgess, ne restez pas là, l'avertit le Magicien de Cristal en se relevant derrière elle.

— Quelqu'un doit arrêter ce monstre ! s'écria-t-elle.

Onyx fit un pas vers elle, les yeux plus lumineux que jamais. Elle leva sa lame, mais n'eut jamais le temps de s'en servir. Une main invisible la frappa de plein fouet et la projeta à quelques mètres de là. Elle roula sur elle-même et s'immobilisa sur le ventre. Devant cette preuve manifeste que les femmes Chevaliers ne pouvaient pas venir en aide à l'Immortel, Wellan tenta désespérément de se remettre sur ses jambes, mais ses genoux meurtris ne le supportèrent pas. Il jeta un coup d'œil du côté des deux belligérants et vit une énorme bulle bleuâtre envelopper le corps d'Onyx tandis qu'il continuait d'avancer vers Abnar.

Le Magicien de Cristal commença à se dématérialiser, mais un éclair fulgurant le frappa alors, l'empêchant de fuir. Complètement matérialisé une fois de plus, il se mit à reculer devant son ennemi au visage déformé par la haine.

À cet instant, les portes du palais claquèrent contre les murs de pierre et Jasson en émergea, une épée dorée à la main, tandis que l'autre protégeait ses yeux du soleil. Le nouveau venu descendit les marches en évaluant la situation. Ses trois compagnons semblaient hors de combat et le Magicien de Cristal reculait devant son ennemi entouré de serpents électriques crépitants.

— Et maintenant ? s'inquiéta Jasson.

Mais cette fois, la belle dame fantôme ne lui répondit pas. Il jeta un coup d'œil à l'arme qu'il apportait. Il ne savait toujours pas comment y enfermer Onyx. N'étant pas un aussi grand magicien que Wellan ou que Santo, obtiendrait-il le même résultat s'il plantait l'épée dans le corps de Sage ? D'abord, il fallait qu'il puisse s'approcher de lui sans se faire tuer.

— Prépare-toi à disparaître à tout jamais, assassin ! rugit Onyx en s'élançant vers Abnar.

Jasson vit aussitôt que la première chose à faire, c'était de l'empêcher d'éliminer l'Immortel qui veillait sur le porteur de lumière.

— Eh là ! Regardez ce que j'ai trouvé ! s'écria-t-il en brandissant l'épée au-dessus de sa tête.

— Jasson, prends garde ! l'avertit Wellan.

Trop tard. En apercevant le quatrième Chevalier, le renégat poussa un grondement sourd qui indiqua son déplaisir de le revoir et, lorsqu'il avisa l'arme qu'il tenait à la main, son visage se crispa. « La dame fantôme a donc raison : cette épée représente la seule façon de le vaincre », comprit Jasson.

— Tu la reconnais, n'est-ce pas, Onyx ? reprit Jasson pour l'attirer vers lui.

Kira eut soudain l'espoir que cette épée puisse sauver Sage. Elle plongea au creux de ses réserves d'énergie et bondit en direction de son frère d'armes pour lui prêter main-forte. Avant qu'elle puisse le rejoindre, le renégat matérialisa deux sphères enflammées et les projeta en direction de l'homme qui risquait de faire échouer ses plans.

— Jasson, attention ! cria Wellan.

Le Chevalier se laissa tomber sur le sol et les projectiles incandescents frappèrent le mur du palais, explosant en une myriade d'étincelles. Kira se posta aussitôt entre Onyx et Jasson et matérialisa son épée à deux lames avec l'intention d'arrêter les prochains globes. Wellan tenta à nouveau de se relever mais Bridgess l'écrasa sur le sol.

Pendant que l'attention de son adversaire se concentrait sur Jasson, Abnar se mit à murmurer des incantations dans une langue mélodieuse. Sa tunique blanche devint graduellement dorée et brillante comme le soleil.

Jasson se releva et vit que Kira tentait de lui servir de bouclier. « Un geste brave de sa part », reconnut-il. Elle risquait fort d'être blessée par les tirs d'Onyx, mais c'était sans doute la seule façon pour lui de remettre l'épée à Abnar. Prudemment, Jasson se dirigea vers l'Immortel, tout en demeurant derrière Kira qui se déplaçait en même temps que lui. La panique s'empara du renégat qui se mit à lui lancer des dizaines de balles d'énergie, mais Kira les intercepta toutes, même si ses bras commençaient à faiblir sous leurs chocs répétés sur ses lames brillantes. Grâce à elle, Jasson réussit à se rendre jusqu'à Abnar. Il ferma les yeux pour ne pas être aveuglé par la lumière intense qui émanait de lui et lui tendit l'arme. Le Magicien de Cristal s'en saisit en répétant plus fort les mêmes incantations qui résonnaient maintenant dans toute la cour. Jasson revint vers ses amis afin de laisser les vieux ennemis régler leurs comptes entre eux.

La lumière de l'Immortel se propagea rapidement à l'épée et il cessa brusquement son chant. Devant lui, Onyx, toujours entouré d'un bouclier d'énergie, s'était immobilisé.

– Qui t'a enseigné à te cacher dans des objets matériels ? vociféra Abnar.

– Tu n'es pas le seul Immortel de l'univers ! cria le renégat, furieux.

– Nomar..., murmura l'autre sur un ton de reproche.

Dans un geste désespéré, Onyx pointa les doigts vers l'arme magique en utilisant toute son énergie pour l'arracher au Magicien de Cristal. Abnar sentit l'épée dorée vibrer dans ses mains, mais sa propre puissance était la plus forte. De longs filaments électrifiés de lumière bleue échappés des mains d'Onyx heurtèrent l'écran protecteur d'Abnar.

— Tu n'appartiens pas à ce temps, Onyx, et même si mon devoir serait de te détruire comme tu le mérites, je vais te condamner à un châtiment encore plus sévère.

Soudain, un enfant en longue tunique blanche apparut dans les bras du renégat et se mit à se débattre en criant de terreur.

— Lassa ! s'écria Kira en bondissant vers lui.

Onyx matérialisa aussitôt un poignard et le plaça sous la gorge du petit garçon. Kira s'arrêta net. Elle chercha dans sa mémoire quelles stratégies lui aurait suggérées Hadrian en pareilles circonstances.

Dans la grande tour de pierre, le petit Prince de Zénor avait entendu l'appel de son amie mauve. Il grimpa sur le bord de la fenêtre pour voir ce qui se passait dans la cour.

— Mène, viens voir ! s'écria-t-il. Je suis aussi en bas !

Alarmée, la servante s'approcha rapidement et resta mystifiée devant le spectacle qui s'offrait à elle. Comment Lassa pouvait-il se trouver à deux endroits en même temps ? Avait-il enfin commencé à se servir de ses pouvoirs magiques ? Elle le saisit par la taille pour s'assurer qu'il était réel et il éclata de rire. Il s'agissait bien de son petit prince à elle. Alors qui était l'enfant que cet homme tenait dans ses bras au milieu de la cour ?

– Ce n'est pas moi, Mène ! assura Lassa en ressentant l'angoisse de sa servante. Ce n'est même pas un vrai petit garçon. Il est tout vide en dedans.

– Mais les Chevaliers pensent que c'est toi ! comprit-elle. Es-tu capable de dire à Kira que tu es sain et sauf ici avec moi ?

– Bien sûr que oui.

Le gamin se concentra en plissant son petit nez pointu et ferma ses beaux yeux de saphir.

Kira reçut instantanément son message. Elle se rappela qu'elle affrontait un soldat magicien bien plus puissant que les Chevaliers modernes, possiblement capable de produire des illusions parfaites. Elle continua donc d'avancer vers Onyx. En la voyant se ruer sur lui, le renégat enfonça le poignard dans la gorge de l'enfant blond, déversant une vague de sang sur sa tunique blanche.

– Non ! cria Wellan en se relevant avec difficulté malgré Bridgess qui tentait de le faire tenir tranquille.

Onyx ne lâcha l'enfant que lorsque Kira fondit sur lui comme un fauve. Le faux petit prince s'effondra sur le sol et ne bougea plus. Le Chevalier mauve fit disparaître son épée double et ne se servit que de ses pieds pour assener au démon une série de solides coups à la poitrine, aux bras et à la tête. Onyx tenta à plusieurs reprises de matérialiser des balles d'énergie pour se défendre, mais Kira ne lui en laissa pas le temps. Avec un cri de rage, elle redoubla d'ardeur et arriva à le renverser sur le sol.

Abnar planta alors l'épée dorée dans le sable et entonna un autre chant dans la langue des mages. Un tourbillon d'énergie blanche se mit à circuler autour de l'arme ancienne et Onyx poussa un grand cri de douleur. Kira recula, effrayée de voir le corps de son époux se tortiller comme un serpent mortellement blessé.

Comme Wellan traînait péniblement sa jambe pour se rendre jusqu'au petit prince inanimé, Bridgess lui saisit le bras pour l'aider à marcher. Le grand Chevalier fit quelques pas et sentit qu'on lui prenait aussi l'autre bras. Il tourna vivement la tête et croisa les yeux verts de Jasson. Un large sourire de reconnaissance apparut sur le visage de Wellan et son frère d'armes lui adressa un clin d'œil.

Ils s'arrêtèrent devant le corps inerte de Lassa et Wellan s'agenouilla en tremblant, car il mesurait les conséquences de la perte de cet enfant pour le monde entier. Il tendit la main vers la gorge entaillée. Le petit prince se dématérialisa sous ses yeux.

— Ce n'était pas Lassa, déclara Kira sans perdre Onyx des yeux. C'était une illusion.

Le jeune guerrier possédé ouvrit alors la bouche pour hurler, mais au lieu d'un cri, une flamme bleue s'en échappa. Les incantations du Magicien de Cristal se répercutèrent dans toute la cour et le spectre infernal avança vers lui. Il poursuivit sa course en spirale et, en poussant des cris aussi déchirants que ceux des dragons de l'empereur, il s'enfonça jusqu'à la garde de l'épée. Puis, plus rien.

Le silence tomba sur le château en leur apportant à tous un curieux soulagement. Kira se pencha sur son époux et souleva ses épaules pour le serrer contre elle avec amour. Elle le secoua avec douceur, mais il demeura mou comme du chiffon. Elle posa la main sur son cœur et constata qu'il battait toujours.

– Je t'en prie, Sage, ouvre les yeux, implora-t-elle.

Captant sa détresse, Jasson quitta Wellan et alla se mettre à genoux de l'autre côté du corps immobile du jeune guerrier. Il passa lentement une paume lumineuse au-dessus de sa tête et de sa poitrine et annonça qu'avec la raclée qu'il venait de recevoir, il mettrait sans doute plusieurs heures avant de revenir à lui.

Les Chevaliers et les Écuyers libérés du sort d'Onyx émergèrent du palais comme un essaim d'abeilles et se dirigèrent vers les blessés.

– Vous avez fait plus que votre part, Chevaliers, déclara le Magicien de Cristal. Laissez vos compagnons soigner vos blessures. Je m'occuperai ensuite de celles qu'ils n'arriveront pas à soulager.

Ils soulevèrent alors Wellan et Sage pour les transporter au palais. Santo décida de s'occuper lui-même du grand chef tandis que Kevin, dont les pouvoirs de guérison ne cessaient de croître, suivit le groupe qui transportait Sage. Jasson les regarda s'éloigner et se tourna d'un air triste vers les grandes portes fermées de la muraille.

– Ta femme, ton fils et tes Écuyers sont saufs, affirma Abnar.

En utilisant sa magie, l'Immortel ouvrit les grandes portes et fit descendre le pont-levis. Jasson sauta sur le premier cheval qu'il trouva dans l'enclos et le poussa au galop. Quand il eut quitté l'enceinte du château, Abnar transporta l'épée ensorcelée sur la paume de ses mains vers le palais. Il avait encore fort à faire avant d'être définitivement débarrassé du Chevalier Onyx.

22

SAINS ET SAUFS

Jasson poussa le cheval à fond de train sur la route de terre qui menait à sa ferme, sous les regards inquiets des paysans qui procédaient à la récolte. Il galopait sur l'allée bordée de peupliers quand il constata avec étonnement que ses chevaux broutaient dans leur pacage avec les vaches et les chèvres. Un peu plus loin, ses Écuyers transportaient des paniers de fruits en provenance des vergers.

Le Chevalier arrêta la bête en nage devant sa maison de pierre et mit pied à terre. Il comprenait peu à peu qu'il avait été lui aussi victime d'une illusion fort convaincante. Il laissa le cheval devant l'auge remplie d'eau et fonça en direction de sa demeure. La porte s'ouvrit brusquement : Sanya apparut devant lui en s'essuyant les mains sur son tablier.

– Mais où étais-tu passé ? s'exclama-t-elle, mécontente.

Avait-il vraiment le droit de l'inquiéter avec toute cette histoire de magicien déchu et d'épée magique ? Les Chevaliers ne devaient jamais mentir, mais cette fois, il s'en sentit justifié.

– J'ai inspecté les limites de nos champs, répondit-il, un large sourire illuminant son visage soulagé.

– Pendant que nous avions besoin de toi ici ?

– Il faut bien que quelqu'un le fasse et...

Elle aperçut le sang sur sa tunique et devint blême. Avait-il rencontré des brigands en parcourant leurs terres ?

– Ce n'est pas ce que tu penses, assura-t-il.

– Comment est-ce arrivé ?

– Je suis tombé de cheval dans un buisson épineux, mais tu n'as aucune raison de t'inquiéter, j'ai eu le temps de soigner toutes ces éraflures.

– N'es-tu jamais capable de faire quoi que ce soit sans t'écorcher ?

Elle détacha sa ceinture de cuir et lui retira sa tunique pour examiner les endroits où le sang avait séché. Heureusement, elle ne trouva pas de blessures fraîches. Au lieu de protester, Jasson chercha plutôt à l'embrasser, content de la revoir saine et sauve.

– Tu es bien comme ton fils ! déclara-t-elle en le repoussant.

– Il tombe dans les buissons épineux, lui aussi ? demanda Jasson avec ravissement.

– Il n'écoute rien !

Le visage barbouillé de boue, Liam émergea des vergers, où il avait échappé une fois de plus à la surveillance des apprentis. Il courut jusqu'à son père en poussant des cris de joie. Jasson le prit dans ses bras en le serrant avec bonheur.

– Vous n'entrerez dans la maison que lorsque vous serez propres tous les deux, les menaça Sanya.

– Dans l'eau, papa ? demanda Liam en posant ses grands yeux verts sur lui.

– Oui, mon garçon, et elle est froide !

– Non ! hurla l'enfant en se débattant.

Jasson emporta Liam vers la rivière qui traversait ses terres tout en embrassant l'enfant dans le cou malgré ses protestations. Sanya les regarda s'éloigner en souriant, convaincue qu'elle avait le meilleur mari du monde malgré ses frasques d'adolescent qui refusait de grandir.

Jasson sauta dans l'eau froide avec son fils en pensant que sa famille était son plus grand trésor. Son devoir de Chevalier d'Émeraude ne consistait pas seulement à protéger tout le continent, mais également les siens.

23

La délivrance de Sage

Kevin, Nogait et d'autres jeunes Chevaliers transportèrent le corps meurtri de Sage dans sa chambre du palais d'Émeraude sous la surveillance de sa jeune épouse. Ils le déposèrent sur le grand lit et lui retirèrent ses vêtements. Des lacérations et des ecchymoses parsemaient chacun de ses membres. Méthodiquement, Kevin referma les plaies et traita chacune des marques. Ce faisant, il découvrit plusieurs os fracturés. Dès qu'il eut soigné toutes les blessures, Kira le remercia et chassa ses compagnons de ses appartements.

Elle revint ensuite s'asseoir sur le lit, près du pauvre jeune homme enfin libéré de la prison de son esprit. Comment avait-il réussi à survivre pendant quatre ans à cet isolement ? Elle le couvrit de la couette et nettoya son visage à l'aide d'une éponge très douce, puis elle l'embrassa en regrettant de l'avoir ainsi maltraité dans la grande cour. Il battit des paupières. Kira constata avec satisfaction que ses yeux avaient cessé de briller pour redevenir de petits miroirs gris où se reflétait paisiblement la lumière ambiante.

– Comment te sens-tu ? chuchota-t-elle en prenant doucement sa main et en l'appuyant contre sa joue mauve.

– Honteux..., murmura-t-il, la voix rauque. À cause de moi, tout le monde a souffert à Émeraude.

– Non, Sage, si nous sommes vivants, c'est grâce à toi. Tu m'as prévenue à temps des plans d'Onyx.

Elle le vit examiner avec consternation tout ce qui l'entourait, comme s'il ne reconnaissait pas la pièce où il se trouvait.

– Quel est ton dernier souvenir ? demanda la jeune femme en dirigeant sur lui une vague d'apaisement.

– Il y en a plusieurs..., murmura-t-il en acceptant volontiers son intervention énergétique. Je me rappelle la falaise du pays de la neige. Au loin, je pouvais voir la plus grande montagne du monde avec des nuages sur sa tête... et je me souviens du gros cheval noir qui effrayait les Écuyers.

– Et après ?

– La forêt des Elfes... et Wellan s'approchant de moi avec une épée... et ensuite, le beau château où vous avez grandi... et l'ombre qui se cachait dans ma chambre de l'aile des Chevaliers...

Il baissa les yeux en se souvenant de quelle façon le renégat lui avait volé sa vie. Kira embrassa sa main, mais il chercha avec embarras à la lui soustraire.

– Je n'ai plus aucun autre souvenir, déplora-t-il, et pourtant, je suis ici, dans une pièce somptueuse que je ne connais pas, et vous avez épousé un homme qui n'était pas moi...

Elle s'allongea près de lui et se blottit dans ses bras en le serrant de toutes ses forces pour le rassurer. Son chagrin était compréhensible, mais elle l'aiderait à reprendre sa vie là où il l'avait laissée... à moins qu'il n'exprime le désir de retourner dans son pays.

– Je n'ai certes pas uni ma vie à celle d'Onyx, protesta-t-elle, mais à celle de Sage d'Espérita. Je ne savais pas que ce mercenaire avait pris possession de ton corps, alors tu es désormais mon mari, que ça te plaise ou non.

– Vous êtes la femme que je voulais épouser, vous le savez, mais je n'ai aucun souvenir de notre vie ensemble, Kira.

– Tu n'as rien manqué, puisque nous ne sommes devenus des époux qu'hier.

Elle se releva sur les coudes, le regarda dans les yeux un long moment, puis l'embrassa tendrement en sondant sa réaction. Il était plutôt amoché, mais vivant.

– Et nous en étions là, à peu près, murmura-t-elle.

– Mais l'homme que vous avez épousé était un Chevalier d'Émeraude, tandis que moi...

Elle le fit taire en fronçant ses sourcils violets.

– C'est Wellan qui tranchera cette question, pas nous, l'avertit-elle.

Kira n'était plus l'adolescente de quinze ans qu'il avait rencontrée dans son pays natal. C'était maintenant une femme de dix-neuf ans qui n'avait jamais cessé de l'aimer. Elle recommença à l'embrasser avec douceur et, lorsqu'elle le sentit enfin se détendre dans ses bras, elle poussa l'audace jusqu'à le caresser. Sage, malgré son embarras, ne tenta pas de se dérober, mais Kira trouva son soudain changement de personnalité quelque peu déroutant. Pour ne pas le brusquer, elle l'enlaça tendrement plutôt que de lui faire l'amour.

– J'ai eu si peur de te voir périr dans cet affrontement insensé, avoua-t-elle en frottant le bout de son nez sur son oreille.

– Et moi, de ne plus jamais vous revoir. Je vous aime, Kira.

– Moi aussi.

Ils échangèrent de longs baisers qui rassurèrent la femme Chevalier. Lorsque son jeune mari eût sombré dans le sommeil, Kira revêtit une tunique propre. Elle voulait rendre visite au Magicien de Cristal pour obtenir des réponses à plusieurs questions qui l'obsédaient au sujet de la possession du corps de Sage.

24

LE CHÂTIMENT

Tandis qu'elle descendait le grand escalier de pierre, Kira ressentit l'énergie d'Abnar à l'intérieur du palais, ce qui lui parut plutôt étrange puisque l'Immortel quittait rarement son antre. Elle laissa donc ses sens magiques la guider et le trouva dans la salle d'armes du roi. Depuis son enfance, Kira détestait cette pièce remplie de vieilleries de guerre, car elle croyait ces armures et ces cuirasses vides habitées par des esprits.

Abnar se tenait devant une vitrine et dépliait méthodiquement un grand rectangle de tissu brillant. Kira se souvenait d'en avoir utilisé un semblable une dizaine d'années auparavant pour dissimuler de petites épées qu'elle avait ensuite transportées dans la crypte du palais. Mais elle n'avait jamais osé demander à quoi ces étoffes anciennes pouvaient bien servir.

– Tu peux approcher, fit l'Immortel sans même lever les yeux sur elle.

Kira se plaça de l'autre côté de la vitrine pour observer le travail du maître. Elle ne voulait pas l'importuner avec ses interrogations, mais Abnar se sentait d'humeur à l'instruire.

— Certaines étoffes tissées par les Fées ont des propriétés magiques, comme celle de ne pas laisser passer les esprits, fit-il en y déposant l'épée dorée.

Dire qu'elle en avait abîmé une sur le plancher de la crypte en conjurant le fantôme du Chevalier Hadrian... Abnar vit ses oreilles pointues s'abaisser avec honte, mais il décida de ne pas l'embarrasser davantage. Il replia la pièce de soie précautionneusement et la jeune femme devina qu'il s'agissait d'un rituel. Il enveloppa complètement l'épée, puis passa la main au-dessus, de la garde à la pointe, en matérialisant un coffret transparent qui l'emprisonna.

— Onyx ne pourra plus jamais s'échapper, n'est-ce pas ? demanda Kira.

— Il y a toujours un risque qu'un sorcier ou un maître magicien le libère, mais je compte bien rendre cette opération difficile.

Il s'empara de la boîte transparente et sortit de la pièce, sa longue tunique blanche balayant le plancher poli derrière lui. Le Chevalier mauve le suivit pour voir ce qu'il allait en faire. Ils traversèrent la cour et entrèrent dans la tour. Abnar s'arrêta au premier étage et déposa la cassette sur la table. Il récita des mots magiques à voix basse qui firent s'élever dans les airs le petit cercueil de verre. Kira savait que c'était un grand privilège pour elle d'assister à cette cérémonie. Elle demeura silencieuse et attentive pendant que, tout doucement, le coffret se dirigeait vers le mur et s'y enfonçait aussi aisément que dans du sable. Abnar se tut. Autour du réceptacle, la pierre se solidifia à nouveau.

— Mais comment quelqu'un pourrait-il le retrouver ici ? s'étonna Kira en se tournant vers Abnar.

– Il est malheureusement facile pour un esprit maléfique d'en repérer un autre, mais ne crains rien. Je m'assurerai que ce renégat demeure emprisonné ici à tout jamais.

– Maître Abnar, pourquoi ce Chevalier possédait-il des pouvoirs beaucoup plus étendus que les nôtres ? Aucun d'entre nous ne peut transférer son esprit dans des objets et y attendre un hôte.

– Il semble bien qu'il ait acquis des facultés additionnelles depuis son départ d'Émeraude, et je crains que ce ne soit au contact d'un autre Immortel. Je rapporterai cette transgression aux dieux. Ils décideront du sort de leur serviteur désobéissant.

– Onyx a complètement quitté le corps de mon mari, n'est-ce pas ?

– Oui, complètement.

– Et s'il devait un jour se libérer de sa prison, reviendrait-il s'y installer ?

– Onyx était un homme qui ne reculait devant rien pour satisfaire ses ambitions, mais il était également très intelligent. Il ne faisait jamais la même erreur deux fois.

Des pas pressés résonnèrent dans l'escalier. Kira vit bientôt le petit Lassa se précipiter vers elle. Elle se mit à genoux et il sauta dans ses bras.

– La terre a bougé, Kira ! s'écria-t-il en s'agrippant à la princesse. Mon lit se balançait comme une feuille et tous mes livres sont tombés sur le plancher !

– C'était seulement une petite secousse, Lassa, susurra-t-elle à son oreille. Tu n'as plus rien à craindre.

– Il n'arrête pas d'en parler, déclara Armène qui venait de les rejoindre.

– Mais c'est fini, mon petit prince préféré, assura Kira en l'embrassant dans le cou. Et je suis certaine qu'Armène t'a protégé pendant le tremblement de terre.

– Oh oui ! répondit Lassa. Et après, je n'avais plus peur !

La servante pencha la tête avec un air découragé qui fit comprendre à Kira que les choses ne s'étaient pas passées tout à fait comme le racontait l'enfant.

– Je suis content que tu aies vaincu l'homme qui a tué l'autre petit garçon, ajouta Lassa. Ce qu'il a fait était très méchant.

– Ce n'était qu'une illusion, expliqua Kira. On ne peut pas faire souffrir un mirage.

– Mais s'il avait vraiment réussi à me prendre dans la tour, c'est mon sang qui aurait coulé, comprit le prince en pâlissant.

– Tu sais bien que je ne laisserai jamais personne te faire du mal.

Abnar et Kira reçurent alors en même temps l'appel désespéré de Santo qui n'arrivait pas à refermer la plaie sur la jambe du grand Chevalier. Abnar s'inclina légèrement devant la jeune femme mauve et se volatilisa.

Kira sonda aussitôt le palais pour vérifier l'état de santé de son époux. Il dormait toujours. Soulagée, elle grimpa à l'étage supérieur de la tour avec le petit prince et le déposa sur son lit au milieu de ses soldats et de ses animaux miniatures. Rassuré, Lassa leva ses grands yeux de saphir sur elle. « Quel magnifique enfant », soupira intérieurement Kira. Elle avait rêvé toute sa vie de mettre au monde de petits bébés aussi beaux que lui, mais les hybrides ne pouvaient pas concevoir d'enfants entre eux. L'image de sa gorge tranchée par Onyx surgit brusquement dans ses pensées. Le Magicien de Cristal avait raison de dire que le renégat était un homme d'une grande cruauté.

— Dis-moi que tu as changé d'idée et que tu vas m'épouser ! s'exclama le petit prince.

— Je suis déjà mariée, puceron. Je ne pourrai pas prendre un autre époux avant d'avoir perdu le premier, et j'entends le garder aussi longtemps que possible.

— Et après, ce sera moi ?

— Oui, après, ce sera toi, s'amusa Kira.

— Je serai ton meilleur mari !

— Lassa, je ne connais personne de plus tenace que toi.

Armène, qui les observait de sa chaise, se dit que la jeune femme mauve aurait été une bonne mère. C'était un grand malheur que son mari ne puisse pas lui donner d'enfants. Au moins, Kira pouvait cajoler Lassa pour combler ses instincts maternels.

La princesse joua avec le porteur de lumière pendant près d'une heure, simulant une bataille en règle dans les plis de la couverture et par-dessus les oreillers, entre ses chevaliers de céramique, ses chevaux de bois et les petits dragons d'ébène que Dempsey lui avait si patiemment sculptés.

25

ÐE BIEN MAIGRES POUVOIRS

Abnar se matérialisa auprès de Wellan dans sa chambre de l'aile des Chevaliers. Ses frères d'armes les plus âgés lui avaient retiré son pantalon pour soigner la blessure sanglante qui refusait obstinément de se refermer. Assis sur son lit, le grand chef assistait, impuissant, à toutes les tentatives de ses compagnons. Le Magicien de Cristal se pencha sur Wellan. Falcon et Dempsey lui cédèrent aussitôt la place. L'Immortel examina la jambe meurtrie à l'aide de ses sens invisibles.

– Je puis vous débarrasser de la sorcellerie d'Onyx, mais pas de la douleur dont vous souffriez déjà à cause de Fan, déclara-t-il à Wellan. Comme vous le savez déjà, un Immortel ne peut défaire ce qu'un autre Immortel a fait.

Il posa la main sur l'entaille et une intense lumière blanche en jaillit, forçant les soldats à protéger leurs yeux. Lorsqu'elle disparut, Wellan se laissa tomber sur le dos avec soulagement.

– Nous sommes des Chevaliers d'Émeraude comme Onyx, alors pourquoi n'arrivions-nous pas à guérir cette blessure ? demanda Santo.

– Il s'est servi d'une énergie plus puissante que la vôtre, répondit l'Immortel.

– Il semble que vous ayez décidé de nous laisser défendre Enkidiev avec les quelques pouvoirs que nous possédions à la naissance plutôt que de nous rendre aussi forts que les premiers Chevaliers, maugréa Wellan.

– Ne laissez pas les paroles d'Onyx empoisonner votre esprit, sire.

– J'ai des yeux pour voir, maître Abnar. Cet homme témoignait d'une puissance hors du commun.

L'Immortel remonta lentement le long du lit en joignant le bout de ses doigts.

– J'ai donné trop de pouvoirs à Onyx, Hadrian et leurs compagnons, admit-il en s'arrêtant près de la tête du grand chef. Et je l'ai amèrement regretté.

– Alors, vous avez résolu de nous en priver, même si nous devons affronter le même ennemi.

– Presque tous les sorciers de l'empereur ont été détruits par les premiers Chevaliers. Vous n'auriez nul besoin de leur force destructrice.

– Nous pensiez-vous incapables de la maîtriser ? se fâcha Wellan, en se rappelant ses combats contre Asbeth.

Abnar ne répondit pas et le grand Chevalier soutint son regard immobile.

– Je ne puis rendre plus forts des hommes qui ont les mêmes défauts que leurs prédécesseurs, déclara-t-il finalement. Je ne vous apprendrai rien en vous disant que vous avez de la difficulté à maîtriser votre colère, sire Wellan.

Les deux grands hommes s'observèrent un long moment en silence. Pendant cet échange, aucun des Chevaliers n'osa intervenir.

– Mais si l'empereur décide d'envoyer dans la mêlée une centaine de sorciers comme il l'a fait lors de la première invasion, je pourrai sans doute doter certains d'entre vous d'une plus grande puissance pour les affronter, ajouta Abnar.

– Combien de mes soldats devront mourir avant que vous preniez cette décision ? siffla Wellan entre ses dents.

– Je ne laisserai mourir personne.

Abnar s'inclina et disparut. Le grand chef serra les poings. Il songeait que s'il avait eu les mêmes pouvoirs qu'Onyx, Cameron serait encore vivant pour porter fièrement la cuirasse verte des Chevaliers. Le sentant perdre la maîtrise de ses émotions, Bridgess demanda à ses frères et ses sœurs d'armes de les laisser seuls. Santo, qui captait la raison de sa peine, leur fit signe de sortir et emmena aussi les Écuyers avec lui. Il savait que la jeune femme trouverait mieux que quiconque les mots qui apaiseraient Wellan, alors il l'attendrait dans le grand hall. Dès qu'ils eurent tous quitté la pièce, Bridgess s'assit près de Wellan.

– Tu n'es pas responsable de la mort de Cameron, affirma-t-elle. Je crois que la durée de notre vie est décidée au moment de notre naissance et que, lorsque arrive le jour de notre départ pour le monde des morts, il n'y a rien que nous puissions faire pour l'éviter. Si tu avais réussi à sauver ton Écuyer des griffes d'Asbeth, il serait peut-être mort une heure plus tard en tombant de cheval, parce que c'était à son tour d'être admis dans les grandes plaines de lumière. Est-ce que tu comprends ce que je dis ?

Wellan s'assit lentement sur son lit et attira Bridgess dans ses bras tremblants. « Il est plus que temps qu'il avoue sa vulnérabilité », pensa la jeune femme en le serrant contre elle.

— Et personne ne te demande d'être un héros sans peur et sans reproche non plus, poursuivit-elle. Tu es déjà un grand homme avec un cœur assez gros pour aimer tous tes frères et sœurs d'armes de la même façon... bien que nous décelions une légère préférence pour Santo.

Le commentaire fit naître l'ombre d'un sourire sur les lèvres du grand Chevalier. En effet, il aimait bien la compagnie du guérisseur, probablement parce qu'il était son parfait contraire.

— Maintenant que ta jambe est guérie, tu vas prendre un bon bain, mettre des vêtements propres et nous raconter le combat entre le Magicien de Cristal et le Chevalier Onyx comme toi seul sauras le faire.

Wellan se soumit à sa volonté sans même rouspéter. Une fois qu'il eut purifié son corps et enfilé une tunique propre, il se déclara revigoré et prêt à se battre, malgré ses genoux qui continuaient de le faire souffrir. Bridgess le poussa donc en direction du hall où l'attendaient ses frères.

Encore ébranlés d'avoir été enfermés dans cette même salle quelques heures plus tôt, les plus jeunes jetaient de furtifs coups d'œil vers la porte pour s'assurer qu'il n'y apparaissait pas d'autres barreaux de fer. Mais lorsque le grand Chevalier se mit à raconter ce qui s'était passé dans la cour, il capta leur attention et tous les yeux se fixèrent sur lui.

– Ainsi, le Chevalier Sage que nous connaissons n'est pas du tout le Chevalier Sage, conclut Swan en fronçant les sourcils.

– Je crains que non, répondit Wellan.

– Donc, si je comprends bien, celui qui a été adoubé, c'est Onyx ? s'enquit Nogait.

– En théorie, mais c'est la voix de Sage qui a prononcé le serment d'Émeraude, intervint Dempsey, alors il faudra laisser Élund décider de son statut.

Tandis qu'on parlait de lui, le vieux magicien fit irruption dans la salle dans un froissement de sa tunique pervenche. Il avait les cheveux défaits, ses yeux roulaient de colère et il frappait son long bâton sur le plancher. Depuis au moins vingt ans, Wellan ne l'avait pas vu se servir de cet instrument de torture, mais le souvenir de ses décharges d'énergie était encore bien présent dans sa mémoire et il s'écarta pour le laisser passer.

– Où est la sorcière qui m'a enfermé dans ma tour ? tonna-t-il en considérant chacun des Chevaliers et des Écuyers.

– Ce n'est pas Kira, mais le Chevalier Onyx, répondit Falcon.

– Ce Chevalier est mort il y a cinq cents ans, monsieur le plaisantin ! Arrêtez de la couvrir !

– Falcon dit la vérité, confirma Wellan en s'éloignant davantage pour ne pas goûter à la morsure du bâton.

Chloé offrit un siège à Élund, mais le vieil homme refusa de s'asseoir.

— Je veux savoir ce qui s'est passé ! exigea-t-il.

Wellan le lui raconta. Élund l'écouta attentivement, toutefois sa colère ne tomba pas pour autant.

— Pourquoi n'ai-je pas été convié au combat entre le Magicien de Cristal et ce sorcier d'un autre temps ? vociféra-t-il en sentant son honneur menacé.

— Il s'agissait d'un règlement de comptes entre de vieux ennemis, maître Élund, tempéra Dempsey.

— Qui s'est heureusement bien terminé pour nous, ajouta Falcon avec soulagement.

— Je suis le magicien de ce château ! Vous auriez dû m'envoyer quérir ! C'est votre devoir de Chevaliers !

— Nous sommes vraiment désolés de ne l'avoir pas fait, répondit Santo, jugeant inutile de mentionner qu'eux aussi avaient été enfermés dans le hall. Veuillez accepter nos plus sincères excuses.

— Je les accepte pour cette fois, mais que cela ne se reproduise plus jamais ! maugréa Élund avant de tourner les talons.

Toujours furieux, il sortit de la grande salle en grommelant son mécontentement, une explosion d'étincelles jaillissant de son bâton.

— C'est ce que nous souhaitons aussi ! assura Swan, ce qui fit sourire ses compagnons.

De par sa nature égocentrique, Élund n'avait jamais tout à fait accepté l'arrivée du Magicien de Cristal au Château d'Émeraude, même si ce dernier était un Immortel dépêché par les dieux pour s'assurer que la race des hommes survive. Il considérait encore comme de l'ingérence la moindre intervention d'Abnar entre les murs de la forteresse, mais les Chevaliers savaient bien que sa propre magie n'aurait jamais pu arrêter le renégat.

Wellan écouta les commentaires de ses compagnons au sujet des derniers événements, les laissant se vider le cœur afin de clore cet incident une fois pour toutes. Il accompagna ensuite Bridgess dans les jardins intérieurs où il faisait merveilleusement frais. Assis sur un banc de pierre, à l'ombre d'arbres à fleurs odorantes, il se laissa embrasser pendant un long moment. Il commençait à croire qu'il était beaucoup plus raisonnable pour lui de donner son cœur à une femme sincère qu'à un fantôme aux desseins inavoués.

Lorsque vint le soir, les serviteurs allumèrent les flambeaux du hall et commencèrent à servir le repas. Le grand Chevalier mangea en promenant son regard sur ses frères et ses sœurs d'armes désormais rassurés et il fut surpris de ne pas voir Kira et Sage se joindre à eux. Il sonda rapidement le palais et capta la présence du jeune guerrier d'Espérita dans ses appartements. Il dormait encore d'un sommeil réparateur et Kira, en bonne épouse, veillait sur lui. Dès que Sage serait remis de ses émotions, Wellan se promettait d'étudier son cas. Les fêtes de Parandar approchaient à grands pas et les Chevaliers devraient ensuite repartir sur la côte. Il devenait donc urgent de décider si le jeune guerrier pouvait conserver son titre de Chevalier.

Wellan se tourna vers Bridgess qui mangeait près de lui en répondant aux questions de Gabrelle sur les premiers Chevaliers d'Émeraude. Le grand chef aimait son visage à la peau de pêche, ses cheveux blonds attachés sur la nuque et ses grands yeux bleus qui exprimaient tout ce qu'elle ressentait. Elle était forte, disciplinée et intelligente et, contrairement à lui, elle ne craignait pas d'exprimer ses sentiments. « Elle serait un bien meilleur chef que moi », s'avoua-t-il avec un sourire admiratif.

De l'autre côté de la table, Santo les épiait en ressentant exactement les mêmes émotions que Wellan. Bridgess était la plus belle femme de tout Enkidiev. Même si elle lui offrait son cœur depuis de nombreuses années, leur grand chef n'avait cessé de repousser ses avances. Cela blessait profondément Santo. Si lui-même avait eu à choisir entre un fantôme capricieux et cette merveilleuse guerrière blonde, il n'aurait pas hésité...

26

De tendres sentiments

Sage se réveilla après l'heure du repas du soir, puisque Kira n'avait pas voulu troubler son sommeil pour le faire manger. Pourtant, elle avait prévu qu'il serait affamé en ouvrant les yeux. Elle avait donc demandé aux serviteurs d'apporter de la nourriture et de la déposer sur la petite table de son antichambre. Le jeune guerrier s'émerveilla à nouveau de la somptueuse décoration dans les tons pastel autour de lui. Il arrêta son regard sur les longs rideaux diaphanes qui se balançaient dans le vent du soir. La brise effleura son visage et Kira le sentit frissonner de plaisir. Le pauvre homme avait été privé de toutes ces petites joies pendant si longtemps...

– Comment te sens-tu ? lui demanda-t-elle en caressant le dos de sa main.

– Confus, mais moins effrayé, fit-il, ses yeux de miroir fixés sur elle. Et je suis heureux que vous m'aimiez encore.

Contente de le lui entendre dire, elle se faufila dans ses bras.

– Le Chevalier Onyx vous aimait-il aussi ?

Il posait cette question en retenant son souffle.

– Non, répondit catégoriquement la jeune femme mauve lovée contre lui. Il voulait se servir de moi pour devenir Roi d'Émeraude et mettre l'Empereur Noir au pas. En fait, je pense qu'il aurait fini par nous emprisonner, Lassa et moi, en menaçant Amecareth de laisser la prophétie se réaliser s'il ne se pliait pas à sa volonté.

– Que va-t-il m'arriver maintenant, Kira ?

– Tu vas évidemment continuer ta vie auprès de moi. Wellan nous dira si tu es encore un Chevalier d'Émeraude ou si tu dois une fois de plus être mis à l'épreuve. Mais pour l'instant, tu vas cesser de me vouvoyer. De plus, tu vas prendre une bouchée.

Elle l'embrassa tendrement et quitta le lit pour lui permettre de se lever. Il chercha ses vêtements des yeux et Kira, amusée de sa pudeur, lui lança une tunique. Onyx, lui, n'aurait certes pas hésité à la suivre sans se vêtir. Il enfila le vêtement et se leva avec beaucoup de difficulté.

– Sage, es-tu souffrant ? s'alarma la jeune femme.

– On dirait qu'un troupeau de buffles m'est passé sur le corps, avoua-t-il.

Kira serra les lèvres en se rappelant qu'elle était responsable de ses courbatures. Alors, au lieu de l'inviter à la table, elle l'accompagna jusqu'à ses installations de bain privées et l'aida à descendre dans l'eau chaude. Le traitement eut l'effet voulu. Bientôt, tous les muscles de son mari se dénouèrent. Kira lava ses longs cheveux noirs et capta sa surprise lorsqu'il vit ses mèches flotter à la surface de l'eau.

– Mes cheveux n'ont jamais été coupés ? s'étonna-t-il.

– Apparemment, ton ancêtre préférait les porter longs. Mais nous allons arranger ça tout de suite, mon beau Chevalier.

Après l'avoir épongé avec un drap de bain malgré sa timidité persistante, Kira le fit asseoir à sa coiffeuse, devant l'élégant miroir. Sa propre image sembla rassurer le jeune homme. La princesse s'empara de ciseaux dorés et coupa une mèche quelques centimètres en dessous de l'épaule.

– Lorsque nous nous sommes rencontrés, à Espérita, tes cheveux étaient à peu près de cette longueur, déclara-t-elle.

– Continuez, exigea-t-il en plissant le front.

Elle s'exécuta. Les longues mèches noires tombèrent une à une sur les carreaux brillants. Elle le laissa lui-même placer sa chevelure avec son peigne de nacre. Elle ramassa les cheveux coupés, les attacha avec une lanière de cuir puis les déposa dans un petit coffre d'ébène sur sa commode.

– Pourquoi voulez-vous les garder ? fit Sage avec curiosité.

– Au cas où tu changerais d'idée, se moqua-t-elle.

Il écarquilla les yeux d'étonnement et Kira éclata de rire.

– Vous êtes bien différente de la jeune fille que j'ai rencontrée à Espérita, soupira-t-il.

– Je l'espère bien, répliqua Kira en s'approchant de lui. J'ai quatre ans de plus et j'ai pris de l'expérience. Mais je t'assure que tu ne regretteras pas d'être mon mari.

Elle lui fit remettre sa tunique et le conduisit dans la pièce adjacente. Ses articulations le faisaient encore souffrir. La princesse plaça un coussin sur sa chaise pour qu'il soit plus confortable.

– Vous prenez bien soin de moi, en tout cas, apprécia-t-il en baissant timidement les yeux sur son repas.

– Ne parle pas trop vite, parce que si tu me vouvoies une autre fois, je t'envoie au cachot, le menaça-t-elle.

Il avala de travers mais le sourire qu'elle tentait de réprimer ne lui échappa pas. Comprenant qu'elle se payait sa tête une fois de plus, il accepta de faire un effort pour devenir plus intime avec elle, même si sa situation de jeune marié était bien nouvelle pour lui. Il porta son attention sur la table bondée de victuailles.

Kira prit place devant lui. Les flammes des chandelles se reflétaient dans les iris de son époux. Après quatre longues années de détention au fond de sa propre conscience, le pauvre homme du nord redécouvrait absolument tout. Même la nourriture le fascinait. Il tendit une main tremblante vers un morceau de volaille et y mordit en fermant les yeux de plaisir.

Ce fut une bonne leçon pour son épouse mauve, elle qui n'appréciait plus tous ces petits plaisirs de la vie. Elle remplit leurs coupes de vin et se mit à manger elle aussi, incapable de détacher son regard du beau visage de l'homme qui partagerait désormais sa vie.

Sage avait déjà avalé la moitié de son repas lorsque le Roi d'Émeraude fit irruption dans la pièce. Il semblait ravagé par l'inquiétude.

– Kira ! s'écria-t-il avec soulagement. Tu es saine et sauve !

Le Chevalier mauve bondit de son fauteuil et se jeta dans les bras du roi pour le rassurer. Le vieil homme la serra avec bonheur et embrassa ses cheveux violets au parfum de fleurs. Sage se leva. Il scrutait l'étranger vêtu de somptueux vêtements en fouillant sa mémoire.

– Wellan m'a raconté ce qui s'est passé, poursuivit le monarque en repoussant doucement sa pupille pour contempler son visage. Il paraît que tu as fait preuve d'une grande bravoure pendant que nous étions tous enfermés dans le palais.

– Je n'ai fait que mon devoir de soldat, sire, assura Kira.

– Et comment se porte notre jeune miraculé ? demanda Émeraude Ier en se tournant vers Sage.

Kira aperçut alors l'étonnement sur le visage blême de son époux : elle comprit qu'il n'avait aucun souvenir du vieillard.

– Majesté, vous devez savoir que, pendant que le Chevalier Onyx se trouvait dans son corps, Sage d'Espérita flottait dans l'inconscience, expliqua-t-elle. Il se remet de cet isolement, mais je crains qu'il ne se rappelle pas la courte rencontre qu'il a eue avec vous.

– Dans ce cas, laissez-moi me présenter. Je suis le Roi Émeraude Ier et je suis bien heureux de pouvoir enfin faire votre connaissance, jeune homme. Ma pupille ne m'a dit que du bien de vous.

« Le Roi d'Émeraude... », se rappela Sage. Il n'y avait pas de monarque dans son pays, mais son père, l'un des chefs des douze familles, lui avait tout de même appris à bien se tenir en présence des personnages importants. Il mit aussitôt un genou en terre et baissa la tête avec respect.

— Je suis Sage, fils de Sutton, un membre du Conseil d'Espérita. Je suis votre humble serviteur.

— Je t'en prie, mon garçon, relève-toi.

Sage lui obéit sur-le-champ, malgré ses articulations douloureuses. Il ne savait pas très bien s'il devait regarder le monarque en face ou garder les yeux baissés. Kira glissa ses doigts entre les siens et lui transmit une vague d'apaisement.

— Est-il toujours ton époux ? s'informa le roi.

— C'est Sage que j'ai épousé, Majesté, pas Onyx. Alors, oui, il est encore mon mari. Quant à son titre de Chevalier, il appartiendra à Wellan et à Élund de décider s'il le garde ou non.

Content que tout se soit aussi bien terminé, le vieux roi embrassa la jeune femme sur le front et quitta les nouveaux époux après les avoir conviés tous les deux à un repas privé dans ses appartements le lendemain soir.

Dès qu'il eut quitté la pièce, Kira poussa Sage vers son fauteuil afin qu'il termine son repas. Il mangea tout ce qu'elle déposa dans son assiette et termina même le pichet de vin. Puis, il se cala dans son fauteuil, repu.

— Demain, je te ferai visiter Émeraude, mais ce soir, je veux que tu te reposes, déclara Kira.

– Je ne crois pas que mes jambes me permettraient d'aller bien loin de toute façon.

– Dans ce cas, nous allons régler ce problème tout de suite.

Elle le ramena à leur chambre, le fit allonger sur le ventre et pétrit ses mollets et ses cuisses en illuminant ses paumes d'une douce lueur violette. Sage se laissa cajoler en se rappelant son départ d'Espérita, sa dernière conversation avec ses parents et son désir de devenir un homme important. Onyx avait retardé ses plans, mais il se trouvait tout de même en bonne posture. Il avait marié une princesse, bien qu'il ne conservât aucun souvenir de cette importante journée, il logeait dans des appartements magnifiques dans un grand palais. Tout en le massant, Kira suivait ses pensées.

– Le jour de notre mariage, tu portais l'uniforme des Chevaliers d'Émeraude et moi, une longue robe blanche parsemée d'émeraudes dont les manches, les épaules et le dos étaient lacés de fils d'or. Mes cheveux étaient coiffés en une multitude de petites tresses au bout desquelles brillaient des bijoux en forme de fleurs.

– Vous... Je veux dire tu... devais être très belle..., murmura-t-il, la gorge serrée, en imaginant la scène.

– Lorsque je suis montée sur la plate-forme dans la grande cour, tu m'y attendais déjà avec Wellan et tu resplendissais d'amour. Le roi nous a récité une litanie de prières et de promesses dont je ne me souviens même plus parce que je baignais dans la joie. Il me suffisait de savoir que je t'appartiendrais pour toujours. Puis, nous avons assisté à une magnifique fête donnée en notre honneur et nous avons dansé jusqu'au milieu de la nuit. Il y avait un grand feu au milieu de la cour. Lorsque nous nous sommes finalement retirés dans nos appartements, nous avons fait l'amour.

Sage tenta d'étouffer sa frustration de savoir que ce n'était pas lui mais le renégat qui l'avait rendue si heureuse. Kira cessa le traitement et grimpa sur son dos pour l'étreindre.

— Moi, je croyais que c'était toi..., minauda-t-elle.

— Tu ne t'es jamais aperçue, pendant toutes ces années, qu'il s'agissait d'un imposteur ?

— J'avais en effet constaté certains changements, mais j'ai cru que c'était seulement naturel puisque tu devenais un homme et un Chevalier. Tu nous as suivis à la guerre et tu es devenu de plus en plus confiant, comme tous les autres soldats le deviennent après plusieurs combats. Et nous ne nous sommes pas suffisamment fréquentés à Espérita pour que j'apprenne à te connaître au point de pouvoir détecter une présence étrangère en toi. Est-ce que tu comprends, Sage ?

— Oui, mais mon cœur ne peut s'empêcher d'en souffrir...

— Je te fais la promesse que personne ne te fera plus jamais de mal. Je prendrai soin de toi.

— Même si Wellan décide que je ne suis plus un Chevalier ?

— Tu es mon époux, Sage. Le reste m'importe peu.

Il se retourna vers elle et admira son visage triangulaire, ses yeux violets et ses oreilles qui semblaient encore plus pointues dans ses cheveux encore trempés par le bain. Elle ressemblait à sa mère. D'ailleurs, elle affichait la même douceur et la même compassion. En tremblant, il déposa un tendre baiser sur ses lèvres violettes étrangement sucrées. Kira passa les mains autour de son cou, heureuse qu'il n'exprime pas le désir de retourner à Espérita. Dans un élan soudain, elle s'empara de sa bouche avec passion.

Après une longue nuit d'amour, ils s'endormirent dans les bras l'un de l'autre. Kira avait oublié qu'elle était une hybride. Elle aimait et elle était aimée, et plus rien d'autre ne comptait dans son univers, pas même la prophétie, l'empereur ou les sorciers.

27

SAGE REDÉCOUVRE LE CHÂTEAU

Lorsque Kira se réveilla, Sage se tenait debout devant la fenêtre de leur chambre, regardant dehors avec beaucoup de curiosité. Sa peau paraissait encore plus pâle sous les rayons du soleil matinal dont ses yeux captaient l'éclat. Elle quitta la chaleur du grand lit et le rejoignit. Passant ses bras autour de sa taille, elle appuya son oreille sur ses côtes et vit qu'il observait la plate-forme de bois au fond de la cour où avaient eu lieu de nombreux mariages et adoubements.

– Ce matin, je vais te faire visiter les lieux, décida-t-elle.

Ils s'habillèrent en s'embrassant comme de jeunes mariés. Kira lui expliqua que le palais se divisait en deux grands axes perpendiculaires et qu'il comptait trois étages. Elle l'entraîna dans le grand escalier de pierre en poursuivant ses explications : le rez-de-chaussée était composé des cuisines, des immenses garde-manger et des quartiers des serviteurs. Sage la suivait en regardant partout autour de lui et en tentant de se rappeler tout ce qu'elle lui racontait. Les servantes qu'ils croisèrent sur leur chemin leur jetèrent de timides coups d'œil et filèrent vaquer à leurs occupations. Pas question de déranger le couple. La taille de la pièce où l'on préparait les repas du palais impressionna beaucoup le jeune guerrier originaire d'un pays beaucoup plus sobre. Il examina la batterie de chaudrons et d'ustensiles suspendus aux nombreuses poutres et les étagères chargées de sacs et de pots de toutes les couleurs. Du feu crépitait dans au moins cinq des dix immenses fours creusés dans le mur extérieur et les arômes des aliments qui y cuisaient lui piquèrent le nez.

– C'est l'une des pièces du palais où j'ai passé beaucoup de temps lorsque j'étais toute petite, lui chuchota Kira à l'oreille. À cette époque, Armène y travaillait et elle me gardait avec elle sur le coin de cette table.

Les yeux opalescents du jeune guerrier se portèrent sur le meuble massif où se préparaient les plats.

– Ces cuisines sont aussi grandes que la salle du Conseil d'Espérita, murmura-t-il, ébahi.

– Il le faut bien ! On doit nourrir les centaines d'habitants du château, répliqua Kira en tirant sur sa main. Je te ferai aussi voir les champs où les paysans cultivent la terre et élèvent les animaux.

Elle le ramena dans l'escalier, assez lentement pour qu'il puisse étudier la route qu'ils empruntaient. Les pièces plus officielles comme la bibliothèque, la salle des armes, les salles d'audience, les salons privés et la salle de réception se trouvaient au second étage. D'une pièce à l'autre, Sage écarquillait les yeux pour tout voir. À l'armurerie, il s'attarda avec intérêt devant les épées légendaires et les vieilles cuirasses des premiers Chevaliers. Kira lui laissa le temps d'absorber cette information historique.

– Il m'est encore difficile d'accepter que mon ancêtre ait été un homme aussi méchant, soupira-t-il en caressant le cuir bruni d'une vieille armure à laquelle il manquait des émeraudes.

– Je pense qu'il a surtout été un homme ambitieux quoique né pauvre, et qu'il a voulu conserver ce qu'il avait acquis durant la guerre, déclara Kira. Je ne dis pas ça pour l'excuser, mais je pense qu'il ne faut pas juger quelqu'un sans bien le connaître. Jusqu'à ce que sa colère éclate il y a quelques jours, tout le monde l'aimait bien, surtout les Chevaliers.

– Tu penses qu'ils m'aimeront, moi aussi ?

– Comment pourraient-ils faire autrement ? susurra-t-elle en effleurant ses lèvres d'un baiser.

Ils poursuivirent la visite du palais d'Émeraude, main dans la main. Au dernier étage avaient été installés les appartements royaux et très peu de gens y avaient accès. Ils marchèrent dans le couloir dont un des murs était percé de larges fenêtres avec vue sur la cour intérieure et l'autre, jalonné de nombreuses portes donnant sur de vastes appartements, déserts pour la plupart. Sage fut captivé par les tableaux qui représentaient des rois et des reines d'une autre époque : il trouvait curieux qu'ils se ressemblent tous.

Kira le fit ensuite entrer dans la trésorerie de son protecteur. Elle débordait de gros coffres remplis de bijoux, de pièces d'or et d'argent ainsi que de pierres précieuses. À l'aide de sa magie, la jeune femme en ouvrit un et Sage perdit le souffle devant l'incroyable quantité d'émeraudes qu'il contenait.

— Elles proviennent de mon pays natal, expliqua Kira. Les rois fournissaient jadis de la nourriture aux Sholiens en échange des pierres précieuses qu'ils extrayaient du sol, avant l'exil de Draka, évidemment.

La confusion sur le visage de son époux lui rappela qu'il ne connaissait pas l'histoire d'Enkidiev, lui qui avait grandi dans une communauté en vase clos.

— Je t'expliquerai tout cela plus tard, décida-t-elle. Viens.

Le couple redescendit au rez-de-chaussée et Kira apprit à son jeune mari que deux des quatre tours du château étaient reliées au palais, soit celle du magicien Élund et celle où logeaient les élèves d'Émeraude, alors que les deux autres, celle du Magicien de Cristal et la vieille prison, en étaient indépendantes. Pour accéder à ces dernières, il fallait passer par l'extérieur.

Ils sortirent donc dans la cour sous un soleil de plus en plus chaud. Des ouvriers ramassaient les fragments de pierre qui jonchaient le sol depuis l'affrontement entre Onyx et Abnar. D'autres examinaient les murs endommagés en évaluant la meilleure façon de les réparer. Kira pointa les deux autres tours à Sage puis le mur intérieur sur lequel les articles du code de chevalerie étaient gravés dans le roc.

— Tu sais bien que je ne sais pas lire, avoua le jeune homme avec embarras.

— De toute façon, les Chevaliers d'Émeraude ont déjà modifié plusieurs de ces règles, aussi ce n'est pas la peine que tu les apprennes par cœur. Elles évoluent en même temps que nous, mais le roi n'a pas encore songé à les faire corriger sur le mur.

Il s'en approcha et laissa courir son index sur les lettres dorées défraîchies, légèrement creusées dans la pierre.

– Est-il difficile d'apprendre à lire ? demanda-t-il.

– Pas du tout, assura-t-elle. Si tu veux, je te l'enseignerai.

Il posa sur elle un regard brillant de reconnaissance et elle s'empara à nouveau de sa main pour l'emmener aux écuries. Tout en marchant le long des enclos, la princesse remarqua l'intérêt de son mari pour la plate-forme de bois où ils avaient uni leurs vies. Kira s'introduisit subtilement dans ses pensées : il tentait de l'imaginer dans sa robe blanche, grimpant lentement les marches. C'était vraiment dommage que le renégat ne l'ait pas laissé au moins assister à leur mariage.

Pour lui changer les idées, elle appela Hathir, son gros cheval-dragon noir. L'animal poussa un cri strident, effrayant les bêtes qui l'entouraient, et arriva au galop.

– Je me souviens de lui, se réjouit Sage. Lorsque nous sommes arrivés au pays des Elfes, il courait autour des chevaux des Chevaliers... et Wellan a menacé de le tuer.

– C'était à l'époque où notre grand chef ignorait que ce cheval tout aussi hybride que toi et moi avait été coupé de la collectivité. Maintenant, lui et les autres chevaux se tolèrent, mais Hathir n'aime pas beaucoup les humains.

La bête noire comme la nuit passa la tête par-dessus la clôture et réclama une caresse de sa maîtresse. Kira appuya la joue sur son large front et lui chuchota de douces paroles. Sage le caressa prudemment sans que Hathir proteste d'aucune façon.

– Il doit sentir que tu es comme moi, s'émerveilla son épouse, parce qu'il ne laisse pas les humains l'approcher.

– J'imagine que tous les Chevaliers possèdent un cheval.

– Oui, même toi.

Elle l'emmena dans le vaste bâtiment de pierre divisé par une allée suffisamment large pour que deux chevaux y circulent côte à côte. Les portes ouvertes, à chaque extrémité, laissaient entrer la lumière et l'air frais. Kira fit signe à Sage de s'arrêter devant la stalle d'un cheval gris pommelé. Il l'avait reçu en cadeau de l'Ordre lorsqu'il avait dû remettre son cheval blanc au Prince de Zénor.

– À Lassa ? s'étonna Sage, qui se rappelait ce qu'elle lui avait raconté au sujet de l'enfant.

– Non. Il y a deux Princes de Zénor et Lassa est le plus jeune. Le cheval appartenait à son frère aîné, Zach, qui a ton âge.

– Je me rappelle être monté à cheval avec Wellan, mais c'est très vague.

– Tu es un excellent cavalier, je t'assure.

– Pas moi, Onyx.

– Mais c'est ton corps qui a appris à faire obéir un destrier, alors il est certain qu'il s'en souvient encore.

Sage semblant incrédule, Kira décida donc de prouver sa théorie. Elle sella son cheval en lui indiquant comment serrer la sangle. Puis, elle lui montra comment lui passer la bride.

– Les Chevaliers qui ont des Écuyers n'ont pas à s'occuper eux-mêmes de leurs chevaux, mais toi et moi, qui n'en avons pas, sommes obligés de tout faire nous-mêmes, expliqua Kira en faisant sortir l'animal de l'écurie.

Elle remit les rênes à Sage et s'amusa de son air pétrifié pendant qu'elle sellait Hathir. Pour ce faire, elle devait grimper sur la clôture, vu la taille de la bête noire. Une fois les deux chevaux prêts à partir, elle montra à son époux à mettre le pied gauche dans l'étrier afin de grimper en selle. « Il est beau même lorsqu'il est mort de peur », pensait-elle.

Une fois qu'il fut assis sur le cheval, Kira commença par faire marcher l'animal en rond dans la cour pour habituer Sage au mouvement de son dos et de ses épaules, puis elle lui remit les rênes et le laissa guider lui-même sa monture. La princesse se hissa sur Hathir et l'accompagna sans le presser.

– Te sens-tu à l'aise ? voulut-elle savoir.

– Ce n'est pas si mal que ça, en fin de compte, avoua le cavalier.

– Dans ce cas, je vais te montrer ce qu'il y a à l'extérieur de ces murs.

Les deux chevaux trottèrent jusqu'aux grandes portes, fermées à cette heure matinale. Kira tendit la main et elles s'ouvrirent comme si des hommes tiraient sur leurs gros anneaux de métal. Sage fut émerveillé du phénomène. Il se souvenait avoir déjà vu son épouse opérer de semblables miracles à Espérita et à Alombria.

– Je te laisse l'honneur de faire descendre le pont-levis, annonça-t-elle en se tournant vers Sage.

– La dernière fois que j'ai essayé de me servir de mes mains, j'ai incendié un arbre, rappelle-toi.

– Parce que tu essayais de projeter des rayons d'énergie comme Wellan et mes compagnons lorsqu'ils se défendent contre les hommes-insectes, mais il y a d'autres pouvoirs en toi. Concentre-toi et dirige vers le pont une toute petite dose en le poussant vers l'extérieur. Effleure-le à peine avec tes pouvoirs.

Sage prit une profonde inspiration et leva la main. Kira sentit aussitôt l'énergie s'y accumuler. « Au moins, Onyx ne lui a pas volé ses pouvoirs en quittant son corps », constata-t-elle. Pourrait-il aussi matérialiser une épée double ?

Les planches se mirent à vibrer, puis à descendre très lentement vers le fossé. Sage fut tellement surpris par son succès qu'il perdit subitement sa concentration. Le pont s'écrasa aussitôt dans un terrible vacarme, effrayant leurs chevaux et les soldats sur les passerelles. Le destrier gris de Sage fit un écart et voulut reprendre le chemin de l'écurie, mais en serrant les jambes et en raccourcissant les rênes, le jeune guerrier le maîtrisa sur-le-champ.

– Tu vois bien qu'une partie de toi se souvient de tout ! s'exclama Kira, folle de joie.

Plus il se rappellerait ce qu'il avait appris avant la possession d'Onyx, plus grandes étaient ses chances de demeurer Chevalier. Sans attendre ses commentaires ou ses protestations, elle poussa Hathir au galop et elle entendit résonner les sabots du cheval de son époux juste derrière elle sur le pont de bois. Ils chevauchèrent sur la berge de la rivière, à travers quelques villages et le long des champs où les paysans les saluaient au passage. Ils empruntèrent le sentier qui longeait la rivière Wawki, après l'avoir traversée à gué, à l'endroit où Kira avait été attaquée par un dragon de l'Empereur Noir plusieurs années auparavant. Ensuite, ils grimpèrent la colline qui surplombait le château.

Sage découvrit de ses yeux opalins les forêts, les terres cultivées, la grosse forteresse de pierre et la Montagne de Cristal qui s'élevait à l'arrière plan. Rien à Émeraude ne ressemblait au pays où il avait grandi, mais il aimait cet endroit paisible au climat décidément plus chaud que celui d'Espérita. Il espérait que Wellan et ses compagnons le garderaient parmi eux.

Après plusieurs heures d'exploration, ils regagnèrent le château au galop. La cour était maintenant bondée de paysans et de serviteurs. Des bœufs tiraient des charrettes remplies de légumes, de fruits ou de sacs de grains, tandis que des marchands montraient des étoffes aux couturières du roi. Sage considérait toute cette activité en faisant marcher son cheval vers l'écurie. Il mit pied à terre devant l'entrée du bâtiment, y fit entrer la bête grise et la dessella lui-même. Avec affection, il brossa sa robe luisante, la fit boire et la reconduisit dans l'enclos pour la laisser prendre l'air. « Il se rappelle... », s'émerveilla Kira.

Le jeune homme tendit ensuite la main à sa jeune épouse, qui avait libéré Hathir depuis longtemps, et lui demanda de lui montrer autre chose. Enchantée, Kira l'emmena dans l'aile des Chevaliers.

— Tu as eu une chambre ici pendant quatre ans, avant que le roi nous donne des appartememts au troisième étage, lui apprit-elle.

— Je me souviens d'y être entré..., avoua-t-il en frisson-nant d'horreur.

221

Avant qu'il sombre dans ses mauvais souvenirs, Kira lui fit visiter les grands bassins d'eau chaude où il n'y avait plus personne, en lui expliquant que les femmes prenaient toujours leur bain avant les hommes. Il se pencha et trempa un doigt dans l'eau. « Il touche toujours à tout », remarqua Kira.

– Peux-tu me dire où se trouvent les Chevaliers ? le questionna-t-elle.

– Comment le saurais-je ?

– Utilise tes pouvoirs pour les repérer. Concentre-toi comme tout à l'heure, mais au lieu de projeter ton énergie, demande à ton esprit de retrouver Wellan. Tu peux fermer les yeux les premières fois pour t'aider à faire le vide. Plus tard, tu pourras le faire sans le moindre effort.

Sage fit ce qu'elle attendait de lui et partit mentalement à la recherche du grand soldat à qui il vouait une admiration sans borne.

– Il est juste à côté, dans une salle immense, avec beaucoup de monde, déclara-t-il soudainement.

– Bravo ! s'exclama Kira.

Elle courut avec lui dans le long couloir des chambres jusqu'au hall des Chevaliers où les soldats mangeaient en rigolant. Sage sentit une grande timidité l'envahir en apercevant tous ces hommes et femmes en tunique verte rassemblés autour des deux longues tables de bois. Wellan capta sa présence et se leva, un large sourire éclairant son visage.

– Vous vous êtes enfin rappelés que vous étiez des Chevaliers d'Émeraude ? plaisanta-t-il.

Kira incita son époux à entrer dans le hall. Son visage habituellement pâle avait brusquement pris une teinte plus rosée.

– J'avais beaucoup de choses à lui montrer, répondit Kira.

– On s'en doute, se moqua Nogait.

– Venez vous asseoir près de moi, les invita le chef.

Les Écuyers de Wellan changèrent aussitôt de sièges. N'osant regarder personne, Sage prit place à la droite du grand chef tandis que son épouse mauve prenait place à sa gauche.

– Il est difficile pour moi d'accepter que tu aies oublié tout ce que nous avons fait ensemble, confessa Wellan à Sage.

– C'est encore plus difficile pour moi, sire.

Kira rompit du pain frais, découpa du fromage et rassembla des fruits dans le bol de son époux. Ces petites attentions firent sourire Bridgess.

– Plus tard, j'aimerais te parler seul à seul, ajouta Wellan.

– Je ferai tout ce que vous me demanderez, évidemment, assura Sage.

Il le vouvoyait : il ignorait donc qu'il devait s'adresser à lui en ami. Il ne se souvenait plus que les Chevaliers étaient égaux entre eux. Le jeune guerrier mangea en silence et Wellan constata que Kira lui prodiguait discrètement des encouragements. Bien sûr, ce devait être intimidant de se retrouver ainsi au milieu d'autant d'hommes et de femmes qu'il était censé connaître.

Après le repas, Santo demanda à ses compagnons de le suivre dans la cour afin d'aider les ouvriers à effacer les traces de l'affrontement entre les deux magiciens. Kira embrassa Sage sur la joue et suivit docilement les autres, le laissant seul avec Wellan.

28

À L'ENTRAÎNEMENT

Dès que tous les soldats et leurs apprentis eurent quitté le hall, Wellan capta l'embarras du jeune guerrier d'Espérita assis près de lui, les yeux baissés sur son assiette vide. Les quatre dernières années, Sage avait combattu à ses côtés avec la même bravoure que ses frères d'armes les plus vieux sans jamais éprouver la moindre crainte devant l'ennemi... ou s'agissait-il d'Onyx ?

— De quoi te souviens-tu, Sage ? commença amicalement le grand chef.

— Je me souviens de votre séjour à Espérita, de votre compréhension lorsque je vous ai demandé de vous accompagner au Royaume d'Émeraude, de notre arrivée sur la falaise au-dessus du pays des Elfes, du cheval qui terrorisait tout le monde...

— Regarde-moi lorsque tu me parles, exigea Wellan.

Le jeune homme s'exécuta aussitôt, bien décidé à ne pas s'aliéner le chef des Chevaliers d'Émeraude.

– Te souviens-tu de notre combat amical à l'épée dans la plaine des Elfes ? poursuivit Wellan.

– Je vous ai vu approcher avec votre arme à la main, mais après ça, c'est le noir.

– C'est donc à ce moment que l'esprit du Chevalier Onyx a pris possession de toi, comprit Wellan.

– J'ai eu quelques moments de lucidité pendant notre trajet jusqu'ici et j'ai quelques souvenirs du château, mais c'est tout. Je suis vraiment désolé de vous avoir causé toutes ces souffrances.

– Ce n'était pas toi, mais Onyx.

– Si je n'avais pas déterré ses armes à Espérita, rien de tout cela ne serait arrivé... et je me souviendrais de ma vie ici.

Ses yeux ne brillaient plus comme la lune. Ils ressemblaient davantage à de petits miroirs qui réfléchissaient la lumière ambiante. *Entends-tu toujours ma voix dans ta tête ?* lui demanda alors Wellan. Sage fit signe que oui. « C'est au moins ça », pensa le grand chef.

– Et tes pouvoirs magiques ?

– Je sais qu'il y en a dans mes mains, mais je ne les connais pas vraiment. Kira m'a montré à faire descendre le pont-levis et j'y suis arrivé avec plus ou moins de succès.

Pourtant, lorsque l'esprit du renégat l'habitait, il utilisait une puissante magie. « Sans doute celle des premiers Chevaliers d'Émeraude », songea Wellan. C'était d'ailleurs ce que suggéraient les paroles d'Onyx dans la grande cour du château.

– Pour demeurer Chevalier, tu devras te soumettre de nouveau aux épreuves du magicien Élund, soupira-t-il en pensant que s'il ne l'entraînait pas rapidement, il ne les réussirait pas.

– Je ne me souviens même pas de les avoir déjà subies, sire.

Le jeune guerrier baissa la tête, persuadé qu'il allait être expulsé de l'Ordre et du Royaume d'Émeraude dans les prochains jours. Il ne serait plus qu'un paysan ayant épousé une princesse, et cette dernière ne tenterait même pas de le retenir auprès d'elle, car elle aurait honte de lui. Wellan ressentit son désespoir et s'en affligea. Il avait promis à Jahonne de veiller sur son fils, aussi le préparerait-il lui-même pour les tests.

– Agrippe mes bras, ordonna soudainement Wellan.

Sage obéit sans hésitation, et le grand chef le serra avec fermeté en dévisageant le jeune soldat.

– C'est ainsi que se saluent deux Chevaliers, déclara-t-il avec un sourire amical.

– J'ai si peur de vous décevoir...

– Moi, j'ai confiance en toi. À partir de maintenant, cesse de t'adresser à moi comme si j'étais le roi et viens me montrer ce dont tu te souviens.

Wellan décrocha deux épées du mur et emmena son jeune ami dans la grande cour où ses compagnons débarrassaient l'enceinte des plus gros morceaux de pierre en utilisant leurs pouvoirs de lévitation, ce qui donnait un bon coup de main aux ouvriers. Instantanément, tous ceux qui se trouvaient à proximité du grand Chevalier arrêtèrent leur travail : ils devinaient ce qu'il allait faire.

– Je veux seulement mesurer la force de ton bras, annonça Wellan en remettant une arme au jeune guerrier, puisque c'est ton ancêtre que j'ai affronté au pays des Elfes.

Kira se faufila prestement entre Santo et Dempsey, là où son jeune époux ne pouvait pas la voir. Sage fit tourner la garde de l'épée dans sa main en cherchant une poigne confortable et constata que la lame était neuve et tranchante. Il devrait donc faire bien attention de ne pas blesser le grand chef. Autour des duellistes, la foule se massait. Chevaliers, Écuyers, paysans, ouvriers et serviteurs voulaient assister à l'exercice. « J'espère que l'esprit d'Onyx est bel et bien enfermé dans la tour du Magicien de Cristal, sinon ce combat risque de mal tourner une fois de plus », pensa Kira.

– Arrête de t'énerver pour lui, il se débrouillera, chuchota Santo à côté d'elle.

Il avait donc lu ses pensées. Se promettant d'être plus prudente, le Chevalier mauve se concentra plutôt sur son mari qui surveillait étroitement son adversaire.

Wellan attaqua le premier et la réaction du jeune guerrier fut rapide et intelligente. Il para le coup en s'efforçant de ne pas présenter son corps en cible. Le grand chef multiplia ses assauts sans utiliser toute sa force, afin de tester les réflexes de Sage. Son adversaire les soutint toutes avec de plus en plus d'aplomb. Il ne se battait pas avec la férocité de son ancêtre, mais il se défendait très bien. Pourrait-il affronter les lances des hommes-insectes ? Le vétéran lui offrit une mince ouverture et Sage en profita aussitôt. Il attaqua Wellan avec beaucoup de rapidité, n'utilisant jamais deux fois le même coup. Le grand chef bloquait sa lame sans cacher son plaisir.

Lorsqu'il mit fin à cette épreuve, Wellan attira Sage dans ses bras et lui tapota le dos en s'avouant satisfait de ses talents d'escrimeur. Il voulut ensuite savoir s'il pouvait se défendre aussi bien avec son poignard. Il le mit de nouveau à l'épreuve dans les cris de joie de l'assemblée. Malgré la taille et le poids supérieurs de son opposant en cuirasse verte, Sage s'avéra encore plus habile avec cette arme courte, qu'il avait sans doute appris à utiliser en jouant avec les autres garçons d'Espérita. Il se défendait comme un chat sauvage, toutes griffes dehors, et ses coups étaient puissants et précis. Wellan s'estima chanceux que ce ne soit qu'un exercice...

Quant à la lance, Sage avoua n'en avoir jamais tenu une dans ses mains, ce qui étonna tous ceux qui avaient vu Onyx la manier avec beaucoup d'adresse. Le grand Chevalier lui enseigna donc à la tenir correctement et à la projeter dans les balles de foin entassées contre le mur de la forteresse. Tout comme pour l'équitation, le corps du jeune homme se rappela les gestes mécaniques imprimés à ses muscles par le renégat et, au bout d'une heure à peine, il réussissait à toucher la cible. « Il n'est certes pas prêt à nous accompagner à la chasse au gros gibier des marais, mais il sera en mesure d'embrocher quelques hommes-insectes au besoin », approuva le grand chef.

Wellan mit ensuite ses pouvoirs magiques à l'épreuve en lui demandant d'enflammer de petits objets sur le sol ou de les déplacer. Sage possédait une grande puissance à l'état brut et, bientôt, la foule dut éviter les mouchoirs en feu qui voltigeaient dans les airs sans que le jeune magicien puisse les rattraper. Nogait profita de l'occasion pour s'amuser un peu. Utilisant ses pouvoirs de lévitation, il arracha les seaux d'eau aux paysans et les lança à la poursuite des projectiles enflammés en aspergeant tout le monde. Wellan se tourna immédiatement vers le plaisantin et les récipients s'écrasèrent sur le sol en même temps.

— Il a fait ce que tu lui demandais, mais pas nécessairement dans le bon ordre, dit Nogait pour la défense de Sage, de qui il était devenu un bon ami lorsqu'il était Onyx.

— Il apprendra peu à peu à maîtriser ses pouvoirs, ajouta Kevin en sortant de la foule.

Sage, surpris, se demandait pourquoi ils prenaient sa défense. Kira aurait bien aimé se servir de ses facultés télépathiques pour lui dire que Nogait et Kevin étaient ses meilleurs amis, mais tous les autres l'auraient entendue.

— Disposons-nous de ce temps ? soupira Wellan.

— Il est capable de manier les armes, c'est une bonne chose pour un Chevalier, déclara Falcon.

— Et il possède un grand potentiel magique, ajouta Dempsey.

Un sourire s'étirait sur les lèvres du grand chef au fur et à mesure qu'il comprenait que ses hommes désiraient garder le jeune guerrier parmi eux.

— Sais-tu encore te servir de ton arc et de tes flèches ? s'enquit alors Bailey, un des Écuyers de Wellan. Où était-ce un talent du renégat ?

Il s'agissait d'une arme dont les Chevaliers d'Émeraude ne préconisaient pas l'usage. L'adresse que Sage avait démontrée dans le passé en abattant avec ses flèches des petits lézards dans les arbres impressionnait encore tout le monde.

— Non, c'est mon arme préférée, assura le jeune guerrier. Je pense qu'Onyx s'est aussi servi de mes propres dons.

— Une corde de plus à son arc ! plaisanta Nogait.

Kira lui donna un coup de coude dans l'estomac.

— Tu nous as tout récemment montré à nous en servir, intervint Volpel, le deuxième Écuyer du grand chef.

— Et nous commençons à toucher nos cibles, ajouta Bailey.

— Je suis désolé..., soupira Sage. Je ne m'en souviens pas.

— Vous vous exercerez à l'arc une autre fois, trancha Wellan en posant la main sur l'épaule de l'Espéritien. Pour l'instant, Sage a un important rendez-vous avec Élund.

— Maintenant ? protesta Kira en sortant des rangs.

— À mon avis, il est prêt à affronter les épreuves du magicien. D'ailleurs, nous ne savons pas quand nous devrons repartir en mission, et j'aimerais bien pouvoir compter sur lui.

Sans laisser à Kira le temps de protester davantage, Wellan entraîna son protégé en direction de la tour d'Élund. La jeune femme mauve les regarda s'éloigner. Devait-elle intervenir et éviter à son époux une humiliation additionnelle ? Avant qu'elle puisse prendre une décision, Bridgess s'interposa.

– Wellan a raison, déclara-t-elle. Il ne sert à rien de faire durer ses tourments. Plus vite il sera fixé sur son sort, mieux ce sera pour lui. Viens plutôt t'entraîner avec moi et fais-lui confiance.

– J'ai bien hâte de voir les explosions par les fenêtres de la tour du magicien quand notre maladroit ami mettra le feu aux fioles de poudre d'Élund, se moqua Nogait.

– Il n'y mettra pas le feu ! le défendit Kira en faisant volte-face pour affronter l'insultant Chevalier.

Bridgess saisit Kira par le bras et l'entraîna plus loin dans la cour pour lui changer les idées.

29

LES ÉPREUVES

Sage suivit docilement Wellan à l'intérieur du palais, puis dans l'escalier de pierre de la tour. Ils trouvèrent Élund dans la pièce principale, assis devant un traité de magie ancien. « Il est bien curieux de ne pas voir d'élèves autour de lui », pensa le grand chef en entourant d'un bras rassurant les épaules de son protégé. Le Roi d'Émeraude continuait d'envoyer dans tous les royaumes des messages invitant les enfants magiques à parfaire leurs études dans son château, mais personne n'y répondait. Le vieux magicien profitait donc de ce répit pour faire quelques recherches et étudier les étoiles toutes les nuits.

– Wellan, Sage, que puis-je faire pour vous ? demanda Élund en levant les yeux de son bouquin.

– Comme vous le savez déjà, c'est dans le corps de ce jeune homme que le Chevalier renégat avait choisi de reprendre vie. C'est donc Onyx que vous avez soumis aux épreuves de la procédure d'exception.

Le magicien plissa son front parcheminé au souvenir des longues heures passées en compagnie de Sage et de la puissance de sa magie.

– Sa Majesté m'a suggéré de vous le ramener afin que nous déterminions s'il peut demeurer l'un des nôtres maintenant que l'esprit d'Onyx l'a quitté.

– Je vois...

Et puisque la suggestion émanait du roi, Élund accepta de changer l'horaire de sa journée pour rendre service à Wellan. Il se leva de son fauteuil, s'empara de son bâton magique et s'approcha du jeune guerrier en le regardant droit dans les yeux. Sage ne broncha pas, même s'il était mort de peur. Il n'avait aucun souvenir de ce vieil homme aux longs cheveux gris et aux yeux perçants qui semblait détenir le pouvoir de mettre à nu l'âme des soldats.

– Tu peux partir, Wellan, déclara Élund.

– Vous êtes bien certain de ne pas avoir besoin de moi ?

– Je n'ai pas eu besoin de toi la première fois que j'ai soumis ce garçon aux épreuves prescrites.

L'image des mouchoirs en flammes semant la panique dans la cour flottait dans l'esprit de Wellan. Il allait insister, mais le vieux magicien lui montra la porte avec son bâton et le grand chef comprit ce qu'il risquait en lui désobéissant.

– Je serai en bas, dans le couloir, jeta-t-il à Sage.

– Merci, sire...

Ce n'était pas le moment de rappeler au jeune guerrier qu'il pouvait l'appeler par son prénom. Wellan s'inclina devant Élund et quitta la tour.

Sage se soumit docilement aux instructions du magicien et réussit tous les exercices de télépathie. Ce fut seulement au moment d'utiliser les facultés magiques de ses mains que les choses se gâtèrent. Élund lança une plume de colombe dans les airs en lui demandant de la faire danser dans la pièce, mais le candidat utilisa une si grande énergie qu'il projeta tous les meubles ainsi que le vieil homme contre le mur.

– Je suis désolé ! se morfondit Sage en se précipitant pour l'aider à se relever.

– Mais où as-tu acquis une aussi formidable puissance ? s'étonna Élund une fois qu'il eut repris appui sur son bâton.

– Je suis né ainsi. Vous savez sans doute déjà que je suis le fils d'une hybride et un descendant du Chevalier renégat, et que je possède probablement les pouvoirs des deux races... Seulement, je n'ai jamais appris à m'en servir, puisqu'il n'y a aucun mage à Espérita.

– Comme c'est intéressant, murmura Élund en le considérant avec un regard neuf.

Alors, au lieu de le soumettre aux derniers exercices qui risquaient de démolir le reste du mobilier, le vieux magicien lui fit redresser deux fauteuils et l'invita à s'asseoir. Il lui enseigna les fondements des pouvoirs des Chevaliers d'Émeraude. Sage l'écouta avec la ferveur d'un enfant et s'amusa à façonner des objets avec les grains de sable du grand bac.

Lorsque Élund lança de nouveau la plume dans les airs, Sage s'en empara grâce à son pouvoir de lévitation et lui fit décrire de belles arabesques au plafond. « Pas question de le mettre à l'épreuve sur sa maîtrise des rayons incendiaires », ricana le mage en son for intérieur, tout en suivant les circonvolutions de la rémige. Wellan pourrait lui montrer lui-même à maîtriser ses pouvoirs de guerre. Il utilisa donc ses facultés télépathiques pour rappeler le grand chef auprès de lui.

Dans la cour, alors qu'elle était au milieu d'un combat amical contre Bridgess, Kira entendit l'appel du magicien et fit disparaître son épée double. Ses yeux violets se portèrent sur la tour d'Élund. Elle espérait qu'il continue à se servir de son esprit pour annoncer la bonne ou la mauvaise nouvelle à Wellan.

– Je suis certaine qu'il a réussi, déclara Yamina en venant la serrer par-derrière.

– Ce n'est pas un comportement convenable, jeune demoiselle, la tança Bridgess.

Elle savait bien que ses deux apprenties, ayant grandi avec Kira, ne la traitaient pas toujours en Chevalier, mais les règles du code étaient strictes. L'Écuyer à la peau sombre s'excusa et retourna se poster près de Gabrelle.

Wellan connaissait suffisamment Élund pour interpréter les petites rides dans le coin de ses yeux ou l'angle de ses sourcils broussailleux et il comprit, en mettant le pied dans la pièce circulaire, que son jeune protégé avait réussi les épreuves. L'amoncellement de meubles contre le mur l'étonna, mais il choisit de ne pas émettre de commentaires.

— Il est bien différent du jeune homme que tu m'as présenté il y a quatre ans, mais sa puissance ne fait aucun doute, déclara Élund avec satisfaction. Je recommande donc qu'il conserve son titre de Chevalier.

Sage sentit toute la tension de la journée s'envoler d'un seul coup. Il dut faire preuve d'une grande discipline pour ne pas manifester sa joie et dévaler l'escalier à la recherche de son épouse.

— Ses mains, par contre, sont des armes dangereuses, ajouta le vieillard en montrant d'un geste le désordre autour de lui. Je t'encourage fortement à lui enseigner dans les plus brefs délais à les utiliser.

— Je m'y engage personnellement, maître, promit Wellan.

— En sortant, demande aux serviteurs de venir me donner un coup de main pour replacer tous ces meubles.

— Oui, bien sûr... mais Sage et moi pourrions remettre un peu d'ordre, si vous le désirez. Notre magie nous permettrait de...

— Non ! C'est assez de magie pour aujourd'hui ! protesta Élund. Emmène plutôt ce garçon célébrer son succès.

Wellan et Sage s'inclinèrent avec respect et quittèrent la tour. Le grand chef libéra l'hybride en lui recommandant, avec un sourire moqueur, de ne pas mettre le feu au château. De son côté, il se rendit aux quartiers des serviteurs pour leur transmettre le message d'Élund.

Sage poussa les grandes portes du palais et dévala les quelques marches du porche, ses yeux lactescents cherchant Kira parmi tous les Chevaliers qui entraînaient leurs apprentis. Il aperçut sa tunique mauve dans la marée verte et courut vers elle. Devant sa joie manifeste, la jeune femme se précipita aussi vers lui et lui sauta dans les bras.

— J'ai réussi ! s'écria-t-il en la faisant tourner dans les airs.

Ils s'embrassèrent un long moment sans la moindre gêne devant leurs compagnons d'armes, jusqu'à ce que Nogait les applaudisse bruyamment. Sage mit aussitôt fin au baiser.

— Qu'as-tu fait brûler, là-haut ? le taquina le Chevalier turbulent.

— Rien, répondit Sage en rougissant. Élund n'a pas voulu mettre ce pouvoir à l'épreuve.

— Il avait dû voir passer tes petits mouchoirs enflammés devant sa fenêtre, ricana Kevin en approchant.

Kira faillit leur faire connaître sa pensée sur leurs moqueries, puis elle se ravisa. Après tout, ces trois Chevaliers avaient été inséparables lorsque Onyx habitait le corps de son mari. Évidemment, Sage ne s'en rappelait pas, mais il aurait besoin d'amis parmi ses frères. Aussi bien leur laisser tisser de nouveaux liens.

— Mais j'ai refait la décoration, ajouta Sage en tentant de réprimer un sourire amusé.

Les deux coquins voulurent savoir comment et l'hybride accepta de leur raconter l'exercice de la plume. Même Kira ne put s'empêcher de rire en imaginant la scène. Ils promirent tous les trois de l'aider à maîtriser ses pouvoirs magiques avant leur prochaine campagne sur la côte et, pour la première fois depuis son retour dans son corps, le jeune guerrier d'Espérita sentit qu'il appartenait à cette grande fraternité de justiciers.

Il se souvenait d'avoir vu ces deux hommes autrefois, dans son pays du nord, mais il ne savait pas quelle sorte de relations il avait établies avec eux depuis. Maintenant que sa place dans l'Ordre était assurée, il prendrait le temps de s'en informer auprès de son épouse et de Wellan.

Kira lui dit qu'elle devait aller se faire une beauté pour leur repas du soir en compagnie du roi. Sage voulut l'accompagner, juste pour la voir brosser ses cheveux et s'habiller, mais ses nouveaux amis s'interposèrent.

— Oh non, toi, tu viens avec nous, annonça Kevin avec un air espiègle.

— Kevin et Nogait étaient tes meilleurs amis, lui expliqua Kira. Ils profiteront de la journée pour te donner des renseignements que je ne possède pas sur ce que vous fabriquiez ensemble.

— Des activités d'hommes, évidemment, s'empressa de préciser Nogait.

Sage leur jeta un coup d'œil inquiet. Leur expression moqueuse lui faisait craindre qu'ils ne préparent quelque mauvaise entreprise. Kira l'embrassa sans lui donner le temps de protester et l'abandonna entre leurs mains.

— Tu avais commencé à nous montrer le tir à l'arc, déclara Kevin.

— Et nous nous demandions si tu allais changer d'idée maintenant que tu es redevenu toi-même, ajouta Nogait. Enfin, que tu n'es plus l'autre... Tu comprends ce que je veux dire ?

— Oui, mais je ne me souviens de presque rien depuis notre départ du pays des Elfes il y a quatre ans.

— Ça fait beaucoup de choses, soupira Curri, un des Écuyers de Kevin.

— En fait, je ne sais même pas si nous avons rencontré des Elfes, avoua Sage.

— Pas besoin d'aller se perdre dans leurs grandes forêts pour faire leur connaissance, s'exclama Nogait. Botti, un de mes Écuyers, est un Elfe.

Par voie de télépathie, il demanda à son apprenti de s'approcher. Botti cessa son entraînement avec le deuxième Écuyer de Nogait et accourut. Sage examina avec intérêt l'adolescent filiforme aux cheveux blond foncé, dont les yeux verts ressemblaient à des feuilles d'arbre et dont les oreilles étaient aussi pointues que celles de Kira.

— Les Elfes ont-ils des pouvoirs magiques ? s'informa Sage.

— Tous les étudiants d'Émeraude en ont, assura l'adolescent.

— Mais avant d'arriver ici, Botti savait déjà lire les pensées, expliqua son maître. Et, comme tous les Elfes, il ressent chacune des créatures vivantes du continent. Il peut aussi se dissimuler dans une forêt et se trouver à deux pas de nous sans que nous puissions le voir.

Sage continuait de s'intéresser à l'Elfe avec curiosité. Il aurait aimé tout savoir sur les autres royaumes et leurs habitants, mais il ne voulait pas non plus poser trop de questions à ses compagnons et ainsi admettre son ignorance.

– Nous avons demandé à Morrison de nous fabriquer de nouveaux arcs et il nous les a livrés ce matin, annonça Nogait. Te sens-tu suffisamment d'attaque pour nous donner une petite leçon ?

Devant l'air interrogateur de Sage, Kevin lui expliqua que Morrison était l'armurier du château. Encore une autre personne dont il ne gardait aucun souvenir... Mais le jeune guerrier accepta tout de même de montrer aux deux Chevaliers et à leurs Écuyers comment encocher leurs flèches sur la corde et comment tendre cette dernière sans s'arracher la peau de l'avant-bras opposé. Comme tous les soldats de l'Ordre doués pour les armes, ils apprirent très rapidement à toucher les cibles suspendues à des crochets fixés à la muraille.

30

UNE SURPRISE

Après plusieurs heures de tir à l'arc dans la cour du château, Kevin, Nogait et leurs apprentis ramenèrent Sage dans l'aile des Chevaliers. Pendant qu'ils prenaient un bain, ils lui racontèrent les parties de chasse auxquelles il avait participé avec eux, puis laissèrent aux masseurs le soin de leur délier les muscles. Sage accepta volontiers tous ces bons traitements en se demandant si les soldats passaient toutes leurs journées de cette façon.

En quittant la table de massage, enroulé dans un drap de bain, le jeune guerrier vit que Nogait lui apportait un costume de Chevalier aux émeraudes scintillantes. Fallait-il s'habiller ainsi pour prendre place à la table du roi ? Avant qu'il puisse dire un seul mot, Kevin s'empressa de le faire asseoir et coiffa ses cheveux désormais plus courts qu'il noua avec difficulté sur sa nuque. Puis Nogait l'aida à s'habiller, probablement parce qu'il pensait que son ami ne se rappelait plus comment attacher les courroies. Sage caressa la belle cuirasse verte avec émerveillement.

– Pourquoi vous occupez-vous ainsi de moi ? s'enquit-il en se tournant vers ses compagnons. Pourquoi voulez-vous me faire porter l'uniforme des Chevaliers ce soir ?

– Nous avons promis à Kira de ne rien te dire, répondit Nogait qui reçut immédiatement le coude de Kevin dans les côtes.

« Elle me prépare donc une surprise », devina-t-il. Les deux hommes attachèrent ses armes sur ses hanches, replacèrent les pans de sa cape verte et s'assurèrent qu'il avait belle allure. Un sourire apparut sur le visage du jeune guerrier quand il se rendit compte qu'ils cherchaient à gagner du temps. Lorsque le petit groupe l'escorta finalement jusqu'au palais, Sage sut qu'il allait enfin découvrir la raison de cette mise en scène. Nogait et Kevin le firent grimper au deuxième étage par le grand escalier et s'arrêtèrent devant de belles portes ouvrées. Ils poussèrent leur ami dans l'antichambre du roi, où ils l'abandonnèrent en refermant la porte derrière lui.

Sage fit lentement le tour de la petite pièce pour admirer les tapisseries montrant des enfants courant dans les champs, des cavaliers galopant le long d'un cours d'eau et des paysans rapportant le fruit de leurs récoltes dans des charrettes. Des tableaux et des statues de rois et de reines de jadis ornaient également cette pièce luxueuse où les invités privilégiés du roi devaient attendre qu'il soit prêt à les recevoir.

Sage s'arrêta brusquement devant une glace qui couvrait tout un pan de mur et fut étonné de son apparence de noblesse dans ce magnifique costume. Il se rappela les vêtements faits de peaux de bête qu'il portait à Espérita et ses souvenirs l'entraînèrent jusqu'à la journée où le Conseil des douze familles avait décidé de l'exclure de la politique de la communauté.

– Tu es vraiment séduisant, fit une voix derrière lui.

Il fit volte-face et ses yeux s'écarquillèrent devant la vision qui s'offrait à lui. Sortant des appartements privés du roi, comme une déesse descendue sur terre pour lui accorder un vœu, Kira s'avançait vers lui. Elle portait une longue robe blanche piquée d'émeraudes et lacée avec du fil doré, ses cheveux étaient coiffés en une multitude de petites tresses violettes rehaussées de bijoux brillants. « Sa robe de noces... », devina-t-il.

Pieds nus, elle marcha jusqu'à lui avec la souplesse d'un chat. Comme elle semblait fragile tout à coup dans cette tenue divine... Il la prit doucement par la taille et craignit pendant un instant de la briser. Avec beaucoup de tendresse, ils échangèrent un baiser.

— J'ai décidé de t'épouser une deuxième fois, murmura-t-elle sur ses lèvres.

— Tu t'es donné tout ce mal pour moi ?

— Que pour toi...

Comment pourrait-il se concentrer sur les propos du roi tandis que cette magnifique femme mauve était assise près de lui ? Kira lui prit la main et lui embrassa le bout des doigts en souriant.

— Tu es vraiment le plus adorable de tous les Chevaliers, Sage d'Émeraude.

— Et moi, je ne trouve pas les mots qui rendent justice à ta beauté.

— Tu as toute la soirée pour y penser, plaisanta-t-elle en le guidant vers la salle à manger d'Émeraude Ier.

Par bonheur, il y trouva également le Chevalier Wellan, assis à la droite du monarque, lui aussi en tenue d'apparat. Le chef le rappellerait à l'ordre s'il manquait d'attention durant ce premier repas royal. Mais, ce soir-là, ce fut Kira qui fit toute la conversation. Elle raconta surtout les « exploits » des dernières années de son mari en prétendant qu'il allait très certainement les surpasser bientôt.

Sage mangea en silence en imitant fidèlement les gestes de son grand chef pour ne pas laisser paraître son ignorance des règles de la cour. Il sentait l'affection que lui portait Wellan et comprit qu'elle découlait de son amitié pour sa mère hybride.

Lorsque le grand Chevalier sortit finalement de table en s'excusant, Sage crut que le repas était terminé. Kira, cependant, ne bougeait pas. Il demeura donc assis et suivit des yeux les grands pas de Wellan jusqu'à la sortie. « Pourquoi restons-nous ? » s'étonna-t-il.

— Jeune homme, commença le roi.

Sage se tourna aussitôt vers lui et fut touché de son regard amical. D'un air solennel, Émeraude Ier fit répéter aux époux les vœux qu'ils avaient prononcés quelques jours plus tôt mais dont le jeune homme n'avait évidemment aucun souvenir. Il leur souhaita ensuite une union prospère, mais ne leur parla pas de progéniture. Wellan l'avait apparemment informé que deux hybrides ne pouvaient concevoir d'enfants ensemble. Cette nouvelle avait peiné le vieux roi, mais il n'allait certes pas priver sa pupille de son âme sœur juste pour être grand-père.

Dès que le roi les libéra, Kira entraîna son époux vers leurs appartements, à quelques pas de ceux du roi dans le somptueux couloir. Sage connaissait son chemin, mais il se laissa guider avec gaieté. Avant qu'ils atteignent les doubles portes de leur antichambre, il arrêta sa jeune épouse et la souleva dans ses bras en parsemant son visage de baisers. Il poussa les portes d'un coup d'épaule et transporta Kira jusqu'à leur grand lit. La jeune femme défit alors les courroies de sa cuirasse en lui arrachant des baisers et lui retira tous ses vêtements en faisant de gros efforts pour ne pas trahir sa propre hâte.

Lorsque ce fut au tour de Sage de l'aider à sortir de sa belle robe, Kira s'amusa devant son découragement : il venait de se rendre compte que toute la robe était serrée contre son corps par un long fil doré. Alors, en couvrant sa peau mauve de baisers amoureux, il délaça la robe centimètre par centimètre, sans se presser, comme dans les plus beaux rêves de Kira.

Cette fois, elle avait bel et bien retrouvé son véritable époux.

31

Les conseils de Jasson

Wellan quitta les appartements du roi, descendit le grand escalier de pierre et rentra à l'aile des Chevaliers en longeant le couloir qui traversait tout le palais le long de la grande cour. Il était pourtant tard, mais, à sa grande surprise, il entendit la complainte d'une harpe dans le hall des Chevaliers. Il y trouva Santo, assis par terre, devant l'âtre, les yeux perdus dans les flammes, qui grattait avec mélancolie les cordes fines de son bel instrument en os poli.

Le grand chef entra dans la vaste pièce et s'approcha de son frère d'armes. Il reconnaissait cette mélodie ancienne. Il sonda Santo et capta dans son cœur une profonde tristesse.

— Mais pourquoi joues-tu un air nuptial ? lui demanda Wellan en s'asseyant sur un banc près de lui.

— Le mariage de Kira me l'aura ramené à l'esprit, j'imagine, soupira l'autre.

— N'a-t-il pas plutôt rappelé à ton cœur qu'il a aussi besoin d'amour ?

– Peut-être bien, mais j'ai échoué dans la recherche de mon âme sœur... et puis, je suis bien trop vieux maintenant pour me marier.

– Allons donc, protesta Wellan. Personne n'est jamais trop vieux pour se marier !

– Et toi, qu'attends-tu pour épouser Bridgess ?

– J'y songe.

– Est-ce que tu l'aimes ?

– Oui, je l'aime, mais ma fascination pour la Reine de Shola m'a empêché de m'en rendre compte pendant toutes ces années.

– Alors, maintenant que la reine t'a repoussé, tu vas finalement déclarer ton amour à Bridgess ?

Wellan fronça les sourcils en se demandant si c'était un reproche qu'il percevait dans la voix de Santo, habituellement vibrant de compassion.

– Si tu étais, comme moi, tombé amoureux d'une femme merveilleuse et qu'elle était morte quelques jours plus tard dans tes bras, pour ensuite t'apparaître et te réconforter, qu'aurais-tu fait ?

– Je suis plus romantique que toi, Wellan, mais je suis aussi réaliste. Je ne crois pas que je pourrais aimer une femme qui ne visite mon lit qu'une fois par année. Nous n'avons d'ailleurs jamais compris ta loyauté envers cette magicienne.

La gorge de Wellan se comprima de chagrin quand il se rappela la colère de sa belle reine. Il se leva brusquement et quitta la grande salle dans un froissement de cape. Santo se remit à jouer de la harpe en pensant que, si le fantôme lui ouvrait de nouveau les bras, le grand Chevalier n'hésiterait pas à briser le cœur de Bridgess... et elle ne méritait pas ça.

Wellan entra en silence dans sa chambre. À la lumière d'une chandelle unique, il vit que ses deux Écuyers dormaient déjà. Comme ils avaient grandi depuis qu'ils étudiaient sous sa tutelle... Leurs pieds dépassaient au bout de leurs lits dorénavant trop petits pour eux. Encore quelques années et ils seraient de magnifiques Chevaliers prêts à défendre Enkidiev contre les tentatives d'invasion de l'Empereur Noir. Il se pencha sur Volpel et remonta la couverture sous son menton puis, en se tournant vers Bailey, il constata qu'il s'était enroulé dans la sienne comme une vrille. Il l'embrassa sur le front et se dirigea vers la commode.

Il se défit de son beau costume, le suspendit à un crochet et s'allongea sur son lit, les yeux tournés vers la fenêtre. Des milliers d'étoiles brillaient dans le ciel d'encre et, quelque part là-haut, son fils de lumière grandissait sans lui. Fan lui avait-elle dit qu'il était son père ? Il se remémora les traits délicats de l'enfant et constata qu'il avait le visage pointu de Kira, mais ses yeux à lui. Ses paupières devinrent de plus en plus lourdes et il sombra dans le sommeil.

Au matin, Wellan réveilla ses apprentis pour les emmener aux bains où il leur raconta sa soirée. Ils se rendirent ensuite dans le hall et avalèrent leur repas en écoutant les bavardages des Chevaliers. Les yeux bleus du grand chef parcoururent lentement les deux tables : Santo ne s'y trouvait pas.

– Il est parti au village pour voir si quelqu'un avait besoin de soins, répondit Falcon à sa question silencieuse.

– C'est une bonne initiative, acquiesça Wellan.

Une fois les garçons repus, le grand Chevalier les mena aux écuries. Ils sellèrent leurs chevaux et les emmenèrent dans la cour qui commençait à s'animer. Wellan salua les sentinelles en franchissant les portes de la forteresse et les trois chevaux quittèrent le château au galop, levant la poussière sur la route tandis qu'ils fonçaient vers les terres cultivées.

Wellan ralentit l'allure dans l'allée de peupliers qui menait à la ferme du Chevalier Jasson et examina les vergers et les cultures. Ayant fait du bon travail toute l'année, son frère d'armes récoltait maintenant ses fruits et ses grains. Comme il arrivait à proximité de la demeure de pierre, le grand Chevalier vit accourir un petit enfant sur le chemin de terre. Le fils de Jasson. Il arrêta son cheval et ses Écuyers firent de même.

– Liam ! cria la voix de Jasson de la maison.

Le gamin aux boucles brunes s'arrêta devant eux avec un sourire implorant. *Il est avec moi*, répondit Wellan en se servant de ses facultés télépathiques. Il tendit la main au petit et le fit grimper sur la selle. Liam se retourna aussitôt vers le Chevalier avec un air de commandement.

– Je guide le cheval !

Wellan lui remit ses rênes et, amusé, talonna l'animal. À la maison, ils trouvèrent Jasson, les mains sur les hanches.

– Papa est fâché, constata l'enfant.

– Parce que papa n'arrête pas de répéter à son petit garçon de rester près de lui et que ce petit garçon ne lui obéit pas, le gronda Jasson en s'approchant du cheval.

Il saisit Liam par la taille et le déposa sur le sol. Il tendit ensuite le bras à Wellan. Les deux Chevaliers échangèrent la poignée de main de l'Ordre avec affection.

– Que viens-tu faire chez moi, grand chef ? demanda Jasson en reculant pour le laisser mettre pied à terre.

– Tu tardais à revenir au château, alors..., déclara Wellan, une fois descendu de son cheval.

– Je ne suis plus un Chevalier paresseux qui vit aux crochets du roi, moi ! ricana-t-il. J'ai une récolte à engranger ! Regarde par là, même mes apprentis me donnent un coup de main !

Wellan vit les deux adolescents transportant des paniers remplis de fruits et fit signe à ses deux Écuyers d'aller les aider. Heureux de retrouver leurs anciens compagnons de classe, Volpel et Bailey attachèrent leurs chevaux ainsi que celui de leur maître et coururent rejoindre Lornan et Zerrouk. Liam sautilla pour les suivre, mais Jasson le pourchassa et l'agrippa par sa tunique.

– Non ! hurla le gamin en écorchant les tympans des adultes.

– Je t'ai dit de rester avec moi, lui rappela Jasson, qui le ramenait vers la maison.

Wellan regarda le petit garçon se débattre dans les bras de son père en se demandant si les parents Immortels éprouvaient les mêmes difficultés dans leur monde.

– Si j'avais su que les enfants donnaient autant de soucis à leurs parents ! se lamenta Jasson.

– Nous en aurions déjà dix ! plaisanta Sanya en arrivant avec un plateau chargé de rafraîchissements. Je suis bien contente de te revoir, Wellan.

Le grand Chevalier se pencha et elle l'embrassa sur la joue. Les longs cheveux bruns de la paysanne, rassemblés en une tresse unique dans son dos, lui donnaient un air de gamine. Elle déposa les coupes sur une souche et s'empara de son fils qui se calma sur-le-champ. « C'est donc elle qui dirige cette famille », comprit Wellan.

– Que les dieux bénissent les femmes ! s'exclama Jasson tandis qu'elle s'éloignait en sermonnant leur fils. Je ne viendrais jamais à bout de Liam sans elle !

– Nous avons tous été des enfants, répliqua Wellan, et si je me souviens bien, tu as toi-même été une petite peste dans ton village natal du Royaume de Perle.

– C'est ce que prétend Élund, se défendit Jasson en lui offrant une coupe. Moi, je n'en ai aucun souvenir.

Wellan but une gorgée de vin, puis posa un regard plus sérieux sur son frère d'armes.

– Je reconnais ces yeux-là, s'inquiéta Jasson. Dis-moi ce qui te tracasse.

– J'aurais dû t'écouter lorsque tu m'as mis en garde contre le comportement étrange de Sage, confessa Wellan.

– Mais l'adresse militaire de notre recrue t'a aveuglé.

– Et sa sorcellerie. Jasson, je n'arrive pas à comprendre comment tu as pu entrer dans le château après qu'Onyx en ait eu bloqué tous les accès.

– Moi non plus, Wellan, mentit son frère d'armes. J'ai tenté d'utiliser mes pouvoirs de lévitation pour ouvrir le pont-levis, mais il a refusé de s'abaisser. C'est alors qu'un tourbillon de lumière venu de nulle part m'a transporté dans la chambre de Kira où j'ai trouvé l'épée dorée. Tu connais le reste de l'histoire.

– Venu de nulle part ?

– J'ai pensé que c'était une intervention d'Abnar, mais ce n'était pas vraiment le moment de me poser des questions.

– C'est lui qui t'a demandé de trouver cette épée et de la lui rapporter ?

– Une voix dans ma tête m'a dit en effet que c'était la seule façon de coincer Onyx.

– Pourtant, Abnar a semblé surpris de te voir arriver avec cette arme.

Le grand Chevalier le considéra un long moment, mais son compagnon avait décidé de lui cacher la vérité pour ne pas lui causer un chagrin inutile. Pas question de lui dire que ses instructions émanaient de Fan de Shola. La querelle entre le beau fantôme et Wellan ne le regardait d'aucune façon.

– Y a-t-il du nouveau au château ? demanda Jasson pour faire dévier la conversation.

— Sage est de retour parmi nous, mais il n'a certes pas l'adresse d'Onyx. Il faudra recommencer à zéro avec lui, mais au moins, Élund ne lui a pas retiré son titre de Chevalier.

— C'est une bonne chose.

Wellan vida sa coupe en observant le petit garçon qui faisait des yeux doux à sa mère pour qu'elle cesse de le gronder. Fan éprouvait-elle les mêmes difficultés avec leur fils ? Le visage angélique du bambin aux cheveux transparents flotta un moment dans son esprit.

— Qui est cet enfant ? s'étonna Jasson qui avait capté ses pensées sans le vouloir.

Wellan fut brutalement ramené à la réalité par l'interrogation de son frère d'armes.

— Ce n'est pas un enfant ordinaire, poursuivit Jasson. On dirait un dieu ou... un Immortel ?

Wellan déposa brusquement sa coupe sur le plateau de bois et tourna les talons. Jasson bondit et se mit en travers de sa route.

— Tu ne vas pas recommencer à te couper de nous, Wellan, lui reprocha le Chevalier.

Le grand chef baissa la tête et Jasson posa la main sur sa poitrine en lui transmettant une bienfaisante vague d'apaisement.

— C'est ton fils de lumière, n'est-ce pas ?

— Oui..., répondit-il, la gorge serrée, et moi, je n'aurai pas le bonheur de le voir grandir...

Wellan tomba sur ses genoux comme si un ennemi lui avait transpercé le cœur avec sa lance. Jasson se jeta sur le sol et le serra de toutes ses forces. Sanya et Liam accoururent.

– Pourquoi le Chevalier a mal ? se désola l'enfant.

– Il a du chagrin, répondit Jasson en levant sur Sanya un regard la suppliant d'éloigner son fils.

Son épouse entraîna aussitôt le petit garçon vers la maison. Elle lui dit qu'ils devaient préparer du thé pour le grand chef.

– Il pleure parce qu'il veut du thé ? s'étonna le petit.

– Je ne sais pas pourquoi il pleure, Liam, répondit Sanya, mais le thé lui fera du bien.

L'âme en peine, le bambin suivit sa mère sans pouvoir détacher son regard de l'adulte en larmes dans les bras de son père. Ayant ressenti la détresse de leur maître, les Écuyers de Wellan arrivèrent en courant, mais Jasson leur ordonna, à l'aide de son esprit, de ne pas intervenir. Les adolescents s'arrêtèrent à l'entrée du verger et contemplèrent cette étrange scène.

Jasson relâcha son étreinte et attendit que son chef se calme avant de tenter de comprendre ce qui lui causait autant de chagrin. Il songea à l'arrivée de la Reine Fan à Émeraude. « C'est Wellan qu'elle a regardé le premier », se rappela-t-il. Pouvait-elle l'avoir ensorcelé à cet instant précis ? Et pourquoi avait-elle visité son lit au fil des ans ?

– Elle s'est servie de toi pour concevoir un Immortel sans ton consentement, n'est-ce pas ? crut comprendre Jasson.

– Elle s'est servie de moi de bien des façons..., murmura Wellan qui s'efforçait de reprendre son sang-froid.

Jasson le força à se relever et l'emmena s'asseoir devant le feu où sa servante préparait les confitures en vue de la saison des pluies. La discrète jeune femme baissa les yeux sur son travail, afin de ne pas importuner son maître et son invité.

– Puis-je te parler franchement, Wellan ? demanda Jasson.

– Tu sais bien que oui, répondit le grand Chevalier en s'essuyant les yeux.

– Je pense que la Reine de Shola savait exactement ce qu'elle faisait lorsqu'elle a mis les pieds pour la première fois au Château d'Émeraude. Elle avait besoin d'un champion sur qui elle pourrait compter en tout temps, et tu l'as bravement défendue contre les paysans. C'est là qu'elle t'a envoûté. Le malheur, c'est qu'elle a choisi celui d'entre nous qui a le cœur le plus sensible.

Wellan ferma les yeux et se détourna pour lui cacher sa honte. Jasson serra ses larges épaules avec son bras pour le rassurer.

– Au moins, tu t'en es aperçu à temps, poursuivit-il. Le choc aurait été bien plus terrible si tu l'avais seulement appris à la fin de ta vie. Tu aurais alors constaté que cet amour impossible t'avait fait manquer de belles occasions d'être heureux dans le monde des vivants. Tu as encore le temps d'oublier cette magicienne et d'en aimer une autre... et tu sais à qui je pense.

Wellan garda le silence.

– Quant à ton fils, j'imagine que tu pourrais implorer les dieux pour qu'ils t'accordent de pouvoir lui parler de temps en temps. Ils ont un cœur, eux aussi. Oublie ton beau fantôme, Wellan. Elle ne s'est pas comportée de façon honnête envers toi.

– Mais c'est aussi Fan de Shola qui nous a prévenus des attaques ennemies, et c'est grâce à elle que nous avons toujours pu être au bon endroit, au bon moment, lui rappela Wellan. Maintenant qu'elle est fâchée contre moi, comment saurons-nous que l'Empereur Noir est sur le point de frapper ?

– Je te ferai remarquer que ce n'est pas son rôle, mais celui du Magicien de Cristal. Il est peut-être temps qu'il fasse sa part dans ce conflit, tu ne trouves pas ?

Wellan arqua un sourcil. Il avait longtemps cru que Jasson n'était qu'un rebelle qui ne désirait que s'amuser. Jamais il n'aurait cru recevoir d'aussi judicieux conseils de sa part.

Le petit Liam arriva en courant avec une tasse vide et la déposa sans façon dans les mains du grand chef.

– C'est maman qui apporte le thé, déclara l'enfant avec un large sourire.

Sanya arriva quelques minutes plus tard avec la théière. Elle versa le liquide chaud dans la tasse de Wellan, contente de constater que son époux l'avait consolé. Le grand chef avala une gorgée et fut touché par les grands yeux verts du petit garçon assis devant lui.

– Je vais beaucoup mieux, lui assura-t-il.

Il sentit alors l'enfant sonder son âme, bien qu'il ne fût âgé que de quatre ans. « Un futur Chevalier », comprit-il.

– On a beaucoup de thé, déclara Liam.

Il avait donc senti que le cœur du géant en cuirasse souffrait encore... En s'efforçant de sourire, Wellan entreprit de le rassurer et, dès qu'il eut vidé sa tasse, le grand chef lui demanda de lui faire visiter la ferme. Heureux d'échapper à la constante surveillance de sa mère, le petit prit les devants en débitant tout ce qu'il savait sur les animaux, les champs et les arbres fruitiers. Jasson les accompagna, pour s'assurer que son fils ne faisait pas de bêtises. Il en profita pour traduire son charabia à Wellan.

Lorsque le grand Chevalier quitta la ferme de son frère d'armes, plusieurs heures plus tard, il avait repris son aplomb. Cependant, il ne prononça pas un seul mot jusqu'au château. Et les Écuyers respectèrent son silence.

32

UN SOMBRE MESSAGE

Dans les jours qui suivirent, tout Enkidiev se prépara à célébrer Parandar. Chaque royaume possédait ses propres dieux, mais tous fêtaient leur maître suprême à la même date à tous les sept ans, soit à la fin de la saison chaude, au moment des récoltes. Sage s'imprégna de cette activité avec beaucoup de curiosité, puisque les hommes de son pays natal ne reconnaissaient même pas l'existence des dieux. Ils croyaient bien aux maîtres magiciens et aux Immortels, mais ils semblaient ignorer qu'il existait une autre hiérarchie au-dessus de ces êtres magiques.

Il traversa le palais devenu très odorant en raison des milliers de fleurs que les servantes y avaient suspendues partout. Même les statues étaient recouvertes de guirlandes multicolores. Il poursuivit sa route jusqu'au hall des Chevaliers et constata qu'on lui avait fait subir le même sort. Ses frères d'armes y mangeaient déjà autour des deux longues tables. Sage alla s'asseoir près de Kira.

– Je pensais que tu n'arriverais jamais, murmura-t-elle de façon à ne pas alarmer les autres.

— Je me suis attardé à l'une des fenêtres du couloir en quittant les bains, avoua-t-il.

— Et que regardais-tu dehors ? Une belle femme ?

— Non. Je regardais les fleurs. Je ne comprends pas pourquoi il y en a autant.

— C'est parce que Parandar les aime, expliqua Ariane. C'est lui qui a engendré le monde et, pour montrer son amour à sa femme, Clodissia, il a créé les fleurs à partir de ses propres larmes de joie.

Le jeune guerrier aux yeux de miroir ne cacha pas son incrédulité. Provenant d'un peuple plus terre à terre que celui de cette Fée Chevalier, il éprouvait de la difficulté à comprendre les motivations des dieux.

— Pour lui montrer que nous aimons aussi les fleurs, nous organisons une grande fête où nous les mettons en vedette, ajouta Kagan, une autre femme Chevalier de l'âge d'Ariane.

— Tout cela est bien nouveau pour Sage, leur rappela Kira.

Le jeune homme mangea en silence. Il se demandait comment aurait réagi la communauté d'Espérita en apprenant que tous les habitants d'Enkidiev coupaient les fleurs une fois à tous les sept ans pour les offrir à un personnage invisible qui ne vivait même pas dans le même monde qu'eux.

— Lorsque j'étais petite, j'adorais cette fête, chuchota Kira à ses côtés. C'est le seul moment où il se passe quelque chose d'intéressant dans la grande cour.

— Et qu'y fait-on ? s'enquit son mari.

– Les marchands viennent de partout pour offrir leurs produits, les musiciens font de la musique pendant des jours et les gens dansent jusqu'à en perdre le souffle. C'est un moment de répit pour tous ces gens qui triment dur. Je suis bien contente que nous soyons au château pour y assister, cette année. Ce sera une expérience fantastique pour toi.

Sage n'en était pas aussi certain, mais si sa présence lors des célébrations était importante pour sa jeune épouse, alors il demeurerait à ses côtés. Il avait terminé son repas lorsque les plus jeunes Chevaliers et les Écuyers s'animèrent d'une joie nouvelle. À l'autre bout de la table, même Wellan semblait moins sévère tout à coup.

Dès que le grand chef les libéra, tous les soldats foncèrent vers la porte. Ahuri, Sage demeura assis à sa place. Kira tira sur sa manche pour l'inciter à les suivre.

– Viens voir par toi-même.

Elle l'entraîna à l'extérieur où le soleil faisait éclater les couleurs chatoyantes des milliers de fleurs accrochées aux enclos, aux portes et aux fenêtres, ou déposées dans de grands paniers dispersés dans la cour. Le long de la muraille, sous les règles de l'Ordre gravées dans la pierre, des marchands avaient installé des étals protégés du soleil par des pavillons de toile. Une grande foule se pressait dans la forteresse afin d'examiner la marchandise qu'ils avaient apportée de partout.

Malgré le bruit étourdissant des centaines de conversations qui se tenaient en même temps, des musiciens, à l'abri sous le dais, se mirent à jouer des chansons populaires d'Enkidiev sur des instruments à cordes et des flûtes de toutes tailles.

– N'est-ce pas merveilleux ? s'exclama Kira, enjouée comme une petite fille.

Sage sentait l'allégresse que suscitait l'événement, mais il n'arrivait toujours pas à la comprendre. Un bras musclé entoura ses épaules et il reconnut aussitôt l'énergie de Wellan.

– Ce n'est pas une fête connue à Espérita, fit le grand chef qui avait perçu son désarroi malgré les nombreuses énergies de la foule.

– Je n'arrive pas à m'expliquer pourquoi on détruit toutes ces fleurs, s'affligea le jeune Chevalier.

– On ne les détruit pas, on les admire ! riposta Kira.

– Pour montrer à Parandar que, tout comme sa femme céleste, nous savons les apprécier, ajouta Wellan.

Une jeune servante s'approcha en gambadant et déposa des guirlandes de fleurs blanches autour de leurs cous en leur souhaitant de bien s'amuser. Devant l'air toujours perplexe de son époux, Kira décida de lui faire voir les choses de plus près. Wellan les laissa donc poursuivre leur chemin et s'assura pour sa part que la paix régnait dans le château de son protecteur.

Kira conduisit Sage vers les grandes tables des marchands où s'alignaient bijoux, tissus, statuettes, armes et objets de toutes sortes. Sage promena son regard opalescent sur toute la marchandise et caressa les étoffes tout en écoutant les boniments des marchands.

– Si quelque chose te plaît, tu n'as qu'à me le dire, annonça Kira qui rêvait de lui offrir un présent de noces.

Mais son mari continuait de soulever et d'examiner chaque article sans afficher de préférence. « Sans doute préférera-t-il les armes ? » pensa la jeune femme mauve en le suivant pas à pas. Mais c'est sur un curieux pendentif que son choix sembla finalement se porter. Il s'agissait d'une petite pierre sphérique transparente retenue dans une spirale d'argent et attachée à une cordelette de cuir. Kira sentit tout à coup la colère exploser dans la poitrine du jeune guerrier et, avant qu'elle puisse intervenir, Sage saisit brutalement le marchand au collet.

– Où l'avez-vous volé ? hurla-t-il, le visage soudainement écarlate.

– Je ne l'ai pas volé ! protesta le marchand en tentant de lui faire lâcher prise. Je l'ai acheté d'un bijoutier d'Opale !

– Sage, lâche-le ! exigea Kira.

– Cette pierre appartient à ma mère !

Kevin et Nogait, qui inspectaient les tables voisines, virent ce qui se passait et s'empressèrent d'intervenir. Les deux Chevaliers décrochèrent leur frère d'armes de la tunique du commerçant terrorisé sans trop alarmer les paysans qui les entouraient.

– Quel prix en demandez-vous ? demanda Kira en portant la main à sa bourse.

– Aucun ! cracha l'homme. Qu'il le garde ! Mais qu'il ne s'approche plus jamais de moi !

Kevin et Nogait entraînèrent Sage plus loin en lui transmettant une vague d'apaisement avant que leur grand chef s'aperçoive de son manque de civilité. Le poing fermé sur le précieux bijou, le jeune guerrier se laissa conduire à l'ombre des arbres en bordure des enclos.

– On dirait que tu t'es levé du mauvais pied, lui dit Kevin.

– C'est vrai qu'il est plutôt grincheux depuis ce matin, avoua Kira en les rejoignant.

– Ce bijou appartient à ma mère..., répéta Sage, au bord des larmes.

Kira lui fit ouvrir les doigts un à un pour contempler la pierre transparente.

– En es-tu bien certain ?

– Elle la faisait briller pour moi quand j'étais enfant... Comment pourrais-je l'oublier ?

Il la déposa dans la paume mauve de son épouse et, au grand étonnement des Chevaliers et de leurs Écuyers, elle se mit à étinceler comme un astre.

– Mais les pierres précieuses ne s'allument pas, s'extasia l'apprenti Curri.

– Les pierres magiques, oui, répliqua Kevin, son maître.

Voyant que la lumière intense attirait l'attention de certains paysans, Kira referma les doigts sur le bijou.

– Un cavalier approche ! cria alors une sentinelle sur la passerelle.

Wellan se tourna vers les portes ouvertes et projeta sa conscience aussi loin que possible devant lui. Il capta la terreur de l'homme qui approchait au galop et craignit qu'il ne blesse les gens qui circulaient dans la cour s'il s'y présentait à cette vitesse. Il s'élança vers le pont-levis afin de l'intercepter, suivi de ses apprentis. Bridgess, Santo et Swan se hâtèrent derrière lui.

Sur la route de terre, les paysans s'écartaient de la course du cheval affolé en poussant des cris de surprise. Heureusement, l'animal ne happa personne. Wellan se planta au milieu du pont et tendit les bras : son énergie apaisante enveloppa le cheval écumant qui ralentit enfin son allure. L'homme qui le montait devait être dans la trentaine. Ses vêtements de guetteur du Royaume de Cristal étaient couverts de sang, et il allait pieds nus. À bout de forces, il glissa du dos trempé de sa monture et s'écrasa sur le sol.

Wellan se précipita vers lui avec ses compagnons. Poussé par son instinct de guérisseur, Santo passa la main au-dessus de l'homme et fut consterné. *Il n'en a plus pour longtemps*, déclara-t-il avec ses facultés télépathiques. Le guérisseur s'empara de son poignard et découpa d'un seul trait la veste de peau du guetteur, découvrant de profondes lacérations parallèles sur son abdomen.

– Que vous est-il arrivé ? le pressa Wellan pendant que Santo tentait de refermer ses plaies.

– Je suis Amann, du village de Drape... au Royaume de Cristal..., murmura-t-il en haletant bruyamment. Des lézards nous ont attaqués... ils ont pris les...

Il s'immobilisa dans un soupir, les yeux vitreux, et Santo s'assit sur ses talons. Le traitement était désormais inutile.

— Les gardiens du monde des morts ont repris son âme, Wellan.

Pendant que les Chevaliers et leurs apprentis se massaient autour de la victime, le grand chef examina les cinq curieuses coupures, toutes de la même longueur et à égale distance les unes des autres.

— Elles sont si profondes qu'elles ont endommagé ses organes internes, expliqua Santo. Il est remarquable qu'il se soit rendu jusqu'à Émeraude.

— Est-ce un dragon qui a fait ça ? demanda le Chevalier Wimme.

— Certainement pas ! s'exclama Swan. S'il avait été attaqué par un dragon, il n'aurait plus de cœur et il n'aurait pas été capable de chevaucher jusqu'ici !

Dempsey se pencha près de Wellan pour examiner lui aussi les lacérations. Il dut se ranger du côté de Swan. La bête qui avait labouré la peau de cet homme possédait cinq doigts armés de griffes puissantes, tandis que les dragons de l'Empereur Noir n'en avaient que trois.

— Les insectes n'ont que quatre doigts, leur rappela Falcon. Nous ne connaissons aucune créature à cinq doigts capable d'infliger un tel dommage.

— Il a dit que c'étaient des lézards, se souvint Bridgess.

Wellan fouilla sa mémoire sans y trouver de référence à un reptile suffisamment gros pour s'attaquer ainsi à un homme. Le Désert était peuplé d'animaux étranges qui quittaient parfois leurs terrains de chasse à la recherche de nourriture, mais ils ne s'en prenaient jamais aux humains. Kira s'agenouilla à son tour près du défunt.

– Maître Abnar pourrait sans doute nous éclairer, espéra-t-elle en fixant le grand Chevalier dans les yeux. Il connaît toutes les créatures d'Enkidiev, et plus encore.

– Et si celles-là continuent de faire des ravages au Royaume de Cristal, il nous faut les arrêter tout de suite, ajouta Bridgess.

Wellan appela mentalement Abnar et il se matérialisa aussitôt devant lui, ce qui provoqua des murmures d'admiration parmi les paysans. Le Magicien de Cristal se pencha sur le guetteur et plaça la main sur son front afin de revoir les dernières images de sa vie. Wellan savait qu'il n'avait pas le droit de lire les pensées d'un Immortel, mais il le fit quand même, puisque la sécurité d'Enkidiev était en jeu. Il laissa son esprit se fondre dans celui du maître et aperçut la bête qui avait sauvagement attaqué le paysan. C'était un reptile au visage verdâtre et aux yeux noirs ronds comme des billes, qui possédait des griffes aussi larges que la lame d'un poignard. Elles s'enfoncèrent dans la chair de l'homme et Wellan revint brutalement à la réalité.

– Mais qu'est-ce que c'était ? murmura-t-il, bouleversé.

– Décris-nous ce que tu as vu, réclama Chloé.

– Un lézard un peu plus grand qu'un homme, marchant sur ses pattes postérieures...

– Une bête pensante ? demanda Dempsey.

– Je n'en sais rien...

– De nouveaux soldats de l'empereur ? s'inquiéta Kevin.

– Ses alliés, répondit Abnar. Il s'agit d'une race d'hommes-lézards vivant sur une île à l'ouest de notre continent. Ils ont été conquis il y a fort longtemps par Amecareth, mais ils ne possèdent pas de vaisseaux capables de les transporter jusqu'ici.

– C'est donc l'empereur qui leur en a fourni, en déduisit Wellan.

Le grand Chevalier se releva lentement, incapable de détourner le regard de la victime. Qu'était-il advenu de son village ? Le Roi de Cristal était-il au courant de ce raid ?

– Maître, j'ai besoin de vous parler seul à seul, dit-il à Abnar.

Le Magicien de Cristal posa la main sur la poitrine du grand Chevalier. Les deux hommes disparurent en même temps. La panique gagna les spectateurs qui s'éloignèrent en vitesse.

– Où sont-ils allés ? s'énerva Bailey, un des Écuyers de Wellan.

– Dans un endroit où ils pourront discuter en paix, répondit Santo. Calmez ces pauvres gens et demandez aux serviteurs du palais de venir chercher la dépouille.

Bailey et Volpel s'élancèrent à l'intérieur de la forteresse tandis que les Chevaliers se dispersaient dans la foule pour rassurer les paysans.

– On dirait bien que nous allons faire face à un ennemi beaucoup plus coriace que les hommes-insectes, déclara Kevin en s'accroupissant près de Santo.

– Ne sautez pas trop rapidement aux conclusions, les avertit Dempsey en considérant tour à tour ceux qui étaient restés près de la dépouille. Il peut aussi s'agir d'un incident isolé.

– Ou d'une nouvelle invasion, soupira Falcon.

– Je suis d'accord avec toi, Falcon, opina Swan. Nous avons presque décimé les troupes de l'empereur. Il aura donc recruté des soldats ailleurs.

Kira se tourna alors vers Sage. Il était blême et son regard pâle restait rivé sur le cadavre. Elle prit sa main et sentit son effroi. Il était le seul Chevalier d'Émeraude à ne pas avoir encore participé à une bataille. Cet homme couvert de lacérations représentait donc son premier contact avec la guerre.

– Sage, ça va ? murmura-t-elle.

Il hocha affirmativement la tête, mais son visage disait le contraire. Elle sonda son cœur et y trouva une profonde révolte contre le sort du guetteur de Cristal. Dans sa tête résonnait la question qu'ils s'étaient tous posée à un moment ou à un autre : Pourquoi toute cette violence ?

– Les insectes ont sans cesse besoin de nouveaux territoires, expliqua Kira en attirant l'attention de son mari sur elle, et ils préfèrent les débarrasser de leurs habitants avant de s'y installer.

Sage se dégagea brutalement de son épouse et s'éloigna du groupe.

— Il a le cœur tendre, fit Bridgess à Kira. Il hésitera à abattre l'ennemi qui l'attaque.

— Ce qui veut dire qu'il risque d'être tué à son premier combat, s'affligea Kira.

— Pas si nous le gardons derrière nous.

« Peut-être serait-il préférable qu'il attende un peu avant de participer à une véritable bataille », songea la femme mauve. Sage devait d'abord comprendre que, pour éviter un massacre comme celui d'Alombria, les Chevaliers devaient parfois intervenir par la force. Elle le vit marcher à travers la foule comme une âme en peine et bondit pour le rattraper. Lorsqu'elle voulut prendre de nouveau sa main, il se déroba.

— Cet homme avait une femme et des enfants ! explosa-t-il. Il vivait une vie paisible sur ses terres et il aimait sa famille !

— Sage, ce sont justement des innocents comme lui que nous protégeons contre les monstres qui essaient de prendre leurs terres. C'est le rôle de notre Ordre.

— Mais nous n'avons rien pu faire pour lui !

— Nous n'étions pas à Drape lorsque les reptiles l'ont attaqué, Sage. Les Chevaliers ne peuvent pas être partout à la fois.

— Personne ne devrait mourir ainsi..., hoqueta-t-il, le cœur en pièces.

— Mais je suis parfaitement d'accord avec toi, mon chéri.

Kira voulut une fois de plus prendre sa main pour l'emmener au palais, mais il s'esquiva.

– As-tu déjà tué un ennemi ? demanda-t-il en tremblant.

– Oui, mais je préfère les blesser pour qu'ils battent en retraite. Malheureusement, ce n'est pas toujours possible.

Le jeune guerrier tourna les talons et s'enfuit en direction du palais en bousculant tout le monde. Découragée, Kira le suivit et le rattrapa dans le vestibule, au moment où il achevait de gravir le grand escalier. Elle le plaqua brutalement contre le mur en faisant trembler les tableaux au-dessus de sa tête, et lui transmit une puissante vague d'apaisement.

– Sage, si tu ne te sens pas prêt à nous suivre en mission, je suis certaine que Wellan te permettra de rester ici. En attendant notre retour, tu apprendras à maîtriser ta magie.

– Et toi, tu resteras avec moi ?

– Non, je ne le pourrai pas. Je suis désormais un Chevalier d'Émeraude, un gardien de la paix. Il n'est pas question que je laisse ces reptiles tuer d'autres innocents et s'emparer de nos terres.

– Je serais donc un lâche si je restais en sécurité ici au lieu de me battre à tes côtés.

– Mais non... Tu viens à peine de te joindre à nous et tu n'as pas bénéficié de notre entraînement. Wellan comprendra que tu aies besoin d'un peu plus de temps avant de le suivre en mission.

– Je ne veux pas rester ici, je veux être auprès de toi.

– Dans ce cas, je te protégerai sur le champ de bataille.

Elle se faufila dans ses bras et le serra avec amour. Pour la première fois, elle mesurait la profondeur de son attachement pour cet homme déraciné de son pays natal.

33

Premières revendications

Le Magicien de Cristal et Wellan se matérialisèrent à l'étage inférieur de la tour de l'Immortel, loin des oreilles indiscrètes. La musique et le bourdonnement de la foule s'infiltraient dans la grande pièce circulaire par ses fenêtres étroites, mais rien de tout cela ne semblait distraire le grand chef du but de cet entretien.

– Je ne comprends pas la culpabilité que je ressens en vous, déclara Abnar d'un air grave.

– Si ce village a été attaqué sans que nous ayons été prévenus, c'est ma faute, confessa le grand Chevalier en baissant la tête. La Reine Fan est en colère contre moi. Si je n'avais pas été aussi dur avec Kira, elle nous aurait prévenus de l'approche de ces reptiles avant qu'ils s'attaquent aux paysans de Cristal.

– C'est un lourd fardeau que vous avez décidé de porter, sire.

– Je ne suis qu'un soldat avec de bien maigres pouvoirs magiques pour me défendre, maître Abnar, mais je sais reconnaître mes torts. Je n'ai pas reçu des dieux la faculté de pressentir ces attaques. En fait, je suis bien mal équipé pour défendre ce continent qui nous tient tous à cœur.

– Ne laissez pas les paroles d'Onyx vous empoisonner.

– Il a raison de dire que nous sommes démunis en comparaison des premiers Chevaliers.

Pour lui rappeler sa place dans la hiérarchie, Abnar enfonça son regard gris si profondément dans son âme que le grand chef ressentit une cuisante douleur au milieu de sa poitrine, mais il ne broncha pas et supporta le supplice avec courage.

– Je ne referai pas la même erreur avec vous, l'avertit le Magicien de Cristal, mécontent.

– Et nous ne passerons pas le reste de notre existence à nous précipiter dans des villages déjà dévastés, répliqua Wellan en serrant les dents.

Abnar se retourna vers la fenêtre, libérant le Chevalier de son emprise. Wellan chancela, sans pourtant laisser paraître son soulagement. Ce n'était certes pas très malin de provoquer un Immortel, mais le grand chef devait lui laisser savoir son mécontentement avant que l'Empereur Noir ait décimé tout le continent.

– Si vous ne voulez pas participer de façon active à la défense d'Enkidiev, alors il faudra trouver une autre façon de nous prévenir de l'approche de l'ennemi, exigea Wellan.

– Vous pourriez aussi faire la paix avec Fan, suggéra Abnar sur un ton tout aussi cinglant.

– C'est elle qui a mis fin à notre relation, précisa le Chevalier, en pensant soudainement à son fils.

– Un mortel ne peut pas élever convenablement un enfant Immortel, sire Wellan, l'avertit le Magicien de Cristal. Il y a une trop grande différence entre les deux mondes. Croyez-moi, il est préférable que ce soit Fan de Shola qui s'occupe de lui.

– Vous ne pouvez pas comprendre ce que je ressens pour ce fils conçu sans mon consentement. Il m'est plutôt difficile de pardonner à la Reine Fan de s'être ainsi servie de moi pour créer un Immortel, et pour protéger sa fille hybride, aussi.

– Vous lui reprochez de veiller sur ses enfants ?

Wellan ne répondit pas.

– Les humains sont des êtres égoïstes ! lança le Magicien de Cristal en revenant vers lui. J'en ai vu passer bien des générations, et ils ne pensent tous qu'à assouvir leurs propres appétits. Je croyais que les nouveaux Chevaliers seraient différents, puisqu'on les a séparés de leurs familles pour leur enseigner la fraternité, l'entraide, la sincérité et l'honnêteté.

– Si tous les Immortels et les maîtres magiciens sont aussi insensibles que Fan de Shola, alors vous êtes bien mal placé pour juger les humains, répliqua le grand chef, prêt à recevoir une nouvelle réprimande pour son audace.

Le visage du Magicien de Cristal s'assombrit et, l'espace d'un instant, Wellan put constater qu'il était beaucoup plus vieux qu'il ne le laissait paraître.

– Sachez que lorsque nous donnons notre cœur et notre âme, nous ne le faisons jamais dans un but intéressé, poursuivit le Chevalier. Je crois même que notre amour d'Enkidiev est encore plus grand que le vôtre. Cependant, je commence à douter que nous puissions sauver le continent sans l'appui des mondes invisibles que les humains ont si bien servis depuis le début des temps.

Wellan releva fièrement la tête et posa sur Abnar le regard noble qui faisait de lui le chef de tous les Chevaliers d'Émeraude.

— Notre loyauté et notre amitié méritent mieux qu'une poignée de pouvoirs qui ne nous serviront à rien devant une armée de sorciers, conclut-il en maîtrisant la colère qui montait en lui.

Il s'inclina brusquement devant Abnar et se dirigea vers l'escalier de la tour, certain que le maître allait utiliser sa puissante magie pour le retenir, mais l'Immortel n'en fit rien.

Au lieu de retourner parmi ses hommes ou de continuer à patrouiller dans la foule en liesse, Wellan longea les remparts et se rendit à la chapelle du palais avant qu'on y expose la dépouille du paysan de Cristal. Il aurait pu prier n'importe où, car les dieux ne résidaient pas seulement dans les temples, mais il éprouvait beaucoup de réconfort à se recueillir devant la statue de la déesse de Rubis. Elle était, en quelque sorte, la mère qu'il n'avait jamais eue.

— Theandras, protectrice du peuple de Rubis, murmura-t-il, j'ai longtemps cru que j'étais né pour protéger le peuple d'Enkidiev. Aujourd'hui, je ne sais plus si je sers vraiment les dieux en demeurant Chevalier... J'ai besoin de votre lumière et de vos précieux conseils. Si vous croyez que tout est déjà perdu pour la race des hommes, alors prenez ma vie et épargnez-moi la souffrance de voir ce continent être décimé sous mes yeux...

Il sentit alors deux bras l'enserrer par-derrière et arrêta de respirer en se demandant si un grand tourbillon glacé allait l'emporter dans le monde des morts.

– Je ne la laisserai pas te prendre, murmura Bridgess à genoux derrière lui.

Elle le serra avec amour et Wellan ferma les yeux. Si la déesse ne lui fournissait pas l'assistance qu'il réclamait, il savait qu'il pourrait toujours compter sur celle de Bridgess.

– J'en déduis que ta discussion avec Abnar ne s'est pas très bien passée, soupira-t-elle.

– Je commence à croire qu'Onyx avait raison. Plus je transige avec les Immortels, plus je pense qu'ils ne servent que leurs propres intérêts, avoua-t-il en tentant de maîtriser sa frustration. Les dieux veulent que nous défendions le peuple qui les adore depuis des milliers d'années, mais ils nous ont donné très peu de pouvoirs pour faire notre travail, Bridgess. Notre magie a été suffisante pour vaincre l'armée de soldats stupides d'Amecareth, mais le reptile que j'ai vu dans la tête du paysan était un guerrier intelligent et efficace. Je ne veux pas voir tomber un à un tous mes hommes en ne pouvant rien faire...

Bridgess l'étreignit encore plus fort. Lorsqu'elle fut enfin parvenue à le calmer, elle l'aida à se relever et l'entraîna vers l'aile des Chevaliers. Abnar apparut au milieu du couloir, leur barrant la route. Physiquement, le maître présentait l'apparence d'un homme jeune et vigoureux, mais Wellan ignorait ce qui se cachait derrière son masque d'innocence.

– J'assumerai temporairement le rôle d'éclaireur auprès des Chevaliers d'Émeraude, déclara le Magicien de Cristal sur un ton neutre. Sachez que les lézards seront bientôt de retour sur la côte.

Il se dématérialisa avant même que Wellan puisse le remercier.

– Je ne sais pas ce que tu lui as dit, mais on dirait bien que tu as eu du succès en fin de compte, fit Bridgess, plutôt impressionnée.

– Sa décision ne résout malheureusement que la moitié du problème.

– Je pense que nous devrions nous mettre en route le plus rapidement possible, déclara-t-elle.

– Et laisser le château sans défense pendant les fêtes de Parandar ?

– La garde personnelle du roi pourrait fort bien s'en charger. Elle le faisait avant la renaissance de notre ordre de chevalerie.

– Tu as raison, approuva le grand Chevalier.

Il lui saisit le bras, la fit pivoter vers lui et s'empara de sa bouche. Bridgess ne lui refusa pas ce baiser. Si quelqu'un pouvait l'apaiser maintenant, c'était elle.

– Je ne sais pas ce que je ferais sans toi, murmura Wellan.

– Moi non plus, se moqua-t-elle.

Et elle alla chercher un second baiser sur ses lèvres.

34

La concession d'abnar

Wellan et Bridgess retournèrent à la fête pour sonder les alentours. Partout, les gens continuaient de danser, de marchander et de préparer de la nourriture sous les chapiteaux qui les protégeaient du soleil. Pourtant, un homme venait de mourir sous leurs yeux...

Comme il ne décelait pour l'instant aucun danger sur le territoire du Roi d'Émeraude, le grand chef ordonna à tous ses hommes, par voie télépathique, de le rejoindre dans leur hall. Il convergèrent tous vers leur aile du palais en fronçant les sourcils. Lorsqu'il fut bien certain qu'ils étaient tous à l'intérieur, Wellan s'y dirigea lui-même. Il marcha dans la grande pièce silencieuse où ses apprentis l'attendaient sagement. Tous avaient répondu à son appel, même Sage et Kira. Le grand chef se posta au bout des deux tables et plaça ses mains sur ses hanches.

– Nous partirons à la première heure demain, annonça-t-il finalement, mais sa déclaration n'entraîna aucun enthousiasme chez ses compagnons. Les ennemis auxquels nous ferons face sont des créatures différentes de celles que nous avons affrontées par le passé. Cette fois, les Écuyers ne pourront pas combattre à nos côtés, car leur manque d'expérience en ferait des victimes beaucoup trop faciles pour ces hommes-reptiles. Ils devront donc demeurer derrière nous et rentrer à Émeraude advenant une défaite.

L'expression de ses compagnons devint encore plus sombre et Wellan comprit qu'il n'utilisait pas des paroles très encourageantes.

– Le lézard que j'ai vu dans la tête du mourant était de ma taille, poursuivit-il en se mettant à marcher autour des tables. En plus de posséder des griffes acérées, il tenait un glaive à la main. Je ne sais pas à quel point ces créatures savent s'en servir, mais je suis persuadé qu'en utilisant notre magie et nos armes, et en faisant preuve de prudence, nous pouvons les vaincre.

Les plus âgés hochèrent affirmativement la tête. Ils tentaient déjà d'imaginer la manière dont ils pourraient se défendre contre les reptiles.

– Combien de ces guerriers l'empereur a-t-il dépêchés sur le continent ? l'interrogea Dempsey.

– Je n'en sais rien, avoua Wellan, et je ne possède aucun pouvoir magique me permettant de m'en informer.

– Je croyais que Nomar t'avait accordé de nouvelles facultés, s'étonna Falcon.

– Il m'a seulement enseigné à exploiter mon potentiel.

– Alors, si je comprends bien, fit Santo, nous allons nous précipiter au Royaume de Cristal sans savoir ce qui nous y attend.

Wellan ne savait pas quoi répondre. Grâce à Fan, ses hommes avaient toujours reçu longtemps à l'avance tous les renseignements dont ils avaient besoin pour affronter l'ennemi. Abnar se matérialisa soudain près du grand Chevalier.

– Ils sont une centaine, divisés en trois groupes d'assaut, leur apprit-il sur un ton glacial.

– Pourquoi ont-ils attaqué le Royaume de Cristal ? demanda Kevin.

– Ils ont cru le Royaume de Zénor abandonné lorsqu'ils ont trouvé le château en ruine au bord de l'eau, alors ils se sont dirigés vers le nord.

– Peuvent-ils franchir les remparts du Royaume d'Argent ? s'inquiéta Kira.

– Oui, très facilement, assura Abnar.

– S'ils ne sont qu'une centaine, nous pourrons aisément les arrêter, se convainquit Dempsey pour remonter le moral des troupes.

– À moins qu'ils ne possèdent une armée de réserve quelque part, songea Wellan tout haut.

– Si c'est le cas, je vous préviendrai, déclara Abnar.

Le Magicien de Cristal disparut dans une gerbe d'étincelles dorées.

– Depuis quand se mêle-t-il de la guerre ? s'étonna Swan.

– Depuis que nous avons perdu notre source habituelle d'information, répondit Santo en décochant un regard aigu à Wellan.

Le grand Chevalier refusa de réagir à cette provocation de son ami guérisseur, mais il se promit de mettre les choses au clair avec lui lorsqu'ils seraient seuls. Plus personne ne semblait avoir de commentaires ou de questions.

– Allez vous préparer et que les dieux soient avec nous, soupira le grand chef.

Ils se levèrent et commencèrent à sortir du hall. *Santo, tu restes*, l'avertit Wellan. Tous les Chevaliers entendirent ce commandement et ils échangèrent des regards inquiets en s'éloignant. Le guérisseur fit signe à ses Écuyers Herrior et Chesley de suivre docilement les autres en leur rappelant qu'ils avaient fort à faire avant de quitter Émeraude. Wellan attendit que la salle soit enfin déserte avant de se tourner vers son frère d'armes.

– Je ne veux pas qu'il y ait de querelle entre nous, Santo, surtout en ce moment, commença-t-il.

– Alors jure-moi que tu n'as pas l'intention de briser le cœur de Bridgess.

– Pourquoi est-ce si important pour toi ?

– Parce que je ne veux pas que tu fasses souffrir les gens sans t'en rendre compte. Je suis ton frère, Wellan, peut-être encore plus que tous les autres, et c'est mon devoir de te le dire quand tu fais des bêtises.

– Et je l'apprécie. Mais je t'en prie, ne m'en garde pas éternellement rancune, surtout maintenant que j'ai l'intention de corriger la situation.

Il lui tendit les bras et, après une légère hésitation, Santo les serra avec affection. Wellan savait que le guérisseur aux yeux couleur de nuit était le plus sensible de tous ses compagnons et que le moindre manque d'harmonie l'ébranlait.

– Je te promets de demander Bridgess en mariage dès que nous reviendrons du Royaume de Cristal, lui confia Wellan, et si elle refuse, c'est moi qui aurai besoin d'être consolé.

Santo le gratifia d'une claque amicale dans le dos puis quitta le hall en lui cachant habilement sa déception. Wellan se retrouva seul. *Jasson, Bergeau*, appela-t-il. Les deux hommes, qui avaient choisi de fêter Parandar dans leurs fermes avec leurs voisins, répondirent immédiatement à son appel. Wellan leur raconta les terribles événements du Royaume de Cristal et leur annonça que les Chevaliers partaient à l'aube pour débarrasser Enkidiev de cette nouvelle menace. Jasson et Bergeau lui promirent de se joindre à eux le lendemain.

Le grand Chevalier se rendit ensuite aux cuisines décorées de fleurs et demanda aux servantes de préparer des provisions. Il fut ensuite admis auprès du Roi d'Émeraude, qui venait de terminer sa sieste, et l'informa que les Chevaliers se porteraient au secours des paysans de Cristal dès le lendemain matin.

– Lorsque vous arriverez sur la côte, il se sera déjà écoulé un certain temps depuis le massacre, déplora le roi, encore ensommeillé.

– C'est le mieux que nous puissions faire, Majesté. Mais la prochaine fois, nous serons prévenus des plans de l'ennemi, puisque le Magicien de Cristal a enfin accepté de nous servir d'éclaireur.

– Vous êtes de braves hommes, toi et tes compagnons.

– Nous ne faisons que notre devoir, sire.

– Que les dieux vous bénissent... et tu connais le reste du sermon. Je doute fort que mes vieux os acceptent de quitter le lit à la même heure que vous, demain.

– Je transmettrai vos vœux de succès à mes frères et à mes sœurs d'armes.

Le grand Chevalier s'inclina respectueusement et quitta les appartements royaux. Nostalgique, Émeraude Ier se mit à penser aux premières années d'études de cet élégant guerrier, alors qu'il n'avait que cinq ans et qu'il donnait tant de souci à Élund. Comme le temps avait passé rapidement...

35

UNE LEÇON D'HISTOIRE

Cette nuit-là, lorsque le château retrouva sa tranquillité, les Chevaliers se mirent au lit tout en se préparant mentalement à leur prochaine campagne militaire. Wellan sentait la très grande nervosité de ses Écuyers allongés dans leurs lits près du sien. Il devinait que tous les autres adolescents de l'Ordre étaient probablement dans le même état.

— Nous vous avons bien entraînés, les rassura le grand Chevalier. Faites un peu confiance à vos maîtres et, si vous savez compter aussi bien que moi, vous êtes conscients qu'il n'y aura que quatre adversaires par Chevalier sur la côte.

Il sentit leurs cerveaux effectuer rapidement les calculs et réprima un sourire. La tension tomba d'un seul coup dans la chambre et le chef sut qu'ils allaient enfin pouvoir trouver le sommeil dont ils avaient grand besoin.

Au matin, Wellan poussa ses Écuyers vers les bains pendant qu'ils contestaient sa décision de ne pas les laisser combattre. Presque aussi grands que les adultes, ils étaient suffisamment musclés pour manier toutes leurs armes avec puissance... Mais le grand chef ne voulut rien entendre de leurs arguments. Il se glissa dans l'eau chaude. Il fut alors surpris d'apercevoir Sage plus loin dans le bassin, puisque ce dernier possédait ses propres installations de bain. Wellan le sonda et capta son angoisse. C'était probablement pour se rassurer qu'il recherchait la présence de ses frères d'armes en ce matin si important pour lui. Wellan fit comprendre à ses Écuyers de ne pas le suivre et nagea jusqu'au jeune guerrier.

– Même si j'utilisais toutes mes facultés magiques, je ne pourrais jamais te cacher mes craintes, n'est-ce pas ? se résigna Sage.

– Les Chevaliers possèdent le don de ressentir les émotions des autres. Tu apprendras à faire la même chose lorsque tu auras maîtrisé ta peur. C'est une science qui ne s'enseigne ni dans les livres ni au contact d'un mentor. Lorsque tu auras constaté par toi-même que tu manies bien tes armes et ta magie et que tu peux, grâce à elles, terrasser tes ennemis, tu pourras toi aussi nous sonder.

– Tu as une grande confiance en moi.

– Encore plus grande que tu l'imagines. Mais, sans vouloir t'offenser, mon jeune ami, puisque tu n'as jamais combattu, je préférerais que tu restes avec les Écuyers cette fois-ci.

– Je comprends ton inquiétude, admit Sage, et je ne veux surtout pas mettre vos vies en péril. Je ferai ce que tu me demanderas.

– Je sais, assura Wellan en lui tapotant affectueusement l'épaule.

Après la purification dans les bains, ils avalèrent une bouchée en compagnie des femmes, puis méditèrent ensemble. Wellan éprouva leur parfaite unité et s'en gonfla de fierté. Il était encore très tôt et le soleil commençait à peine à chasser l'obscurité. Le grand chef amena ses troupes dans la cour où se mêlaient des centaines de parfums différents. Les sentinelles avaient déjà ouvert les portes et les paysans allaient bientôt revenir pour une deuxième journée de plaisir et d'échanges commerciaux.

En tenue de combat, Jasson, Bergeau et leurs Écuyers arrivèrent au galop. Wellan se réjouit de la détermination qu'ils affichaient. En fait, de tous ses soldats, seul le jeune Sage montrait toujours des signes de nervosité, mais c'était tout naturel, puisqu'il ne savait pas ce qui l'attendait au Royaume de Cristal. À ses côtés, Kira le réconfortait de son mieux. Le grand Chevalier savait que seule une première expérience de combat viendrait à bout de son trac.

Wellan s'assura que chacun transportait des provisions, des armes et une couverture, puis il se hissa en selle. Bergeau souleva fièrement leur étendard vert orné de la croix de l'Ordre et la colonne galopa vers les grandes portes.

Kira adorait cet instant où ils franchissaient le pont-levis et s'éloignaient du Royaume d'Émeraude. Bien que ce fût le seul pays où elle se rappelait avoir vécu, elle aimait partir ainsi à l'aventure.

Ils chevauchèrent jusqu'à la frontière du Royaume d'Argent, où ils durent s'arrêter parce que le soleil descendait rapidement. Des tâches ayant été assignées à chacun, les Chevaliers et les Écuyers se mirent immédiatement à l'ouvrage. Certains allumèrent le feu, d'autres préparèrent le repas et les autres s'occupèrent des chevaux.

Wellan institua des tours de garde et fit partie du premier avec Sage et Jasson. Au lieu de rester continuellement assis à la même place, à écouter les sons de la nuit et à sonder les environs, les guetteurs devaient à tour de rôle marcher autour du campement et même des chevaux pour assurer leur sécurité.

Vu l'importance de ses fonctions, Sage eut beaucoup de mal à se détendre, mais Wellan savait que cet exercice lui ferait du bien. Il passa une partie de la soirée à observer le nouveau Chevalier tout en scrutant périodiquement la région. Le jeune hybride était sérieux, dévoué et indéniablement moins prétentieux que le Chevalier Onyx. Et pourtant, Wellan avait appris à aimer et à respecter ce vieux spectre, serviteur d'Émeraude tout comme lui, et ce, jusqu'à sa révolte contre Abnar. C'était dommage qu'il ne soit revenu à la vie que pour se venger du Magicien de Cristal, car il aurait certes été un atout précieux dans cet affrontement.

Lorsque son tour de garde fut terminé, Sage réveilla Falcon et alla s'enrouler dans sa couverture, près de Kira. Une étroite relation télépathique existait déjà entre les nouveaux époux et la jeune femme mauve esquissa un sourire dans son sommeil lorsque Sage s'appuya dans son dos. Wellan était curieux de savoir si tous les couples mariés partageaient ce lien invisible et rassurant.

En cédant lui-même sa place à Bergeau, il se coucha près de ses Écuyers en jetant un coup d'œil à Bridgess qui dormait à poings fermés entre ses filles. Tous les Écuyers allaient bientôt devenir des Chevaliers et, puisqu'il n'y avait pas encore d'élèves au château, ils ne seraient pas tous obligés de prendre un apprenti avant plusieurs années.

Wellan ne dormit que quelques heures d'un sommeil agité et se réveilla avant l'aube. Il sonda la région : aucune trace de l'ennemi. Il tira ses compagnons de leurs couvertures et les incita à se purifier dans la rivière. Après avoir avalé leur repas et fait boire les chevaux, ils se remirent en route. Ils pénétrèrent profondément dans le Royaume d'Argent en longeant la rivière Mardall.

Sage tenait entre ses doigts un petit morceau de papyrus sur lequel était dessiné tout le continent, car il voulait apprendre à s'y orienter seul. En écoutant les bavardages de ses compagnons, il comprit qu'ils chevauchaient vers le Royaume de Cristal, dans sa région côtière, et qu'ils pique-raient bientôt vers l'ouest. Il consulta son plan et tenta de mieux le comprendre.

– Pourquoi la Montagne de Cristal est-elle située au Royaume d'Émeraude ? demanda-t-il à Kira alors qu'ils franchissaient la rivière Mardall à gué. Pourquoi ne se trouve-t-elle pas au Royaume de Cristal ?

– C'est qu'à l'origine, le Royaume de Cristal s'étendait jusqu'à la montagne, répondit Kira qui avait fort bien appris ses leçons. En fait, il n'y avait que très peu de royaumes au début des temps.

Sage essaya de visualiser cette information sur sa carte géographique. Wellan, juste devant eux, décida de lui venir en aide puisque sa mémoire semblait avoir retenu plus de détails que celle de Kira au sujet de la création des royaumes.

– Il y a mille ans, il n'y avait que trois grandes familles royales, déclara-t-il, une fois que les deux jeunes Chevaliers l'eurent rattrapé sur la berge. Celle de Cristal, celle des Fées et celle de Rubis, qui se divisaient tout le territoire en régions plus ou moins égales. Les autres royaumes sont apparus lorsque les monarques durent séparer leurs terres entre leurs enfants, dans le cas des Royaumes de Cristal et de Rubis. Dans le cas des Fées, la division se fit par traité, lorsque les Elfes sont arrivés de leur île lointaine.

Sage l'écoutait avec attention, tout en examinant son petit plan. « Heureusement que son cheval sait où il va », pensa Kira avec amusement.

– Le Royaume de Cristal fut fractionné en quatre parties pour devenir les Royaumes de Zénor, de Fal, d'Argent et de Cristal, et ainsi doter les plus jeunes princes, poursuivit Wellan. Le Royaume de Rubis, quant à lui, fut partagé en cinq, devenant les Royaumes de Turquoise, de Béryl, de Jade, d'Opale et de Rubis.

Sage fronçait les sourcils en assimilant aussi rapidement que possible toute cette information que Wellan débitait comme un livre savant.

– Pourquoi certains royaumes ne portent-ils pas le nom d'une pierre précieuse ? demanda Sage.

– Zénor et Fal sont les noms des princes qui ont reçu ces contrées en héritage, expliqua le grand chef.

En voyant l'intérêt que manifestait son jeune mari pour l'histoire, la princesse se promit d'accélérer ses leçons afin qu'il soit aussi instruit que tous ses compagnons d'armes. Wellan poursuivit :

– Les Fées perdirent beaucoup de territoire, d'une part à cause de l'arrivée des Elfes qui s'établirent dans leurs forêts les plus denses, et, d'autre part, en raison d'une alliance qu'elles contractèrent avec le Royaume de Rubis. Une de leurs princesses s'unit à un héritier de Rubis, et elles créèrent pour eux le Royaume d'Émeraude.

– Il est donc tout à fait naturel que le chef des Chevaliers d'Émeraude soit originaire du Royaume de Rubis, conclut Sage tout haut.

Kira vit Wellan faire de gros efforts pour réprimer un sourire. Elle se demanda si c'était par amusement ou parce qu'il avait apprécié la rapidité d'esprit de son époux.

– Et le Royaume de Perle, lui ? interrogea encore Sage.

Cette fois, un large sourire éclata sur le visage du grand Chevalier, content que son protégé ait remarqué de lui-même qu'il ne lui avait pas encore parlé de ce pays.

– Il a été formé par l'union d'un prince de Rubis et d'une princesse de Cristal.

– Y a-t-il eu d'autres divisions par la suite ?

– Oui, une seule, lorsque le Roi d'Émeraude a donné la partie nord de son royaume à un de ses deux fils pour créer le Royaume de Diamant.

Le jeune guerrier contempla sa petite carte pendant un moment puis releva vivement les yeux sur Wellan.

– Tu n'as rien dit sur mon royaume, ni sur celui de Kira.

– Ils ont été créés beaucoup plus tard, répondit le grand Chevalier. Avant de te rencontrer, j'ignorais que le Royaume des Esprits était habité, et avant de me rendre moi-même au Royaume des Ombres, je ne savais pas qu'il abritait des hybrides. Nous savons maintenant que c'est le Chevalier Onyx et des survivants du Royaume d'Émeraude qui ont peuplé Espérita, et que c'est Nomar qui a créé Alombria. Les historiens de jadis ont écrit toutes sortes de sottises au sujet de ces pays. On les disait hantés par les âmes des damnés.

– Et Shola ? s'enquit Sage.

– Ce royaume a été colonisé il y a à peine une centaine d'années par une race issue d'un croisement entre les Fées et les Elfes et qui voulait s'isoler pour mener une vie de contemplation. D'ailleurs, le mot « Shola » veut dire « retraite » dans leur langue. Puis, le Roi Draka d'Argent s'y est exilé avec son fils aîné, Shill, après avoir tenté de renverser le Roi d'Émeraude. Quelques-uns de leurs sujets les y ont suivis.

– Si la Reine Fan est issue d'un croisement entre les Fées et les Elfes, alors Kira n'est pas humaine du tout ! comprit Sage en se tournant vers son épouse.

Si la jeune femme avait pu rougir, elle l'aurait fait. Wellan fit mine de ne rien voir pour ne pas l'embarrasser davantage. « La maturité lui va de mieux en mieux », pensa-t-il. En fait, il commençait même à s'habituer à son costume mauve qu'il avait d'abord considéré comme une insulte à la tradition de l'Ordre et un danger pour sa vie.

Sage replia son plan et le rangea précieusement dans sa ceinture de cuir, content d'avoir appris quelque chose.

Ce soir-là, dans le Royaume de Cristal, il dormit beaucoup plus paisiblement et, au matin, Wellan fut content de noter sa nouvelle solidité. « Il n'y a rien de tel qu'une bonne leçon de géographie pour remettre le cœur en place », se dit le grand Chevalier. Les soldats d'Émeraude remontèrent en selle, prêts à affronter le terrain accidenté de Cristal, ses profonds vallons et ses innombrables rivières.

36

Les hommes-lézards

Les Chevaliers traversèrent de nombreux villages agrémentés de fleurs et célébrant aussi la fête de Parandar. On tenta souvent de les retenir pour leur faire goûter les spécialités culinaires régionales, mais les soldats refusèrent poliment toutes les invitations. Wellan prit les guetteurs à part et les pria de dire au Roi de Cristal que les Chevaliers d'Émeraude se rendaient sur la côte de son pays afin d'enquêter sur les mystérieuses créatures qui y avaient débarqué.

Ils poursuivirent leur route aussi rapidement que possible de vallon en rivière, passant par plusieurs petites colonies plutôt éloignées les unes des autres. Wellan se fiait sur le comportement de Santo, le plus sensible de tous les Chevaliers d'Émeraude. Lorsque le guérisseur devint livide, le grand chef comprit qu'ils approchaient de leur destination.

Lorsqu'ils arrivèrent à Drape, les soldats découvrirent l'ampleur du massacre. Ils n'y furent pas accueillis par le parfum des fleurs sauvages, mais par l'odeur de la chair grillée. Des corps empilés brûlaient un peu partout devant les maisons et des hommes, visiblement dégoûtés par cette triste besogne, continuaient d'y jeter des cadavres.

Wellan ralentit l'allure de son cheval et entra dans le village au pas. Comme un faucon, il enregistrait les moindres détails de l'horrible scène.

– Dites-moi ce qui s'est passé, exigea le grand chef en mettant pied à terre.

– Nous ne le savons pas, répondit un des hommes.

– Nous sommes de Minica, un village voisin dans les collines, poursuivit un autre.

– Un enfant est arrivé chez nous en hurlant de terreur au milieu de la nuit. Nous nous sommes précipités à Drape pour voir ce qui se passait, mais nous n'avons trouvé que des corps mutilés.

– Nous avons décidé de les incinérer pour éviter les risques de maladie.

– Y a-t-il des survivants ? s'informa le grand Chevalier en faisant taire sa tristesse.

– Nous n'avons trouvé que des hommes et des gamins éventrés. Les femmes et les filles ont disparu.

– Est-ce le seul village à avoir été touché ?

– Nous n'en savons rien.

Wellan s'assura que ses soldats étaient tous restés en selle. Il s'aperçut alors que Santo semblait en transe. Il s'approcha de lui et posa la main sur sa jambe.

– Ils continuent de remonter la côte, murmura le guérisseur. Il y a d'autres morts.

Wellan se hissa sur son cheval et le poussa au galop vers le nord, aussitôt suivi de ses soldats. Santo chevauchait près de lui, mais il ne dirigeait pas vraiment sa monture. Il la laissait plutôt suivre les autres, préférant utiliser ses pouvoirs magiques afin de repérer l'ennemi.

Dis-moi ce que tu ressens, Santo, exigea silencieusement Wellan sans ralentir l'allure. *Ils ne sont pas venus pour tuer, mais ils sont contraints de le faire,* répondit le guérisseur, le regard vide. *Ils sont venus chercher ce qui leur manque.* Mais Santo ne lui fournit pas d'autres précisions.

Les Chevaliers traversèrent deux autres villages dans le même état que le premier. Ceux-là, plus isolés, n'avaient pas de voisins qui auraient pu venir à leur secours. Des corps gisaient encore ici et là. En traversant ces hameaux, Wellan remarqua que les femmes et les filles manquaient une fois de plus à l'appel. Ils reviendraient plus tard pour brûler les cadavres. Pour l'instant, le plus urgent était d'arrêter la progression de l'ennemi qui semait toute cette destruction sur son passage.

Ils grimpèrent une haute colline d'où ils purent apercevoir l'océan à leur gauche et le prochain village droit devant, vers le nord. Wellan leva brusquement la main et la troupe s'arrêta derrière lui. Le vallon suivant était la scène d'un spectacle cauchemardesque.

Des créatures humanoïdes à la peau verdâtre, grandes comme des hommes, déambulaient entre les maisons de pierre recouvertes de paille. Elles marchaient sur deux jambes, mais semblaient conserver leur équilibre à l'aide d'une longue queue de reptile traînant sur le sol. Encore trop loin pour discerner les traits de leurs visages, les Chevaliers pouvaient néanmoins voir les glaives primitifs que ces monstres tenaient à la main.

Wellan observa la scène. Les reptiles s'introduisaient dans les maisons et en ressortaient en tenant les femmes et les filles par les cheveux. Les pauvres villageoises hurlaient de terreur et se débattaient en vain, alors que les hommes qui tentaient de les défendre se faisaient massacrer.

Notre attaque se fera en deux vagues, déclara Wellan à ses soldats. *Santo, Chloé, Bergeau, Jasson, Falcon, Dempsey, Bridgess, Kerns, Wanda, Buchanan, Nogait, Wimme, Kevin et Kira, vous faites partie de la première avec moi. Hettrick, Ariane, Curtis, Morgan, Murray, Colville, Swan, Pencer, Kagan, Derek, Corbin, Brennan et Milos, foncez dès que nous aurons atteint le village. Les Écuyers restent ici avec Sage. Si les reptiles essaient de s'échapper de ce côté et qu'ils ne sont pas trop nombreux, vous avez ma permission de les abattre, sinon, écartez-vous de leur route.*

– Wellan, nous devrions d'abord leur demander ce qu'ils veulent, suggéra Santo, dont l'âme était d'abord et avant tout celle d'un négociateur.

– Ils sont en train de massacrer les villageois ! riposta violemment Wellan.

– Laisse-moi y aller seul, dans ce cas. Si j'échoue, vous les attaquerez.

Wellan hésita devant l'urgence de la situation, mais les regards insistants de ses compagnons d'armes eurent raison de lui. Il acquiesça vivement de la tête. Santo talonna sa monture et fonça vers le village, laissant derrière lui ses deux apprentis inquiets qui avaient reçu l'ordre de ne pas quitter la colline.

En voyant approcher le cavalier isolé, les hommes-reptiles se divisèrent en deux groupes. Pendant que le premier s'avançait vers Santo, les autres continuèrent de traîner les femmes et les fillettes terrorisées en direction de l'océan.

– Arrêtez ! ordonna Santo en levant le bras.

Il stoppa son cheval à quelques mètres des reptiles et capta leur confusion.

– Je suis le Chevalier Santo d'Émeraude ! Relâchez immédiatement vos otages !

À son poste d'observation sur la colline, Wellan sentit tous ses muscles se tendre d'un seul coup, comme si un grand malheur était sur le point de se produire. Devant Santo, les hommes-lézards échangeaient des grognements en plissant leurs nez de serpent.

– Comprenez-vous ce que je dis ? cria Santo en renforçant ses paroles d'une image mentale montrant les reptiles relâchant les femmes.

L'un d'eux émit un son guttural et, d'un geste brusque que le guérisseur ne vit pas venir, lança son glaive sur l'humain qui voulait les empêcher d'emporter leur butin. La courte lame de bronze s'enfonça sous les côtes de Santo. Ce dernier poussa un cri de douleur en s'effondrant sur sa selle.

– Non ! hurla Wellan en plantant ses talons dans les flancs de son destrier.

Il dévala la colline avec les Chevaliers qu'il avait choisis pour la première vague d'attaque. Sur son gros cheval noir, Kira décida de protéger le côté droit de son chef. Curieusement, elle ne craignait pas cet ennemi différent des hommes-insectes. Ses frères d'armes tirèrent leurs épées, mais elle préféra attendre avant de matérialiser son épée double pour ne pas blesser Hathir qui galopait avec force vers le village.

En apercevant les cavaliers qui fonçaient sur eux, les hommes-lézards ne comprirent pas tout de suite que ces nouveaux venus représentaient une menace plus sérieuse que les paysans qu'ils terrassaient sur leur passage. Mais la présence de femmes parmi eux sembla les intéresser.

Dès que Wellan eut tranché la tête du premier lézard en passant au galop près de lui, les reptiles considérèrent ces humains vêtus de vert comme un danger. Ceux qui retenaient les prisonnières les libérèrent aussitôt et se précipitèrent vers leurs adversaires, glaives au poing.

La première vague de Chevaliers attaqua d'abord l'ennemi à cheval, utilisant le poitrail de leurs puissants destriers pour bousculer les hommes-lézards et leurs épées pour les faucher. Mais ces créatures intelligentes saisirent rapidement leur stratagème et trois d'entre elles renversèrent le cheval de Chloé en le labourant de leurs griffes. La femme Chevalier roula plusieurs fois sur elle-même et s'arrêta aux pieds d'un reptile répugnant qui la fixait avec convoitise.

– Chloé ! cria Dempsey en galopant vers son épouse.

L'homme-lézard se retourna pour affronter le mâle qui se ruait sur lui et Chloé en profita pour se relever et empoigner solidement son épée. Avant que Dempsey puisse venir à son secours, elle balança sa lame en un arc puissant et coupa la tête du reptile.

Plus loin, Bergeau descendit de cheval pour utiliser toute la force de ses bras contre ces odieuses créatures qui sentaient le sel et pour les empêcher de faire un mauvais parti à son destrier. Sa lame s'enfonça dans la poitrine d'un lézard en lui arrachant un grondement assourdissant. Il fit tourner la lame et la libéra en appuyant sa botte sur la peau visqueuse et en repoussant la bête sur le sol. Elle s'écrasa en vidant ses poumons et le Chevalier se retourna pour en attaquer une autre.

Kira sauta aussi dans la mêlée en laissant Hathir hors de portée des griffes de l'ennemi. L'homme-lézard devant elle releva vivement son glaive et fut bien surpris de voir apparaître une épée double dans les mains de la femelle mauve. Il recula en ouvrant des yeux terrifiés. Trop tard. En un rapide mouvement circulaire, Kira lui faucha les jambes puis la tête : la vie le quitta avant même que son corps touche le sol. Autour d'elle, ses frères et ses sœurs d'armes menaient aussi de féroces combats.

La deuxième vague de Chevaliers chargea l'ennemi, comme l'avait ordonné leur chef. Ils poursuivirent d'abord à cheval les reptiles qui tentaient de fuir, tandis que Wellan, Falcon, Dempsey, Bergeau et les plus jeunes Chevaliers se battaient à pied en utilisant habilement leurs épées.

Quant à Jasson, Chloé et Bridgess, ils optèrent plutôt pour la magie. Jasson utilisa ses pouvoirs de lévitation pour assommer des lézards entre eux, retourner leurs glaives dans les poitrines les uns des autres ou tout simplement les faire tourner sur eux-même comme des toupies jusqu'à ce qu'un de leurs compagnons les découpe en rondelles. Tout près de lui, Bridgess était aux prises avec deux adversaires qui la dévisageaient avec intérêt au lieu de l'attaquer. Elle se concentra et écrasa magiquement leurs cages thoraciques sans même les toucher.

Un peu plus loin, Chloé, l'épée à la main, profita du fait que son adversaire n'était pas pressé de s'en prendre à elle pour s'insinuer dans son esprit et en tirer toute l'information qu'elle put sous forme d'images, jusqu'à l'intervention du jeune Curtis, membre de la deuxième vague, qui la crut figée par la peur. Son cheval passa au galop près de Chloé et sa lame fendit l'air. Le lien télépathique fut brutalement rompu et la tête du reptile roula aux pieds de la femme Chevalier. La bataille faisait rage autour d'elle. De plus en plus d'hommes-lézards arrivaient en provenance de la plage. Dempsey reculait devant trois reptiles en colère et Chloé se précipita à son secours.

Ces créatures couvertes d'écailles n'avaient pas peur des humains, de leur magie ou de leurs épées. Elles fonçaient sur eux en grondant, mais hésitaient chaque fois qu'elles arrivaient devant une femme soldat, même si cette dernière les menaçait avec une arme.

Sur la colline, toujours assis sur son cheval gris, Sage se tenait au milieu des Écuyers et observait les combats avec attention. Aux premiers instants de la bataille, les reptiles lui avaient semblé stupides, probablement en raison de la surprise causée par l'attaque des Chevaliers, mais ils s'étaient rapidement transformés en guerriers redoutables. Bien que courts, leurs glaives étaient aiguisés et maniés par des bras puissants. Le jeune guerrier regardait ses nouveaux frères d'armes attaquer les monstres et ne voulut pas rester inactif plus longtemps.

Il détacha l'arc qu'il portait sur son dos et encocha une première flèche. Il savait bien sûr se servir d'une épée, mais il était d'abord et avant tout un habile archer. Il repéra sa jeune épouse mauve qui causait beaucoup de dommages autour d'elle avec son épée double. Mais de plus en plus de reptiles relâchaient leurs otages pour se joindre à leurs congénères. L'ennemi encerclait lentement mais sûrement les Chevaliers. Sage se concentra et visa de la pointe acérée de sa flèche l'une des créatures vertes.

Kira tenta à quelques reprises de frapper ses adversaires en utilisant les coups de pied et les pirouettes que lui avait enseignés le Chevalier Hadrian, mais les reptiles s'appuyaient sur leur queue et elle n'arrivait pas à les déstabiliser. Elle dut donc continuer à employer son arme double, mais ses bras commençaient à faiblir. Elle jeta un coup d'œil du côté de Wellan qui se servait de sa main libre pour lancer des éclairs d'énergie sur les lézards, probablement parce que ses bras s'épuisaient aussi. Cet instant d'inattention faillit coûter la vie au Chevalier mauve.

En reportant son attention sur son ennemi, elle vit apparaître le glaive grossier devant ses yeux et eut tout juste le temps de relever son arme pour éviter d'avoir la tête fendue. Le choc brutal des deux lames la renversa sur le dos. Le reptile empoigna son glaive à deux mains avec l'intention manifeste de l'enfoncer dans le corps de Kira. Elle fit disparaître son épée et rassembla son énergie dans ses mains, mais avant qu'elle puisse s'en servir contre le lézard, une flèche s'enfonça dans sa poitrine verte.

Étonné, le reptile considéra de ses yeux noirs le bout de bois fiché dans sa peau et poussa un grognement sourd en l'arrachant. Kira se mit à reculer sur ses coudes pour lui échapper. L'homme-lézard leva une fois de plus son glaive pour la frapper, mais une seconde flèche se logea entre ses yeux. Il s'écroula lourdement sur le sol à quelques centimètres de la femme mauve.

Sur la colline, en voyant le succès qu'obtenait Sage avec ses flèches, les Écuyers Curri, Romald, Botti et Fossel, qui avaient autrefois reçu des leçons d'Onyx, se placèrent de chaque côté de lui et préparèrent leurs arcs.

— Visez la tête ! cria le jeune Chevalier.

Les flèches se mirent à fendre l'air, atteignant les reptiles les uns après les autres. Tandis que les créatures tombaient autour de lui, Wellan se retourna et vit que leur recrue dirigeait l'opération de sauvetage. « Quel magnifique gain pour l'Ordre », pensa-t-il.

Devant tant de leurs semblables qui s'effondraient, les lézards émirent un cri strident et déguerpirent vers l'ouest à travers les arbres. À bout de souffle, son épée ensanglantée à la main, Wellan inspecta des yeux le champ de bataille : un grand nombre de reptiles morts jonchaient le sol et ses hommes étaient tous debout sauf...

– Non ! hurla le grand chef en se précipitant vers les maisons de pierre.

Il enjamba les cadavres de leurs ennemis et bouscula même sur son passage certains de ses jeunes soldats. Ses genoux durement éprouvés par les combats, il s'écroula près de Buchanan qui gisait sans vie dans une mare de sang.

– Santo, j'ai besoin de toi ! cria le grand Chevalier dans un sanglot qui déchira le cœur de tous ses compagnons.

Mais le Chevalier guérisseur recevait déjà des soins de Falcon qui avait retiré le glaive de sa chair et réparait les dommages de son mieux. Kevin comprit qu'il était le seul à pouvoir intervenir. Il s'élança vers son chef.

Wellan, les doigts sur le cou de Buchanan, ne sentait aucun pouls. Kevin passa ses mains illuminées au-dessus de la victime, puis leva un regard infiniment triste sur son chef.

– Non ! gémit Wellan.

Il examina le corps de son soldat et trouva la déchirure dans la tunique inondée de sang, juste en dessous de la cuirasse verte. Le jeune Chevalier avait presque été sectionné en deux. Wellan poussa un hurlement de douleur semblable à celui des grands chats sauvages de Rubis lorsqu'ils perdent leurs petits. Empoignant son épée, il bondit sur ses pieds et s'élança dans le sentier emprunté par les reptiles survivants.

— Wellan ! le rappela Jasson, effrayé.

Les Chevaliers n'avaient jamais vu leur chef aussi furieux. Jasson, Bridgess, Dempsey et quelques-uns des plus jeunes se hâtèrent à sa suite dans la forêt pour le rattraper et l'empêcher de tomber dans une embuscade, mais les autres, toujours en état de choc devant le corps de leur compagnon, n'osaient même plus bouger. Kira se trouvait parmi eux. Son cœur lui commandait d'aller prêter main-forte à Wellan, mais tous ses muscles étaient paralysés. Sage descendit de cheval, juste à côté d'elle, et la surprise de cette apparition secoua sa léthargie.

— Ils ont tué Buchanan, hoqueta la femme mauve.

— Je suis désolé, murmura son époux. Mais où est Wellan ?

— Il pourchasse les lézards. J'ai peur qu'il fasse une folie, Sage.

Le jeune guerrier la serra dans ses bras en lui transmettant pour la première fois une puissante vague d'apaisement.

37

TOMBÉ AU COMBAT

Malgré la faiblesse de ses genoux, Wellan courut dans le sentier serpentant vers la mer avec une seule idée en tête : abattre ces meurtriers couverts d'écailles de ses propres mains. La rage lui donnait des forces et l'empêchait de raisonner. Les Chevaliers qui le pourchassaient n'arrivèrent pas à le rattraper.

Lorsque le grand Chevalier arriva sur la grève, une dizaine de reptiles se hissaient à bord d'une embarcation impériale qui s'éloigna rapidement vers le large. Le grand Chevalier laissa tomber son arme et approcha ses paumes l'une de l'autre. De puissants serpents d'énergie en jaillirent et il laissa partir les premiers en direction du bateau. Les rayons incandescents frappèrent un des lézards dans le dos alors qu'il se relevait sur le pont et lui traversèrent le corps. Au moment où Wellan s'apprêtait à lancer une seconde décharge, Jasson arriva en catastrophe derrière lui et l'emprisonna dans ses bras pour l'empêcher d'attaquer les fuyards.

— Lâche-moi ! hurla le grand chef, ivre de colère.

— Il y a des femmes et des fillettes à bord ! cria Jasson en le retenant fermement.

Bridgess, Dempsey et les jeunes Chevaliers arrivèrent sur la plage alors que la fureur quittait brusquement leur chef. Wellan se mit à trembler de tous ses membres pour finalement s'écrouler sur ses genoux, entraînant Jasson dans les galets avec lui.

– Nous ne pouvons pas les laisser emmener des humains ! ragea Wellan tandis que les vaisseaux disparaissaient à l'horizon.

– Nous trouverons une façon de les récupérer, je te le jure, assura Jasson sans pour autant le libérer.

– Zénor possède des bateaux, maintenant, lui rappela Dempsey. Nous irons les chercher.

– Et maître Abnar nous dira où aller, ajouta Bridgess.

Malgré tous leurs arguments, le grand Chevalier était inconsolable. Ses hommes eurent pour lui un élan de compassion. Tous comprenaient ce qu'il ressentait. Dempsey aida Jasson à le remettre sur pied et ils durent l'aider à marcher puisque ses genoux cédaient sous son poids.

Au village, Bergeau prit le commandement de ceux qui étaient restés sur place et leur demanda d'incendier les cadavres de leurs ennemis.

– Tous, sauf un, spécifia-t-il.

Sa requête étonna les plus jeunes, mais les vétérans savaient que c'était le vœu de Wellan de toujours conserver un corps intact afin de l'étudier. Kira tendit la main vers un cadavre qui prit feu aussitôt. Sage avait récupéré toutes ses flèches. Il regarda les autres Chevaliers faire la même chose que Kira et décida de mettre en pratique ce qu'il avait appris. Il dirigea sa paume vers l'un des hommes-reptiles. Un puissant jet de flammes s'en échappa, repoussant le cadavre de plusieurs mètres avant que le feu s'en empare.

– Doucement, intervint Falcon en posant la main sur l'épaule du jeune guerrier, sinon c'est tout le village qui va y passer. Laisse sortir le feu de tes mains sans colère ni émotion.

Falcon lui indiqua un autre reptile et Sage calma volontairement sa respiration. L'énergie qui émana de sa main fut à peine perceptible, mais elle embrasa la créature.

– Tu vois bien que tu peux le faire, le félicita le Chevalier plus âgé en lui tapotant le dos avec amitié.

– Merci, Falcon, murmura timidement Sage.

– Nous sommes tous là pour t'aider, louveteau, répondit l'aîné en lui faisant un clin d'œil.

Falcon s'éloigna et Sage aperçut le regard brillant de fierté de sa jeune épouse. Même couverte de sueur, les cheveux collés sur la tête et tremblante de fatigue, elle demeurait à ses yeux la plus belle femme de tout l'univers. Il s'approcha d'elle et caressa tendrement sa joue.

– Tu as fait preuve de beaucoup de courage, mon chéri, le complimenta Kira. Je suis fière de toi.

– Ce n'est vraiment pas le moment de vous faire des cajoleries ! leur reprocha Nogait en imitant Wellan. Il y a des centaines de corps à détruire dans ce village ! Et que ça bouge, Chevaliers !

Il avisa aussitôt le regard réprobateur de Falcon et lui offrit un sourire repentant. Kira aida ses compagnons à nettoyer le hameau afin d'éviter une épidémie dont ils n'avaient certes pas besoin.

Pendant que Chloé soignait les blessures, heureusement superficielles, de son cheval, Bergeau et Kevin questionnèrent les femmes qui n'avaient pas été enlevées et ne découvrirent parmi les morts et les blessés que des hommes et de jeunes garçons. Ils soignèrent les blessés et, après avoir laissé leurs familles leur rendre un dernier hommage, brûlèrent les morts. Quant au corps de Buchanan, ils attendirent le retour de leur chef avant de procéder au rite funéraire. Les deux jeunes Écuyers du Chevalier tombé au combat s'agenouillèrent près du visage livide de leur maître et pleurèrent en silence. Assis au pied d'un arbre, se remettant de sa blessure, Santo s'inquiétait de leur sort. Une telle situation ne s'était jamais présentée auparavant. Ils avaient déjà perdu un Écuyer aux mains de l'ennemi, mais jamais un Chevalier.

Wellan réapparut finalement dans le sentier, Jasson et Dempsey lui soutenant les bras. Les soldats le firent asseoir au milieu de la place centrale du village. Son visage exprimait sa douleur. Ils respectaient sa tristesse, mais personne ne savait comment lui venir en aide. Son Écuyer Bailey secoua sa léthargie en lui apportant de l'eau. Wellan fixa l'adolescent dans les yeux un long moment puis tenta de saisir le gobelet d'une main tremblante. L'apprenti l'aida aussitôt à boire. Avec émotion, Sage comprit que ces hommes n'étaient pas seulement un groupe de soldats d'élite, mais aussi des amis partageant un lien puissant et indestructible.

Lorsque le grand Chevalier fut désaltéré, Santo se releva avec difficulté et vint l'examiner de la tête aux pieds. Son malaise aux jambes ne provenait pas de ce combat contre les hommes-lézards, mais de la punition magique que lui avait infligée la Reine Fan.

– Je ne peux rien faire pour te soulager, déplora le guérisseur.

– Garde plutôt tes forces pour soigner ta propre blessure, protesta Wellan en insérant ses doigts tremblants dans la cuirasse entaillée de Santo.

– Falcon m'a donné les premiers soins. Je m'en remettrai.

– Avez-vous trouvé des survivants ? demanda le grand chef à ses compagnons.

– Beaucoup, même parmi les hommes et les gamins, et nous avons soigné les blessés, répondit Bergeau.

– Ont-ils réussi à emmener toutes les femmes ?

– Pas cette fois, assura Falcon. Wanda et Kagan s'occupent d'elles.

Wellan hocha doucement la tête, content que ses hommes aient pris les choses en mains pendant qu'il pourchassait inutilement les hommes-lézards jusqu'à la plage.

– Avez-vous brûlé tous les reptiles ? demanda-t-il.

– Tous sauf un, fit Bergeau.

L'homme du Désert souleva Wellan par le bras et, avec Dempsey, il le fit marcher jusqu'au reptile qu'ils avaient conservé pour lui. Ils l'aidèrent à prendre place près du cadavre et le laissèrent l'examiner à sa guise. Le soleil descendait rapidement et les plus jeunes Chevaliers plantaient des torches un peu partout sur le champ de bataille afin de poursuivre le nettoyage.

Wellan troqua son esprit de guerrier pour son esprit d'érudit et il examina le lézard avec attention, oubliant tout ce qui se passait autour de lui. La créature, aussi grande qu'un homme adulte, ne portait pas de vêtements, mais il était impossible de dire s'il s'agissait d'un mâle ou d'une femelle. Aucun organe reproducteur n'était apparent. Sa peau était composée de minuscules écailles verdâtres légèrement huileuses, plus dures sur le dos et les flancs que sur la poitrine. Tout le long de sa colonne vertébrale courait une petite crête épineuse presque transparente. Le Chevalier s'intéressa ensuite aux mains et aux pieds du reptile, qui comptaient cinq doigts et cinq orteils armés de griffes. Il avait également remarqué les dents pointues des lézards pendant la bataille. Pourquoi alors utilisaient-ils des glaives, et qui leur avait enseigné à s'en servir ?

Il examina ensuite la queue massive qui semblait permettre à la créature de conserver son équilibre lorsqu'elle était debout. Wellan se rappela que les petits lézards dans les rivières du Royaume de Rubis se servaient de leurs queues pour se propulser dans l'eau. Pourquoi cette race de reptiles géants se servait-elle de bateaux ? Pour ramener des prisonnières ?

Wellan termina son observation par la tête. Pas tout à fait reptilienne, elle avait plutôt une forme humaine, sauf que le nez ressemblait à celui d'un serpent avec ses deux fentes parallèles. Les mâchoires puissantes pouvaient se décrocher l'une de l'autre et lui permettait probablement d'avaler un nourrisson. L'homme-lézard n'avait ni cils, ni sourcils, ni cheveux. Des rayures d'un vert plus prononcé couraient sur son crâne lisse. Wellan avait remarqué que tous les reptiles présentaient des motifs crâniens différents. Était-ce là leur façon de se reconnaître entre eux ? Il ne trouva pas non plus d'oreilles à proprement parler, seulement deux petits trous de chaque côté de la tête. Le lézard qu'il étudiait avait été tué par une seule flèche au milieu du front. Le Chevalier y appuya le bout d'un doigt et constata que la peau y était tendre. « Leur point sensible », comprit-il. Sage avait donc instinctivement pris la bonne décision en visant la tête.

Wellan tenta en vain de se relever seul et Dempsey dut lui venir en aide. Le grand Chevalier demeura immobile et silencieux un moment, comme s'il voulait graver le visage de son ennemi dans sa mémoire. Finalement, il l'incendia au moyen d'un rayon si puissant qu'il aurait pu détruire une dizaine de cadavres. L'intervention magique lui causa une vive douleur aux mains et il ferma les yeux en grimaçant. Tout en le maintenant en équilibre, Dempsey examina la paume écarlate du grand chef et l'enroba de lumière blanche. C'était bien la première fois que son grand chef s'infligeait ce genre de blessure.

– Élund nous a prévenus une bonne centaine de fois de ne pas utiliser notre magie sous le coup de la colère, lui rappela-t-il.

Pendant que Dempsey le soignait, Wellan se tourna vers le corps inanimé de Buchanan. « Qui sera le prochain ? » s'attrista-t-il.

Toujours assisté de Dempsey et de Bergeau, il s'approcha de leur frère d'armes tombé au combat et s'agenouilla devant lui en se calmant. Tous les soldats cessèrent leur lugubre travail et l'entourèrent.

– C'est la deuxième fois que l'un de nous perd la vie aux mains de nos ennemis..., déclara Wellan, repentant. C'est deux fois de trop... Je suis en partie responsable de la mort de Buchanan, car j'ai trop rapidement livré combat contre un adversaire dont je ne connaissais rien. Mais cela ne se reproduira plus jamais.

Bridgess brisa immédiatement les rangs et vint l'enlacer pour lui redonner du courage.

– Personne ici ne te reproche quoi que ce soit, Wellan, affirma-t-elle au nom de tous les autres. Tu as fait ce que n'importe lequel d'entre nous aurait fait. Tu as vu des humains en détresse et tu t'es porté à leur secours.

– La mort fait partie des dangers que doivent affronter les Chevaliers d'Émeraude. Nous en sommes tous conscients, ajouta Falcon.

Bridgess sentit trembler Wellan et craignit qu'il n'arrive pas à terminer seul les rites funéraires. Elle supplia silencieusement Bergeau, à qui revenait cet honneur, puisqu'il avait été le maître de Buchanan durant ses années d'apprentissage. Avec courage, l'homme du Désert prononça l'oraison funèbre au milieu des sanglots.

Buchanan était né au Royaume de Cristal, et c'est dans ce pays que les gardiens du monde des morts avaient choisi de le reprendre. Bergeau cita les nombreuses qualités de son jeune protégé, puis recommanda son âme aux dieux.

– Et amuse-toi sur les grandes plaines de lumière en nous attendant, conclut-il en mettant le feu à son corps.

Ils le regardèrent tous brûler en se rappelant leur propre mortalité et en se promettant de faire preuve d'une plus grande prudence lors des prochains combats.

38

Les qualités d'un chef

Wellan dormit parmi ses hommes sur la place centrale du village. Colville et Swan montèrent la garde. Au matin, les Écuyers s'occupèrent des chevaux tandis que les plus jeunes Chevaliers allaient chercher du bois pour ranimer le feu. En signe de reconnaissance, les femmes et les hommes du village ayant échappé au carnage préparèrent de la nourriture. Bridgess hésita à laisser Wellan aux soins de ses frères d'armes pendant qu'elle irait se purifier avec les autres femmes à la rivière. Jasson capta son inquiétude.

– Vas-y, déclara-t-il. Je m'occupe de lui.

La jeune femme embrassa Wellan sur le front et suivit ses sœurs d'armes. Jasson prit place près de son chef et suivit de loin les préparatifs du repas. Toute jeune, la paysanne tremblait en remuant le potage dans la grande marmite. Instinctivement, le Chevalier vint à son aide et prit sa main avec douceur.

– Laissez-moi m'en occuper, offrit-il aimablement.

– C'est ma mère qui préparait les repas, balbutia-t-elle, encore sous le choc des événements de la veille. Moi, je cousais les vêtements... et ces affreuses bêtes l'ont prise avec ma petite sœur...

Elle éclata en sanglots et Jasson la serra contre lui pour la rassurer.

– Nous les retrouverons et nous les ramènerons, l'encouragea-t-il. C'est pour venir en aide au peuple d'Enkidiev que notre Ordre a été créé. Il faut nous faire confiance.

– Oui... vous avez raison..., fit-elle bravement en essuyant ses yeux et en s'écartant de Jasson.

– Pouvez-vous nous dire comment les hommes-lézards vous ont attaqués ? lui demanda Wellan. Cela pourrait nous aider à les combattre.

– Ils sont arrivés sans faire de bruit aux premières lueurs de l'aube. Les hommes se préparaient à partir pour les champs ou à aller s'occuper des animaux dans les prés. Avant que les guetteurs puissent donner l'alarme, les reptiles étaient partout. Ils tuaient les hommes et même les petits garçons et s'emparaient des femmes. C'était affreux.

– Et les guetteurs ne les ont pas vus arriver ? s'étonna Bergeau.

– Ils ont pourtant l'oreille fine et l'œil perçant, renchérit Dempsey.

– Non, ils étaient tout aussi surpris que nous de les voir fondre sur le village, raconta la jeune femme.

« Un ennemi silencieux et mortel », conclut Wellan en réfléchissant à la façon de les arrêter. Autour de lui, ses frères d'armes firent de même.

Kira entra dans l'eau avec les autres femmes et poussa même l'audace jusqu'à y plonger la tête pour nettoyer ses cheveux. Elle se laissa sécher au soleil avant de revêtir la tunique et le pantalon mauve que lui tendait Gabrelle. Elle la laissa même brosser ses longs cheveux violets.

Kira revint au village en transportant sa cuirasse, sa ceinture et ses bottes qu'elle n'avait aucune intention de porter avant le lendemain parce ses griffes d'orteils la faisaient souffrir. Elle trouva Sage assis devant le feu, parmi les femmes Chevaliers, les jambes repliées, les bras croisés appuyés sur ses genoux et le regard perdu dans les flammes. Les hommes se rendaient à la rivière en petits groupes, mais son mari ne semblait pas vouloir les suivre. Elle prit place près de lui et attendit qu'il lui livre ses pensées.

– Malgré la perte de Buchanan, je pense que nous avons quand même fait du bon travail, affirma Sage.

– Nous nous sommes bien défendus, c'est vrai, mais le grand héros de ce combat, c'est ce mystérieux archer sorti de nulle part qui m'a sauvé la vie !

Sage tourna vers elle ses yeux de miroir où se reflétait la lumière des flammes. Kira l'embrassa, mais l'amour ne faisait pas partie des plans du jeune homme et il refusa le second baiser.

– Est-il normal qu'un grand chef comme Wellan s'effondre ainsi ? s'inquiéta-t-il.

– Wellan n'est pas seulement un puissant guerrier, il est aussi un homme au cœur sensible, fit remarquer Bridgess assise un peu plus loin avec ses apprenties.

– Faut-il être les deux pour devenir un héros ? poursuivit Sage.

– Je crois que oui, affirma Wanda, de l'autre côté du feu. Il faut aimer et respecter ses hommes pour s'assurer leur loyauté.

– Et il est à peu près temps que les hommes affichent ouvertement leurs émotions, ajouta Swan, née à Opale, un pays où les mâles se donnaient beaucoup d'importance.

– Wellan nous aime tous, expliqua Ariane. C'est pour cette raison qu'il a autant de peine.

– Nous sommes membres d'une grande famille qui s'appelle les Chevaliers d'Émeraude, déclara fièrement Chloé, l'aînée des femmes. Et ce qui arrive à l'un d'entre nous affecte tous les autres.

Sage hocha doucement la tête pour dire qu'il comprenait ce grand principe.

À la rivière, Bailey et Volpel dévêtirent Wellan et laissèrent ensuite Bergeau et Dempsey, plus forts, l'emmener dans l'eau froide. Le grand chef laissa le courant masser ses jambes pendant un moment, puis le cadavre de Buchanan surgit à nouveau dans ses pensées. Captant sa détresse, Jasson s'approcha de lui.

– Wellan, je t'en prie, rappelle-toi qui tu es ! le secoua-t-il. Depuis ton séjour au Royaume des Ombres, tu possèdes des pouvoirs que nous ne maîtriserons jamais ! Sers-t'en maintenant pour soigner ton corps et chasser ton chagrin !

Wellan le regarda dans les yeux, l'espace d'une seconde, puis un merveilleux phénomène se produisit : dans la faible lumière grise du matin, tout son corps s'illumina de l'intérieur. Ses frères le lâchèrent en sentant la force circuler de nouveau dans son corps. Les eaux de la rivière se mirent à scintiller d'un éclat rosé, puis devinrent si éblouissantes que les soldats durent se protéger les yeux pour ne pas être aveuglés. Quand la lumière disparut, Wellan était redevenu suffisamment fort pour combattre le courant par lui-même. Il prit une grande inspiration en contemplant ses compagnons ébahis.

– Content de te revoir parmi nous, déclara alors Jasson avec un large sourire.

– C'est toi qui as fait ça ? s'étonna Bergeau.

– Grâce à Jasson, je me suis rappelé une méthode d'autoguérison que m'a enseignée Nomar.

Santo chercha la cicatrice laissée sous ses côtes par le glaive de l'homme-lézard. Comme il l'avait pressenti, il n'en trouva aucune trace.

– Je crois que cette énergie n'a pas guéri que toi, annonça-t-il avec émerveillement.

– Moi aussi ! s'exclama Hettrick qui avait été griffé à un bras.

Chacun s'examina et découvrit que toutes ses blessures avaient miraculeusement disparu.

– Même mes vieux cors ! s'écria Bergeau en faisant rire ses compagnons.

– Je suis désolé de m'être effondré hier, s'excusa Wellan.

– Si tu ne l'avais pas fait, nous t'aurions pris pour un imposteur ! se moqua Nogait.

Ils prirent place sur la berge et se laissèrent sécher au soleil en écoutant les observations de Wellan sur les lézards géants.

39

Le piège de Jasson

Les hommes de l'Ordre rentrèrent finalement au village dans leurs tuniques propres et prirent place autour du feu avec leurs sœurs d'armes. Le nouvel aplomb de Wellan redonna aussitôt du courage à la troupe. Le grand chef soupira en jetant un coup d'œil au contenu de l'assiette en terre cuite qu'on lui tendait, car il n'avait pas faim. Bridgess quitta aussitôt sa place et s'assit près de lui, ce qui ne manqua pas de provoquer les commentaires amusés de ses compagnons. Elle piqua un petit morceau de viande sur sa dague et le porta aux lèvres du grand chef qui fut si surpris par son audace qu'il le mangea sans rouspéter.

— Pourquoi ne se marient-ils pas ? demanda Sage à Kira.

— Parce que notre grand chef ne sait pas ce qu'il veut, répondit-elle à voix basse.

— Il ne désire pas l'amour d'une femme qui l'adore ?

Kira hésita à lui parler du triangle amoureux dans lequel Wellan était impliqué. « Chaque chose en son temps », décida-t-elle. Elle observa plutôt son ancien maître qui continuait de nourrir Wellan contre son gré. Exaspéré, il finit par saisir le poignet de Bridgess pour l'arrêter.

— Wellan, sois raisonnable, protesta-t-elle. Si tu n'avales rien, tu ne seras pas capable de tenir en selle.

Il relâcha la femme Chevalier et se répéta les paroles de Jasson lors de sa visite chez lui : jamais il ne trouverait dans le monde des vivants une femme aussi belle et aussi fidèle.

— Wellan, j'ai capté les pensées d'un reptile pendant la bataille, déclara Chloé.

Il pivota aussitôt vers elle et Bridgess comprit qu'elle n'arriverait plus à lui faire avaler une seule bouchée. Elle le laissa donc déposer son assiette.

— Dis-moi ce que tu as décelé, exigea le chef.

— Ils ne sont pas ici pour éliminer le porteur de lumière ou sa protectrice, expliqua Chloé. En fait, ils se moquent pas mal de la prophétie. Leur monde se meurt et leurs femelles ne sont plus capables de mettre des petits au monde, alors ils en cherchent ailleurs.

— Mais pourquoi sur Enkidiev ?

— C'est l'empereur qui les a envoyés vers nous.

— Il lui sera beaucoup plus facile de cueillir Lassa dans la tour d'Abnar lorsque tous les humains auront été éliminés, avança Dempsey.

— Est-ce que tu as vu d'autres raids dans son esprit ? demanda Wellan.

— Oui, ils ont l'intention de revenir, lui apprit Chloé.

« Un peuple désespéré est un peuple dangereux », se souvint le grand Chevalier pendant que ses compagnons discutaient entre eux de la façon d'éliminer ce nouvel adversaire.

– Ce continent nous appartient ! s'exclama alors Swan en tirant Wellan de sa rêverie. Et il n'est pas question qu'ils continuent de le piller !

– Allons-nous les poursuivre jusqu'à leur île ? s'enquit Kevin.

– Pouvons-nous vraiment nous permettre de laisser nos terres sans protection ? répliqua Santo.

– Il faut commencer par prévenir tous les rois de cette menace, fit Falcon.

– Je pense qu'ils ne réussiront jamais à attraper des Fées ou des Elfes, intervint Bergeau, alors il faut surtout protéger les Royaumes d'Argent, de Cristal et de Zénor.

– Le Royaume d'Argent est protégé par sa muraille, estima Wanda.

– Mais ils ont des griffes, lui rappela Kira. Si je peux escalader des murs, ils le peuvent aussi.

– Finalement, les remparts construits par les habitants d'Argent pour se protéger du monde extérieur pourraient les mener à leur perte, comprit Ariane.

– Pas si nous tendons un piège aux lézards, suggéra Jasson.

Toutes les têtes se tournèrent vers lui. Jasson était le plus imprévisible de tous les Chevaliers d'Émeraude. Ses idées ne ressemblaient jamais à celles de ses compagnons et, en général, elles valaient la peine d'être mises à exécution.

– Mais explique-toi ! exigea Bergeau qui ne possédait aucune patience.

– Si nous demandions aux habitants de Cristal d'aller temporairement loger chez leurs parents de l'est, de l'autre côté de la rivière Mardall, les reptiles seraient obligés de remonter la côte jusqu'au Royaume d'Argent, n'est-ce pas ? commença Jasson en déposant son assiette.

– Et c'est là que tu voudrais les coincer ? devina Bridgess.

Jasson s'aperçut que sa suggestion intéressait Wellan, qui ne disait toujours rien mais qui attendait avec impatience la suite de son raisonnement.

– Il faudrait d'abord mettre les femmes à l'abri dans le palais du Roi d'Argent, continua Jasson.

– S'arrêteront-ils dans un royaume où il n'y a aucune femme à enlever ? s'inquiéta Wanda.

– C'est l'odeur qui les guide, affirma Chloé. Nous pourrons nous servir de vêtements de femmes attachés à des piquets.

– Et puis, nous serons là aussi, ajouta Swan. Et notre odeur sera tout aussi attirante.

L'esprit de Wellan cherchait déjà à améliorer le plan de son jeune compagnon. Il lui faudrait diviser ses hommes en deux groupes. Le premier attendrait les lézards à l'intérieur des murailles et le second empêcherait leur retraite sur la plage. Ils couleraient aussi leurs bateaux pour s'assurer qu'ils ne ramènent plus de femmes humaines dans leur île.

Revenant subitement à la réalité, Wellan constata que tous ses soldats attendaient ses commentaires.

— Je suis d'accord. Les pièges sont la meilleure façon de procéder, approuva-t-il. Nous pourrions installer des pieux et des filets sur les remparts qu'ils tenteront de franchir.

— Tu as l'intention de les capturer ? s'étonna Bergeau.

— Certainement pas, répondit Wellan. Nous ne tuerons que ceux qui nous attaqueront, en espérant que les autres rebrousseront chemin.

— Ne devrions-nous pas en épargner quelques-uns pour qu'ils préviennent leurs semblables de ne pas revenir chez nous ? suggéra Swan.

— Je pense que si leurs bateaux ne reviennent jamais au port, le message sera tout aussi clair, répliqua Nogait en jetant un regard polisson à sa sœur d'armes.

— Il est préférable de tous les éliminer pendant qu'on le peut, affirma Kevin.

— Et comment récupérerons-nous les femmes de Cristal qu'ils ont enlevées si nous ne faisons pas de prisonniers ? s'enquit Ariane, attristée par le sort des paysannes.

— Nous trouverons un moyen, leur assura Wellan, mais avant, il faut empêcher ces reptiles d'en ravir d'autres.

– Vous semblez oublier que le serment des Chevaliers d'Émeraude est de défendre Enkidiev en répandant le moins de sang possible, protesta Santo.

– Tu as vu de quelle façon ils ont réagi lorsque tu leur as gentiment demandé de partir ? riposta Bergeau.

– Cela ne m'empêchera pas de recommencer.

– Je les avertirai moi-même de ce qu'ils risquent en débarquant sur le continent, s'engagea Wellan.

Cette promesse rassura le guérisseur qui ne voulait surtout pas que ses compagnons perdent de vue les véritables buts de l'Ordre. Le grand Chevalier considéra alors les deux adolescents désormais sans maître, assis l'un près de l'autre, affligés par la mort de Buchanan et terriblement inquiets quant à leur avenir. Hiall était un garçon solide avec des bras d'acier et un caractère flexible. Pouvait-il le confier à Sage qui n'avait pas d'apprenti ?

– Moi, je le prendrais, répondit Jasson à sa question silencieuse.

– Tu as déjà deux apprentis, s'opposa Wellan.

– Comme chacun d'entre nous. Celui à qui tu penses est lui-même en apprentissage. Ce ne serait pas une bonne idée de lui confier un Écuyer. Quant à l'autre gamin, je pense qu'il devrait être pris en charge par un Chevalier qui éduque déjà un Elfe.

Wellan réfléchit à la suggestion de Jasson. Il ne pouvait certes pas laisser ces garçons sans maître, et ils étaient désormais trop vieux pour être confiés à un Chevalier d'un style différent de celui de Buchanan. Il leur fit signe d'approcher et les Écuyers lui obéirent sur-le-champ. Ils s'agenouillèrent devant lui, puis ils attendirent qu'il parle le premier en le regardant droit dans les yeux. Leur maître les avait bien formés.

– Hiall, à partir de cet instant, tu seras l'apprenti du Chevalier Jasson qui se dit capable d'éduquer convenablement trois garçons, fit amicalement Wellan.

– Évidemment que je peux le faire, assura Jasson en s'accroupissant près du gamin.

– Je vous suis reconnaissant de ne pas m'expulser de l'Ordre, sire, murmura l'adolescent, les larmes aux yeux.

– Un Chevalier ne laisse jamais tomber un de ses frères, déclara le grand chef d'une voix forte, et vous êtes de futurs Chevaliers.

Les yeux bleus du grand chef se tournèrent ensuite vers le deuxième apprenti, un Elfe sensible aux longs cheveux blonds, dont le courage, la force physique et l'endurance étaient remarquables.

– Bergeau, approche, appela Wellan en continuant de regarder le garçon dans les yeux.

Content qu'il ait pensé à lui, l'homme du Désert quitta sa place et rejoignit son chef.

– J'ai ici un jeune Écuyer qui a besoin d'un maître, poursuivit Wellan.

– Justement, je me disais que j'ai de la place dans ma ferme pour un troisième garçon, alors qu'il serait plutôt à l'étroit dans vos petites chambres du palais.

– Alors, Bianchi, à partir de maintenant, tu seras l'apprenti du Chevalier Bergeau qui achèvera ton entraînement jusqu'au jour de ton adoubement.

L'adolescent s'inclina avec beaucoup de soulagement et suivit son nouveau maître pour se joindre à ses apprentis. « Un problème de moins », pensa Wellan en les regardant s'éloigner.

Les soldats se reposèrent toute la journée. Le soir venu, Wellan institua des tours de garde. En plus de lui-même, il choisit Sage, Curtis et la jeune Kagan. Ils seraient ensuite relayés par Falcon, Hettrick, Swan et Corbin et, un peu avant l'aube, par Dempsey, Kerns, Pencer et Milos. Le reste de ses décisions attendrait au lendemain.

ᴜɴ ᴘʀᴇ́ꜱᴇɴᴛ ᴍᴀɢɪQᴜᴇ

Chevaliers et apprentis passèrent donc une autre nuit dans ce petit village de Cristal. Wellan demeura d'abord assis près du feu à reposer ses muscles tandis que les trois autres sentinelles se promenaient autour du village, la main sur la garde de leur épée, en écoutant les bruits de la nuit.

Vers minuit, un peu avant la relève de la garde, Wellan décida de se délier les jambes. Il se mit debout avec difficulté, ressentant toujours une grande fatigue dans ses genoux, malgré ses efforts pour se guérir lui-même. Il marcha lentement autour du campement, dans l'espoir que ses articulations finissent par se réchauffer. Il s'appuya sur le tronc rugueux d'un gros arbre pour se reposer un instant et sentit une brise glaciale lui effleurer la nuque. Abnar se matérialisa devant lui.

– Je crains de ne pas être celle que vous auriez aimé trouver là, déclara l'Immortel au visage impassible malgré son ton cinglant.

Wellan détourna aussitôt le regard en ravalant un commentaire acerbe.

— Oubliez la Reine Fan, sire Wellan. Cela vaudra mieux pour vous et pour votre fils.

Le grand Chevalier choisit de ne pas répliquer.

— Je ne suis pas aussi insensible que vous le croyez, se défendit Abnar. Les dieux ont confié une nouvelle mission au maître magicien de Shola et elle ne pourra revenir dans votre monde que lorsqu'elle l'aura menée à bien.

— Elle reviendra vers moi ? s'égaya Wellan.

— Je ne puis l'affirmer, puisqu'elle n'entretient pas de tendres sentiments envers vous pour l'instant. Suivez mon conseil et ne perdez pas votre temps à l'attendre. Remplissez plutôt votre propre mission dans le monde des hommes. Si vous contentez les dieux, peut-être persuaderont-ils Fan de vous pardonner.

— Vous n'êtes certainement pas venu me parler des sentiments de la Reine Fan à mon égard.

— Je suis votre allié, sire Wellan, et c'est mon devoir de vous dire la vérité, qu'elle vous plaise ou non. Mais ce soir, je suis surtout venu vous parler des plans de l'ennemi, puisque c'est à moi que revient dorénavant cette tâche.

— Je vous écoute, fit durement le Chevalier en essayant de ne plus penser à la reine fantôme.

— L'empereur a recruté des soldats un peu partout sur les territoires qu'il a conquis en leur promettant ce dont ils avaient désespérément besoin. Je crains que les hommes-reptiles ne soient pas votre seul problème.

– Et nous devrons évidemment nous défendre avec les seuls pouvoirs magiques que nous possédons et la force brute de nos bras, ragea Wellan, qui aimait de moins en moins les Immortels. Savez-vous au moins que j'ai perdu un de mes hommes contre ces lézards ? Buchanan était un guerrier intelligent qui savait se battre, mais il a quand même été fauché par l'ennemi parce qu'il ne possédait pas d'aussi puissantes facultés que les premiers Chevaliers d'Émeraude.

– Cessez de les réclamer, sire. Je ne vous accorderai de nouveaux pouvoirs que si le vent tourne en faveur d'Amecareth.

De crainte de succomber à la tentation de frapper un Immortel et d'être châtié par les dieux eux-mêmes, Wellan s'éloigna de lui en boitant. « Pourquoi les Chevaliers risqueraient-ils ainsi leur vie si le ciel a décidé de les abandonner à leur sort ? » maugréa-t-il intérieurement. Abnar se matérialisa à nouveau devant lui, le forçant à s'arrêter.

– Laissez-moi soigner vos jambes, déclara-t-il. J'en ai reçu la permission de celle qui vous a jeté ce sortilège.

– Depuis quand vous souciez-vous de mon bien-être ?

Faisant la sourde oreille à ce commentaire, le Magicien de Cristal s'accroupit et passa ses mains lumineuses sur les genoux du grand Chevalier qui en ressentit aussitôt un profond soulagement.

– Vos muscles ne vous feront plus souffrir, déclara l'Immortel.

– Je suis étonné que vous sachiez ce qu'est un muscle.

Abnar se releva, visiblement contrarié, mais il ne le réprimanda pas comme il l'avait fait quelques jours plus tôt. Le chef des Chevaliers possédait les talents militaires et le charisme d'Hadrian d'Argent, certes, mais aussi l'esprit rebelle d'Onyx.

– Puisque vos pouvoirs sont plus étendus que les nôtres, je vous propose d'échanger nos rôles, suggéra Wellan avec un sourire de provocation. Pendant que vous affronterez les soldats de l'empereur, nous protégerons Lassa, enfermés dans la tour la plus sécuritaire de tout Enkidiev.

– J'obéis aux ordres que j'ai moi-même reçus. Cessez de croire que je suis votre ennemi, sire. Je ne peux pas vous empêcher d'être un humain, pas plus que vous ne pouvez m'empêcher d'être un Immortel. Mais nous avons la même mission : sauver les hommes. Alors, si nous ne recommençons pas bientôt à nous entendre, nous sommes tous perdus.

Wellan conserva le silence. Malgré les arguments d'Abnar, il ne pouvait s'empêcher de craindre qu'une poignée de soldats aussi mal équipés ne survivent pas longtemps à une attaque massive de l'empire.

– Alors, dites-moi ce que vous savez des plans d'Amecareth, réclama le grand chef qui avait hâte de voir disparaître l'Immortel.

– Montrez-moi d'abord vos mains.

Abnar lui présenta ses mains et une force irrésistible força Wellan à relever les bras. L'Immortel appuya ses paumes contre celles du grand chef et une douleur aiguë traversa tout le corps de Wellan qui serra les dents pour ne pas hurler. Il tenta en vain de se soustraire à ce traitement insupportable. Ressentant ses souffrances, Sage, Curtis et

Kagan se précipitèrent vers lui, mais s'arrêtèrent net devant l'étrange spectacle. Les mains jointes des deux grands hommes rayonnaient d'une lumière dorée qui illuminait la forêt.

– Wellan ? s'inquiéta Kagan, qui ignorait si elle devait lui venir en aide.

– N'approchez pas, ordonna Abnar.

Puisque le Magicien de Cristal était le véritable dirigeant de leur Ordre, les jeunes Chevaliers ne purent que lui obéir. Ils se contentèrent d'être témoins de la scène sans intervenir, la main sur la garde de leur épée. Lorsque l'Immortel mit fin à l'opération magique, Wellan chancela un instant sur ses jambes, le visage et le cou couverts de sueur, et s'adossa contre un arbre.

– Je vous conseille d'utiliser plus sagement vos mains à l'avenir, l'avertit Abnar.

– Que m'avez-vous fait ? haleta le grand Chevalier.

– J'ai rajouté de la puissance dans vos bras, et j'ai renforcé vos paumes pour qu'elles ne vous fassent plus souffrir chaque fois que vous utiliserez une énergie aussi dangereuse. J'ai aussi un autre cadeau à vous offrir, mais vous ne pourrez vous en servir que contre des sorciers.

– Parce que nous allons affronter des sorciers en plus des reptiles ? s'alarma Curtis.

– L'Empereur Noir a plus d'un tour dans son sac, répliqua l'Immortel en faisant apparaître dans ses mains de larges bracelets noirs couverts d'une écriture ancienne.

Magiquement, il les referma sur les avant-bras de Wellan qui les étudia avec attention, surpris de ne pas pouvoir déchiffrer les lettres gravées dans ce qui semblait être du cuir.

— À quoi servent-ils ? s'informa le grand Chevalier.

— Vous n'aurez qu'à croiser les bras devant vous la prochaine fois que vous serez attaqué par un sorcier et rien de ce qu'il fera ne vous atteindra.

— Et contre les reptiles ? demanda Kagan.

— Ces créatures ne possèdent aucun pouvoir magique, alors ces bracelets seraient tout à fait inutiles contre elles. Ne tardez pas trop à évacuer ce village. Vos ennemis se remettront en route dès qu'ils auront déchargé leur précieux butin. Et puisqu'ils savent maintenant que vous êtes de puissants combattants, ils reviendront en plus grand nombre.

— J'aurai besoin d'en être informé lorsqu'ils seront à proximité d'Enkidiev, exigea Wellan sur son ton autoritaire habituel.

— Je reviendrai vers vous, comme je vous l'ai promis.

Abnar inclina la tête et disparut dans une pluie de petites étoiles dorées. Wellan poussa un soupir de découragement. Les combats risquaient de s'intensifier avant qu'il puisse comprendre la stratégie de ce nouvel ennemi. Mais, au moins, le Magicien de Cristal avait finalement tenu parole et leur venait en aide. Il aperçut alors ses jeunes Chevaliers inquiets qui n'osaient pas parler.

— La garde aurait dû être changée il y a quelques minutes déjà ! s'exclama le grand chef en feignant l'agacement. Que faites-vous encore ici ?

Curtis et Kagan détalèrent comme des lapins, mais Sage choisit de marcher aux côtés de Wellan. Le grand chef le sonda et fut bien content de capter en lui une force grandissante.

— Tu as eu raison de ne pas m'envoyer dans la mêlée, déclara soudainement le jeune homme. Je serais probablement mort moi aussi, car je ne manie pas l'épée aussi bien que vous tous.

— Tu as fait preuve d'un bon jugement en utilisant ton arc et tes flèches, mon jeune ami, et je bénis les dieux que tu sois aussi habile.

Wellan reconnut soudain le bijou que le jeune guerrier portait au cou. Il s'agissait d'un talisman enchanté que portaient les Sholiens ayant servi sous Nomar au Royaume des Ombres. Sage remarqua l'intérêt de son chef.

— Il a appartenu à ma mère, expliqua-t-il.

— Elle t'a fait un merveilleux présent.

— Pas tout à fait, non. Je l'ai trouvé entre les mains d'un marchand dans la cour du Château d'Émeraude avant notre départ.

— Ta mère ne se serait jamais départie d'une telle pierre de puissance, affirma Wellan en fronçant les sourcils.

— Le commerçant dit l'avoir acquis à Opale, mais j'en doute.

— Je crains que nous n'apprenions la vérité que lorsque notre route croisera de nouveau celle de Jahonne.

Wellan entoura les épaules de Sage et le ramena vers le feu qui brûlait toujours très haut. Ils se séparèrent et réveillèrent leurs relais, puis s'installèrent pour dormir. Wellan se coucha sur le dos entre Bailey et Volpel, et contempla ses nouveaux bracelets. Ils semblaient faits de cuir sombre et, curieusement, ils ne comportaient aucune attache. Il tenta de les enlever, mais en fut incapable. « Un cadeau dont je ne pourrai plus jamais me défaire », comprit-il. Leur surface était lisse et douce. Ils étaient faits d'un matériau qui provenait tout droit des mondes magiques.

Il allait s'enrouler dans sa couverture lorsque certaines des lettres incrustées dans l'un des bracelets s'illuminèrent, gravant sur sa surface des mots dans la langue commune d'Enkidiev. Wellan les lut tandis qu'ils couraient autour de son avant-bras en éclairant son visage inquiet.

– Fils bien-aimé de Rubis et champion de la reine..., murmura-t-il.

Il s'agissait donc d'un présent de Fan elle-même. Non seulement elle venait de lui fournir un nouveau moyen de défense contre les sorciers, mais elle avait également donné au Magicien de Cristal la permission de retirer le sortilège qui nouait ses genoux pour lui montrer qu'elle n'était plus fâchée contre lui. Elle ne pourrait sans doute plus le visiter dans le monde des vivants à cause de sa nouvelle mission, mais elle l'aimait toujours...

Il ferma les yeux et le doux visage de la magicienne apparut dans son esprit, flottant comme un nénuphar à la surface de l'eau. Ses lèvres lumineuses lui sourirent puis murmurèrent : *Épousez-la et soyez heureux. Nous nous reverrons, Chevalier.* Il s'endormit, baigné d'une bienfaisante lumière dorée que lui seul pouvait voir.

41

ÒYLAN

À son réveil, Wellan fut assailli par l'odeur de la saucisse grillant sur le feu. Il s'étira en observant ses bracelets à la lumière du jour. Aucun nouveau message n'y apparut. Il se releva lentement et promena son regard sur le village. Ses soldats féminins marchaient autour des maisons et en bordure de la forêt. Elles montaient discrètement la garde en compagnie de leurs apprenties. Les villageoises vaquaient à leurs tâches en gardant les enfants près d'elles et les hommes rescapés apportaient du bois pour le feu en bavardant à voix basse. Le grand chef sentit la profonde inquiétude de ces gens qui craignaient le retour des hommes-lézards. Il décida qu'il était temps de mettre le plan de Jasson à exécution.

Il se releva, content de constater que la magie d'Abnar l'avait enfin débarrassé de la douleur dans ses genoux. Volpel et Bailey, qui s'exerçaient à l'épée, accoururent afin d'aller se purifier avec lui. Wellan écouta les bavardages des deux garçons sur le sentier qui menait à la rivière. Au détour du bosquet, il entendit les rires de ses frères et le clapotis de l'eau. Ses compagnons se chamaillaient comme des enfants dans les plantes aquatiques. Le grand Chevalier se débarrassa de ses vêtements. Il évita de peu la course de plusieurs Écuyers qui sortaient de la rivière en criant et choisit un endroit plus paisible dans le cours d'eau.

– On dirait bien que tu es en pleine forme, toi, remarqua Jasson tout en arrosant le visage de Hiall, son nouvel Écuyer, pour le taquiner.

– J'ai bien dormi, répondit Wellan en s'éloignant davantage de la bataille aquatique.

Il passa un long moment seul à chasser toutes ses pensées négatives au sujet de l'Empereur Noir, des batailles à venir et de la mauvaise volonté des Immortels. Après la baignade, il se laissa sécher au soleil en méditant. Il ralentit graduellement sa respiration, ce qui propagea dans tout son corps une onde de bien-être. Il sombra à l'intérieur de lui-même.

Sa caverne de cristal l'accueillit avec sa sérénité habituelle. Il croisa ses longues jambes et déposa le dos de ses mains sur ses cuisses. Dans le silence de son antre personnel, il commença par remercier la déesse de Rubis de l'avoir protégé jusqu'à présent et l'implora de ne lui faire prendre que de bonnes décisions dans les combats qui s'annonçaient.

– Theandras vous aime beaucoup, déclara alors une voix cristalline.

Wellan ouvrit des yeux étonnés, car jamais auparavant il n'avait reçu de visiteur dans son sanctuaire intérieur. Un enfant lumineux se matérialisa devant lui sur le plancher de verre, les genoux repliés contre sa petite poitrine. Il était vêtu d'une tunique blanche brillant de mille feux, ses cheveux transparents touchaient presque le sol et ses yeux bleus fixaient intensément le Chevalier. *Dylan...*

– Je ne voulais surtout pas troubler votre prière, s'excusa l'enfant, je voulais seulement passer un moment seul avec vous.

Ému de se retrouver ainsi en présence de cet être inaccessible d'une autre dimension, Wellan n'arriva pas à prononcer un seul mot. Alors, le petit garçon se releva et marcha jusqu'à lui, ses pieds nus n'émettant pas le moindre bruit. Menu comme sa mère, il n'avait hérité d'aucun des traits de guerrier de son père Chevalier. Cet enfant respirait la douceur et l'amour.

– Cessez de vous interroger à mon sujet, père, poursuivit Dylan de sa voix de Fée. Je suis heureux dans mon univers et je sais que vous m'y rejoindrez un jour. Le temps n'existe pas pour moi, alors c'est comme si c'était demain. J'aurai enfin le plaisir de vous connaître et de profiter de vos considérables connaissances, car mère m'affirme que vous êtes un érudit.

Incapable de détacher son regard de cet enfant si semblable à Fan, Wellan sentit des larmes de joie couler sur ses joues.

– Je dois partir avant que mes gardiens s'aperçoivent de mon absence. Ne me direz-vous pas au moins quelques mots avant que je vous quitte ? implora-t-il en posant sa petite main lumineuse sur la joue de Wellan. Je veux entendre votre voix pour la graver dans ma mémoire à tout jamais.

– J'aurais tant aimé te voir grandir et t'élever moi-même..., murmura finalement le grand chef.

Soudain, sans qu'il comprenne pourquoi, toute la grotte bascula. Sa conscience réintégra brutalement son corps allongé sur la berge de la rivière. Ses poumons manquèrent d'air un instant et il enfonça ses doigts dans la terre. Battant furieusement des paupières, il se rendit compte que Santo l'observait avec inquiétude.

— Wellan ! criait son frère d'armes en le secouant par les épaules.

— Pourquoi as-tu interrompu ma méditation ? haleta le grand Chevalier. Sommes-nous sur le point d'être attaqués ?

— Non. Tu étais en train de disparaître.

— Disparaître ?

Wellan se redressa et constata que tous ses compagnons l'entouraient de façon protectrice.

— Est-ce à cause de ces bracelets ? maugréa Bergeau.

— Non, assura Wellan. Ils m'ont été donnés par Abnar pour que je puisse me défendre contre les sorciers.

— Les sorciers ! s'exclama Falcon. Il ne manquait plus que ça !

— Wellan, que s'est-il passé pendant ta méditation ? voulut savoir Santo.

— Mon fils est venu vers moi..., murmura le grand chef avec émotion. Je n'ai passé que quelques secondes avec lui...

Wellan semblait confus. Ses Écuyers l'aidèrent à se vêtir. Il était évident pour tous les soldats d'Émeraude que leur chef ne comprenait pas ce qui venait de se passer.

— Mais qu'est-ce que vous faites encore là ? tonna la voix de Swan dans le sentier. On vous attend pour manger !

Bailey et Volpel poussèrent leur maître en direction du village, encore bien inquiets. Que serait-il arrivé à l'Ordre s'il avait disparu à tout jamais ? Les hommes marchaient en silence autour de lui.

– Ton fils t'aspirait-il dans son monde ? demanda soudainement Santo.

– C'est possible, admit le grand Chevalier, mais c'était certainement involontaire. Il possède des pouvoirs fantastiques qu'il ne maîtrise pas encore.

– La prochaine fois, fais-lui savoir que nous avons encore besoin de toi ici, suggéra Kevin.

Le commentaire arracha un sourire à Wellan. Il prit place près du feu. Les femmes avaient déjà revêtu leurs cuirasses et attaché leurs armes à leurs ceintures. Elles étaient bien souvent des soldats plus efficaces et plus fiables que les hommes, surtout la jeune Swan, un véritable volcan sur deux jambes. « Quelle belle jeunesse », pensa Wellan en acceptant l'assiette que lui tendait Bridgess. Ses yeux bleus rencontrèrent les siens et il comprit qu'elle captait toutes ses pensées. Embarrassé, il fit mine de s'intéresser à son repas d'œufs brouillés, de poisson frit et de saucisses, mais n'y toucha pas.

– Va-t-il falloir que je te fasse manger cette fois encore ? le menaça-t-elle.

Wellan plongea lui-même les doigts dans l'omelette chaude et mangea pour faire plaisir à Bridgess.

– Il y a une étrange lumière dans tes yeux, ce matin, Wellan, fit-elle en caressant sa joue.

Il ne voulait certes pas lui causer de chagrin en lui parlant constamment de l'enfant qu'il avait conçu avec une autre femme.

— Tu sais pourtant que tu peux tout me dire, insista-t-elle d'une voix rassurante.

— Te souviens-tu de ma caverne de cristal ?

— Oui. Tu m'y as déjà emmenée lorsque j'étais Écuyer.

— J'y suis allé tout à l'heure en méditation, et...

Les mots s'étranglèrent dans sa gorge. Bridgess saisit qu'il y avait vécu quelque chose d'éprouvant. Pourtant, le sanctuaire d'un Chevalier était un endroit privé où il pouvait refaire ses forces en toute quiétude...

— Et quoi ? demanda-t-elle en craignant que la Reine de Shola n'ait tenté de le reprendre.

— J'y ai vu mon fils... Il a faussé compagnie à ses gardiens pour passer ces quelques secondes avec moi...

— Ses gardiens ? Je croyais que les Immortels étaient des êtres libres.

— Que savons-nous vraiment à leur sujet ?

— C'est peut-être sa mère qui le fait surveiller ainsi, insinua Bridgess.

Le visage de Wellan se transforma en un masque de tristesse. Il déposa l'assiette sur le sol. Sous les regards attendris de leurs compagnons, Bridgess se faufila dans ses bras et le serra aussi fort qu'elle le put, en se promettant de lui donner un jour un fils qu'il pourrait voir grandir. Puis, lorsqu'il fut rassuré, elle s'assit devant lui et exigea qu'il termine son repas. Avec un sourire résigné, il lui obéit.

– Les femmes ont indéniablement un étrange pouvoir sur les hommes, déclara Jasson à Sage assis près de lui. Sanya aussi me fait faire absolument tout ce qu'elle veut.

Le jeune guerrier se tourna vers Kira qui finissait d'attacher sa cuirasse. Il était d'accord avec Jasson : son épouse réussissait toujours à le faire céder avec un baiser ou une caresse. Mais n'était-ce pas là le privilège des femmes ? Ne détenaient-elles pas le précieux pouvoir de donner la vie et de sauver leur race ? Sage ne pouvait même pas s'imaginer refuser quoi que ce soit à la Princesse de Shola qu'il aimait à la folie, même s'ils ne pouvaient pas concevoir d'enfants ensemble.

Une fois le repas terminé, Wellan laissa ses Écuyers attacher sa cuirasse et sa ceinture d'armes pendant que Bridgess nouait ses cheveux sur sa nuque en l'embrassant dans le cou.

– Je veux être chef moi aussi, et recevoir autant de petites attentions ! s'exclama moqueusement Jasson pour faire rire cette bande de soldats un peu trop moroses.

– Viens un peu par ici que je te fasse la même chose ! proposa Bergeau en lui tendant les bras. Tu n'as pas besoin d'être chef !

L'homme du Désert s'élança en direction de Jasson qui détala comme un lapin derrière ses compagnons et leurs Écuyers. Ils éclatèrent tous de rire, même Wellan. Bergeau rattrapa finalement le plaisantin alors qu'il tentait de s'enfuir en direction des chevaux. L'ayant emprisonné dans ses bras d'acier, il lui plaqua des baisers bruyants dans le cou. Jasson se débattit en criant et Dempsey décida finalement de s'en mêler. Il parvint à séparer les deux farceurs en faisant valoir qu'ils devaient donner l'exemple à la jeunesse d'Émeraude. Il les ramena finalement parmi leurs frères d'armes. Redevenu sérieux, Wellan fit quelques pas au milieu de ses soldats.

— Maître Abnar a la certitude que les hommes-lézards vont bientôt revenir, déclara le grand chef. La première phase de notre plan consistera donc à mettre les habitants des côtes de Cristal en sûreté.

Un vent de panique parcourut les pauvres paysans et des femmes éclatèrent en sanglots.

— Nous les conduirons vers l'ouest et nous évacuerons tous les villages que nous rencontrerons sur notre route. Ce que nous voulons, c'est que les reptiles ne trouvent âme qui vive à proximité de l'océan. De cette façon, ils remonteront vers le nord et ils atteindront le Royaume d'Argent où nous leur tendrons un piège.

— Mais il y a des centaines de villages faciles d'accès entre le Royaume de Cristal et le Royaume d'Argent ! protesta Wimme, le Chevalier à la peau sombre.

Wellan s'empara d'une branche qui ne s'était pas entièrement consumée dans le feu et traça le contour des deux royaumes sur la terre battue.

— Nous sommes ici, déclara-t-il en piquant le bout de bois au milieu de la côte de Cristal.

Tous étudièrent le plan du grand chef.

– Les autres villages touchés par les lézards sont ici, ajouta-t-il en dessinant des marques plus au sud, ce qui veut dire que l'ennemi remonte vers le nord. Il est donc inutile d'évacuer les villages du sud.

– De toute façon, ils sont loin de la mer, se rappela Dempsey, qui avait jadis visité cette contrée afin de rencontrer le Roi Cal.

– Nous allons donc nous diviser et ramener tous les villageois au village de Ligleg, niché entre les montagnes à l'est.

Il dessina une autre croix à l'intérieur du Royaume de Cristal. Un murmure se fit entendre parmi ses soldats.

– Nous devrions y être demain dans la journée, ajouta-t-il.

– Es-tu certain que Ligleg soit suffisamment loin de la côte ? s'alarma Kerns.

– Nous n'avons pas le temps d'aller plus loin, répondit Wellan. Dispersez-vous le long de la côte et ordonnez à tous les habitants de remonter à notre point de ralliement. Dès que vous serez certains que tous vous ont obéi, venez aussi m'y rejoindre. Partez maintenant.

Sans rouspéter, les Chevaliers et les Écuyers se mirent en selle. Wellan ne garda que Bridgess, Jasson, Kira et Sage avec lui.

– Kira et Sage, vous allez conduire les gens de ce village vers l'ouest tandis que je retournerai avec Jasson et Bridgess pour brûler les cadavres dans les villages dévastés. Dès que nous aurons terminé, nous vous rattraperons.

Les deux jeunes Chevaliers acceptèrent ses ordres d'un mouvement sec de la tête et se mirent à rassembler les villageois. Ils leur conseillèrent de ne transporter que le strict nécessaire, la route étant longue et difficile.

42

LES SURVIVANTS

Kira prit un petit garçon de six ans avec elle sur Hathir. Le cheval commença par refuser de porter un humain sur son dos, mais, à force de cajoleries, sa maîtresse mauve finit par avoir le dernier mot. L'enfant tremblait de peur, mais les bras du Chevalier de chaque côté de son corps eurent tôt fait de le rassurer. Kira demanda à Sage de prendre les devants et d'adopter une allure que le peuple pourrait suivre à pied. Elle-même fermerait la marche.

En âme charitable, Sage fit monter une vieille femme sur son cheval et le guida par la bride. « Quel homme merveilleux », songea Kira qui le vit faire de loin. Il n'avait décidément aucun trait commun avec son ancêtre Onyx qui ne pensait qu'à régner sur le monde.

La troupe chemina lentement vers l'ouest. Il était impossible de gagner du temps, avec toutes ces collines à franchir et toutes ces rivières à traverser, mais le moral des paysans tenait le coup.

À la fin de la première journée, lorsque le soleil se mit à décliner, Kira choisit un emplacement au creux d'un vallon et laissa les villageois allumer un feu et manger leur repas.

Elle prit le premier tour de garde, laissant Sage dormir, puis lui céda le second, au milieu de la nuit. Conscient de la très grande responsabilité que Wellan avait placé sur ses épaules, le jeune guerrier marcha inlassablement autour du campement jusqu'aux premières lueurs de l'aube, contemplant les visages enfin paisibles des enfants endormis auprès de leurs parents ou des gens qui avaient décidé de les adopter.

Kira remit la colonne en marche dès qu'il fit jour. Son admiration pour son époux redoubla lorsqu'il reprit la tête des villageois sans se plaindre après avoir passé la moitié de la nuit debout. Ils n'avaient marché que quelques heures lorsque Wellan, Jasson, Bridgess et leurs apprentis les rattrapèrent.

— Tout se passe bien ? demanda le grand chef en ralentissant son cheval près d'Hathir.

— Nous n'avons rencontré personne jusqu'à présent, répondit Kira, et je pense bien que Sage nous mène dans la bonne direction. Selon moi, nous devrions atteindre Ligleg dans quelques heures tout au plus.

Avant que Wellan puisse le lui confirmer, des guetteurs de Cristal jaillirent de partout, comme des esprits sortant spontanément du sol, arrachant des cris de surprise à leurs compatriotes. L'un d'eux se braqua devant les Chevaliers et demanda pourquoi ils repoussaient ainsi ces gens vers l'ouest. Wellan lui raconta les massacres dont ils avaient été témoins et lui expliqua leur plan. L'homme vêtu d'une courte tunique dans les tons de terre et armé d'un long couteau l'écouta avec attention.

— Je connais un chemin plus court, affirma-t-il.

Il siffla entre ses dents et les autres guetteurs le rejoignirent en vitesse. Ils conférèrent entre eux pendant quelques minutes, puis remontèrent la colonne. *Sage, ces hommes vont t'indiquer une route plus rapide*, l'avertit Wellan avec ses facultés télépathiques. Le jeune guerrier acquiesça docilement et suivit les sentinelles.

Avant la fin de la journée, le groupe atteignit Ligleg. C'était un immense village logé au creux d'une vallée verdoyante. Les maisons se dressaient le long de la rivière et des champs labourés s'étendaient de chaque côté. En les voyant arriver, les habitants vinrent à leur rencontre et écoutèrent les récits d'horreur de ceux qui avaient survécu à l'attaque des hommes-lézards.

Dès que les villageois de la côte eurent raconté à leurs compatriotes de Ligleg les exploits des braves soldats, les cinq Chevaliers et leurs Écuyers furent traités comme des héros. Des hommes vinrent soigner leurs chevaux, malgré les protestations des apprentis dont c'était la responsabilité, et les soldats furent conduits à la chaumière du chef du village. On voulut leur remettre une montagne de présents, mais Wellan refusa poliment cette marque de gratitude. Ils ne pourraient malheureusement rien transporter lorsqu'ils retourneraient vers l'océan pour empêcher la prochaine attaque des reptiles. Il accepta par contre la nourriture chaude qu'on leur présenta et s'assura que ses hommes mangeaient à leur faim.

Tandis que le soleil descendait lentement à l'ouest, le grand chef s'assit sur une souche d'où il pouvait voir toute la vallée. Il but du thé et communiqua avec ses soldats dispersés le long de la côte. Tous marchaient déjà en direction de Ligleg, mais ils ne l'atteindraient pas avant le lendemain. Wellan fronça les sourcils d'agacement.

Une douce caresse sur sa nuque le fit frémir de plaisir. Bridgess laissa ses doigts poursuivre leur route sur la joue du grand Chevalier qui les captura aussitôt de sa main libre pour les porter à ses lèvres. Elle lui ôta son gobelet de métal et le déposa sur le sol. Elle enlaça Wellan et l'embrassa passionnément, malgré tous les regards qui se tournaient vers eux.

– Lorsque nous aurons réglé nos comptes avec les reptiles et que nous serons de retour au Royaume d'Émeraude, est-ce que tu accepteras de m'épouser ? demanda le grand Chevalier entre deux baisers.

– Il y a plus de dix ans que j'attends que tu me le demandes. Tu connais déjà ma réponse.

Ils continuèrent d'échanger des baisers amoureux sans se soucier du reste de l'univers. Assis plus loin, les Chevaliers les considéraient avec satisfaction.

– Je pense qu'il l'a finalement demandée en mariage, chuchota Sage à Kira.

– Et on dirait qu'elle a accepté, conclut-elle.

– Il arrive à prendre des décisions militaires en quelques secondes... Pourquoi a-t-il mis autant de temps à s'apercevoir qu'il aimait Bridgess ?

– Le cœur est plus difficile à déchiffrer, Sage.

Wellan repoussa doucement la jeune femme. C'est alors qu'il remarqua les regards amusés de ses compagnons, mais, en les sondant, il apprit que sa décision les réjouissait.

Ce soir-là, les guetteurs de Cristal insistèrent pour monter eux-mêmes la garde. Les soldats magiciens purent donc profiter d'un repos bien mérité. Wellan refusa de dormir dans une chaumière et préféra demeurer près du feu, par mesure de prudence. Bridgess, Kira, Jasson, Sage et les Écuyers appuyèrent sa décision et s'installèrent près de lui.

Lorsqu'ils furent tous endormis, le grand chef s'enroula dans sa couverture. Il ralentit sa respiration afin de se retirer au plus profond de lui-même pendant quelques minutes. Sa conscience flotta doucement jusqu'à la caverne de cristal mais, à sa grande déception, il la trouva déserte. Il attendit en vain que son fils s'y matérialise.

Il ouvrit les yeux et contempla le ciel étoilé au-dessus de lui. Quelque part, au milieu de ces magnifiques joyaux lumineux, un petit garçon lui appartenait. Wellan fit appel à sa mémoire pour revoir son doux visage. *Dylan...* Fils d'un Chevalier d'Émeraude et d'une reine magicienne, cet enfant était appelé à remplacer un jour Abnar, Nomar ou un des autres Immortels qui accompagnaient les humains. Mais à quelle vitesse ces gamins immatériels grandissaient-ils ? Pourquoi devaient-ils avoir des gardiens ? Qui assurait leur éducation divine ? Toutes ces questions empêchèrent le grand chef de s'endormir avant le milieu de la nuit.

Une grande clameur le réveilla quelques heures plus tard. Il se releva sur ses coudes : ses soldats se précipitaient vers la rivière. Chassant les dernières brumes du sommeil, Wellan distingua, sur l'une des montagnes, des centaines de paysans qui descendaient vers le village, guidés par des Chevaliers à cheval. Le grand chef projeta sa conscience sur les soldats et reconnut individuellement leur énergie.

— Où sont Swan, Derek et Santo ? murmura-t-il, fronçant les sourcils.

En compagnie de Bridgess, Kira, Jasson et Sage, il marcha au-devant des expatriés avec les habitants du village. Chaque famille en accueillit une autre et, bientôt, tous ces braves gens purent déposer leurs effets dans une chaumière et avaler un peu de nourriture.

— Ils n'ont pas été très difficiles à convaincre, déclara Bergeau en mettant pied à terre près de son chef. Il a suffi de leur décrire les lézards.

— Trois Chevaliers manquent à l'appel, s'inquiéta Wellan en scrutant la montagne.

— Swan et Derek ont choisi les villages les plus au nord, expliqua Falcon qui s'était approché.

— Et Santo ?

Les Chevaliers échangèrent un regard interrogateur et le grand chef comprit que personne ne l'avait vu. Il s'écarta du groupe pour se concentrer. *Santo ?* l'appela-t-il avec son esprit. *Où es-tu ?* Il attendit la réponse de son frère d'armes, espérant de tout son cœur qu'il ne soit pas tombé dans une embuscade.

Je serai bientôt là, répondit finalement la voix du guerrier. Wellan sentit le soulagement l'envahir. *Et je ramène un illustre visiteur*, poursuivit-il. En effet, quelques heures plus tard, Santo descendit de la montagne avec le Roi Cal en personne, amenant plusieurs centaines de réfugiés à Ligleg. Une armée de guetteurs les entourait. Dès que le groupe se présenta au village, il fut reçu de la même façon que les autres. Wellan serra le guérisseur dans ses bras et s'inclina devant le Roi de Cristal avec respect.

— Votre Chevalier m'a raconté ce qui s'est passé, sire Wellan, fit le roi qui, somme toute, ressemblait à tous les autres hommes de son royaume. J'ai été étonné d'apprendre que les trappes que nous avons creusées sur la côte ne fonctionnent déjà plus.

— Il s'agit d'un ennemi différent, Majesté, répliqua le grand Chevalier.

Les deux chefs prirent place l'un devant l'autre près du feu. Wellan raconta à Cal ce qu'il savait sur les reptiles.

— Que pouvons-nous faire pour les repousser ? demanda le roi.

— Maintenant que tous les habitants des villages côtiers sont en sécurité à Ligleg, je vais pouvoir tendre un piège aux hommes-lézards. Je ne crois pas qu'ils s'aventureront jusqu'ici, mais au cas où ils feraient preuve d'autant de témérité, demandez à vos guetteurs d'être prudents. Ces reptiles sont de féroces combattants qui n'ont rien à perdre.

— Les Chevaliers d'Émeraude peuvent-ils les vaincre ?

— En utilisant toutes les ressources à notre disposition, oui, nous les repousserons.

Le roi remercia Wellan et rejoignit les réfugiés pour leur redonner du courage. Enfin entouré de tous ses soldats, le grand Chevalier entra en communication avec Swan et Derek et fut content d'apprendre qu'ils arrivaient. *Il fallait bien que ce soit nous qui tombions sur un groupe de paysans qui ne voulaient pas partir parce qu'ils n'ont pas terminé les récoltes,* maugréa la femme Chevalier en faisant sourire tous ses compagnons magiques, qui pouvaient l'entendre aussi bien que Wellan.

Et comment les avez-vous persuadés de vous suivre ? demanda le grand chef avec inquiétude. *Nous avons dû utiliser un peu de magie,* annonça Derek.

— Un peu de magie ? répéta Nogait, à proximité de Wellan.

Il y avait bien longtemps que nous voulions mettre à l'épreuve notre faculté de créer des illusions, poursuivit Swan. Wellan se cacha le visage dans ses larges mains en espérant que les deux jeunes Chevaliers n'aient pas fait de bêtises. *Vous avez réussi, au moins ?* s'informa Kevin pendant que son chef tentait de maîtriser sa contrariété. *Le résultat n'a pas été brillant, mais il a convaincu les villageois,* répondit Derek.

Wellan exigea que les retardataires lui expliquent ce qu'ils avaient fait. Swan lui raconta qu'ils avaient matérialisé entre les arbres des créatures qui ressemblaient plus ou moins aux lézards. *C'est seulement quand on les a fait rugir que les villageois ont levé le camp,* ajouta-t-elle. *Nous avons eu plus de succès avec le son qu'avec l'image. Il faudra demander à Abnar une leçon supplémentaire sur cette technique.*

Quand serez-vous ici ? la coupa le grand chef, le visage de plus en plus écarlate. Derek estima que, si les villageois terrorisés continuaient de courir à la même vitesse, ils seraient certainement dans la vallée un peu après midi.

— Ils sont jeunes et ils manquent d'expérience, les excusa Bergeau pour apaiser son chef.

– Ils ont reçu le même entraînement que nous tous. Ils savent que nous n'avons pas le droit d'utiliser le mensonge pour obtenir ce que nous voulons, répliqua Wellan.

– Ce n'est pas un véritable mensonge, protesta Nogait. Ils ont seulement utilisé un peu de stimulation pour les décider à partir.

Le grand Chevalier lui décocha un regard aigu et aucun autre soldat ne tenta de défendre Swan et Derek. Wellan leur demanda d'être prêts à partir dès l'arrivée des deux soldats indisciplinés. Pour sa part, il alla asperger son visage brûlant dans l'eau froide de la rivière.

43

L'IDÉE DE BERGEAU

Les paysans rassemblés par Swan et Derek arrivèrent dans la vallée en hurlant que d'affreux monstres avaient tenté de s'emparer de leur village. Wellan laissa leurs compatriotes les rassurer eux-mêmes. Il posa les mains sur ses hanches et dévisagea sévèrement les deux jeunes soldats responsables de cette terreur, mais sans leur adresser la parole. Il remercia plutôt le chef de Ligleg de son hospitalité et donna l'ordre à ses compagnons de remonter en selle.

– C'est le résultat qui compte, non ? se défendit Swan en passant près de Wellan.

– Nous ne sommes pas des mercenaires, protesta le grand chef en attrapant les rênes que lui présentait Bailey. Nous ne terrorisons pas les gens.

– Ils refusaient de nous écouter !

– Nous en reparlerons plus tard, trancha-t-il en constatant que leur conversation attirait un peu trop l'attention.

Les Chevaliers d'Émeraude quittèrent la vallée au galop. Kira suivit Sage de près tout en sondant Wellan qui menait son armée au combat. Ce n'était pas de la colère qu'elle captait dans son cœur, mais de l'inquiétude. Maintenant que les habitants des villages côtiers ne couraient plus de danger, son esprit échafaudait divers scénarios de défense.

Pendant la première journée de leur trajet vers l'est, Wellan demeura songeur et silencieux. Personne n'osa le bousculer. Ils campèrent à proximité de la frontière septentrionale entre les Royaumes de Cristal et d'Argent. Ils pourraient atteindre la forteresse du Roi Cull le jour suivant. Au lieu de s'asseoir et de profiter d'un repas chaud, Wellan marchait autour du campement en écorçant une petite branche avec sa dague. Tous ses hommes l'observaient, mais aucun d'entre eux n'osa briser sa concentration.

— Pourquoi a-t-il élevé un mur autour de ses pensées ? demanda Pencer à ses compagnons.

— Il s'est isolé pour étudier notre premier combat contre les lézards, leur apprit Kira entre deux bouchées.

— Comment le sais-tu ? s'étonna Milos.

— Disons que je partage un lien particulier avec lui, fit la jeune femme qui ne voulait pas vraiment lui donner plus d'explications.

— Que cherche-t-il au juste ? voulut savoir Brennan.

— Il étudie les faiblesses des reptiles pour pouvoir les utiliser contre eux au Royaume d'Argent.

— S'ils sont capables d'escalader les murs et s'ils ont l'odorat sensible, ils vont être difficiles à piéger, soupira Kerns.

— Si nous nous préparons intelligemment, nous y arriverons, l'encouragea Swan.

– En tout cas, ils seraient beaucoup plus facile à combattre s'ils ne s'appuyaient pas sur leurs queues, déclara Kira en grattant le fond de son assiette.

Tous les Chevaliers et les Écuyers se tournèrent vers elle, mais ce fut surtout leur silence qui lui fit lever les yeux.

– Mais oui ! Elle sert à les maintenir en équilibre ! s'exclama Jasson. Et moi qui pensais qu'ils s'en servaient uniquement pour nager.

– Ils les utilisent certainement pour se propulser dans l'eau, mais sans elles, ces créatures marcheraient à quatre pattes comme tous les autres lézards, assura la princesse mauve. J'ai tenté plusieurs fois de les déstabiliser à coups de pieds, mais leur appui est trop solide.

– Ça me donne une idée ! s'écria Bergeau avec enthousiasme.

Même Wellan s'arrêta pour l'écouter. L'homme du Désert marcha jusqu'au centre du grand cercle formé par ses compagnons assis sur le sol.

– Au lieu de les affronter individuellement, formons des équipes de deux ! suggéra Bergeau. Pendant que le premier attirera l'attention d'un reptile par-devant, l'autre pourra lui couper la queue par-derrière, ce qui permettra à son partenaire de n'en faire qu'une bouchée !

– Il n'est pas question que je goûte à du lézard ! fit mine de s'indigner Nogait.

– C'est une façon de parler ! grogna Kira, qui aimait de moins en moins le sens de l'humour de ce Chevalier.

– Plus facile à dire qu'à faire, soupira Jasson qui se rappelait la vitesse et la force de leurs adversaires à écailles.

– Ce n'est pas une mauvaise idée, à condition que les hommes-lézards n'aient pas d'autres tours dans leur sac, intervint Wellan, à l'extérieur du cercle.

– Ces créatures savent se battre, leur rappela Falcon.

– Dans ce cas, les pièges demeurent la solution la moins dangereuse, conclut Dempsey.

– Kira, si tu devais escalader la muraille du Royaume d'Argent pour y pénétrer, de quelle façon descendrais-tu de l'autre côté ? lui demanda Bridgess.

– S'il n'y avait pas d'obstacles ou de fossés, je sauterais, évidemment, répondit la jeune hybride en haussant les épaules.

– En plein jour, ils verraient facilement des pièges, comprit Chloé.

– En plein jour ou au milieu de la nuit, cela ne fera aucune différence, déclara Swan en se levant. Pendant qu'ils franchiront le mur, ils seront des cibles faciles pour nos rayons incandescents. Et s'ils battent en retraite, certains d'entre nous les attendront sur la plage.

– Pour leur couper la queue et ensuite la tête ! répéta Bergeau, content de son idée.

Wellan considéra tour à tour ses soldats en enregistrant leurs commentaires. La situation n'était peut-être pas aussi désespérée qu'il l'avait d'abord cru.

44

La côte d'argent

Lorsque les Chevaliers d'Émeraude se remirent en route, Wellan éprouva la détermination de ses soldats et cela lui réchauffa le cœur. Même les Écuyers voulaient faire leur part, mais le grand chef n'avait pas l'intention de les exposer inutilement aux griffes et aux dents des reptiles. Il leur donnerait certes l'occasion d'apprendre à utiliser davantage leurs pouvoirs magiques, sans toutefois les laisser affronter les hommes-lézards à l'épée.

À la fin de la deuxième journée, ils aperçurent au loin l'impressionnante muraille et le château. Ils y parvinrent seulement à la tombée de la nuit. Wellan arrêta la troupe dans une clairière, près d'un ruisseau où ils abreuvèrent les chevaux. Le moral des troupes remontait en flèche. Wellan laissa même Jasson et Bergeau se chamailler pendant le repas. Le grand chef sonda lentement tous ses compagnons et s'arrêta sur Sage, le seul à entretenir des doutes quant à la possibilité de vaincre les reptiles. Il prit place près de lui. Le jeune homme devina rapidement le but de sa présence.

— Je suis désolé, Wellan, mais je continue de penser que ces créatures ne seront pas facilement dupées.

– Dis-moi le fond de ta pensée, insista amicalement le grand Chevalier.

– Les lézards pourraient tout aussi bien s'enfoncer dans le Royaume de Cristal au lieu de s'attaquer à un royaume fortifié.

– C'est possible, mais nous nous trouverons sur leur route, parce que le Magicien de Cristal nous préviendra de l'endroit où ils débarqueront. Pour l'instant, mon intuition me recommande de préparer le Royaume d'Argent à une invasion.

– Oui, tu as raison, concéda Sage en rougissant.

– Toi aussi, assura Wellan en lui tapotant amicalement le dos.

Le cœur plus léger, Sage poursuivit son repas sous l'attention amoureuse de Kira. Le grand chef retourna s'asseoir avec ses Écuyers. Il pensait qu'Onyx aurait eu une réaction fort différente. Le regard rivé sur les flammes, Wellan se rappelait ses combats aux côtés du renégat. La soif de vengeance d'Onyx l'avait certes mené à sa perte, mais le grand Chevalier ne pouvait s'empêcher d'admirer son intelligence militaire et sa grande force physique.

Bergeau se mit alors à raconter une histoire de spectres qui hantaient la nuit les sables chauds de son Désert natal. Les jeunes l'écoutaient en écarquillant les yeux. Wellan réprima un sourire, car il ne croyait plus depuis longtemps à ces superstitions. Puis, ce fut au tour de Santo de divertir la troupe par une douce mélodie à la harpe. Il leur chanta ensuite la légende de l'arrivée des Elfes sur Enkidiev et ses paroles magiques calmèrent les craintes des Écuyers. Un à un, ils s'enroulèrent dans leurs couvertures et l'écoutèrent, couchés sur le dos. Lorsque la harpe égrena sa dernière note, la plupart dormaient déjà. Santo adressa un clin d'œil à son grand chef et rangea son bel instrument dans une de ses sacoches de cuir.

Au matin, après une purification rapide dans un des nombreux affluents de la rivière Mardall et un repas de fruits sauvages, le grand Chevalier exposa finalement son plan à ses hommes groupés autour des cendres fumantes.

– J'ai considéré vos suggestions et j'ai pris une décision, commença Wellan. Dans un premier temps, nous irons exposer nos craintes au Roi Cull. Puis, je demanderai au Magicien de Cristal de me dire où l'ennemi a l'intention de s'arrêter. Avec la permission de Sa Majesté, nous installerons des pieux à l'intérieur du mur qui protège la côte d'Argent de l'océan. Nous nous diviserons en deux groupes. Tous les Écuyers attendront les reptiles à l'intérieur des remparts, où ils se serviront uniquement de leurs pouvoirs magiques pour frapper ceux qui tenteront de les franchir.

– Il n'y aura aucun Chevalier avec eux ? s'inquiéta Jasson.

– Chloé, Bridgess, Wanda, Ariane, Kira, Swan et Kagan les dirigeront. En même temps, leur odeur servira à attirer l'ennemi au bon endroit, répondit le chef. Le reste d'entre nous empêchera les lézards de se replier sur la plage lorsqu'ils auront constaté qu'il s'agit d'un piège.

– Même moi ? s'étonna Sage qui avait été écarté de la première bataille.

– Oui, même toi, confirma le grand Chevalier avec un sourire. Tes flèches nous seront certainement très utiles.

Kira s'aperçut de la fierté de son époux et s'en réjouit. Il était à peu près temps qu'il fasse officiellement partie de leur groupe de soldats d'élite. Elle se tourna vers leur grand chef. Wellan semblait confiant à l'aube de cette bataille. Son attitude rassurait ses hommes.

– Je servirai d'abord un ultimatum aux reptiles, ajouta Wellan, à la satisfaction de Santo, mais je crains que leur désir de trouver des femmes pour se reproduire ne les rende audacieux. S'ils ne nous remettent pas les femmes, il faudra les en persuader autrement. Avez-vous des questions ?

Les Chevaliers secouèrent négativement la tête. Les Écuyers préparèrent les chevaux et l'armée se remit en route.

Quelques heures plus tard, les Chevaliers arrivaient aux portes de la muraille du Royaume d'Argent. Les sentinelles les traitèrent avec le plus grand respect et les firent conduire au château. Dans les couloirs de marbre blanc du palais, Kira remonta discrètement jusqu'à Wellan et lui demanda à voix basse si elle devait avouer ses véritables origines au Roi Cull, qui la croyait toujours sa parente.

– Il serait malhonnête de ma part de lui faire croire que je suis toujours sa nièce, soupira-t-elle.

– Mais dangereux pour toi et pour le porteur de lumière de lui révéler la vérité, répliqua Wellan, la tête haute, en continuant de suivre les serviteurs. Il est préférable de ne pas dire qui tu es à tous ceux que nous rencontrons. Tu te démarques déjà suffisamment avec ce costume mauve...

« Me le pardonnera-t-il jamais ? » se désespéra Kira en se laissant distancer par ses frères afin de marcher aux côtés de son époux.

On les fit entrer dans l'immense salle du trône. Le Roi Cull les reçut en tenue d'apparat, en présence de ses conseillers et du Prince Rhee, désormais presque un homme. Kira étira le cou pour l'observer : ce n'était plus le gamin qui avait jadis tenté de lui faire rétracter ses griffes, mais un grand gaillard aussi costaud que son père, à qui il ressemblait d'ailleurs beaucoup. Ses cheveux noirs retombaient sur ses épaules et ses yeux gris, aussi perçants que ceux d'un faucon, étudiaient les soldats avec intérêt.

– Je suis content de vous revoir, sire Wellan, déclara le roi.

– Moi de même, Majesté, salua le Chevalier en se courbant avec respect.

– Nous avons eu vent des attaques qui se sont produites au Royaume de Cristal, mais nous avons obtenu bien peu de détails.

– Nous arrivons justement de ce pays.

– Avant de me raconter ce que vous y avez vu, dites-moi, ma nièce est-elle toujours parmi vous ?

– Oui, Votre Altesse, et elle est maintenant Chevalier.

Wellan appela Kira avec sa voix télépathique. Rassemblant son courage, la jeune femme s'empara de la main de Sage et le tira malgré lui jusqu'au monarque.

– Majesté, fit-elle en inclinant la tête.

Sage l'imita aussitôt, les joues brûlantes de timidité, sous les regards inquisiteurs de Cull et de son fils.

– Et qui est ce jeune homme ? voulut savoir le roi, qui ne le reconnaissait visiblement pas.

– Je vous présente mon époux, le Chevalier Sage d'Émeraude, déclara alors Kira avec fierté.

– Une femme mauve peut se marier ? s'étonna le Prince Rhee.

– Comme n'importe qui sur le continent... cousin, répliqua-t-elle sur un ton cinglant.

Kira, tiens ta langue, l'avertit Wellan. Mais la Sholienne choisit de ne pas l'écouter. Elle n'était plus une enfant. Cette fois-ci, elle n'allait certainement pas laisser le prince la malmener.

– Et de quel royaume est-il l'héritier ? demanda Cull, qui ne voulait que le bien de sa seule et unique nièce.

– Il était le Prince du Royaume des Esprits avant de devenir un Chevalier d'Émeraude.

Non seulement sa réponse stupéfia-t-elle Sage, qui n'avait pas une seule goutte de sang royal dans les veines, mais elle créa également un remous parmi les conseillers du roi. Ils étaient tous convaincus que ce pays de glace était hanté par les âmes des damnés. Amusés, les Chevaliers se contentèrent de sourire. Seul Wellan se cacha le visage dans sa main et baissa la tête. Il comprenait que sa sœur d'armes cherchait à ménager son oncle en lui cachant les origines insectes de son époux, mais de là à en faire un prince... Cull se releva et, d'un geste de la main, fit taire sa cour.

— Mais tout le monde sait que ce royaume n'est pas habité ! protesta-t-il. Enfin, pas par des êtres humains.

— Ce ne sont que des superstitions répandues par des historiens mal informés, Majesté, répliqua Kira.

Wellan baissa la main. Il prit une profonde inspiration pour chasser son agacement et s'apprêta à redresser la situation.

— Mon époux, ici présent, en est la preuve vivante, poursuivit la Sholienne. Nous l'avons rencontré dans ce pays du nord, dans une oasis tempérée portant le nom d'Espérita, là où le Chevalier Onyx et ses partisans s'étaient réfugiés à la fin de la dernière invasion.

Une seconde vague d'inquiétude déferla sur les courtisans et les conseillers, car ils connaissaient tous l'histoire du renégat. On la racontait même encore aux enfants d'Argent.

— Sage est d'ailleurs un descendant d'Onyx d'Émeraude, ajouta Kira.

Sage serra désespérément la main de son épouse pour la supplier de se taire, mais la réaction du roi ne fut pas celle à laquelle il s'attendait.

– Un descendant du meilleur ami de mon ancêtre Hadrian ? se réjouit Cull. Comme le destin fait bien les choses ! Sois le bienvenu dans mon royaume, jeune homme !

Wellan arqua les sourcils avec incrédulité. Bridgess, près de lui, lui pinça le bras pour qu'il retienne ses commentaires. *Je trouve qu'elle se débrouille fort bien*, déclara-t-elle silencieusement au grand chef. Un sourire apparut sur les lèvres violettes de Kira qui l'avait aussi entendue.

Le roi marcha jusqu'à Sage et l'attira dans ses bras. Il le serra avec force en lui administrant de grandes claques dans le dos.

– Un descendant d'Onyx qui a uni sa vie à une descendante d'Hadrian ! fit-il, les larmes aux yeux. Les dieux ne pouvaient pas me faire de plus beau cadeau !

Il relâcha Sage, encore ébranlé par cet accueil et plutôt confus quant à cette histoire d'ancêtres, puis lui présenta le jeune homme près de lui.

– Prince Sage des Esprits, voici mon fils, le Prince Rhee d'Argent.

– C'est un honneur pour moi de vous rencontrer, bafouilla Sage en s'inclinant devant lui.

Nullement impressionné par les titres douteux du Chevalier, le jeune personnage royal inclina à peine la tête en se demandant comment un homme normal pouvait tomber amoureux d'une chauve-souris comme sa cousine. Il s'agissait sûrement d'un mariage arrangé par le monarque de ce soi-disant royaume hanté et par le vieux Roi d'Émeraude.

Sage ne savait plus comment réagir devant le dédain de Rhee. *Ne t'occupe pas de lui. Ce n'est qu'un petit prétentieux qui se prend pour le nombril du monde,* lui dit sa jeune épouse par voie télépathique. *Kira !* éclata la voix de Wellan dans leurs esprits.

– Je vous en prie, Chevaliers, venez vous rafraîchir ! lança Cull en admirant cette belle assemblée de soldats magiciens vêtus de cuirasses vertes.

Des servantes se mirent à circuler parmi eux en leur offrant à boire. Kira accepta une coupe de vin en gardant la tête haute, car elle n'avait plus honte de son apparence.

– Mais pourquoi portes-tu un costume d'une couleur différente, ma belle enfant ? lui demanda alors le roi.

– Mais parce que je suis différente, sire, répondit-elle en jetant un coup d'œil amusé à Wellan qui bouillait intérieurement.

– Sire Wellan, fit alors Cull avec un large sourire, ma nièce porte-t-elle ce costume pour défier vos traditions ?

– Disons qu'elle en a sa propre interprétation, Majesté, insinua le grand Chevalier.

Bridgess s'étouffa avec sa gorgée de vin et le roi éclata de rire. Il n'en attendait pas moins de la part de la fille de son frère Shill, qui avait toujours été lui-même un excentrique. Il convia Wellan, Kira et Sage à prendre place avec lui sur de belles chaises capitonnées. Puis il leur demanda de lui raconter leur aventure au Royaume de Cristal. Ses conseillers s'installèrent derrière lui pour ne rien manquer du récit, mais celui qui s'imprégna le plus des paroles de Wellan fut le Prince d'Argent. Ce jeune homme, surprotégé par sa famille, rêvait depuis son enfance de participer à une grande bataille qui ferait de lui un roi guerrier, comme son grand-père Draka.

En pesant ses mots, le grand Chevalier relata la destruction semée par les hommes-lézards sur leur passage et la bataille que les soldats leur avaient livrée dans le dernier des villages. Au grand étonnement du roi, Rhee questionna Wellan sur les forces et les faiblesses des hommes-lézards. Si l'ennemi se dirigeait vers le Royaume d'Argent, comme le prétendaient ces Chevaliers, il allait enfin mesurer la force de ses bras contre un autre adversaire que son maître d'armes.

Wellan exposa ensuite sa stratégie défensive et Cull lui assura aussitôt son entière collaboration. Son royaume recommençait tout juste à prospérer depuis qu'il en avait ouvert les portes au reste d'Enkidiev. Il n'avait pas l'intention de laisser ces envahisseurs s'emparer des femmes et des fillettes sous sa protection. Il les abriterait dans le palais dès le lendemain et demanderait à ses hommes de planter des pieux au pied de la muraille occidentale.

— Je combattrai à vos côtés ! déclara alors le jeune prince.

— Rhee, c'est hors de question ! s'opposa son père.

— Je ne suis plus un enfant et je sais manier l'épée aussi bien qu'eux !

— Tu es mon fils unique. Je ne te laisserai pas risquer ainsi ta vie. N'oublie pas que c'est toi qui régneras un jour sur ce royaume.

— C'est justement pour cette raison que je les accompagnerai ! Je ne veux pas monter sur le trône d'Argent sans jamais avoir accompli un acte de bravoure dans ma vie ! Je refuse d'être un roi qui se contente de rester assis, les bras croisés, à attendre que les autres règlent les problèmes à sa place !

Piqué au vif, Cull gifla son fils devant toute l'assemblée. Le jeune prince, fier comme un paon, ne riposta pas. Il soutint le regard de son père pendant un moment, puis quitta la grande salle, à la consternation des Chevaliers. Wellan ne pouvait pas dire à un roi comment élever son enfant, mais il ne put s'empêcher de penser qu'il n'aurait jamais traité son propre fils de cette façon.

— Veuillez excuser cette scène familiale qui aurait dû avoir lieu en privé, se troubla Cull. Depuis quelques mois, Rhee est méconnaissable. Il balance régulièrement le protocole par les fenêtres et il n'en fait qu'à sa tête.

— Nous avons connu les mêmes problèmes tout récemment, le rassura Wellan.

Kira baissa honteusement la tête en devinant qu'il parlait d'elle. Le roi surprit son geste et comprit que même les Chevaliers devaient subir l'adolescence de leurs Écuyers.

— Mais les choses se sont arrangées, ajouta le grand Chevalier.

— Ça m'encourage de l'entendre, sire Wellan. Nous nous mettrons au travail à la première heure demain. Ce soir, reposez-vous.

Les Chevaliers s'inclinèrent respectueusement devant le Roi d'Argent.

45

RETOUR DANS LE PASSÉ

Dès qu'ils se furent rafraîchis, les Chevaliers et leurs Écuyers furent conduits dans une aile du palais qui comptait un nombre impressionnant de chambres. C'était d'ailleurs à cet endroit que Cull mettrait les femmes et les enfants à l'abri avant l'arrivée des hommes-lézards.

Kira se souvenait de son séjour dans ce château, quatre ans auparavant, et aussi de la pluie d'étoiles qui avait signalé la naissance du porteur de lumière. Séduite par la délicieuse odeur de sel qui flottait dans l'air, elle marcha autour du lit en caressant le couvre-pied satiné. Le luxe dans lequel elle avait grandi lui manquait parfois... En relevant les yeux, elle s'aperçut que son mari était contrarié.

– Pourquoi as-tu dit au Roi d'Argent que j'étais un prince ? lui reprocha Sage.

– Parce que c'est ce qu'il voulait entendre et parce que c'est vrai... d'une certaine façon. Tu es le fils d'un des dirigeants des douze familles qui sont, en fait, les rois de votre royaume. Théoriquement, tu es un prince d'Espérita, Sage. Et de plus, en devenant mon mari, tu as accepté par alliance ce titre du Royaume d'Émeraude, dont j'hériterai un jour.

– Je suis un hybride que les Espéritiens ont rejeté à l'unanimité ! Les Chevaliers ne doivent pas mentir, Kira ! Non seulement tu as dit au roi que j'étais un prince d'un royaume qui n'en est pas un, mais tu continues de lui faire croire que tu es sa nièce alors que tu n'as aucun lien de parenté avec son frère !

– Je l'ai fait à la demande de Wellan, se défendit-elle. Il préfère que personne ne sache que je suis censée protéger Lassa. Ce serait trop dangereux pour nous deux.

L'argument étouffa les dernières protestations du jeune guerrier. Si le commandement venait de leur grand chef, alors il devait s'y conformer tout comme elle. Il s'assit sur le lit en se demandant pourquoi les Chevaliers s'étaient dotés d'un code, s'ils n'en respectaient pas les articles les plus importants.

– Il faut parfois les adapter aux circonstances, expliqua Kira qui avait suivi ses pensées. Mais il n'y a que les chefs qui ont le droit de le faire.

– Et ton uniforme mauve, alors ?

– Il n'est écrit nulle part dans le code que les Chevaliers doivent s'habiller en vert. Le Roi d'Émeraude a décidé de leur faire confectionner ces vêtements parce que les premiers Chevaliers les portaient, c'est tout. Nous aurions tout aussi bien pu être en rouge ! J'ai choisi le mauve pour montrer à l'univers que je suis différente et, au moment où j'ai pris cette décision, j'en étais fière.

Sage se tourna vers elle. Les oreilles pointues de Kira se rabattaient sur sa tête tandis qu'elle se rappelait la façon dont elle avait appris ses origines sur la plage de Zénor. Attristé, son jeune époux lui prit la main et l'attira dans ses bras où elle se blottit volontiers.

— Nous ne devons éprouver aucune honte d'être des hybrides, puisque nous combattons dans le bon camp, déclara-t-il. Mais je ne suis pas le Prince des Esprits...

— Tu as raison, en devenant des Chevaliers d'Émeraude, nous avons volontairement accepté de nous départir de nos titres.

— Moi, je n'ai rien perdu, insinua-t-il avec un sourire invitant. Au contraire, j'ai tout gagné.

Émue par cette déclaration d'amour toute simple, Kira alla chercher un baiser sur ses lèvres, puis un deuxième.

— Tu me promets de ne pas révéler au Roi d'Argent que nous sommes des insectes ? minauda-t-elle. Nous ferions mourir le pauvre homme.

— Je te le promets.

Kira le renversa sur le lit en lui arrachant un autre baiser. Comme il était plaisant d'être un Chevalier et de bénéficier d'autant d'intimité ! Ils se cajolèrent tout le reste de l'après-midi et ne rejoignirent leurs compagnons dans le grand hall que pour le repas du soir. Le roi convia Kira à sa table avec son époux et elle accepta volontiers. Un peu plus loin, Wellan ne put s'empêcher de la suivre du regard. Certes, elle était désormais adulte, mais néanmoins, elle n'était pas à l'abri d'un désastre diplomatique.

La jeune femme mauve fut assise à la droite du roi. Sage prit place près d'elle. Le Prince Rhee, quant à lui, choisit la chaise la plus éloignée de son père et son humeur demeura sombre. Tout en mangeant, Kira observait son « cousin ». Elle avait pitié de ce jeune homme qui, tout comme elle, avait passé sa vie emprisonné dans son palais.

Après le repas, la Sholienne s'entretint quelques minutes avec la Reine Olivi, qui la complimenta sur ses nouveaux attraits de jeune femme et son choix de conjoint. De temps en temps, Kira jetait un coup d'œil du côté de Wellan. Il écoutait les commentaires des conseillers d'Argent avec sa prestance habituelle. En fait, il avait davantage l'allure d'un roi que Cull lui-même.

Après une longue soirée de discussions stratégiques, les Chevaliers se retirèrent pour la nuit. Une fois débarrassée de ses vêtements, Kira se lova dans les bras de son époux, mais elle garda les yeux ouverts. Elle sonda régulièrement le palais jusqu'à ce qu'elle soit certaine que tout le monde dormait. Enfin, elle réveilla son prince charmant avec un baiser. Sage battit des paupières et regarda autour de lui, surpris que ce soit toujours la nuit.

– Viens, je veux te montrer quelque chose, lui chuchota son épouse.

Ils revêtirent leurs tuniques et, pieds nus et encore à demi endormi, Sage se laissa entraîner dans les couloirs sombres que Kira semblait bien connaître. Elle lui fit descendre le grand escalier puis le poussa dans une vaste pièce où elle alluma magiquement les flambeaux. Sage découvrit avec extase tous les trésors de la salle des armures. Sur les murs, entre des fanions du Royaume d'Argent datant de diverses époques, pendaient des armes de tous genres. En dessous s'alignaient de vieilles cuirasses. L'une d'elles attira son attention : celle du Chevalier Hadrian. Le cuir vert avait bruni et il manquait quelques joyaux dans la croix de l'Ordre, mais c'était bel et bien une armure d'Émeraude. Le Chevalier s'en approcha avec révérence, en se rappelant que son propriétaire avait connu Onyx avant que la colère et la rancune n'assombrissent le cœur du renégat.

D'une main tremblante et respectueuse, Sage caressa les pierres précieuses qui ornaient le cœur de la croix. Soudain, toutes les cuirasses se mirent à rajeunir et il sentit même leur odeur de cuir tout neuf. Il recula de quelques pas et vit que les fanions aussi avaient changé, leurs fils d'argent étincelant maintenant à la lueur des flambeaux.

– Elles sont magnifiques, n'est-ce pas, mon frère ? déclara une voix profonde au fond de la salle.

Sage fit volte-face en cherchant son épée sur sa hanche, mais il ne l'avait pas prise avec lui. L'intrus était vêtu d'un pantalon et d'une tunique de velours noir. Ses manches amples, resserrées aux poignets, scintillaient de petits diamants. Un bandeau argenté ceignait sa tête, indiquant son appartenance à la royauté. Il ressemblait au Roi Cull avec ses cheveux noirs et ses yeux gris perçants, mais avec un physique beaucoup plus imposant.

– Mais je ne vous connais pas..., murmura Sage en cherchant son épouse des yeux.

– Encore une de tes blagues, Onyx ? s'amusa l'autre. Tu n'arrêteras donc jamais de me surprendre ?

– Onyx ? répéta le jeune guerrier, incrédule. Vous vous trompez sur mon identité, sire. Je m'appelle Sage et je suis seulement un de ses descendants. Je suis désolé de m'être ainsi aventuré dans le palais sans permission.

L'inconnu éclata d'un rire sincère. Sage se servit de ses facultés téléphatiques pour appeler Kira. Aucune réponse. Pourquoi avait-elle choisi de le mettre à l'épreuve au milieu de la nuit ? Que cherchait-elle encore à prouver ?

– Et j'imagine que tu vas aussi me dire que tu gouvernes Émeraude ? se moqua l'homme en noir.

– Non. Je ne suis qu'un soldat, rien de plus. Je n'ai pas une seule goutte de sang royal dans les veines.

– Toi, quand tu commences à te plaindre de ta pauvreté, c'est que tu as besoin de boire ! s'exclama l'autre, en l'attirant dans ses bras et en lui tapotant amicalement le dos. Mais c'est ce que nous faisons chaque fois que tu me visites, de toute façon !

Sage secoua la tête, incapable de lui expliquer que c'était la première fois qu'il mettait les pieds dans cet endroit. Aucun son ne voulait sortir de sa gorge. Le personnage royal libéra le jeune Chevalier qui heurta la cuirasse suspendue au mur. En baissant les yeux, Sage constata que ses cheveux étaient soudainement très longs et parsemés de petites tresses aux reflets bleutés.

– Un jour, tu auras ton propre royaume, Onyx, je t'en donne ma parole, déclara l'inconnu en devenant plus sérieux. Et tu sais ce que vaut la parole d'Hadrian d'Argent.

– Hadrian..., réussit à murmurer le jeune guerrier.

– Allez, viens, mon ami. J'ai une cave remplie du meilleur vin de tout Enkidiev. Nous ouvrirons autant d'urnes que tu le voudras.

– Non, attendez, résista Sage, effrayé. Je ne comprends pas ce qui s'est passé, mais je ne suis pas celui que vous croyez. Je ne suis même plus dans la bonne époque.

– Tu commences à m'inquiéter sérieusement, Onyx, fit Hadrian en plissant le front.

Il saisit le poignet de Sage et le retourna : une étrange cicatrice en forme de dragon impérial s'étalait sur son avant-bras.

— Tu vois bien que tu es toi. Aucun homme sensé ne se serait infligé une douleur pareille pour conserver le souvenir de sa plus importante bataille.

Sage fixa le tatouage avec horreur et craignit que l'esprit maléfique de son ancêtre ne se soit de nouveau emparé de lui. Pourtant, il était tout à fait conscient et il assistait à ces événements avec ses propres yeux. Le Roi Hadrian lui caressa alors la joue avec affection.

— Nos origines n'ont aucune importance, mon frère, assura-t-il. Je sais que tu gouverneras un jour ton propre royaume. Je sens le roi qui dort en toi. La guerre t'élèvera à la position que tu mérites.

— Onyx n'a jamais reçu cette récompense ! protesta violemment Sage. Il a dû s'exiler pour ne pas être exécuté par le Magicien de Cristal !

— Mais que racontes-tu là ? Pourquoi te comportes-tu de façon si étrange, tout à coup ?

Sage se défit brusquement de l'étreinte du fantôme et bascula au milieu d'une collection d'arcs en bois, les éparpillant sur le sol. Haletant et mort de peur, il vit Kira se pencher vivement sur lui.

— Mais que s'est-il passé pendant que tu étais en transe ? se troubla-t-elle.

— Fais-moi sortir d'ici ! hurla-t-il. Je ne veux plus jamais remettre les pieds dans cet endroit de malheur !

Puisque Kira ne réagissait pas, il courut vers la porte. Comme un animal terrorisé, il poursuivit sur sa lancée jusqu'à un grand balcon où il respira à pleins poumons l'air de la nuit. Sa jeune épouse l'y rejoignit, inquiète de le voir dans un tel état de terreur.

— Dis-moi ce qui s'est passé, Sage. Pourquoi trembles-tu de peur ?

— Un homme qui s'appelle Hadrian est apparu devant moi à ta place ! s'exclama-t-il en se retournant brusquement vers elle.

— Tu as vu le fantôme du Roi Hadrian ? s'égaya Kira.

— Oui, et il croyait que j'étais Onyx !

Le jeune homme examina son avant-bras à la lueur des flambeaux et constata avec soulagement que l'horrible cicatrice n'y apparaissait plus.

— J'ai cru que le spectre de mon ancêtre était revenu en moi et que je ne te reverrais plus jamais, s'étrangla-t-il.

— Mon pauvre amour...

Kira le serra contre elle pour le rassurer. Sage continuait pourtant de trembler comme une feuille. Elle l'embrassa dans le cou en lui transmettant une vague d'apaisement.

— Pourquoi m'as-tu emmené dans cette salle ?

— Parce que tu aimes toutes ces vieilles choses. Je suis vraiment désolée, mon chéri. J'ignorais que tu avais le pouvoir de retourner dans le passé. En général, les Chevaliers ont celui de voir le futur.

Sage se calmait graduellement.

– Mon ancêtre Onyx était un paysan d'Émeraude...

Kira le repoussa brusquement et plaqua ses deux mains sur sa bouche pour le faire taire. Sous le choc, il parut se ressaisir.

– Ne recommence pas avec ces sottises, l'avertit-elle en fronçant les sourcils. Je me moque de tes origines et de tes ancêtres. Je t'aime pour ce que tu es maintenant, le reste n'a pas d'importance. Est-ce que c'est clair, Sage d'Émeraude ?

Il fit signe que oui et embrassa les paumes de son épouse pour acheter la paix. Pour lui changer les idées, Kira lui raconta ce dont elle avait été témoin sur ce même balcon la nuit de la naissance de Lassa à Zénor, alors que le ciel s'était rempli d'étoiles filantes.

– Que fait un porteur de lumière ? demanda alors Sage en levant les yeux vers la voûte céleste.

– Je n'en sais rien. Selon Abnar, Lassa est le seul à pouvoir éliminer l'Empereur Noir. C'est difficile à croire, puisqu'il est doux comme un agneau, mais je ne crois pas que le Magicien de Cristal se serait trompé sur l'identité de ce grand héros.

– Ce n'est peut-être pas la violence qui détruira l'empereur, en fin de compte.

– Peut-être pas...

– L'Ordre préconise la négociation, se rappela Sage qui avait eu de longues conversations avec son grand chef à ce sujet. Avez-vous déjà tenté de négocier avec les hommes-insectes ?

— Ils ne comprennent pas notre langue. De toute façon, le Magicien de Cristal prétend que cet Amecareth a déjà décidé d'exterminer tous les humains pour leur prendre Enkidiev. Il a besoin de plus en plus de territoire pour ses sujets.

— S'il continue de nous opposer ainsi des soldats issus de tous les peuples qu'il a conquis, il risque de nous épuiser et de nous vaincre, déplora Sage.

— S'il finit par envoyer une armée de sorciers, nous aurons alors de sérieux problèmes. Tant qu'il s'agira de soldats, nous serons vainqueurs.

Sage demeura silencieux un moment à observer les astres. Kira lut dans son esprit qu'il pensait aux pauvres villageoises enlevées par les reptiles et qui vivaient sans doute dans la terreur depuis ce temps.

— Nous les retrouverons, assura Kira en prenant sa main.

Elle le ramena au lit et appuya sa tête sur sa poitrine. Elle aurait préféré une nuit plus romantique, surtout après toutes ces journées de devoir militaire, mais il n'avait pas envie de caresses et elle le laissa dormir en respirant l'odeur de ses cheveux et de sa nuque.

46

PIEUX ET TRANChées

Au matin, Sage et Kira se purifièrent dans les bains du Château d'Argent. Le jeune guerrier, maintenant plus calme, raconta en détail à sa femme son étrange rencontre avec le Roi Hadrian. Elle l'écouta avec attention, regrettant que son époux n'ait pas profité de cette occasion pour bavarder plus longuement avec le fantôme et en apprendre davantage sur son ancêtre Onyx.

Ils rejoignirent ensuite leurs compagnons dans le grand hall. On leur apprit que le roi avait déjà envoyé des ouvriers abattre des arbres à l'extérieur des murailles pour en faire des pieux. D'autres commenceraient à creuser la terre dès que les Chevaliers auraient déterminé l'emplacement des tranchées. À la surprise de Kira, Sage choisit de s'asseoir près de Wellan pour lui raconter sa curieuse aventure nocturne. Tout en l'écoutant avec attention, le grand chef fit comprendre son agacement à Kira qui savait pourtant que les invités des rois ne devaient pas explorer leurs palais pendant leur sommeil.

– Cette rencontre n'a duré que quelques instants, mais elle était bien réelle, termina Sage. Je ne l'ai pas rêvée.

– Et tu n'as pas fait appel à ta magie pour rendre visite au défunt roi ? voulut s'assurer Wellan.

– Non... enfin, pas à ce que je sache. J'ai effleuré la vieille armure du Roi Hadrian, mais ce n'est pas la première fois que je touche des choses anciennes.

– Je ne vois qu'une seule autre explication. Tu as probablement fait le même geste que ton ancêtre il y a cinq cents ans, et cela a été suffisant pour te mettre en contact avec son époque.

– Le contraire serait-il possible ? demanda Kira.

– Je n'en sais rien, avoua Wellan. J'ai lu plusieurs volumes sur des techniques magiques permettant de reculer dans le temps. Après les avoir essayées moi-même sans succès, j'ai cru que les auteurs de ces bouquins se payaient notre tête.

– Tu voulais retourner dans le passé ? s'étonna Sage qui avait détesté cette expérience. Mais pourquoi ?

– L'histoire me passionne et les livres ne peuvent pas nous renseigner sur tout ce qui s'est produit avant nous.

Le jeune guerrier aux yeux de miroir ne comprenait pas cette fascination pour des époques révolues alors qu'il y avait tant de choses à faire dans le présent. Wellan posa une main amicale sur son épaule et son sourire rassura Sage. N'ayant pas reçu la même éducation que ses frères Chevaliers, il était tout naturel que Sage ressente de la peur en se retrouvant nez à nez avec l'ancêtre du Roi d'Argent.

– Lorsque nous disposerons d'un peu plus de temps, nous consulterons Élund au sujet de ce pouvoir. Ainsi, tu cesseras de le craindre, lui proposa Wellan.

Sage fut soulagé par cette suggestion et mangea avec un peu plus d'appétit. En son for intérieur, le grand chef espéra qu'il pourrait aussi en profiter pour apprendre comment faire lui-même un saut dans le passé.

✦   ✦
✦

Les Chevaliers d'Émeraude se mirent en route après le repas et traversèrent plusieurs villages disséminés à l'intérieur des murailles. Peu importe où ils se trouvaient, ils pouvaient apercevoir ces murs imposants. Des hérauts visitaient chaque maison, demandant aux femmes de ramasser leurs affaires et d'emmener les enfants au palais où ils seraient tous en sécurité. Quant aux hommes, ils furent répartis en plusieurs groupes de travail. Certains taillaient déjà les arbres pour les transformer en pieux pointus et les autres se préparaient à creuser des tranchées.

À la brunante, Wellan s'arrêta finalement devant la haute muraille en bordure de l'océan. Il tenta d'évaluer la distance que pouvait franchir d'un saut un reptile, en fonction de son poids et de sa taille. Il consulta Dempsey et Bergeau, des chasseurs de gros gibier. Ils se mirent d'accord sur le lieu où planter les piquets et l'angle qu'ils devaient présenter. Ils décidèrent aussi de les coller les uns contre les autres afin de ne laisser aucun espace où l'ennemi pourrait se faufiler. Cela rendrait la barrière de crocs de bois encore plus solide et l'empêcherait de céder lorsque les lézards s'y embrocheraient. Un des conseillers du roi suggéra également d'alterner les pieux longs et les pieux courts afin qu'ils s'enfoncent plus facilement dans leurs entrailles.

— De toute façon, ils seront morts avant d'arriver de ce côté, déclara Swan. Nous allons les faire frire sur les remparts.

Wellan lui jeta un coup d'œil amusé alors que les ouvriers et les représentants de la cour ne savaient trop que penser du commentaire enflammé de la jeune guerrière.

– En tout cas, si les reptiles l'enlevaient, elle, fit Nogait en pointant sa sœur d'armes avec un sourire moqueur, ils le regretteraient amèrement.

– Allons donc, elle n'est pas si terrible, la défendit Wanda.

– Swan ? s'exclama Morgan. C'est la personne la plus brutale que je connaisse !

– Ce n'est pas vrai, elle est..., voulut protester Colville.

– Douce et chaude et tendre et j'en passe, ricana Nogait en lui coupant la parole. J'imagine que tu dois en savoir quelque chose...

Piquée au vif, Swan se rua sur Nogait et le fit tomber dans l'herbe. Elle allait lui envoyer son poing au visage lorsque Wellan lui saisit solidement la main. La jeune femme leva des yeux farouches qui se heurtèrent à l'air sévère du grand chef. Elle poussa un cri de rage et libéra son poing, mais en guise d'avertissement, elle donna un coup de pied dans les côtes de Nogait et s'éloigna en maugréant.

– Heureusement que tu portais ta cuirasse, commenta Kevin en aidant Nogait à se relever. Sinon, elle t'aurait certainement cassé les os.

– Nogait, laisse-la tranquille, ordonna Wellan en mettant ses mains sur ses hanches, ou je te jette au cachot. Et il y en a un, dans ce palais. J'ai vérifié.

Les deux soldats échangèrent un regard amusé, mais ne répliquèrent pas, car ils savaient que Wellan était capable de mettre ses menaces à exécution.

Les Chevaliers dressèrent un campement non loin des murailles et acceptèrent volontiers le repas que leur offrirent les ouvriers. Santo joua un peu de harpe pour calmer ses compagnons et, bientôt, tous s'endormirent autour du feu.

ᴅᴇ ᴠʀᴀɪꜱ ᴇɴꜰᴀɴᴛꜱ

Wellan réveilla ses hommes dès que le ciel commença à s'éclaircir et leur demanda de donner un coup de main aux ouvriers selon leurs compétences. Lorsque les premiers pieux commencèrent à arriver, la tranchée était suffisamment avancée pour qu'on les y installe. Le grand Chevalier enleva sa cuirasse et sa tunique pour aider les paysans qui plaçaient les piquets dans la terre et les serraient ensemble. Wellan tira fermement sur les cordes qui retenaient les pieux pendant que les villageois les enterraient pour les maintenir en angle. Voyant leur grand chef mettre la main à la pâte, Bergeau et Dempsey se joignirent à lui.

Falcon et Santo décidèrent plutôt d'aider les hommes à creuser. Plusieurs des Écuyers se précipitèrent pour les épauler. Jasson s'empara quant à lui d'une hache et commença à tailler en pointe le bout des troncs d'arbres que les paysans ramenaient sans arrêt de la forêt.

— Je parie qu'aucun de vous ne peut faire du plus beau travail que moi ! défia-t-il les jeunes Chevaliers qui l'observaient.

Plusieurs d'entre eux, dont Sage et même Swan, s'emparèrent des haches et se mirent à l'œuvre. Les autres participèrent au transport des pieux taillés jusqu'aux tranchées. Quant à la plupart des femmes Chevaliers, elles ramassèrent des outils pour aider les hommes à fabriquer des piquets ou encore s'assurèrent que tous ces vaillants ouvriers avaient suffisamment d'eau pour ne pas souffrir de la chaleur.

À la fin de la journée, à peine un quart de la rangée de crocs acérés se dressait à l'intérieur de la muraille. « Encore quatre jours de travail », pensa Wellan en évaluant leurs progrès. C'est alors que de l'eau froide s'abattit brutalement dans son dos. Il étouffa un cri de surprise et fit volte-face. Pliés en deux, tous ses soldats riaient aux larmes. Le grand chef fouilla rapidement la troupe des yeux et s'arrêta sur Jasson, un seau vide dans les mains, un large sourire sur le visage. Il remarqua aussi Kevin qui s'approchait de côté avec un récipient plein.

Wellan bondit avec une vitesse étonnante pour un homme de sa taille. Il arracha le seau des mains de Kevin et le lança au visage de Jasson avant que ce dernier puisse prendre la fuite. Les villageois et les soldats du roi considéraient la scène avec étonnement, tandis que les justiciers censés les protéger contre les envahisseurs se comportaient comme des enfants.

D'un même élan, Wellan et Jasson coururent en direction du puits, mais le dernier, plus rapide, y arriva le premier. Voyant qu'il ne pouvait pas gagner cette compétition, le grand chef plaqua son frère d'armes au sol. À grand renfort de cris, les Écuyers et les jeunes Chevaliers se mirent à encourager l'antagoniste de leur choix tandis que les aînés observaient le jeu avec plus de réserve, sauf Bergeau, évidemment.

– Il est temps que quelqu'un donne une leçon à ce garnement ! s'exclama l'homme du Désert.

Wellan et Jasson roulèrent dans la boue en essayant de s'étrangler mutuellement. Ils éclatèrent finalement de rire, trop fatigués pour poursuivre cette bagarre d'adolescents. Au milieu des femmes, Kira avait assisté avec stupeur à cet éclat. Jamais elle n'avait vu leur grand chef s'amuser de cette façon. Était-ce l'amour de Bridgess qui opérait cette cure de rajeunissement ?

Assis dans une mare d'eau, près du puits, les deux Chevaliers levèrent des yeux remplis de plaisir sur leurs compagnons. Chloé et Bridgess les bombardèrent d'eau froide pour nettoyer leurs vêtements et leurs visages et ils se laissèrent arroser en riant. Sans aucune gêne, Jasson enleva sa cuirasse et ses bottes et réussit à se débarrasser de sa tunique et de son pantalon mouillés qui lui collaient à la peau. Il commençait à bleuir de froid. Ses sœurs d'armes avaient de nouveau puisé de l'eau glacée pour achever de le purifier et il poussa un cri de surprise en recevant cette nouvelle douche. Ses Écuyers accoururent avec des vêtements secs et une couverture, et réussirent à le soustraire à cette attaque. C'est alors que les femmes Chevaliers se tournèrent vers leur grand chef trempé jusqu'aux os.

– Non..., les avertit Wellan en reculant.

Swan l'éclaboussa la première et le grand chef tourna les talons. Les guerrières le poursuivirent à travers le village sous les regards de plus en plus stupéfaits des ouvriers. En se divisant en deux groupes, elles réussirent finalement à coincer Wellan entre les chaumières.

– Laissez-le ! ordonna Volpel en se faufilant jusqu'à son maître.

– Nous nous occupons de lui ! ajouta Bailey en se plaçant de l'autre côté de Wellan.

– Vous l'aurez voulu ! lança Swan sur un ton victorieux.

Elles projetèrent le contenu de tous les seaux en même temps, aspergeant leur chef et ses deux apprentis.

– Est-il assez propre, selon vous ? demanda Ariane à ses sœurs.

Wellan poussa un grondement sourd et fonça sur ses soldats féminins. En laissant tomber les seaux, elles prirent la fuite et revinrent au campement en riant. Bridgess, qui n'avait pas participé à la chasse aquatique, matérialisa aussitôt un filet d'énergie et captura le grand chef avant qu'il fasse un mauvais parti à ses sœurs.

– Ça alors ! s'exclama Kevin, qui n'avait jamais rien vu de tel.

– Comment t'y prends-tu ? voulut savoir Nogait.

– C'est mon secret, répondit Bridgess en s'approchant de sa prise.

Elle libéra le grand Chevalier de sa cage lumineuse et le remit entre les mains de ses Écuyers en lui soufflant un baiser. Wellan disparut prestement avec Volpel et Bailey pendant que les villageois allumaient un grand feu.

Le soleil s'était couché lorsque le grand chef revint parmi ses hommes, vêtu d'une tunique et d'un pantalon propres. Ses apprentis déposèrent près de lui sa cuirasse et ses bottes, qu'ils avaient soigneusement nettoyées, et allèrent lui chercher une écuelle de nourriture. Tout en servant le repas, les ouvriers se mirent à chanter des airs de leur folklore. Les Écuyers Volpel, Herrior, Joslove et Dyksta, originaires du Royaume d'Argent, chantèrent avec eux les quelques couplets dont ils se souvenaient.

Bridgess prit place près de Wellan et sonda son cœur avant de risquer un baiser sur sa joue. Avec soulagement, elle constata qu'il avait repris sa bonne humeur. Elle l'embrassa et se mit à assécher ses cheveux blonds avec une douce étoffe, ce qui provoqua des murmures de satisfaction parmi les apprentis qui aimaient bien les voir se faire plaisir.

— Je ne veux plus que tu te serves de ce pouvoir magique contre moi devant mes hommes, murmura alors Wellan de façon qu'elle seule l'entende.

— Je te le promets si tu cesses de te comporter comme un gamin.

Un sourire indéchiffrable étira les lèvres du grand Chevalier et Bridgess l'embrassa pour sceller leur marché. Elle peigna ses cheveux en s'attardant sur sa nuque et il ferma les yeux avec délice. Puis elle les noua avec une lanière de cuir, comme elle le faisait autrefois, lorsqu'elle était son apprentie.

Les Chevaliers et les Écuyers mangèrent avec les villageois en écoutant les nouvelles de leur royaume, puis, tandis que la nuit tombait sur le village, Wellan remarqua un visage familier dans la foule : le Prince Rhee. Vêtu d'une tunique de tissu grossier, il ne portait aucun bijou. Pourquoi essayait-il de passer inaperçu ?

Wellan le vit se mêler aux paysans, plongeant comme eux les doigts dans une écuelle de métal. « Quel merveilleux roi il fera un jour », pensa alors le grand Chevalier.

Depuis combien de temps mesurait-il ainsi le pouls de son peuple ? Mais Wellan ne fut pas le seul à reconnaître le prince. Assis un peu plus loin, Sage l'identifia à son tour. Inquiet pour sa sécurité, le jeune guerrier n'écouta que son cœur et se dirigea tout droit vers lui. Le grand chef décida de ne pas intervenir, afin d'observer le comportement de son jeune soldat.

– Que faites-vous ici sans escorte ? demanda Sage au prince en s'arrêtant devant lui.

Rhee l'agrippa aussitôt par la manche et le fit brutalement asseoir à côté de lui pour que personne ne puisse l'entendre.

– Je me mêle aux paysans, répondit-il à voix basse. C'est évident, non ?

– Votre père le sait-il ?

– Non. Et cessez de me vouvoyer, sinon ils devineront qui je suis.

– Mais c'est le rôle d'un Chevalier de protéger un...

Rhee lui appliqua fermement la main sur la bouche pour l'empêcher de prononcer son titre devant tout le monde. Surpris, Sage releva les sourcils, mais ne se défendit pas comme il avait été entraîné à le faire. Le prince retira bien vite sa main avant que quelqu'un l'accuse d'agresser un Chevalier.

– Vous devriez goûter cet excellent ragoût, sire ! s'exclama Rhee avec enthousiasme tout en forçant Sage à accepter son écuelle.

À son poste d'observation, Wellan souriait avec amusement. Dans la vie, certaines leçons ne pouvaient tout simplement pas s'enseigner dans une salle de cours. Le jeune guerrier venait d'apprendre la discrétion. Sage avala une bouchée pour ne pas mettre le personnage royal dans l'embarras, mais, ayant déjà mangé, il remit à Rhee son assiette.

– Mais où est donc votre belle épouse, Chevalier ? s'enquit le prince.

– Elle est quelque part par là à terminer son repas.

– Vous ne devriez pas la laisser sans protection.

– Kira est parfaitement capable de se défendre toute seule, croyez-moi.

Sage saisit alors le regard insistant du prince et comprit enfin qu'il désirait le voir s'éloigner de lui avant que ses voisins trouvent étrange qu'un jeune paysan se comporte de façon aussi familière avec un soldat d'Émeraude. Sage inclina la tête, au grand désespoir de Rhee qui ne voulait plus de toute cette attention, puis se dirigea tout droit vers Wellan.

– Le prince est ici, lui murmura Sage en s'asseyant près de lui.

– Je sais, répondit calmement le grand Chevalier.

– Mais n'est-il pas dangereux pour lui de quitter ainsi le palais sans escorte ?

– Si tu veux mon avis, je crois qu'il est encore plus dangereux pour lui d'y demeurer enfermé. En se mêlant ainsi à son peuple, le prince apprend les véritables besoins de ses sujets et, un jour, lorsqu'il sera roi, cette expérience lui permettra de mieux les gouverner.

Le soudain éclat dans les yeux de Sage indiqua à Wellan qu'il venait enfin de comprendre la leçon. Cette nuit-là, les soldats d'Argent montèrent la garde et les Chevaliers d'Émeraude leur en furent reconnaissants. Comme ils avaient participé aux travaux manuels, ils avaient grandement besoin de repos. Ils s'enroulèrent dans leurs couvertures et, leurs Écuyers près d'eux, ils s'endormirent presque aussitôt.

48

La visite de l'immortel

Quatre jours passèrent exactement de la même manière. Toutes les nuits, Wellan appela Abnar qui ne répondit pas à ses appels. Les Chevaliers et les villageois continuèrent donc d'enfoncer des pieux dans la terre en attendant que le Magicien de Cristal daigne se manifester. Les plus jeunes aimaient bien ces travaux manuels et, après le repas du soir, la plupart s'affrontaient en combats amicaux afin de voir si l'activité physique de la journée avait fortifié leur bras d'épée. Bergeau leur recommanda de conserver leurs forces pour le jour du combat, mais il comprit bien rapidement que cette jeunesse devait dépenser son énergie quelque part.

Le soir du cinquième jour, tandis que tous dormaient autour du feu, Wellan se réveilla subitement dans l'air glacial. Il n'entendait pourtant que le crépitement des flammes et les ronflements de Bergeau. Il se releva lentement sur ses coudes en faisant attention de ne pas réveiller ses deux Écuyers et scruta le campement. Près des pieux brillait la silhouette familière d'Abnar dans sa longue tunique blanche. Le grand Chevalier quitta aussitôt la chaleur de sa couverture et se rendit jusqu'à lui.

– Il y a plusieurs jours que je vous appelle, maître, lui reprocha Wellan en s'efforçant de rester respectueux.

– Et j'ai entendu votre voix, mais les dieux voulaient m'entretenir d'une affaire urgente. Je suis venu aussi rapidement que j'ai pu.

– Vous m'aviez promis de me renseigner sur les intentions des hommes-lézards, l'avez-vous oublié ?

– Les Immortels n'oublient jamais rien, sire. C'est la raison pour laquelle ils sont bien souvent plus malheureux que les humains.

– Dites-moi où se trouvent les reptiles, réclama le grand chef.

– Ils sont en route vers Enkidiev. Leurs embarcations voguent vers le Royaume de Cristal, mais puisque vous semblez vouloir les piéger ici, il est en mon pouvoir de dévier les courants marins et les vents pour les faire débarquer au Royaume d'Argent.

– Je vous en serais reconnaissant.

– Vos ennemis seront devant les remparts après-demain, à la fin du jour. Cette fois, ils sont venus en force. Il y a trois embarcations emmenant une centaine de soldats chacune.

« Trois cents », répéta mentalement Wellan. Il ferma un instant les yeux en priant Theandras de leur permettre de repousser les reptiles sans devoir les combattre, car ils ne disposaient que de vingt-huit Chevaliers et de cinquante-quatre Écuyers.

– La déesse apprécie votre dévotion, sire Wellan, déclara l'Immortel en lisant ses pensées, et elle vous appuiera une fois de plus.

– Je lui serai éternellement dévoué, affirma le grand chef en rouvrant les yeux. Mais à notre dernière rencontre, vous m'avez dit que ces reptiles n'étaient pas le seul ennemi que nous aurions à affronter.

– Les autres races ne seront dépêchées sur Enkidiev que si les humains réussissent à anéantir les hommes-lézards. Amecareth ne veut surtout pas être forcé de tenir toutes les promesses qu'il a faites à ces peuples conquis, alors il a l'intention d'attendre que l'une soit écrasée avant d'en envoyer une autre. Cela devrait vous donner le temps de terminer l'entraînement de vos Écuyers presque adultes et de disposer d'une armée de taille.

– Si je ne perds pas d'hommes après-demain, murmura Wellan qui connaissait la férocité des reptiles. Ces lézards représentent quelle fraction de leur force de frappe ?

– Environ la moitié. L'autre est composée des mâles les plus forts, mais ils sont restés dans leur île à des fins de reproduction et leur chef n'a pas l'intention de les expédier où que ce soit.

« Parfait... », pensa Wellan.

– Ceux qui arriveront ici après-demain ont la mission de capturer des femmes et de les ramener avec eux, poursuivit Abnar. Pour cette raison, certains des reptiles demeureront sur les bateaux, prêts à repartir, pendant que les autres feront la cueillette.

Wellan garda le silence un moment. C'était plutôt décourageant de savoir que les lézards qu'ils avaient affrontés représentaient les individus les plus faibles de leur race. Cela voulait donc dire que les Chevaliers feraient face à de puissants soldats lorsqu'ils débarqueraient dans l'île des hommes-reptiles pour récupérer les femmes qui avaient été enlevées. « Une chose à la fois », décida le grand Chevalier en prenant une profonde bouffée d'air glacial.

– Avez-vous d'autres questions, sire ?

Wellan distingua une lueur d'inquiétude dans les yeux gris de l'Immortel. Craignait-il que les soldats d'Émeraude ne soient écrasés par le nouvel envahisseur ? Ses yeux de mage voyaient-ils un sombre avenir pour les Chevaliers ?

– Non, je n'ai pas d'autres questions. Amenez ces créatures jusqu'ici et nous ferons notre travail.

Wellan aurait aimé lui demander des nouvelles de Fan et de son fils, qu'il devait certainement fréquenter dans l'autre monde, mais ses lèvres ne se décidèrent pas à articuler la question. De toute façon, Abnar n'aurait pas compris son intérêt, alors le grand Chevalier secoua la tête en baissant les yeux.

– Je vous remercie de votre aide, soupira-t-il, en pensant qu'elle se résumait à bien peu de choses.

– Votre fils nous donne du fil à retordre, déclara Abnar, à brûle-pourpoint.

Wellan fut surpris qu'il lui parle de Dylan puisque, quelque temps auparavant, il lui avait demandé d'oublier son existence.

– On me dit qu'il a hérité d'un grand nombre de traits humains, tandis que les Immortels jouissent habituellement des qualités divines de leur parent invisible.

Un sourire de satisfaction éclaira le visage de Wellan l'espace d'un instant.

– Ne vous réjouissez pas trop vite, sire, l'avertit Abnar. Cela rendra son apprentissage plus difficile, car les humains ont la manie de vouloir tout comprendre.

– Mais, s'il la tient aussi de moi, son endurance les étonnera, répondit Wellan en se rappelant sa propre enfance. Je vous remercie, maître.

L'Immortel se dématérialisa dans une pluie d'étincelles dorées, ce qui signifiait en général son mécontentement. Wellan haussa les épaules et retourna auprès du feu. Enroulé dans sa couverture, il laissa son regard se perdre dans les flammes. Il songea à l'étrange rencontre entre Sage et le fantôme du Roi Hadrian d'Argent, le chef des premiers Chevaliers d'Émeraude. Il avait lu certains récits au sujet de ce grand homme, de sa droiture et de son charisme. Après avoir mené ses hommes à la victoire, Hadrian avait abdiqué ses pouvoirs magiques pour se consacrer entièrement à son royaume et à sa famille. La présente incarnation des Chevaliers aurait-elle aussi cette chance ? Ses pensées s'orientèrent vers ses compagnons qui avaient une femme et des enfants. Jasson pourrait-il un jour rester dans sa ferme et élever son fils ?

Le doux visage de Dylan apparut dans son esprit et il n'osa plus respirer de peur qu'il ne s'évanouisse. Les Chevaliers victorieux recevaient-ils aussi en cadeau des dieux la permission de voir grandir leurs enfants célestes ? Wellan sombra dans le sommeil, souriant au souvenir des dernières paroles d'Abnar : son fils avait hérité de son caractère intraitable et de son cœur tendre.

49

LE PRINCE RHEE

Au matin, le grand Chevalier réunit tous ses hommes et leur fit part des renseignements que l'Immortel lui avait confiés pendant la nuit. L'ennemi allait bientôt frapper. Ils n'avaient plus de temps à perdre. Avisant les pieux surgissant de la terre comme des crocs menaçants sur une bonne distance, il décida qu'ils suffiraient à contrer l'invasion si Abnar conduisait l'ennemi vers cette section du mur. Il congédia les ouvriers d'Argent et leur demanda de remonter au château, qu'ils pourraient protéger avec les soldats si les reptiles forçaient leurs rangs.

Il ordonna ensuite à ses sœurs d'armes de répandre une irrésistible odeur féminine derrière les piquets pour que les hommes-lézards escaladent la muraille à cet endroit. Les femmes Chevaliers accrochèrent tous les vêtements laissés par les villageoises aux branches des arbres en retrait des installations défensives.

Wellan remarqua alors l'anxiété des apprentis qui attendaient ses ordres en silence. Il leur expliqua que la victoire reposait entre leurs mains. Dès que des reptiles réussiraient à franchir la muraille, les Écuyers se serviraient de leur magie pour qu'ils ne s'infiltrent pas dans le royaume.

— Il est évidemment préférable que vous les frappiez avant qu'ils soient arrivés jusqu'à vous, ajouta le grand chef.

— Mais les pieux les arrêteront, non ? protesta Maïwen, l'une des apprenties de Chloé.

— Nous l'espérons, mais nous ne savons pas à quel point ces créatures sont agiles.

— Pouvons-nous nous servir de nos épées si les hommes-lézards franchissent les piquets ? demanda Yann, l'un des Écuyers de Falcon.

— Je préférerais que les femmes Chevaliers s'en occupent, mais si vous vous retrouvez seul devant un reptile, défendez-vous.

Les adolescents hochèrent la tête à l'unisson. Wellan rejoignit les Chevaliers qui l'attendaient à cheval sur la route de terre. Les hommes-lézards allaient débarquer le lendemain et la seule sortie des remparts se trouvait sur la muraille du sud. Ils devaient faire vite. Il grimpa sur son destrier et le poussa au galop pour prendre la tête de ses soldats.

Ils traversèrent les villages en direction des portes et les atteignirent à la brunante, mais Wellan refusa de s'arrêter. Ils quittèrent l'enceinte fortifiée et longèrent les remparts en direction de l'océan jusqu'à la tombée de la nuit. Là, ils s'arrêtèrent et installèrent un camp sommaire. Santo vint prendre place près de son chef devant le feu et lui tendit un gobelet de thé bien chaud.

— Comment pouvons-nous être certains que c'est ici que les lézards débarqueront ? demanda Santo à Wellan.

– Abnar utilisera ses pouvoirs magiques pour pousser leurs embarcations jusqu'à l'endroit où nous avons planté les piquets, répondit Wellan. On dirait bien qu'il s'est décidé à travailler avec nous.

– Il n'a pas vraiment appuyé les premiers Chevaliers d'Émeraude, n'est-ce pas ? fit Sage, enroulé dans sa couverture.

– Les livres d'histoire ne sont pas très clairs à ce sujet, et le Magicien de Cristal ne me fournit de l'information que lorsque je le harcèle, avoua Wellan. Apparemment, il leur aurait donné de grands pouvoirs magiques pour qu'ils fassent tout le travail. Élund prétend qu'Abnar est demeuré en retrait des combats.

– Les premiers Chevaliers étaient beaucoup plus nombreux que nous. Chaque royaume avait fourni des milliers d'hommes à l'armée d'Enkidiev, ajouta Dempsey. Ils n'avaient sans doute pas besoin de l'aide d'Abnar.

– Mais eux, ils ont affronté des sorciers, rappela Falcon, pas des insectes ou des reptiles. Leur guerre a certainement été beaucoup plus dangereuse que la nôtre.

– La guerre ne devrait même pas exister, grommela Bergeau de l'autre côté du feu. Je ne devrais pas me trouver à l'autre bout du monde à décapiter des reptiles. Je devrais être dans ma ferme pour m'occuper de ma famille et de mes animaux.

– Bergeau, ce n'est pas le moment de démolir notre moral, lui reprocha Jasson.

– Il a quand même raison, l'appuya Wellan. Plus vite nous nous débarrasserons de l'ennemi, plus vite nous rentrerons chez nous.

– Et plus vite tu te marieras, ajouta Nogait avec un sourire espiègle.

Wellan le regarda sévèrement du coin de l'œil.

– Et nous célébrerons aussi notre victoire, se réjouit Dempsey pour remettre un peu de courage dans leurs cœurs.

– Pourrons-nous rapporter des trophées de guerre ? demanda Morgan.

– Non, refusa catégoriquement Wellan. Les trophées servent à récompenser les actes héroïques, et l'élimination systématique d'une armée ennemie n'en est pas un.

Le silence tomba sur le groupe et ils fixèrent le feu un long moment sans échanger une seule parole.

– Le type de combat suggéré par Bergeau me plaît, déclara soudainement le grand chef. Nous travaillerons donc en équipes de deux. Pendant que le premier attaquera le lézard, le second lui tranchera la queue pour le déséquilibrer. Espérons qu'elle ne soit pas composée de vertèbres dures comme de la roche. Santo, tu feras équipe avec moi. Bergeau avec Jasson, Falcon avec Dempsey, Kerns avec Wimme, Nogait avec Kevin, Hettrick avec Curtis, Morgan avec Murray, Colville avec Pencer, Derek avec Corbin et Brennan avec Milos.

Wellan se tourna alors vers Sage. Il l'aurait probablement fait travailler avec Buchanan si ce dernier avait encore été en vie.

– Sage, tu nous couvriras avec ton arc.

Ce dernier accepta d'un mouvement de la tête. Il savait qu'il abattrait beaucoup plus d'ennemis ainsi. D'ailleurs, ses amis Kevin et Nogait lui avaient donné leurs propres flèches pour qu'il fasse encore plus de dégâts dans les rangs des reptiles. Wellan leur conseilla de dormir, car il avait l'intention de les réveiller avant le lever du soleil. Ils allaient s'allonger sur le sol lorsqu'ils entendirent un cavalier approcher au galop.

– Au moins, ce n'est pas un reptile : ils ne montent pas à cheval, déclara Jasson en se relevant et en tirant son épée.

– Du calme, Jasson, recommanda Wellan qui reconnaissait l'énergie de leur visiteur nocture.

Le cheval ralentit son allure en approchant du feu et les Chevaliers distinguèrent ses harnais brillants dans la nuit. Le cavalier sauta avec souplesse sur le sol et se rendit directement auprès du grand chef. Il portait une tunique et un pantalon noirs, et sa poitrine était recouverte d'une armure argentée à l'effigie d'un mammifère marin que Wellan identifia comme étant un dauphin. Il mit un genou en terre devant les soldats d'Émeraude et, à la lueur des flammes, ils reconnurent enfin le Prince Rhee.

– Cherchez-vous absolument à vous faire tuer ? s'exclama Sage.

Wellan ordonna à son jeune guerrier de garder le silence et fixa le jeune personnage royal dans les yeux. À peine sorti de l'adolescence, son cœur était déjà celui d'un soldat.

– Je me battrai à vos côtés, déclara Rhee en offrant son épée à Wellan.

– Altesse, malgré tout le respect que je vous dois, je ne crois pas que ce soit une bonne idée, refusa le grand Chevalier, qui ne voulait surtout pas que cette bataille se solde par la perte de l'unique héritier du trône d'Argent.

– C'est mon royaume que les envahisseurs ont choisi d'attaquer, sire. C'est donc mon devoir de les repousser.

– Habituellement, un roi envoie des soldats pour affronter ses ennemis, pas son fils.

– Mon père ne sait pas que je suis ici. Quand il apprendra que j'ai vaillamment combattu avec vous, il commencera peut-être à me traiter en adulte.

Le grand Chevalier se rappela la réprimande du Roi Cull quelques jours plus tôt. Rhee n'était plus un enfant, mais il n'était pas encore un homme. De plus, Wellan ne l'avait jamais vu manier l'épée. Il ne tenait certes pas à se battre contre les reptiles tout en protégeant un prince inexpérimenté, mais il se doutait bien qu'il ne persuaderait pas Rhee de rentrer au palais.

– Je suis habile avec ma lame, sire, insista le prince. Si vous aviez eu le temps de croiser le fer avec moi, vous le sauriez déjà.

– Il n'est pas trop tard pour mettre ce bras à l'épreuve, intervint Bergeau.

– Nous avons besoin de conserver nos forces pour la bataille de demain, riposta Wellan.

– Mais je suis rempli d'énergie jusqu'au bout des ongles ! assura l'homme du Désert.

408

— Si c'est là la façon de vous convaincre, je veux bien vous montrer ce que je sais faire, implora Rhee, d'une voix chargée d'espoir.

Wellan considéra ses hommes et comprit qu'ils n'avaient plus du tout sommeil. D'un geste de la main, il donna son accord à ce combat. *Si tu le blesses, tu auras affaire à moi*, dit-il à Bergeau. *Et s'il me blesse, moi ?* riposta l'homme du Désert. *Tu auras affaire à moi*, répondit Jasson. Ayant tous entendu cet échange, les Chevaliers éclatèrent de rire.

Kerns, Wimme, Nogait et Kevin plantèrent des branches dans le sol pour former un grand cercle. Wellan les enflamma du revers de la main, ce qui émerveilla le prince. Bergeau dégaina son épée et Rhee porta aussitôt son attention sur lui. Le grand chef lui rendit son arme et les deux adversaires se dévisagèrent un moment. L'homme du Désert n'étant pas le plus patient des Chevaliers, il attaqua le premier. L'adolescent plia sous ses premiers coups, beaucoup plus puissants qu'il les avait imaginés, mais il opposa sa rapidité au manque de finesse de Bergeau.

Wellan s'intéressa surtout à la stratégie de l'héritier du trône d'Argent et dut s'avouer qu'il se défendait fort bien contre les bras d'acier de son frère d'armes. Sans doute arriverait-il à repousser l'attaque d'un reptile. Voyant que ni le prince ni le Chevalier ne cédait de terrain à son adversaire, le grand Chevalier mit lui-même fin au combat. Bergeau rengaina son épée et serra les bras du jeune homme avec amitié.

— Tu te défends bien, mon garçon ! s'exclama-t-il.

— Bergeau, c'est à un prince que tu parles, lui rappela Jasson.

– Je veux dire que vous vous défendez bien, Altesse, se reprit Bergeau.

Sa bévue fit rire ses compagnons et sourire le jeune homme. D'un air grave, Wellan convia Rhee près de lui.

– Je n'emmène au combat que les hommes qui acceptent d'obéir à mes ordres, déclara-t-il sur un ton autoritaire, même les princes.

– Je connais votre valeur et votre intelligence, sire, assura Rhee, et je me plierai à votre volonté.

Wellan s'aperçut de l'inquiétude de ses soldats, qui connaissaient l'attachement du roi pour son fils, mais cette décision n'appartenait qu'à lui seul. Comme le jeune personnage royal n'avait pas pensé à apporter de couverture, Derek lui tendit la sienne.

– Je suis de garde, annonça-t-il, alors je n'en ai pas vraiment besoin.

Rhee accepta la couverture de l'Elfe en inclinant la tête. *C'est un geste noble*, le complimenta Wellan. *La nuit sera fraîche, Derek.*

Je n'ai pas oublié tous les trucs de mes ancêtres pour se tenir au chaud dans la forêt, répondit le Chevalier aux longs cheveux blonds en lui faisant un clin d'œil.

L'attaque

Wellan réveilla ses hommes et les fit monter à cheval. Les vingt et un Chevaliers et le Prince Rhee avalèrent leur repas du matin composé de fruits secs, tout en longeant la muraille du Royaume d'Argent. Lorsqu'ils arrivèrent enfin sur la plage, le soleil commençait à descendre et les bateaux étaient déjà visibles au large. Une fois de plus, Wellan demanda à la déesse de Rubis de lui venir en aide, car il possédait bien peu de soldats pour repousser une aussi importante armée. Utilisant les techniques qu'il avait apprises auprès de Nomar, il adressa d'abord un avertissement à ses ennemis.

Si vous repartez chez vous, votre vie sera épargnée ! Portée par sa magie, sa voix retentit comme un roulement de tonnerre, effrayant les chevaux et forçant les Chevaliers à se protéger les oreilles. *Si vous nous rendez les femmes que vous avez enlevées, nous vous aiderons à soigner celles de votre peuple !*

Sur le pont d'un des vaisseaux de l'Empereur Noir, le chef des reptiles, aux écailles plus sombres que celles de ses congénères, entendit le message du mâle humain. Bien qu'il n'en comprît pas les mots, il en capta la teneur. Comment osait-il lui faire des menaces ? Il ne discernait sur la plage qu'une vingtaine de ces bipèdes affublés de vêtements qui se déplaçaient sur le dos d'autres mammifères. Comme il avait pu le constater chez les femelles enlevées lors du raid précédent, leur peau ne les protégeait guère des intempéries ou des blessures et ils étaient faciles à effrayer. Amecareth avait raison de dire que les humains étaient des créatures inférieures qu'ils devaient éliminer à tout prix.

À côté de lui, un reptile plus petit lui demanda ses intentions. *Pas question de repartir les mains vides*, lui répondit son congénère dans la même langue gutturale. La première expédition n'avait rapporté qu'une centaine de femelles. Il leur en fallait bien davantage s'ils voulaient sauver leur race. Il fit signe aux capitaines des deux autres embarcations de poursuivre leur route en direction de la côte.

Sur la plage, les Chevaliers, en rang serré sur leurs destriers, ne perçurent aucune réaction de frayeur de la part de leurs ennemis couverts d'écailles.

— Ils ne sont pas très impressionnés, on dirait, fit alors remarquer Jasson.

— S'il y a vraiment trois cents soldats dans ces fichus bateaux et s'ils savent compter, répliqua Bergeau, ils ont déjà compris qu'ils sont dix fois plus nombreux que nous.

— Leur confiance causera leur perte, se convainquit Derek en redonnant courage à ses jeunes frères.

Les embarcations impériales s'échouèrent dans les bancs de sable à une centaine de mètres de la plage. Les reptiles plongèrent dans l'eau comme une armée de fourmis quittant son nid. Il y en avait partout et, comme Wellan l'avait prévu, ils étaient de puissants nageurs.

Il n'était pas question d'exposer leurs chevaux aux griffes meurtrières des lézards. Le grand Chevalier mit pied à terre et chassa sa monture. Tous ses hommes l'imitèrent, sauf Sage qui demeura en selle afin de conserver sa mobilité pour lancer ses flèches.

– Que doit-on utiliser en premier, demanda Falcon, notre magie ou notre épée ?

Wellan n'avait pas encore tiré son arme. Il regardait avancer cette marée verte avec un calme que lui envia son frère d'armes superstitieux. Sans répondre, il leva les deux bras au-dessus de sa tête et des serpents électrifiés dansèrent entre ses paumes.

– Rappelle-toi ce que t'a dit Abnar au sujet de la nouvelle puissance de tes mains, l'avertit Santo.

– C'est le moment idéal pour l'essayer, non ? répliqua le grand chef.

Il laissa partir les décharges aveuglantes. Elles frappèrent l'eau devant l'envahisseur en électrifiant les vagues. Une clameur de douleur et de terreur s'éleva aussitôt de l'océan.

Au moment où Wellan rechargeait ses mains, un épais banc de brouillard s'éleva derrière les bateaux : l'Immortel était déjà à l'œuvre. Les nuages magiques comprimèrent la vague de lézards dans un corridor surnaturel qui les mena aux remparts derrière lesquels les attendaient les femmes Chevaliers et les apprentis.

La première intervention de Wellan n'ayant été que partiellement efficace, plusieurs reptiles poursuivirent leur route par-dessus les corps de leurs semblables. Le grand chef ne savait pas s'ils étaient morts ou tout simplement évanouis, et il n'avait certainement pas le temps de les sonder un à un.

Les lézards levèrent le nez et humèrent l'air en nageant. « Ils sentent la présence des femmes de l'autre côté de la muraille », comprit Wellan. Avant qu'il puisse lancer une nouvelle décharge, la marée verte se divisa en deux groupes. Ces créatures possédaient donc un certain instinct militaire. Ou alors, un chef qui les dirigeait. Si Wellan arrivait à l'identifier et à le terrasser, cette bataille se terminerait rapidement et elle serait moins coûteuse pour les deux camps. Sans tête directrice, en effet, beaucoup d'armées battaient en retraite... dans les livres d'histoire, du moins. Mais comment trouver le commandant des reptiles ? Ils se ressemblaient tous et ils ne portaient aucun vêtement indiquant une hiérarchie.

Le premier groupe de reptiles fonça sur les Chevaliers, tandis que le second se dirigeait à vive allure vers les remparts. Wellan lança des faisceaux d'énergie qui explosèrent dans les galets en assommant un bon nombre d'hommes-lézards, mais les autres fondirent sur eux sans la moindre frayeur. Toutes les mains des soldats s'allumèrent en même temps et bombardèrent l'ennemi de jets de flammes.

À l'intérieur des murailles, les femmes Chevaliers captèrent l'approche de l'envahisseur et ressentirent les décharges magiques de Wellan. Elles se placèrent à des endroits stratégiques dans la rangée des cinquante-quatre Écuyers tendus, mais prêts à se battre.

– Surtout, pas de panique, leur rappela Bridgess. Balayez le dessus du mur avec vos rayons et faites bien attention de ne pas blesser votre voisin.

Les premiers reptiles apparurent comme des monstres de cauchemar à quelques mètres à peine devant eux. Avant même qu'ils puissent sauter à l'intérieur, ils furent accueillis par un barrage de jets lumineux qui les frappèrent en pleine poitrine. Kira observa la scène sans intervenir. Tout comme les autres femmes Chevaliers, elle conservait ses forces au cas où des lézards arriveraient à franchir le mur et les pieux. Ce furent donc les apprentis qui assurèrent la défense du royaume.

Un seul jet de flammes n'était pas suffisant pour stopper les lézards, mais les rayons convergents qui les frappaient en même temps déchiraient leur chair en les faisant crier de douleur. Les Écuyers abattirent à eux seuls le tiers de l'armée reptilienne, sans que les femmes Chevaliers lèvent le petit doigt.

Sur la plage, les hommes que Wellan avait divisés par paires se tenaient côte à côte. Ils accueillirent d'abord les reptiles avec leurs pouvoirs magiques, mais comme ils étaient trois fois moins nombreux que leurs compagnons qui menaient la même bataille à l'intérieur des remparts, leurs tirs ne mirent qu'une infime partie des lézards hors de combat.

Sage décocha sa première flèche. Elle s'enfonça dans le crâne d'un reptile qui s'effondra lourdement sur le sol. Il continua de tirer inlassablement sur l'envahisseur avec une précision digne d'un dieu de la guerre, tout en maîtrisant sa monture des genoux. Les hommes-lézards s'écrasèrent les uns après les autres dans les galets devant les soldats d'Émeraude qui attendaient le moment de charger. Derrière eux, le Prince Rhee admirait le travail de précision de l'archer d'Espérita.

Soudain, les Chevaliers foncèrent sur l'ennemi, deux par deux, l'épée à la main. Alors que les plus jeunes soldats procédaient avec précaution, les plus vieux ne perdaient pas de temps, surtout Jasson et Bergeau. Alors que l'homme du Désert occupait ses adversaires à grands coups d'épée sur leurs glaives primitifs, Jasson, plus rapide que lui, leur fauchait la queue qui, somme toute, n'était pas aussi solide qu'ils l'avaient craint. Quand ils retombaient sur leurs quatre pattes, Bergeau leur tranchait la tête.

Les plus jeunes Chevaliers semblaient bien se débrouiller, mais sans cesse de nouveaux adversaires arrivaient de la mer et Wellan, travaillant en équipe avec Santo, ne pouvait pas combattre et surveiller ses hommes en même temps. C'était sans doute pour cette raison que les grands généraux d'armée du passé s'installaient toujours sur un promontoire d'où ils surveillaient le champ de bataille.

Sans partenaire, le Prince Rhee fit la seule chose utile dans les circonstances : il se précipita dans la bataille pour achever les créatures blessées et ainsi libérer les Chevaliers d'une tâche qui leur aurait fait perdre de précieuses secondes. Lorsque Wellan fut certain que l'adolescent ne prenait pas de risques inutiles, il le laissa agir seul.

Contrairement à Wellan, le chef des reptiles était resté à l'écart et analysait la stratégie des humains au lieu de se battre. En voyant que Sage abattait ses soldats avant même qu'ils puissent se défendre, il décida d'écraser cet archer de malheur. Il se coucha dans les galets et fit le mort en s'approchant peu à peu de sa proie, comme si les vagues le poussaient vers lui. Patiemment, il attendit que Sage ait tiré sa dernière flèche. Dès qu'elle siffla au-dessus de sa tête, le lézard fonça à la vitesse d'un serpent. Entraîné au combat, le cheval gris de Sage vit bondir la créature verte et se rua à sa rencontre. Mais son geste brusque déséquilibra son cavalier qui perdit ses étriers et glissa de la selle. Le jeune guerrier heurta brutalement le sol. Il se releva sur les coudes et vit son destrier battre des sabots devant le reptile qui risquait de lui déchirer le poitrail.

— Jahir, pars ! cria Sage à l'animal.

Le destrier détala en sens opposé, abandonnant son maître à son sort. L'énorme reptile fondit aussitôt sur l'humain sans défense. Incapable de récupérer son arc à temps, Sage agrippa la garde de son épée, mais il n'eut pas le temps de la sortir de son fourreau. Les griffes du lézard s'enfoncèrent dans sa gorge.

De l'autre côté de la muraille, marchant derrière le barrage nourri de faisceaux lumineux des apprentis, Kira sentit sa gorge se serrer. Elle projeta sa conscience sur la plage et ressentit la détresse de son époux.

— Sage ! s'écria-t-elle.

Sans réfléchir, elle se fraya un chemin entre les Écuyers et courut vers le mur de pieux. Bridgess s'époumona à la rappeler, mais la jeune femme mauve n'entendait plus personne. Elle ne se préoccupait plus que de la douleur et de la terreur de son époux. Elle n'allait certainement pas laisser ces monstres lui réserver le même sort qu'aux hommes de Cristal. Elle sauta par-dessus les piquets avec l'agilité d'un chat et, au milieu des tirs magiques des apprentis, elle se mit à gravir le mur de pierre.

Ne tirez pas sur elle ! ordonna Bridgess avec son esprit. Les Écuyers dirigèrent aussitôt leurs jets de flammes de chaque côté de Kira, même si cela ouvrait une brèche pour les reptiles qui cherchaient toujours à se faufiler à l'intérieur des remparts. Swan et Kagan dégainèrent leurs épées, prêtes à affronter les créatures qui réussiraient à franchir les pieux.

Kira continua de grimper en se servant des griffes de ses mains, mais ses bottes ralentissaient ses progrès. Elle arriva finalement au sommet de la muraille et passa entre deux lézards qui se frappèrent la tête ensemble en se penchant pour la saisir. Mais la femme Chevalier ne s'en rendit même pas compte. Elle scruta la plage et eut un choc : un reptile étranglait son mari ! Elle se laissa tomber sur les galets et courut vers lui à toutes jambes. Elle contourna les combattants sans se préoccuper de ses compagnons d'armes et, sans la moindre frayeur, sauta sur le dos de la créature trois fois plus grosse qu'elle en poussant un cri de rage. Puis, elle enfonça ses griffes et ses dents dans les épaules et la nuque du lézard.

Le chef ennemi lâcha Sage qui s'effondra sur le sol, inconscient. Les bras du reptile étaient puissants mais ses articulations ne lui permettaient pas de saisir Kira sur son dos. Il se débattit en effectuant une furieuse danse en rond, mais la jeune femme se cramponna et lui infligea davantage de blessures. Les Chevaliers qui combattaient à proximité avaient conscience de l'étrange lutte, mais aucun d'eux ne pouvait se porter au secours de leur sœur d'armes.

Alors, le lézard, qui perdait beaucoup de sang, fonça vers la mer. « Non ! » s'écria intérieurement Kira. Dès que le reptile mit le pied dans les vagues, elle lâcha prise et recula dans les galets. La créature blessée nagea en direction des bateaux sans demander son reste. La Sholienne allait l'attaquer avec des rayons d'énergie lorsqu'elle entendit son époux gémir derrière elle. Elle courut jusqu'à Sage en évitant les épées et les glaives qui s'affrontaient toujours férocement sur la plage.

Elle se jeta à genoux près de la tête du jeune guerrier, examina rapidement ses blessures et appuya les mains sur les trous sanguinolents dans son cou. Elle fit jaillir une intense lumière violette et le corps de son époux sursauta comme s'il avait été frappé par la foudre. Son intervention lumineuse attira l'attention de certains lézards, ce qui leur coûta la vie puisque les humains profitèrent de leur distraction pour les faucher. Les autres reptiles se replièrent, effrayés, se rappelant les rayons des sorciers qui avaient jadis envahi leur île.

Wellan capta leur effroi et se tourna vers Kira, dont les mains émettaient toujours de la lumière. Il fonça aussitôt vers elle et tous ses frères l'imitèrent, afin de former un cercle de protection autour du blessé. Rhee abandonna également le champ de bataille pour les seconder. Le grand chef se laissa tomber près du Chevalier et appuya la main sur son cœur.

– Il ne respire plus ! paniqua Kira en continuant de refermer ses plaies et de réparer les artères sectionnées.

Le grand Chevalier ferma les yeux et une décharge d'un rose très vif traversa le corps de Sage qui se mit aussitôt à tousser. Santo se pencha et entreprit de vider magiquement ses poumons du sang qui s'y était accumulé. La lumière de Kira s'éteignit. Jasson vit alors que les lézards se rassemblaient en un bloc compact devant eux.

– Je ne veux surtout pas briser votre concentration, mes frères, mais nous avons un problème, annonça-t-il en pointant les reptiles.

Avant que les Chevaliers puissent se positionner en éventail, Kira s'éleva du sol, dans un tourbillon de vent venu de nulle part, dépassant la tête des Chevaliers qui entouraient Sage. Ses yeux s'illuminèrent et elle tendit les bras devant elle. Un globe de lumière violette s'échappa de sa poitrine, parcourut ses bras et fonça sur les reptiles qui furent littéralement pulvérisés. Lorsque cette puissante vague d'énergie se désagrégea au-dessus des vagues, il ne restait plus rien sur la plage. Même les corps des reptiles terrassés ou décapités avaient disparu. L'épée pendante au bout de leurs bras, les Chevaliers écarquillaient les yeux.

– Pourquoi ne pas nous avoir dit que tu savais faire ça ? s'étonna Jasson.

En redescendant lentement sur les galets, Kira semblait tout aussi surprise que lui. C'est par sa colère qu'elle avait éliminé l'envahisseur.

– On se serait croisé les bras et on t'aurait laissé tout faire ! ajouta Nogait.

– Mais je ne sais même pas ce que j'ai fait..., avoua la Sholienne.

– Kira..., l'appela faiblement Sage, couché à ses pieds.

Oubliant le combat, ses compagnons et le danger qu'ils couraient tous, elle enveloppa la tête de son époux dans ses bras, parsemant son visage pâle de baisers.

– Je suis là, mon chéri. Tu n'as plus rien à craindre.

— Il a perdu beaucoup de sang, l'informa Santo.

Devant les liens qui unissaient le couple, le Prince Rhee se forgea une opinion fort différente de son étrange cousine à la peau mauve. Loin d'être un prédateur sanguinaire avec des dents pointues et des griffes acérées, elle affichait une capacité d'aimer aussi grande que celle de la Reine Olivi, et une incroyable puissance magique !

Tandis que les plus jeunes Chevaliers récupéraient les chevaux, Wellan se releva lentement en surveillant les bateaux qui s'éloignaient vers le banc de brouillard. Il les sonda et ne trouva qu'une poignée de reptiles à leur bord, aucun être humain.

Bridgess, quelle est la situation à l'intérieur des remparts ? demanda-t-il. *Tout le monde est sauf,* lui apprit-elle. *Tous les reptiles qui ont tenté de les franchir ont été détruits et il ne se passe plus rien. Doit-on se préparer à en recevoir d'autres ?* Wellan soupira avec soulagement. *Non, il n'en viendra pas d'autres,* l'assura-t-il. *C'est terminé, du moins pour le moment. Détruisez tous les corps et rentrez au palais.*

Kira est-elle sauve ? voulut savoir Bridgess. *Elle n'a pas une égratignure. Tu ne le croiras pas quand je te raconterai ce qui s'est passé ici,* répondit Wellan. *Nous serons bientôt là.*

Ayant rejoint son bateau, le chef des reptiles assista à la démonstration de pouvoir de cette créature à la peau mauve sans manifester ses émotions devant ses congénères, mais intérieurement, il était terrifié. « Un sorcier de l'empereur... », crut-il. Pourquoi Amecareth leur avait-il demandé d'attaquer un continent défendu par un de ses propres mages ?

Il baissa la tête et découvrit un curieux morceau de papier mouillé coincé dans l'une de ses griffes. Il le dégagea et le déplia avec précaution pour comprendre avec étonnement qu'il s'agissait de la carte du continent des hommes et de tous ses royaumes.

un seul blessé

Sur la plage d'Argent, les jeunes Chevaliers ramenèrent les chevaux. Wellan grimpa immédiatement sur le sien et exigea que ses frères déposent Sage dans ses bras. Une fois que cela fut fait, ils remontèrent tous en selle. Kira rattrapa le cheval gris de son époux et sauta sur son dos. Ils galopèrent toute la nuit le long de la muraille et n'atteignirent les portes du royaume qu'au matin.

Le Prince Rhee dirigea immédiatement la troupe vers le palais où les palefreniers les attendaient. Wellan confia son jeune protégé à Bergeau et délégua Santo pour s'occuper de lui. Il réclama un cheval frais et dispos aux garçons d'écurie et talonna la bête en direction de l'ouest. Il traversa les nombreux villages d'Argent à la rencontre des Écuyers et des femmes Chevaliers qui revenaient au palais. Le grand chef s'arrêta devant le groupe épuisé et les gratifia d'un large sourire de satisfaction.

– Comment vous sentez-vous ? voulut-il savoir.

Ils se mirent tous à parler en même temps. Bridgess leva vivement la main pour les faire taire. Le silence se fit et Wellan ne put qu'admirer ses talents de commandement.

— Ils ont travaillé si fort avec leurs mains qu'ils n'étaient même plus capables d'incendier les reptiles morts ou ce qui en restait, résuma Bridgess.

— Alors, nous nous en sommes chargées, poursuivit Swan.

— Pendant que nos vaillants apprentis faisaient tremper leurs mains dans des seaux d'eau bien froide, ajouta Kagan.

— Leurs maîtres s'occuperont de leurs paumes au château... s'ils sont capables de s'y rendre, les défia Wellan.

Ils clamèrent tous qu'ils n'étaient plus des bébés et qu'ils chevaucheraient jusqu'au palais sans se plaindre. Wellan fit donc pivoter son cheval et prit la tête de la troupe. Bridgess s'empressa de le rejoindre.

— Tu es content de nous, mais tu es à bout de force, constata-t-elle.

— Ces lézards étaient à coup sûr plus coriaces que les hommes-insectes, admit Wellan avec un sourire fatigué. Je suis content que les Écuyers n'aient pas subi de blessures.

— Ce sont les enfants les plus braves que nous ayons jamais éduqués. Ils ont fait leur travail de soldat avec beaucoup de bravoure. Et tu sais bien que nous n'aurions jamais laissé ces odieuses créatures s'en prendre à l'un d'eux.

Wellan se tourna sur sa selle, cherchant ses garçons des yeux. Il les vit plus loin, à bavarder entre eux en suivant les adultes.

— Ce seront de magnifiques Chevaliers, murmura-t-il, surtout pour lui-même.

— Et de votre côté, comment les choses se sont-elles passées ?

— Sage a été blessé.

— C'est donc pour ça que Kira a sauté sur le mur. Elle a dû le ressentir.

Wellan plissa le front et Bridgess reconnut aussitôt cet air de contrariété.

— Surtout, ne va pas la réprimander parce que tu nous avais ordonné de rester à l'intérieur, le prévint-elle. J'aurais fait exactement la même chose pour toi.

— Tu aurais risqué ta vie pour moi ? répéta-t-il en réprimant un sourire enchanté.

— Tu sais ce que je ressens pour toi, Wellan d'Émeraude. N'essaie pas de me faire fâcher. Dis-moi plutôt ce qui s'est passé lorsque Kira s'est portée au secours de Sage.

Wellan lui parla de la témérité de sa compagne qui s'était attaquée au plus gros des reptiles en n'utilisant que ses griffes et ses dents. Il raconta aussi la façon dont elle avait pulvérisé tous leurs ennemis d'un seul coup.

— Ce n'est pas une faculté magique que les Chevaliers sont capables de maîtriser, Bridgess, ajouta-t-il, songeur.

— Tu penses qu'elle tient ce pouvoir de son sang insecte ?

Il fit signe que oui en soupirant. Un jour viendrait peut-être où cette femme hybride imprévisible se changerait complètement en insecte et se mettrait à utiliser ses terribles facultés contre les humains. Bridgess suivit ses pensées sans répliquer, puisqu'elles n'étaient pas dénuées de sens.

Au même moment, Rhee faisait emmener Sage dans sa propre chambre. Ses serviteurs déshabillèrent le guerrier à peine conscient, le lavèrent puis l'installèrent dans le lit du prince. Santo l'examina ensuite de la tête aux pieds sans trouver d'autres blessures. Kira avait fait du bon travail en refermant les plaies sur sa gorge et en ressoudant rapidement ses artères. Sage n'avait plus qu'à se reposer et reprendre des forces.

Avant de le quitter, Santo serra le bras du jeune guerrier à la façon des Chevaliers et le vit esquisser un faible sourire. Sage ferma les yeux et entendit bouger près de lui. Trop fatigué pour ouvrir les paupières, il se servit de ses sens invisibles et reconnut l'énergie du Prince d'Argent.

— Je vous remercie de votre bonté, Altesse..., murmura Sage.

— C'est bien la moindre des choses que je puisse faire pour vous, vaillant Chevalier. Vous avez fait preuve d'une bravoure exceptionnelle, et vous avez donné une importante leçon à un prince du continent.

— Moi ? Je n'ai fait que tirer des flèches sur des lézards...

— Mais votre main n'a pas tremblé une seule fois et vous avez touché toutes vos cibles.

– J'obéissais aux ordres...

– C'est justement ce qui fait de vous un grand héros.

– Un héros ? Certainement pas...

– Je vous ai vu à l'œuvre, Sage, et jamais je ne l'oublierai. Je suis fier de vous connaître et je raconterai vos exploits à mes enfants et à mes petits-enfants. Grâce à vous, je serai désormais un homme différent. Et je suis heureux aussi que vous soyez l'époux de ma cousine, car cela crée entre nous un lien éternel.

Sage n'avait plus la force de lui recommander de vanter plutôt un grand guerrier comme Wellan, qui avait foncé le premier sur les hommes-lézards, sa seule épée à la main, tout en sachant que l'ennemi était très dangereux. Son chef avait affronté ces créatures face à face sans subir de blessure, tandis que lui-même avait failli être tué par le seul reptile qui s'était approché de lui.

Kira entra dans la pièce et s'inclina respectueusement devant le prince. Sage sentit non seulement sa merveilleuse énergie, mais aussi le doux parfum de l'eau dans laquelle elle venait de se baigner. Les yeux fermés, il tendit une main que la Sholienne s'empressa de saisir. Devant la scène, Rhee éprouvait tendresse et étonnement, ayant vu quelques heures plus tôt sa cousine sauter sans la moindre hésitation sur le dos d'un adversaire pour défendre son époux. La force de son amour pour Sage avait-elle décuplé ses forces ?

– Comment te sens-tu ? demanda Kira à Sage en l'embrassant sur la joue.

– Comme si de grosses pierres avaient été déposées sur mon corps pendant très, très longtemps...

– Tu as fait une mauvaise chute qui t'occasionnera certainement des courbatures, mais je te soulagerai. Tu as aussi perdu beaucoup de sang. Il faut que tu te reposes, mon chéri.

– Dans ce cas, vous pouvez garder ma chambre, décida le prince.

Kira leva sur lui ses yeux violets à la pupille verticale. Rhee pensa qu'elle devait sûrement avoir un petit côté humain, puisque ce vaillant Chevalier l'avait épousée et qu'il semblait l'aimer de tout son cœur.

– Vous êtes trop bon, cousin, fit Kira avec réserve.

– Il n'y a rien que je ne ferais pas pour ce héros.

Rhee s'inclina devant eux et quitta la chambre à la grande surprise de Kira, qui s'était plutôt attendue à être chassée de ses appartements. Elle se coucha près de son époux, passa le bras autour de sa poitrine et appuya son menton dans son cou.

– Que lui as-tu fait pour qu'il t'adore comme ça ? minauda-t-elle.

– Je crois qu'il n'avait jamais vu d'archer avant aujourd'hui...

Kira, appuyée sur la poitrine de Sage, constata que son énergie diminuait au lieu d'augmenter. Elle avait déjà ressenti la même chose, enfant, lorsque Bridgess avait été mordue par un bébé dragon. Son époux se mourait-il ? Elle se releva vivement et étudia son visage très pâle.

— Sage, me fais-tu confiance ?

— Tu sais bien que oui... Pourquoi me demandes-tu une chose pareille ?

— Parce que je vais te donner une petite dose de ma force vitale. Surtout, ne bouge pas.

— Même si j'essayais, je n'y parviendrais pas.

Kira posa ses mains mauves sur le cœur de son époux et supplia les dieux de lui venir en aide. Elle sentit aussitôt de douces mains se poser sur les siennes. *N'aie pas peur*, chuchota la voix familière de sa mère. *Je suis avec toi.* Une belle lumière lilas s'échappa de ses paumes sans causer la moindre souffrance au jeune homme.

— Il est beau, n'est-ce pas, mama ? murmura Kira, dont les yeux étaient remplis d'étoiles.

Non seulement il est séduisant, mais son cœur est noble. Tu as fait un bon choix, mon enfant. L'opération magique ne dura que quelques secondes et, contrairement au traitement que Kira avait jadis prodigué à Bridgess, celui-là ne diminua pas sa propre vigueur. Lorsque la lumière s'estompa, Sage ouvrit ses yeux opalescents en prenant une grande inspiration. Son épouse caressa sa joue.

— Qui était avec toi ? demanda-t-il en cherchant dans la chambre.

— Ma mère.

Il arqua les sourcils en entendant cette réponse. Il savait que Fan de Shola avait péri aux mains d'un sorcier lorsque Kira n'était qu'un bébé.

– Son fantôme, précisa la jeune femme en lisant la question dans son esprit. Elle est maître magicien et elle a le pouvoir de visiter notre monde. Au début, elle apparaissait surtout à Wellan, parce que...

– À Wellan ? s'étonna Sage.

– C'est une longue et triste histoire, je le crains.

– Mais tu as toute la nuit pour me la raconter, réclama-t-il en l'attirant dans ses bras. Après, tu me diras comment tu as mis en déroute le lézard qui m'a attaqué, parce que je pense que Santo a exagéré la vérité.

– C'est hors de question, Sage d'Émeraude. Tu dois te reposer.

Mais il insista avec des yeux si doux que Kira lui révéla finalement les tendres sentiments que la dame fantôme avait jadis fait naître dans le cœur du grand Chevalier. Puis elle lui parla de la rage qui s'était emparée d'elle sur la plage, mais Sage s'endormit dans ses bras avant qu'elle finisse son récit.

En quittant ses appartements, Rhee se dirigea vers l'aile du palais où les femmes et les enfants s'étaient cachés pendant la tentative d'invasion. Les serviteurs préparaient les chambres pour le retour des Chevaliers et des Écuyers. Au palais, on voulait que ces grands héros reçoivent un traitement royal. Le prince enfila un couloir et se retrouva face à face avec le Roi Cull.

— Tu m'as désobéi, le gronda le monarque.

— Je suis désolé, père, répondit Rhee en relevant fièrement la tête, mais je ne l'ai pas fait pour vous contrarier. Je voulais surtout vous faire comprendre que je ne suis plus un enfant. J'ai combattu dans les rangs des meilleurs soldats du continent et j'ai fait ma part.

— Tu t'es également exposé aux armes de nos ennemis en sachant que tu étais l'unique héritier du trône d'Argent.

— Sire, je ne suis plus le petit garçon qui a failli mourir à la naissance. Je suis devenu un homme et je veux vivre ma vie comme je l'entends.

Agacé par l'inconscience de son fils, Cull arpentait le couloir, se demandant s'il devait se réjouir de ce besoin d'indépendance ou la réprimer sans délai. Il ne voulait certes pas que Rhee adopte les tendances belliqueuses de son propre père, le Roi Draka, et qu'il se lance à l'assaut des royaumes voisins.

— Je sais à quoi vous pensez, mais vous avez tort, déclara le prince. Je veux seulement devenir un roi proche de son peuple, je ne veux pas devenir un guerrier. Je me suis joint aux Chevaliers parce que j'aime profondément notre royaume et que je voulais faire ma part pour le protéger.

— As-tu bien combattu, au moins ? soupira Cull.

— J'ai achevé les lézards que le Chevalier Wellan et ses compagnons avaient seulement blessés.

— Sage décision, approuva le roi.

– Mais vous pouvez vous réjouir des exploits de votre famille, ce soir, Majesté, poursuivit Rhee en s'illuminant de joie. Votre nièce est un redoutable soldat.

En marchant avec lui en direction de l'aile adjacente, le prince lui raconta comment Kira avait sans hésiter attaqué un lézard et il vanta aussi les talents d'archer de son époux. « Quelle étrange famille, pensa Cull, une nièce mauve et un nouveau neveu qui a vu le jour au Royaume des Esprits. »

52

La déesse de rubis

En rentrant au palais, Wellan laissa ses apprentis déposer leurs affaires dans leurs chambres avant de le rejoindre aux bains. Le palais d'Argent disposant d'installations séparées pour les femmes et pour les hommes, Bridgess s'occupa de ses sœurs d'armes et de leurs Écuyers. Wellan longea les couloirs de marbre blanc et descendit les quelques marches menant à l'immense bassin de céramique, surpris de n'y trouver personne. Ses frères, rentrés avant lui, s'étaient sans doute déjà purifiés. Le grand chef décida de commencer le rituel avant l'arrivée de tous les apprentis qui, eux, risquaient de briser rapidement sa concentration.

Wellan enleva ses vêtements souillés de sang et entra lentement dans le vaste bassin d'eau chaude beaucoup plus raffiné que celui d'Émeraude. Recouvert de millions de petites tuiles brillantes blanches et bleues, le pourtour de la piscine était orné de mosaïques représentant des créatures marines. Il plongea la tête sous l'eau et, lorsqu'il refit surface, il aperçut, debout au bord du bassin, une belle dame vêtue d'une multitude de voiles incandescents. Était-il entré par mégarde dans les installations réservées aux femmes ?

Il s'approcha pour lui faire des excuses et prit conscience que son visage d'albâtre n'avait pas d'âge. Ses longs cheveux noirs retombaient en boucles souples jusqu'à sa taille et dans ses yeux brillaient des flammes vacillantes. « Theandras... », devina-t-il. Cette dame, en effet, n'était autre que la déesse qui protégeait son royaume natal et, cette fois, il ne s'agissait plus d'une statue de plâtre. Wellan joignit aussitôt les mains sous son menton et inclina la tête avec respect comme on lui avait enseigné à le faire, enfant.

– *Ton nom est souvent prononcé dans les royaumes invisibles*, déclara la déesse de Rubis d'une voix cuivrée qui se répercuta sur les murs de pierre.

Mais le grand Chevalier ne la craignait pas. Parmi tous les dieux vénérés au Château d'Émeraude, elle était celle qui entendait toujours ses prières, celle qui l'avait toujours protégé comme une véritable mère.

– *Et tu ne m'as jamais oubliée, même quand on t'a demandé de le faire*, poursuivit-elle. *Ta dévotion est remarquable, Wellan de Rubis, et elle me touche beaucoup.*

Il releva lentement la tête. Il ignorait s'il était permis à un mortel de regarder un dieu, mais elle ne réprimanda pas son cran. Le soldat la contempla avec émerveillement, car elle était encore plus belle que la statue devant laquelle il avait passé de si nombreuses heures dans la chapelle d'Émeraude.

– Je vous suis reconnaissant d'avoir exaucé presque toutes mes prières, murmura-t-il avec respect.

– *Presque toutes ?*

Wellan rougit de honte, regrettant le choix de ses mots. Comblé par la vie, il n'avait pas le droit de reprocher à la protectrice de ses ancêtres de ne pas lui accorder toutes ses requêtes.

– Pardonnez-moi, murmura-t-il, les yeux à nouveau baissés. Un mortel ne doit pas faire de reproches à une déesse.

– *Mais tu te donnes le droit d'en faire aux Immortels.*

Il se mordit la lèvre inférieure, maintenant persuadé qu'elle était descendue sur terre pour le punir de son arrogance envers Abnar. Mais elle n'en fit rien.

– *Tu as raison de prétendre que les Immortels ne comprennent pas les émotions humaines, Wellan de Rubis, mais les dieux sont différents. Regarde-moi.*

Il leva un regard infiniment triste sur elle en essayant de toutes ses forces de ne pas penser à la Reine de Shola ou à son fils de lumière, mais pouvait-on vraiment cacher quoi que ce soit à une divinité ? Les yeux enflammés de Theandras transpercèrent impitoyablement son âme.

– *L'amour qui vous unit, la magicienne Fan et toi, est émouvant même pour les habitants des sphères célestes, mais vous avez des destins différents. Je suis venue vers toi pour te dire la vérité. Je ne veux pas que tu passes le reste de ta vie terrestre dans l'ignorance. Tu as tort de croire que Fan s'est servie de toi pour donner la vie à un Immortel. Elle l'a fait à notre demande. Nous avons besoin de ces êtres lumineux qui assurent l'équilibre entre le bien et le mal dans votre monde et, pour Dylan, nous avons choisi parmi tous les mortels un père digne de lui, un Chevalier fort, brave et droit.*

Wellan se cacha le visage dans les mains et éclata en sanglots. Il aurait probablement honte toute sa vie d'avoir perdu la maîtrise de ses émotions devant une déesse, mais il lui était impossible de faire taire son chagrin.

– *Un Chevalier au cœur tendre et sensible,* ajouta Theandras. *Nous comprenons ta peine, Wellan de Rubis, mais ton sacrifice sera récompensé. Je t'en donne ma parole.*

Elle s'approcha de lui en flottant dans les airs, ses voiles lançant autour d'elle des flammes qui ne dégageaient aucune chaleur. De ses doigts de feu, elle releva le menton de Wellan sans brûler sa peau. Elle dégagea son visage volontaire et posa sur lui un regard hypnotique.

– *Abnar n'est pas ton ennemi, mais ton allié. Il nous a implorés de le laisser te libérer du sortilège de Fan. Maintenant, laisse-moi te faire un cadeau qu'aucun mortel n'a reçu avant toi. Plus aucun maître magicien ne pourra te faire de mal.*

Une décharge électrique secoua brutalement Wellan et ses jambes cédèrent sous lui. Il se retint au rebord du bassin pour ne pas couler à pic dans l'eau chaude.

– *Continue de bien me servir, et tu reverras ton fils.*

Theandras s'évanouit dans un nuage de petites étoiles écarlates et Wellan se retrouva de nouveau seul à tenter désespérément de se hisser sur les petites tuiles glissantes.

Bridgess venait de déposer ses affaires dans sa chambre en compagnie de ses apprenties lorsqu'elle perçut le malaise du grand chef. Oubliant sa fatigue, elle se précipita en direction de l'énergie magique de l'homme qu'elle aimait. Elle dévala les marches de marbre blanc menant aux bains et vit le grand Chevalier s'accrochant tant bien que mal au rebord du bassin, incapable d'en sortir. Elle se mit à genoux devant lui et lui agrippa les bras.

— Mes jambes..., gémit Wellan.

Utilisant son pouvoir de lévitation, la femme Chevalier parvint à le tirer hors de l'eau et à le coucher sur le plancher de tuile. Les mains illuminées, elle examina ses genoux.

— Mais ils sont parfaitement normaux, Wellan, lui apprit-elle, confuse.

Pourtant, le visage du grand Chevalier continuait de se crisper de douleur. *Santo, où es-tu ?* appela la jeune femme. *Je suis en route pour me purifier,* répondit-il immédiatement. Elle lui demanda de se hâter. Santo se douta alors qu'il était arrivé un malheur.

Dans son lit, Kira ressentit aussi le malaise de son chef. Lorsqu'elle entendit l'appel de détresse de Bridgess, elle s'assura que son époux dormait toujours paisiblement et se dépêcha d'aller aux bassins. Lorsqu'elle arriva, Wellan reposait sur le sol, enroulé dans un drap de bain, et Santo examinait ses genoux sous le regard inquiet de Bridgess. Elle s'approcha lentement et s'assit aux pieds du grand Chevalier souffrant, attendant le verdict du guérisseur.

— Je ne trouve ni blessure ni maladie dans ton corps, mon frère, déclara-t-il, mais peut-être ton mal est-il d'une toute autre nature. Il y a plusieurs années, lorsque Hettrick était mon Écuyer, il a souffert de paralysie à un bras à l'issue d'un combat. Je l'ai examiné des dizaines de fois, en vain. Il a repris sa mobilité de lui-même quelques jours plus tard et j'ai alors compris que son problème avait une cause émotionnelle. Il avait eu si peur lors de son premier combat contre les insectes que son bras s'était crispé ainsi.

– Mais à un certain âge, il est juste normal que nos jambes..., commença Kira.

Le regard glacé que Wellan darda sur elle l'arrêta au milieu de sa phrase. Même s'il avait désormais dix ans de plus que Santo depuis son séjour au Royaume des Ombres, il se savait toujours en pleine possession de ses moyens.

– Je ne crois pas que cette paralysie soit reliée à son âge, intervint le guérisseur pour éviter une autre querelle entre Wellan et Kira.

– As-tu encore fait quelque chose pour déplaire à la Reine Fan ? s'alarma Bridgess.

– Non, grommela le grand Chevalier. Aidez-moi à me relever.

– Tu ne pourras pas marcher seul.

Wellan se redressa sur ses coudes, puis poussa de toutes ses forces sur ses mains pour s'asseoir. « Personne n'est plus têtu que lui », pensa Kira. Santo et Bridgess le saisirent par les bras et le mirent sur ses pieds malgré son poids. Il se mit à vaciller dangereusement, alors la jeune femme mauve lui entoura la taille pour l'empêcher de tomber. Une énergie tourbillonnante lui chatouilla aussitôt les paumes. Kira ferma les yeux et vit une belle femme aux longs cheveux noirs et au regard ardent. Wellan était-il la victime d'un autre spectre ?

– Quelqu'un lui a jeté un sort ! s'exclama-t-elle en cessant de toucher son chef.

Si Wellan en avait été capable, il aurait balancé la Sholienne dans le bassin pour la faire taire, car il n'aimait pas confier sa vie privée aux autres. Avant qu'il puisse ordonner à ses compagnons de le ramener à sa chambre, deux petites flammes rouges s'échappèrent de ses genoux. Ses compagnons en restèrent stupéfaits.

— Mais qu'est-ce que c'est ? s'étonna Santo.

— Est-ce maléfique ? s'inquiéta Bridgess.

— Non, répliqua durement Wellan.

Les flammes se transformèrent en petites étoiles qui disparurent presque aussitôt. Se sentant plus fort, Wellan tenta avec succès de faire un pas seul. Soudainement rajeuni, il se dégagea de Bridgess et de Santo.

— Tu es enveloppé d'une énergie protectrice que je ne reconnais pas, déclara Kira.

— Mais qui t'a donné un tel traitement ? chercha à comprendre Santo.

— C'est la déesse de Rubis, avoua Wellan en évitant de croiser leurs regards.

Ses trois compagnons semblaient incrédules, et pour cause : jamais un dieu n'était apparu à un mortel dans toute l'histoire des hommes.

— Vous n'êtes pas obligés de me croire, grommela le grand chef en les quittant, toujours enroulé dans son drap de bain.

Il était le chef des Chevaliers et il devait protéger sa réputation, mais la vie s'acharnait à le placer dans des situations impossibles... Il se rendit à sa chambre, et fut surpris de ne pas y trouver ses garçons. Avaient-ils emprunté un chemin différent pour se rendre aux bains ? Il enfila une tunique propre et attacha ses cheveux. Il s'apprêtait à communiquer avec eux lorsque Bridgess se présenta à la porte.

– Pourquoi Theandras est-elle descendue sur terre pour te voir ? demanda-t-elle.

Sa voix était angoissée. Une brève incursion dans l'esprit de la jeune femme apprit à Wellan qu'elle craignait l'apparition d'une nouvelle rivale dans sa vie.

– Ce n'est pas pour les raisons auxquelles tu penses, la rassura-t-il. Elle est seulement venue me dire que mon fils appartient à son monde à elle.

– Fan et Abnar te l'ont déjà dit, Wellan. Pourquoi la déesse est-elle obligée de te le répéter ?

– Sans doute parce que cette séparation me cause un bien plus grand chagrin que vous le croyez.

Bridgess l'enlaça doucement. Bien sûr, elle comprenait sa peine de ne pas pouvoir élever lui-même son fils, mais cet enfant avait sans nul doute un grand destin à accomplir.

– Tu es un homme béni, murmura-t-elle, et, un jour, tu t'en rendras compte.

Il ferma les yeux en se laissant embrasser par cette femme merveilleuse à qui il unirait bientôt sa vie. En ressentant la profondeur de son amour, il pensa qu'elle avait raison de dire qu'il était choyé.

53

UNE NOUVELLE ALLIANCE

Les Chevaliers et les Écuyers se purifièrent et revêtirent les vêtements propres que leur remirent les servantes, puis ils se présentèrent dans le grand hall. Le festin qu'on leur avait préparé était encore plus somptueux que celui donné à leur arrivée au Royaume d'Argent. Affamés, les apprentis se jetèrent sur les plats délicieux dès qu'on les déposa sur les tables. Au grand étonnement des Chevaliers, Sage se présenta au repas avec Kira. Il semblait en grande forme. Lorsqu'ils firent leur entrée, Rhee, en costume d'apparat, les convia à sa table. Intimidé par tous les éloges dont le couvrait le prince, Sage n'osait plus regarder ses frères. « Pourtant, il mérite ces compliments », estima Kira.

Bridgess caressa la main de Wellan et il posa sur elle ses yeux bleus. *Ça va ?* demanda-t-elle. Il l'assura qu'il ne s'était jamais aussi bien porté. Il était sincère. Elle l'examina attentivement et constata en effet qu'il semblait avoir rajeuni de plusieurs années. Décidément, toutes les femmes aimaient ce grand soldat, même les déesses.

Cull leur fit alors un discours de remerciement qui dura près d'une heure et qui les fit remonter jusqu'à la première guerre lors de laquelle son ancêtre Hadrian s'était illustré.

La Reine Olivi lui tira finalement la manche pour l'inciter à écourter la leçon d'histoire. Il leva donc sa coupe aux vaillants Chevaliers d'Émeraude en les remerciant d'avoir sauvé son peuple des hommes-lézards. Le roi vanta ensuite les exploits de Kira et de Rhee et adressa ses félicitations à Sage pour sa bravoure durant le combat. Le jeune guerrier baissa les yeux sur son assiette en rougissant de plus belle.

Les Chevaliers et les Écuyers burent et mangèrent à satiété, puis se retirèrent dans leurs appartements pour dormir. Wellan avait décidé de quitter le Royaume d'Argent dès le lendemain. Mais le prince ne voulut pas laisser partir le mari de sa cousine, qui était devenu son héros.

Restés seuls dans la grande pièce éclairée par les flambeaux, Kira, Sage et Rhee, devenus amis, continuèrent de bavarder gaiement. Les serviteurs s'étaient retirés pour la nuit, mais avaient laissé du vin à leur intention. Le prince remplit de nouveau la coupe de Sage en posant sur lui des yeux remplis d'admiration.

— Y a-t-il des princesses au Royaume des Esprits ? lui demanda-t-il soudainement.

Sage ne sut que répondre, puisque c'était Kira qui avait inventé cette histoire de famille royale d'Espérita.

— Elles sont déjà toutes mariées, répondit la jeune femme mauve en ébranlant une fois de plus son époux. Mais je suis certaine que ton père a déjà choisi une épouse pour toi.

— Il m'a en effet parlé de la Princesse Mona de Zénor, soupira-t-il comme si c'était une obligation à laquelle il aurait voulu se soustraire.

— Mona ! se réjouit Kira. Mais c'est une jeune fille merveilleuse !

— Vous la connaissez ?

— Évidemment, je la connais ! Nous l'avons rencontrée lorsque nous sommes allés à Zénor reconduire le cheval de son frère, le Prince Zack, il y a quelques années.

Elle jeta un coup d'œil à Sage et le vit froncer les sourcils. Il n'avait évidemment aucun souvenir de ce voyage, puisqu'il était Onyx à l'époque.

— Parlez-moi d'elle ! réclama le prince.

— Elle a de longs cheveux blonds et des yeux couleur de l'océan et elle est d'une douceur exquise, décrivit Kira.

— Est-ce que je lui plairais ?

— Je suis certaine que oui, car elle aime les hommes braves qui n'ont pas peur de se salir les mains, mais qui savent faire preuve de tendresse. Quelqu'un comme mon époux, par exemple.

Sage rougit jusqu'aux oreilles. Décidément, elle prenait un malin plaisir à le mettre mal à l'aise en public. Elle l'embrassa sur la joue pour lui faire comprendre qu'elle le taquinait et poursuivit sa description de la jeune princesse. Mona ne connaissait pas la vie de château, puisque celui de ses ancêtres avait été partiellement démoli par des sorciers lors de la première guerre contre l'Empereur Noir. Elle parla des ruines en bordure de l'eau et des hauts plateaux sur lesquels vivait désormais le peuple de Zénor, qui craignait toujours le retour des envahisseurs en provenance de la mer.

– Acceptez au moins de la rencontrer, suggéra Kira.

Le prince le lui promit avec enthousiasme. Il décrocha alors de sa ceinture une dague ancienne au manche serti de pierres précieuses. La lame reposait dans un bel étui de cuir noir décoré des hippocampes en argent représentatifs du royaume. Avec un air solennel, Rhee déposa l'arme dans les mains de Sage.

– J'aurais aimé vous offrir un plus beau présent, mais mon pays se remet à peine de son isolation commerciale, déplora Rhee.

– Mais je ne mérite pas une telle générosité, votre Altesse.

– Les Chevaliers ne peuvent refuser les cadeaux des dirigeants d'Enkidiev, vous le savez, pourtant.

– Il a raison, mon chéri, chuchota Kira à son oreille.

Le jeune guerrier admira la dague en pensant que son père serait fier d'apprendre qu'il était enfin devenu un homme important.

– Elle a appartenu à mon ancêtre Hadrian, poursuivit le prince, mais la gaine est plus récente, l'autre n'ayant pas résisté aux mauvais traitements que ce roi guerrier lui a fait subir.

– Hadrian..., murmura Sage en revoyant son visage dans ses pensées.

Sans réfléchir, il retira le poignard de l'étui. La large lame polie semblait n'avoir jamais servi et il pouvait même y apercevoir son reflet. C'est alors que ses cheveux se mirent à allonger et que des tresses de teinte bleuâtre s'y formèrent.

– Mais que se passe-t-il ? s'écria le Chevalier en se tournant vers Kira.

Son épouse et le prince aussi avaient disparu. Il regarda autour de lui : il se trouvait toujours dans le hall du roi à peine éclairé par quelques flambeaux. Une silhouette accroupie devant l'âtre attira son attention.

– Ce que tu as fait pour moi n'a pas de prix, mon frère, déclara la voix familière d'Hadrian.

L'homme se releva et marcha vers lui. Sage reconnut le noble Chevalier. Il affichait la même prestance qu'à leur première rencontre, mais il lui sembla plus triste.

– Je devrais punir ton geste téméraire, mais je ne m'y résous pas, soupira le roi guerrier en prenant place à l'endroit où Rhee était assis un instant plus tôt.

Il portait ses vêtements noirs piqués de petits diamants, mais aucun bijou, cette fois.

– Ne connais-tu donc pas la peur ? le questionna Hadrian.

– Oui, pourtant, répondit Sage en maîtrisant de son mieux sa terreur de se retrouver une fois de plus dans le passé d'Enkidiev.

– Tu savais que tu pouvais être torturé ou, pire encore, tué, lorsque tu es entré dans la tanière de cet empereur de malheur, mais tu l'as fait... pour moi...

Sage fouilla rapidement sa mémoire, à la recherche d'une bribe d'information sur les agissements passés de son ancêtre, mais ne se souvint pas d'un tel exploit.

– Je te donnerai tout ce que tu voudras, Onyx.

Sage baissa le regard sur la lame brillante de la dague et y contempla le reflet du renégat.

– Et ne me dis pas que tu te contenteras de cette arme, protesta Hadrian. La vie de mon fils est beaucoup plus précieuse.

Sage la déposa sur la table et le Prince Rhee réapparut devant lui, l'air inquiet.

– Il est préférable que vous conserviez ce poignard ici, murmura le jeune guerrier, soudainement très pâle.

Il fit reculer son banc et se leva en chancelant. Après une courbette maladroite, il tourna prestement les talons pour se diriger vers la sortie.

– Sage ! le rappela Kira.

– Si je l'ai offensé d'une quelconque façon, vous m'en voyez vraiment désolé, s'excusa le prince.

– Mon mari possède l'étrange pouvoir de plonger dans le passé lorsqu'il touche de vieux objets de la même façon que leurs anciens propriétaires. Je pense que cette arme l'a une fois de plus ramené à l'époque du Roi Hadrian. Vous n'y êtes pour rien, Rhee, je vous assure.

– Refuse-t-il mon présent ?

– Non, il l'accepte avec fierté, mais c'est moi qui en aurai la garde, si vous voulez bien.

Le prince la remercia pour ses bons conseils au sujet de son mariage avec la Princesse de Zénor et lui souhaita bonne nuit. Kira remit le poignard dans son bel étui et s'empressa de se rendre à l'aile réservée aux Chevaliers.

Elle entra dans la chambre qu'elle partageait avec son époux et le trouva assis en boule sur l'appui de la fenêtre, regardant au loin le sombre océan. Kira alla appuyer son menton sur son épaule pour regarder dans la même direction.

— Les dieux t'ont fait cadeau d'un remarquable pouvoir, mon amour, susurra-t-elle. Tu sauras certainement l'apprécier lorsque tu le maîtriseras.

Sage se rappela sa dernière conversation avec Hadrian.

— J'ai eu un peu moins peur cette fois-ci, avoua-t-il, mais je n'aime pas ces visites dans le passé.

Kira décida de ne pas le questionner tout de suite au sujet de sa deuxième expérience et se contenta de l'enlacer.

— Je ne comprends pas pourquoi l'empereur ne nous laisse pas tranquilles, murmura Sage. Il a son propre continent et nous avons le nôtre. La terrible prophétie ne se réaliserait pas s'il restait chez lui au lieu de nous attaquer.

— Maître Abnar dit que c'est dans sa nature d'insecte de rechercher de nouveaux territoires pour ses sujets. Même s'il n'y avait pas de prophétie, je crois qu'il tenterait quand même de mettre les pieds chez nous. Mais nous lui avons donné une bonne leçon aujourd'hui.

— Il enverra d'autres armées, n'est-ce pas ?

– Je crains que oui, mais nous serons toujours là pour l'arrêter.

Elle frotta doucement le bout de son nez sur l'oreille du jeune homme et lui arracha un sourire. Le geste ne lui causait pas autant de plaisir qu'à elle, mais il en apprécia tout de même le message rempli d'amour.

Malgré l'heure tardive, Wellan débordait d'énergie. Ses apprentis tombant de sommeil, il les laissa se retirer dans l'aile des chambres. Au pied de l'escalier de marbre, il attendit que tous soient montés à l'étage, puis il se rendit sur le grand balcon où, plusieurs années plus tôt, il avait assisté à une magnifique pluie d'étoiles filantes. Il marcha lentement le long de la balustrade et, à la lumière des torches, observa les sculptures représentant d'étranges bêtes mythiques qui la jalonnaient. Certaines avaient des têtes d'oiseau sur des corps de chat sauvage, d'autres des têtes de chien sur des corps de créature marine.

– Saviez-vous que ces animaux ont existé jadis ? fit une voix derrière lui.

Wellan fit volte-face. Le Magicien de Cristal se tenait devant lui, sa longue tunique blanche flottant dans l'air frais du soir.

– Je n'ai jamais rien lu à ce sujet, s'étonna le grand chef.

– C'était il y a fort longtemps, bien avant que les hommes commencent à écrire leur histoire. Il est remarquable que certains d'entre eux les aient ainsi sculptés.

– Sans doute possédaient-ils, comme le Chevalier Sage, la faculté de retourner dans le passé.

– C'est un talent plutôt rare chez un mortel. J'ai appris que Theandras vous avait rendu visite. Vous êtes décidément un homme privilégié.

– Je commence à le croire. La déesse m'a dit que vous aviez décidé vous même de soigner mes genoux. Je vous en suis reconnaissant.

– C'est le moins que je puisse faire pour le chef des Chevaliers.

– Mais vous n'êtes certainement pas venu me parler d'histoire ou de pouvoirs magiques, insinua Wellan en fronçant les sourcils.

– Non, je suis venu vous dire que les reptiles n'ont pas l'intention de revenir sur Enkidiev, même si l'Empereur les menace de mort. Vous pouvez rentrer au Château d'Émeraude et vous reposer. Je vous préviendrai de la prochaine tentative d'invasion d'Amecareth assez tôt pour que vous puissiez l'arrêter.

– Je vous remercie de votre aide.

Wellan inclina la tête et, lorsqu'il leva les yeux, l'Immortel s'était évaporé.

54

Le retour au château

Dès que les Chevaliers furent de retour au Château d'Émeraude, Wellan se présenta devant le roi pour lui faire son rapport de la bataille sur la côte. Il posa un genou en terre et inclina respectueusement la tête. Émeraude Ier se surprit à penser qu'il serait temps que cet homme de valeur conçoive des enfants aussi méritants que lui. Il remarqua qu'une nouvelle sagesse émanait de ce prince du continent devenu soldat et son vieux cœur s'en réjouit.

– Nous avons repoussé l'ennemi, Majesté, déclara Wellan, mais un de mes hommes, le Chevalier Buchanan, est tombé au combat.

– Que s'est-il passé ? s'affligea Émeraude Ier.

– L'empereur a utilisé des créatures plus dangereuses, cette fois : des lézards aussi gros que des humains, marchant sur leurs pattes arrière et se servant de glaives ainsi que de leurs griffes et de leurs dents. La perte du Chevalier Buchanan est en partie ma faute, puisque j'ai précipité mes soldats dans la bataille sans prendre le temps d'en calculer tous les risques.

– Mais comment aurais-tu pu savoir que ces reptiles étaient plus féroces que les hommes-insectes sans les affronter une première fois ?

– J'aurais pu les sonder, fouiller leur esprit, tenter de comprendre leurs intentions, mais j'ai aveuglément foncé sur eux en les voyant enlever des femmes et assassiner leurs maris.

– L'empereur les a envoyés pour voler nos femmes ? s'étonna le vieux monarque.

– Les lézards en ont besoin afin de sauver leur race.

– Quelle horreur...

– Je suis parfaitement d'accord avec vous, Altesse. D'ailleurs, dès que le Magicien de Cristal m'aura indiqué la route jusqu'à leur île, j'aimerais obtenir votre permission d'utiliser les bateaux de Zénor pour aller reprendre les captives.

– Mais l'Empereur Noir pourrait profiter de votre absence pour attaquer Enkidiev...

– J'y ai également songé et, pour cette raison, je n'emmènerais que la moitié de mes hommes avec moi.

– Il faudra me laisser réfléchir à tout ceci, Wellan. Pour l'instant, nous avons un important mariage à célébrer.

La surprise de Wellan fit sourire le vieillard. Son grand Chevalier, la bouche ouverte, ne savait plus comment réagir.

– Comment l'avez-vous appris ? réussit-il à articuler.

— Les nouvelles voyagent rapidement, dans un château, mon jeune ami.

— Il aurait été plus convenable que je vous annonce la nouvelle moi-même.

— Tu es l'homme le plus important de mon royaume, Wellan, alors ce sera un grand festin.

— Mais sire...

— C'est mon privilège, si tu te rappelles bien les articles du code.

Wellan n'osa pas lui avouer le nombre de fois où il avait dû appliquer le code d'une façon arbitraire durant ses nombreuses missions.

— Tu n'as qu'à me dire quand tu souhaites unir ta vie à celle de l'élue de ton cœur, et je m'occupe du reste.

— Vous êtes trop bon pour moi, Majesté.

— Je te ferai également préparer une suite dans mon palais, déclara Émeraude Ier.

— Votre Altesse, ma place est auprès de mes hommes, même marié. Avec votre permission, je préférerais occuper une chambre de l'aile des Chevaliers, tout comme mes frères Falcon et Dempsey qui ont aussi des épouses.

— Une plus grande chambre alors ?

— Non, sire. Celle que j'occupe actuellement me convient.

— Mais tu mérites beaucoup mieux, Wellan.

– L'humilité fait partie des qualités d'un Chevalier.

Bien qu'il fût l'auteur des règles fondamentales gravées sur le mur de la cour, avec l'âge, le roi s'en rappelait de moins en moins la teneur. Il accepta donc de laisser Wellan vivre comme il l'entendait, mais lui fit promettre de lui faire la requête d'une meilleure chambre si jamais il changeait d'idée.

Le grand Chevalier inclina respectueusement la tête et quitta la salle d'audience, légèrement contrarié. Lui qui avait rêvé d'une union intime devant la statue de la déesse de Rubis, il allait prononcer ses vœux de mariage devant toute la population d'Émeraude.

Il longea le somptueux couloir des appartements royaux et dévala l'escalier. Il obliqua vers les cuisines puis traversa le palais jusqu'à l'aile des Chevaliers.

– Je ne vous croyais pas aussi timide, se moqua une voix derrière lui.

Wellan porta la main sur la garde de son épée. Ce n'était pourtant qu'Abnar, les bras croisées sur sa poitrine.

– M'apportez-vous des nouvelles des femmes de Cristal ?

– Elles sont effrayées, mais elles ne sont pas encore en danger. Le cycle de reproduction des lézards ne commencera que dans plusieurs semaines.

– Alors, nous devons nous mettre en route sans tarder.

– C'est la saison des tempêtes sur l'océan, lui rappela l'Immortel. Il vous faudra attendre que les pluies s'abattent sur Enkidiev, l'océan redevenant alors plus calme.

Wellan ne lui cacha pas son agacement. La saison froide ne débutait que dans un mois. Cette fois, il prendrait le temps de planifier soigneusement son attaque et aucun de ses hommes n'y perdrait la vie.

– Pourriez-vous me procurer une carte de l'océan ou me trouver un guide qui nous mènerait jusqu'à l'île des lézards ? demanda-t-il au magicien.

– Je verrai ce que je peux faire.

Abnar se dématérialisa. Wellan demeura immobile à penser à cette dangereuse entreprise. Il n'emmènerait que des hommes avec lui, pendant que les femmes resteraient sur la côte pour protéger leurs arrières. Swan lui ferait probablement une scène, mais elle finirait par se plier à sa volonté.

Il poursuivit sa route en direction de l'aile des Chevaliers. Il trouva ses soldats dans le hall à bavarder bruyamment tout en mangeant. Il prit place près de ses Écuyers et ressentit la joie de ses compagnons. *J'ai choisi la date*, lui annonça alors Bridgess dans son esprit, tout en lui adressant un sourire radieux.

– Est-ce que tout le monde le sait ? demanda-t-il à haute voix.

– Tout le royaume, mon frère, déclara Falcon en levant son verre pour boire à sa santé.

– Ce mariage aurait dû avoir lieu il y a longtemps, commenta Dempsey, mais on dirait que les hommes de cet Ordre ont du mal à voir ce qu'ils ont directement sous les yeux.

Lui-même avait mis des années avant de reconnaître les sentiments qu'il avait pour Chloé. Wellan fit la sourde oreille à toutes leurs taquineries. Il mangea en silence, songeant plutôt à l'île des lézards qu'il leur faudrait bientôt prendre d'assaut. Lorsqu'elle se rendit compte que son futur époux mâchait le même morceau de viande depuis plusieurs minutes, Bridgess demanda à ses filles de rester à leurs places et le rejoignit. Elle glissa sa main dans la sienne et, sous une pluie de cris et de sifflements moqueurs, Wellan se leva et se laissa entraîner vers la sortie.

— Si un jour nous sommes obligés d'affronter une tribu de femmes soldats, nous sommes tous morts ! plaisanta Nogait.

Tous éclatèrent de rire. Même Wellan sourit alors qu'il franchissait la porte du hall. Bridgess l'emmena dans les jardins intérieurs du palais que personne ne fréquentait à cette heure. Elle fit asseoir le grand chef sur un banc de pierre et Wellan la fixa dans les yeux en silence. Contrairement à l'éblouissante Reine de Shola, cette femme Chevalier n'avait aucune intention de l'utiliser à la demande des dieux avant de lui briser le cœur. Comment avait-il pu se laisser ainsi séduire par un maître magicien ?

— Je suis tombée amoureuse de toi à l'âge de huit ans et je n'ai jamais cessé de t'aimer, lui révéla Bridgess.

Elle grimpa sur ses genoux, passa ses bras autour de son cou, l'embrassa tendrement.

— Dis-moi ce que je pourrais t'offrir pour célébrer notre union, murmura-t-il à son oreille.

— Quelques jours seuls, loin de nos Écuyers et de nos compagnons, dans un endroit romantique où personne ne nous trouvera.

Le grand Chevalier soupira de consternation. Il était plutôt difficile pour un chef d'armée de s'isoler tandis que l'ennemi rôdait. Mais le Magicien de Cristal affirmait qu'ils ne pourraient pas quitter Enkidiev avant la saison des pluies de toute façon. Pouvait-il se permettre de s'éloigner pendant quelque temps pour combler cette femme merveilleuse ?

– Je ne t'oblige pas à me répondre tout de suite, ajouta la jeune femme. Prends le temps d'y penser.

– Tu me connais trop, sourit Wellan.

– J'ai la ferme intention d'utiliser contre toi tout ce que je sais, plaisanta-t-elle. Et, en plus, c'est ta faute. C'est toi qui m'as tout enseigné.

– Tu es décidément ma plus belle réussite, concéda-t-il, les yeux remplis d'étoiles.

– C'est la première fois que tu m'exprimes vraiment ton amour, Wellan, et pas seulement avec des paroles. Je peux le sentir dans toutes les fibres de ton être.

Il chercha ses douces lèvres et les embrassa longuement. Tout à ses caresses, il se surprit à penser qu'il aurait aimé oublier la guerre et ses obligations de justicier pour passer le reste de sa vie dans une petite ferme avec Bridgess, entouré de leur marmaille.

55

UN MARIAGE FORT ATTENDU

À l'occasion du mariage des deux Chevaliers, Émeraude Ier décida d'inviter tout son royaume et, même si Wellan n'avait pas envie de parader sur une estrade au milieu de la grande cour, le roi la fit élever quand même. Le grand Chevalier regardait les ouvriers solidifier la structure. Il entraîna ses deux Écuyers à l'ombre des murs et commença à s'énerver. Bailey et Volpel s'employèrent à dissiper son malaise en l'attaquant avec vigueur, se mettant à deux contre lui pour distraire ses pensées.

Surpris, Wellan plia d'abord sous cette pluie de coups, puis il se concentra davantage. Il rappliqua contre une lame, puis contre l'autre, parant une attaque et esquivant la suivante. Les garçons se montraient particulièrement efficaces en duo, comme une paire de chats sauvages de Rubis à la chasse. Lorsqu'ils eurent réussi à épuiser leur maître et à l'immobiliser contre les remparts, ils poussèrent un cri de victoire. En nage, Wellan les félicita pour leur technique et leur ruse.

– Profitez-en pendant qu'il a la tête ailleurs, les avertit Bergeau qui avait suivi le combat de loin avec ses trois Écuyers. Après son mariage, vous ne pourrez plus le coincer aussi facilement.

— Ce sont tout de même de redoutables combattants, mon frère, admit Wellan en cherchant son souffle.

— Si tu veux qu'il te reste assez de force pour remplir ton devoir conjugal, tu devrais commencer à te ménager un peu.

D'un seul mouvement, sans avoir échangé un seul mot, les Écuyers de Wellan attaquèrent Bergeau qui se défendit en riant de plaisir, sous le regard amusé du grand chef qui en avait assez pour la journée.

La veille du mariage, Bailey et Volpel frottèrent la cuirasse et les bottes de Wellan avec fierté. Les serviteurs retirèrent leurs lits de sa chambre pour les installer dans la pièce voisine, et ils firent de même pour les apprenties de Bridgess. De toute façon, les adolescents n'avaient plus besoin de cette proximité avec leurs maîtres, ayant établi de solides liens télépathiques avec eux.

Les deux Écuyers accompagnèrent le grand Chevalier dans le hall pour le repas du soir. En s'approchant des deux longues tables, Wellan remarqua tout de suite l'absence de sa future épouse et de Kira. « Que manigancent-elles, cette fois-ci ? » se troubla-t-il en fronçant les sourcils.

— Elles sont chez la couturière, répondit Sage en le faisant asseoir près de lui, mais je n'ai pas le droit de t'en dire plus.

Wellan sonda le jeune guerrier pendant qu'il remplissait son assiette et se détendit en découvrant qu'il ne s'agissait pas d'un coup pendable.

– Tu devrais manger, insista Dempsey assis devant lui. Tu vas avoir besoin de toute ton énergie demain.

– Je ne peux pas, j'ai un nœud dans l'estomac, confessa Wellan.

Chloé se leva, fit le tour de la grande table et vint poser les mains sur les tempes du grand Chevalier. Wellan sentit aussitôt une chaleur réconfortante s'infiltrer dans sa tête et se propager en lui. Sage suivit l'opération avec attention, car il ne maîtrisait pas encore très bien ce pouvoir. Il savait comment transmettre des vagues d'apaisement, mais lorsqu'il s'agissait d'opérations plus délicates, il n'était pas très doué.

Leur sœur d'armes mit fin au traitement et embrassa le grand Chevalier sur la joue en chuchotant à son oreille :

– C'est mieux maintenant ?

– Mon estomac semble se détendre, en effet.

Il prit quelques bouchées pour faire plaisir à ses compagnons, puis s'isola dans la cour du château. Il marcha autour de la plate-forme de bois en admirant les étoiles qui s'allumaient une à une dans le ciel. C'était à cet endroit même qu'il avait vu pour la première fois le visage ensorcelant de la Reine de Shola, là aussi qu'il l'avait défendue contre les paysans qui voulaient lui jeter des pierres. C'était dans cette cour qu'il était tombé dans son piège, comme un enfant sans défense.

Il se tourna vers l'estrade et s'égaya en pensant à Bridgess qui l'aimait de toute son âme et qui le rendrait heureux jusqu'à la fin de sa vie. Il prit place sur les marches du dais et se remémora le jour où elle était devenue son

Écuyer, toutes les questions pertinentes dont elle l'avait bombardé pendant plus de six ans, puis, la nuit de son adoubement, la façon dont elle lui avait clairement fait savoir qu'elle n'était plus une petite fille. Les paroles du roi résonnèrent alors dans son esprit. *Il ne pourra naître que des enfants forts et intelligents d'une telle union.*

Ses Écuyers déboulèrent dans la cour une heure plus tard en clamant qu'il se faisait tard et qu'ils ne voulaient surtout pas qu'il dorme debout pendant la cérémonie le lendemain. Wellan se laissa conduire à sa chambre en pensant qu'ils allaient bientôt devenir des hommes, tous les deux, et qu'ils serviraient à ses côtés dans la belle cuirasse verte des Chevaliers d'Émeraude.

Ce soir-là, seul dans sa chambre comme autrefois, il se dévêtit et s'allongea sur son lit, incapable de faire taire ses pensées. Devait-il prévenir ses parents qu'il prenait épouse ? Son frère Stem était déjà marié depuis quelques années à la Princesse Maud de Béryl, et sa sœur Chrysta vivait maintenant au Royaume de Fal avec son époux, le Prince Patsko. Quelqu'un lui avait même dit qu'ils avaient des enfants...

Il ne sombra dans le sommeil que lorsque la lune eut complété son ascension dans le ciel et, heureusement, personne ne vint le chercher pour le repas du matin. Il se réveilla un peu avant midi et se rendit aux bains, qu'il trouva évidemment déserts à cette heure. Il se trempa dans l'eau chaude l'esprit occupé à ses nouvelles responsabilités. Il se dirigea ensuite vers les quartiers des masseurs. Ces derniers, curieusement, l'attendaient. Ils appliquèrent des huiles odorantes sur sa peau et le massèrent pendant un long moment. Ils lissèrent aussi ses cheveux et les nouèrent sur sa nuque avec une lanière de cuir.

Lorsque Wellan retourna à sa chambre, il se sentait calme et prêt à prononcer ses vœux devant l'univers tout entier. Ses Écuyers lui firent endosser son costume d'apparat, attachèrent sa ceinture autour de sa taille et glissèrent son épée et sa dague dans leurs fourreaux. Volpel et Bailey le firent tourner sur lui-même pour s'assurer que les plis de sa cape tombaient parfaitement dans son dos, et se déclarèrent satisfaits. Ils le poussèrent ensuite dans le couloir et les Chevaliers les plus âgés l'escortèrent dans la cour bondée. En traversant la foule, Wellan reconnut ses compagnons plus jeunes ainsi que leurs Écuyers, et les épouses de Jasson et de Bergeau tenant leurs enfants par la main.

Le grand Chevalier grimpa sur l'estrade décorée des fanions vert et or du Royaume d'Émeraude sur lesquels figurait un aigle, les ailes déployés, défendant le château. Wellan s'arrêta devant le roi, ses conseillers et les magiciens, et la foule se tut. À ce moment précis, Bridgess sortit du palais, escortée de ses sœurs d'armes. Elle portait une longue robe blanche piquée de pierres précieuses et lacée sur les bras par des fils d'argent. Elle n'avait pas attaché ses cheveux et ils coulaient en douces vagues blondes sur ses épaules. Une couronne de petites fleurs sauvages lui ceignait la tête et lui donnait l'air d'une adolescente.

Tandis qu'elle grimpait prudemment l'escalier pour le rejoindre, Wellan se dit qu'elle était aussi belle qu'une déesse. Bridgess s'approcha de lui et ils se contemplèrent, échangeant déjà leurs vœux en silence. Wellan prit ses mains parfumées et les embrassa avec douceur.

Le Roi d'Émeraude rompit l'enchantement en frappant le plancher de bois de son long sceptre. Wellan et Bridgess se tournèrent vers lui, sans percevoir les murmures d'admiration de la foule qui entourait l'estrade. En fait, le grand Chevalier n'entendait plus que les battements affolés de son propre cœur. Il jeta un coup d'œil derrière lui : ses soldats formaient une longue rangée et, derrière eux, se tenaient leurs Écuyers.

Cesse de t'énerver, tout se passera très bien, lui dit Dempsey avec son esprit en faisant sourire tous ses compagnons. Wellan se tourna de nouveau vers le roi.

✧   ✧
✧

De la fenêtre de sa tour, Lassa observait le rassemblement de ses grands yeux de saphir, pendant qu'Émeraude Ier prononçait le discours sur la fidélité des époux. Par mesure de sécurité, Abnar lui avait défendu de quitter son antre. Les larmes aux yeux, le petit prince avait supplié Armène de le cacher dans une grande cape et de l'emmener dans la foule, mais elle avait refusé, par crainte de la colère de l'Immortel.

Lassa distingua Kira auprès de son mari, au milieu d'une rangée de beaux soldats dont les émeraudes brillaient au soleil. Derrière les Chevaliers, il aperçut soudain un petit garçon de son âge qui ne ressemblait pas aux autres enfants présents dans la cour du château. Une étrange lumière flottait autour de sa tête et de ses épaules et se propageait même aux gens qui l'entouraient. Lassa eut alors l'impression de le connaître depuis toujours, malgré qu'il ait passé toute sa vie seul dans cette pièce circulaire où ses rares visiteurs étaient des adultes.

Il ferma les yeux et se concentra profondément. Magiquement, le petit garçon se dématérialisa dans la cour et réapparut instantanément devant lui. Ses grands yeux verts remplis de surprise et de curiosité plurent aussitôt au porteur de lumière.

– Je m'appelle Lassa, se présenta-t-il amicalement.

– Moi, c'est Liam. C'est ta maison, ici ?

– Oui.

– Comment je suis venu ?

– Par magie. Veux-tu jouer avec moi ?

Liam accepta avec enthousiasme, bien plus intéressé à s'amuser qu'à demeurer auprès de sa mère et des serviteurs à regarder un fouillis de tuniques et de sandales. Lassa prit sa main et l'emmena sur son grand lit couvert de jouets, pendant qu'Armène préparait son repas à l'étage inférieur en chantant des airs nuptiaux.

Dans la cour, Wellan prononça ses vœux avec émotion et reçut ceux de Bridgess en se promettant de ne plus jamais lui causer de chagrin. Lorsqu'ils s'embrassèrent pour sceller leur union, toute la population éclata de joie. Les feux s'allumèrent un peu partout et les pièces de viande furent placées au-dessus des flammes. Jasson sauta dans la foule pour rejoindre sa famille et constata avec stupeur que sa femme cherchait désespérément leur petit garçon. Il se servit aussitôt de ses sens invisibles et sonda toute la cour sans le trouver.

– Mais c'est impossible ! s'exclama-t-il.

– Je t'en prie, Jasson, sers-toi de ta magie et retrouve notre fils ! pleurait Sanya.

– Mais c'est ce que je viens de faire !

Jasson se tourna vers l'estrade où les deux mages félicitaient les nouveaux mariés. Il était sur le point de demander leur aide.

– Non, il y a une autre façon, se rappela-t-il. Liam est un enfant magique. Il m'entendra si je l'appelle avec mes facultés télépathiques.

– Mais qu'est-ce que tu attends ? s'énerva Sanya.

Liam, où es-tu ? demanda Jasson, ce qui attira sur lui les regards inquiets de ses frères qui pouvaient aussi l'entendre. *Je suis en train de jouer avec mon nouvel ami,* fit la voix cristalline de Liam. Jasson ne savait pas s'il devait se réjouir de cette réponse. *Dis-moi que ton ami n'est pas recouvert de plumes noires, je t'en prie,* le supplia-t-il, craignant l'intervention d'un sorcier. *Mais non, papa ! Il s'appelle Lassa et il n'a pas de plumes !* Jasson se tourna vers la grande tour en même temps que tous les Chevaliers. Il demanda à son fils de se rendre à la fenêtre et de lui envoyer la main. Quelques secondes plus tard, Liam y apparaissait en faisant de grands gestes avec ses bras pour attirer son attention. Jasson le montra à Sanya qui, elle aussi, fut soulagée de le revoir.

– Allons le chercher, décida-t-elle.

– J'ai une bien meilleure idée, proposa Jasson. Cette tour est l'endroit le plus sécuritaire qui soit. Que dirais-tu de passer les prochaines heures en amoureux ? Il y a si longtemps que nous n'avons pas dansé corps contre corps, lèvres contre lèvres...

L'insistance des yeux verts du Chevalier eut raison de la maman inquiète.

Dans la tour, Armène grimpa à l'étage supérieur en transportant un plateau chargé de nourriture pour son protégé. Elle fut bien surprise, en arrivant sur le palier, de trouver un gamin en compagnie du jeune prince, puisque le Magicien de Cristal avait scellé la porte de la tour.

— Mais qui est ce petit garçon ? demanda-t-elle en espérant que Lassa ne l'avait pas matérialisé lui-même.

— C'est mon ami Liam, déclara fièrement Lassa.

— Le fils du Chevalier Jasson ?

Le bambin aux boucles brunes hocha affirmativement la tête en reconnaissant le nom de son père. Armène déposa son plateau et les deux enfants affamés accoururent. La servante installa le petit Liam sur un tabouret et lui prépara une assiette sous le regard amusé du Prince de Zénor.

— Mais comment est-il entré ici ? s'inquiéta-t-elle

— J'ai fermé les yeux et j'ai voulu qu'il soit ici, expliqua Lassa en mangeant.

— Tu l'as fait apparaître ?

Lassa opina avec un large sourire. La servante ne put s'empêcher de toucher Liam pour s'assurer qu'il était bien réel.

– Mais ses parents doivent être morts d'inquiétude.

– Non, ils savent, assura Lassa en tendant un morceau de viande à Liam.

Mais comment pouvait-elle élever convenablement un enfant aussi extraordinaire alors qu'elle n'était qu'une simple femme du peuple sans le moindre pouvoir magique ? Kira avait été une petite fille colérique, mais elle ne lui avait jamais posé ce genre de problème avec ses facultés spéciales.

Déconcertée, Armène prit place dans la berceuse pour surveiller les garçons et se promit d'exposer ses inquiétudes au Magicien de Cristal dès son retour.

Bientôt, la cour ne fut plus éclairée que par la lueur des feux de joie. Wellan mangeait du bout des lèvres aux côtés de sa nouvelle épouse. Près de lui, Bridgess, absolument ravissante, ne se comportait plus du tout comme un soldat. Tous ses gestes s'imprégnaient d'une féminité qu'il ne lui connaissait pas, mais qui l'attirait comme les flammes fascinent les papillons de nuit. Elle avalait de petites bouchées et buvait du vin en laissant planer entre eux des regards amoureux qui le faisaient frémir. Autour d'eux, leurs compagnons mangeaient, buvaient et s'amusaient parmi les paysans, mais Wellan ne les voyait pas. Toute son attention se portait sur sa femme rayonnante.

Lorsque Bridgess voulut le faire valser au son des flûtes, des harpes et des tambours, il ne résista pas. Au contraire, il fit de son mieux pour la rendre heureuse. Il possédait de bien grandes connaissances, mais il n'avait jamais vraiment pris le temps de mémoriser tous les pas des danses traditionnelles d'Émeraude. Il se retrouva évidemment à plusieurs reprises dans le sens contraire des participants. En riant, son épouse s'emparait de sa large main et le ramenait dans la file.

— Je pense qu'on devrait inclure la danse dans les cours de l'Ordre, se moqua Jasson en passant près de lui en faisant tourner Sanya.

— Tu crois vraiment qu'on pourrait défaire l'armée d'Amecareth en effectuant des cabrioles autour des hommes-insectes sur les plages d'Enkidiev ? ricana Nogait en le suivant avec une jeune paysanne.

Dépassé par leurs pitreries, Wellan secoua la tête et continua de suivre Bridgess de son mieux parmi les danseurs de plus en plus nombreux. Lorsqu'elle le tira enfin vers leurs sièges décorés de fleurs, il fut tout de même soulagé et accepta une nouvelle coupe de vin.

— Tu te débrouilles fort bien, mon vieux, l'encouragea Falcon. On jurerait que tu as fait ça toute ta vie.

Wanda saisit la main de Falcon et l'entraîna dans la farandole qui commençait à courir autour des remparts comme un long serpent. Ariane voulut saisir le grand chef au passage, mais il l'évita habilement et prit place près de Bridgess en cherchant son souffle. En voyant que tout le village se joignait à la bousculade, les nouveaux époux échangèrent un regard complice et se faufilèrent en douce en direction de l'aile des Chevaliers.

Bridgess referma la porte de la chambre derrière eux. Wellan détacha ses courroies de cuir et se débarrassa de sa cuirasse et de ses armes. Il enleva ses bottes, son pantalon et sa tunique. Les années n'avaient en aucune façon altéré ce corps musclé que Bridgess admirait depuis toujours. Wellan la souleva dans ses bras et la déposa sur le lit qu'ils allaient désormais partager chaque fois qu'ils reviendraient de mission. Avec une infinie patience, il délaça sa belle tenue de noces en la rendant de plus en plus impatiente. Lorsque le fil d'argent tomba finalement sur le plancher, suivit quelques secondes plus tard par la robe, il lui fit passionnément l'amour en s'abandonnant totalement. Puis, leurs sens assouvis, ils attendirent, dans les bras l'un de l'autre, que le palais s'endorme.

56

UN CŒUR BRISÉ

Lorsque les feux commencèrent à s'éteindre dans la grande cour et que Bergeau et sa famille se déclarèrent prêts à partir, Jasson se rendit à la tour du Magicien de Cristal et l'appela par voie de télépathie. Abnar apparut aussitôt devant lui, un petit garçon endormi dans les bras.

– Je pense que c'est cet enfant que vous cherchez, lui dit l'Immortel. Je suis vraiment navré que Lassa l'ait ainsi enlevé.

– Je n'en suis nullement offensé, maître, et je suis certain que Liam a passé une soirée plus intéressante avec lui qu'avec nous.

Jasson récupéra son fils, s'inclina devant le Magicien de Cristal et ramena Liam auprès de sa mère. Déjà assise sur son cheval, entourée des trois Écuyers de son mari, Sanya s'empara avec soulagement du petit corps mou et chaud que Jasson lui tendit et le serra contre elle en l'embrassant.

Content de sa soirée, Jasson grimpa en selle. Derrière lui, Bergeau et sa femme suivaient à cheval, tenant chacun une petite fille endormie contre leur poitrine. Les trois

Écuyers de son frère d'armes venaient ensuite. Il prit donc la tête du convoi et poussa son cheval vers les grandes portes, encore ouvertes malgré l'heure tardive.

Au même moment, Kira et son époux entraient dans le palais. Puisque Sage avait bu, chanté et dansé avec ses amis toute la soirée, sa femme dut l'aider à grimper l'escalier et le maintenir en équilibre pendant qu'elle ouvrait la porte de leurs appartements. Elle réussit à lui enlever sa cuirasse, même s'il tanguait dangereusement, et le poussa finalement sur le lit pour lui enlever ses bottes. « Pas de nuit d'amour pour nous », comprit Kira. Le pauvre guerrier épuisé s'était endormi en posant la tête sur l'oreiller...

Elle se déshabilla en pensant aux événements de la journée, puis s'allongea près de Sage et caressa le visage et les cheveux noirs de son mari. Elle allait se blottir contre lui lorsqu'elle constata que la belle chaîne que lui avait donnée la Reine Olivi d'Argent n'était plus à son cou. Elle l'avait sûrement perdue en dansant dans la cour. Tenant à retrouver ce bijou avant qu'il ne s'enfouisse à tout jamais dans le sable, elle enfila une simple tunique et quitta le palais endormi. Elle sortit sur le porche et sonda la cour. En plus de capter les vibrations particulières de son bijou, elle fut étonnée de ressentir une présence humaine à une heure aussi tardive. Elle s'avança vers le retardataire pour lui demander s'il avait besoin d'aide.

– Santo ? s'étonna-t-elle en reconnaissant son énergie.

Elle ramassa sa chaînette sur le sol et poursuivit sa route jusqu'au dernier feu qui brûlait encore. Assis devant les flammes, le Chevalier guérisseur buvait du vin à même l'urne. Kira capta sa peine. Elle s'assit près de lui.

– Tu trouveras la femme de tes rêves, toi aussi, lui dit-elle pour le consoler.

– Kira, j'ai vraiment besoin d'être seul en ce moment.

– Un Chevalier n'est pas censé laisser un de ses frères dans le désarroi.

– Il n'est pas supposé le harceler non plus. Je t'en prie, laisse-moi.

S'il ne voulait pas de son aide, alors elle devait respecter sa volonté.

– Appelle-moi si tu en as besoin, chuchota-t-elle à son oreille en l'embrassant sur la joue.

Elle lui transmit une vague d'apaisement et retourna vers le palais. Le guérisseur la suivit des yeux. Il ne voulait pas qu'elle passe par l'aile de ses compagnons pour leur signaler son chagrin.

Santo était désormais le seul des Chevaliers plus âgés à ne pas être marié. Il avait passé toute sa vie à soigner les autres en oubliant ses propres désirs. En fait, il ne les avait jamais avoués à qui que ce soit et, ce jour-là, toutes ses chances de trouver le bonheur auprès d'une épouse s'étaient évanouies : la femme de ses rêves venait d'unir sa vie à celle de son meilleur ami. Il avala tout le contenu de l'urne d'un seul trait. Soudain, il entendit les pas feutrés de chevaux sur le sable. Pourtant, tous les invités avaient déjà quitté le château.

Il vit deux cavaliers enveloppés dans des capes sombres passer de l'autre côté du feu et trotter vers les portes qu'une sentinelle gardait ouvertes pour eux. Ses muscles engourdis par l'alcool ne permirent pas à Santo de se lever pour leur souhaiter une bonne route. Il tenta plutôt de les sonder, mais ne réussit qu'à faire résonner ses pouvoirs invisibles dans sa propre tête. La douleur fut si vive qu'il se laissa tomber sur le dos en portant les mains à ses tempes.

Les deux personnages mystérieux étaient nuls autres que les nouveaux époux, Wellan et Bridgess, et ils se fondirent rapidement dans la nuit. Ils avaient quitté le Château d'Émeraude dans le plus grand secret.

57

La Lune de miel

Wellan et Bridgess longèrent la frontière du Royaume d'Émeraude vers le sud et s'arrêtèrent dans des endroits protégés pour dormir à la belle étoile et parler des enfants qu'ils concevraient ensemble. Ils n'atteignirent leur destination que trois jours plus tard. Bridgess écarquilla les yeux en voyant se dessiner au loin les ruines du Château de Zénor baignant dans l'océan.

– C'est ça que tu appelles un endroit romantique ? s'étonna-t-elle.

– De grands rois ont été conçus ici, sourit Wellan.

Ils chevauchèrent loin des villages pour ne pas alarmer inutilement leurs habitants. Bridgess suivit son époux dans la cour du vieux château. L'écurie n'ayant pas été détruite lors de l'attaque des sorciers, cinq cents ans plus tôt, ils y abritèrent les chevaux. Le grand Chevalier remplit les auges d'eau et de fourrage, puis il prit la main de sa jeune femme amoureuse et entra dans la portion encore intacte du palais de pierre.

– Il y a encore des chambres utilisables ici, annonça-t-il en s'aventurant dans un couloir sombre.

Ils mirent le nez dans la première porte et se figèrent de stupeur. Un bon feu brûlait dans l'âtre et le grand lit de bois massif orné de sculptures en forme de poissons était recouvert d'une épaisse couverture. Des chandelles de cire allumées avaient été disposées dans de beaux chandeliers de bronze et des amphores de vin les attendaient sur la commode.

Bridgess lâcha la main de Wellan et s'approcha du lit. Elle toucha les draps, persuadée qu'ils allaient s'effriter à son contact, mais constata plutôt leur douceur. Elle en approcha le nez pour les sentir et ouvrit des yeux étonnés.

– Wellan, ils sont neufs, déclara-t-elle en se tournant vers lui. Mais comment as-tu pu faire préparer cette chambre de noces dans un délai aussi court ?

– Je n'ai rien fait du tout, assura-t-il, en posant ses mains sur ses hanches avec agacement.

– Alors quelqu'un doit habiter ici... ou bien c'est un cadeau d'Abnar, car personne à Émeraude ne connaissait notre destination.

Le grand Chevalier inspecta la pièce avec inquiétude, craignant un piège. Il remarqua la pile de bûches au bord de l'âtre, les fleurs fraîches dans les vases et une longue boîte de verre sur un support métallique près de la fenêtre. Intrigué, il s'en approcha et vit, sous les rayons de la lune, qu'elle contenait une magnifique épée dont la garde en forme de tête de dragon était sertie de rubis. Était-ce une illusion créée par un sorcier ? Il avait souvent lu dans les livres d'histoire qu'il se passait des choses étranges à cet endroit depuis la dernière bataille de Zénor.

Il souleva le couvercle de verre et empoigna la garde de l'épée, curieusement adaptée à sa large main. Il souleva l'arme et traduisit mentalement les lettres anciennes gravées dans l'acier brillant. *Dylan*... Bouleversé par sa découverte, il recula en chancelant pour finalement s'effondrer au pied du lit, l'arme soudée à sa paume.

– Wellan ! s'écria Bridgess en se précipitant à ses côtés.

Elle prit son visage soudainement très pâle dans ses mains.

– Dis-moi ce que tu as ! Cette épée contenait-elle un mauvais sort ?

Il remua les lèvres sans pouvoir émettre un seul son et ses yeux bleus se remplirent de larmes. Bridgess décida de mener sa propre enquête. Elle lui arracha l'arme de la main et l'examina rapidement en utilisant d'abord ses facultés magiques. Rien. Elle aperçut ensuite les lettres sur la lame et n'eut aucun mal à lire l'inscription.

– Dylan ? Est-ce le nom d'une personne ? Est-ce quelqu'un que tu connais ?

Wellan étant toujours incapable de parler, Bridgess appliqua ses mains sur sa gorge et lui transmit un baume d'apaisement. Le grand Chevalier ferma les yeux avec soulagement et tout son corps se détendit.

– C'est le nom que les dieux ont donné à mon fils..., articula-t-il enfin.

– Cette épée appartient à un Immortel ?

– C'est un cadeau de sa part, ainsi que toute cette chambre..., fit-il en ouvrant les yeux.

Bridgess examina la pièce en évaluant la possibilité que ce confort leur soit offert par un Immortel.

– Il n'a que quatre ans et il a réussi à créer tout cela..., murmura le grand Chevalier, impressionné.

– Quatre ans selon nos calculs mortels, mais probablement que dans leur monde, le temps se compte différemment, supposa-t-elle en caressant son visage.

Elle replaça l'arme dans sa boîte, aida Wellan à se relever et le fit asseoir sur le lit. Il continua de fixer l'épée pendant que sa nouvelle épouse lui enlevait ses bottes.

– J'ose à peine imaginer ce qu'il sera capable de faire lorsqu'il sera adulte, soupira-t-il.

– Il sera très puissant, admit-elle, mais pour l'instant, je le remercie pour ses présents, parce que ce sera beaucoup plus confortable que de dormir sur le plancher de pierre.

Wellan n'arrivait pas à le croire. Pas plus vieux que Lassa, Dylan pouvait déjà matérialiser tous ces objets. L'avait-il fait avec la permission de sa mère ou avait-il dû s'échapper pour donner ces cadeaux de noces à son père ? Bridgess interrompit le cours de ses pensées en le poussant sur le dos et en grimpant sur sa poitrine.

– Espérons que ton fils est assez puissant pour que le lit tienne jusqu'au matin, plaisanta-t-elle, ce qui fit apparaître l'ombre d'un sourire sur les lèvres de son mari.

Les caresses de Bridgess eurent finalement raison de la tristesse de Wellan. Il cessa de penser aux Immortels, aux maîtres magiciens et à toutes leurs intrigues pour se fondre totalement en elle. Heureusement, le mobilier ne disparut pas pendant la nuit.

Avec l'aide de son épouse, Wellan parvint à oublier qu'il était un Chevalier d'Émeraude et profita de ces quelques jours de liberté et d'amour. Il marcha pendant de longues heures sur la plage en tenant Bridgess par la main, se baigna dans la mer avec elle, mangea les repas qu'elle prépara pour lui et, la nuit, assis sur le balcon à demi démoli, lui pointa les étoiles qu'il connaissait. C'était la première fois de sa vie qu'il pouvait se permettre d'être un homme comme tous les autres. Il envia pendant quelques instants ceux qui ne se souciaient pas constamment de la sécurité de leur pays.

La dernière journée de leur lune de miel, tandis que Bridgess rassemblait leurs affaires, Wellan retira la belle épée de la boîte de verre. Sa légèreté le surprit et sa solidité également. En l'examinant de plus près, il constata qu'elle avait été forgée par les Elfes qui vivaient de l'autre côté de l'océan, à l'époque où ils représentaient encore une terrible force guerrière.

Il la mania élégamment avec ses deux mains en la comparant à son épée d'Émeraude. Son poids lui accorderait décidément une plus grande rapidité et il prit la décision d'en faire sa nouvelle arme principale. Assise sur le lit, Bridgess le contemplait avec adoration : elle avait vraiment épousé un héros.

58

une montagne de cadeaux

Les nouveaux mariés rentrèrent au Royaume d'Émeraude sans se hâter, regrettant déjà leur intimité des derniers jours. Dès qu'ils eurent franchi le pont-levis et pénétré dans la cour, Dempsey vint à leur rencontre. Wellan ressentit son inquiétude. Les choses s'étaient-elles envenimées en son absence ?

– Que se passe-t-il, mon frère ? demanda Wellan en mettant pied à terre.

– Nous avons besoin de toi, le pressa Dempsey en serrant ses bras à la façon des Chevaliers.

– L'ennemi a-t-il frappé quelque part ? s'inquiéta Bridgess.

– Non, enfin, pas que je sache, assura le Chevalier blond en étreignant la jeune femme. Il s'agit plutôt d'un problème domestique. Vous avez reçu un nombre incroyable de cadeaux de noces de tous les coins d'Enkidiev, et nous ne savons plus qu'en faire. Nous les avons entassés dans une salle du palais que le roi vous a allouée, sauf les chevaux, évidemment, et nous...

– Des cadeaux ? répéta le grand Chevalier, incrédule. Mais comment les autres royaumes ont-ils su que je me mariais ? L'un de vous a-t-il envoyé des messagers ?

– C'est justement là le mystère, Wellan, avoua Dempsey. Nous avons fait les calculs. Étant donné le pays d'origine d'où proviennent certains de ces présents et pour qu'ils soient arrivés ici hier et avant-hier, il a fallu qu'on les envoie avant même que vous décidiez de vous marier.

– Dylan..., comprit le grand Chevalier.

– Qui est-ce ? voulut savoir Dempsey.

– C'est un nouveau venu dans le monde des Immortels, répondit Bridgess, et, de surcroît, le fils de lumière de notre grand chef.

Se rappelant que Wellan leur avait parlé de lui au Royaume de Cristal, Dempsey ne le questionna pas davantage. Il prit les deux chevaux par la bride et laissa les nouveaux époux entrer dans le palais. Un serviteur conduisit aussitôt le couple à la grande salle d'audience temporairement convertie en coffre aux trésors. Wellan et Bridgess s'arrêtèrent à la porte, étonnés de voir autant de richesses amassées en un seul endroit. Les longues tables adossées aux murs débordaient de présents. Quant aux malles précieuses, elles reposaient sur le sol.

– Mais qu'allons-nous faire de tout cela ? se découragea le grand Chevalier.

– Je crois que le mieux serait d'en faire d'abord l'inventaire, répondit sa jeune épouse en se ressaisissant. Ensuite, nous choisirons ce que nous voulons garder et nous donnerons le reste.

– Un Chevalier n'est pas supposé posséder autant de choses.

– Un Chevalier n'est pas supposé s'élever en chef de tous ses frères non plus, Wellan d'Émeraude, et cela ne t'a jamais empêché de le faire. Alors, remercie les dieux pour toutes les bénédictions dont ils nous comblent. Je suis certaine que nous ferons bon usage des présents que nous conserverons et que nous ferons plaisir à ceux qui hériteront du reste.

Tandis que Wellan continuait de scruter d'un air complètement dépassé ces montagnes de trésors, Bridgess pénétra dans la salle et commença à examiner ses cadeaux de noces de plus près. Il y avait de belles armes, des vases, des bijoux, des tissus de valeur, des coffres de bois précieux, des huiles odorantes, des fruits exotiques qu'il leur faudrait bientôt consommer au risque de les voir pourrir, des statues, de l'encens, et elle ne pouvait même pas voir les objets qui se trouvaient au fond des tables. Heureusement, ils portaient tous de petits morceaux de papyrus identifiant leur provenance. Il lui serait donc facile d'adresser des remerciements à leurs bienfaiteurs.

Les yeux de Wellan s'arrêtèrent sur une magnifique statuette de la déesse de Rubis sculptée dans une pierre polie d'un rouge très vif. Il s'en approcha et apprit que c'était sa mère, la Reine Mira, qui la lui offrait. Un sourire moqueur se dessina alors sur ses lèvres. Devait-il lui écrire pour lui annoncer qu'elle avait déjà un petit-fils parmi les Immortels ?

59

Le chef des lézards

Kasserr, le chef des lézards, laissa le reste de la flotte regagner son île, même si elle rentrait les mains vides, et décida d'aller demander lui-même à l'Empereur Amecareth pourquoi il les avait dépêchés chez les humains en sachant qu'un de ses sorciers les protégeait. Avait-il agi ainsi pour se débarrasser définitivement de sa race ? Beaucoup de mâles avaient péri sous l'épée des hommes vêtus de vert. Il ne pouvait se permettre d'en perdre plus.

En approchant d'Irianeth, il vit les terribles dragons noirs déambulant sur les plages de roc. C'était des bêtes dénuées de raison qui ne pensaient qu'à tuer pour se nourrir. Contrairement à ces reptiles primitifs, les lézards avaient développé leur intelligence et appris à se servir d'outils qu'ils fabriquaient eux-mêmes. Ils utilisaient aussi un langage pour échanger toutes sortes d'informations, et pas seulement pour signaler la présence d'une proie ou d'un danger.

Kasserr était furieux contre l'empereur, mais rien sur son corps recouvert de fines écailles verdâtres ne le laissait paraître. Leur peau ne possédait pas l'élasticité de celle des humains dont le visage prenait des expressions différentes.

Seuls ceux de son clan pouvaient reconnaître ses humeurs à l'éclat de ses yeux sombres. Debout à la proue du bateau, il détaillait le paysage rocailleux du continent. Amecareth n'avait pas envoyé d'insectes pour coloniser l'île des lézards. Il avait plutôt exigé que ses habitants lui fournissent le minerai que contenaient leurs montagnes. Il s'agissait d'un compromis acceptable pour le peuple fier et indépendant des lézards. Puis les femelles et les petits avaient commencé à mourir. Kasserr suspectait que les insectes étaient responsables de ce terrible fléau, mais sans preuve, il ne pouvait exiger un redressement de la situation de la part d'Amecareth.

Le capitaine accosta le long d'une jetée de pierre d'où on pouvait apercevoir l'immense montagne noire qui ressemblait à une ruche. Kasserr ordonna à ses compagnons de reprendre la mer sans lui s'il n'était pas revenu au coucher du soleil. Puis, il sauta sur le quai. Il se rendit jusqu'à l'antre des insectes en humant l'air pour s'assurer que les dragons ne s'approchaient pas. Même s'ils préféraient se nourrir de la chair des mammifères à sang chaud, ils mangeaient n'importe quoi lorsqu'ils avaient faim.

Kasserr arriva à l'entrée principale de la ruche où il fut immédiatement arrêté par les soldats, des insectes plus gros et plus luisants que les autres. Il savait qu'ils communiquaient entre eux avec leurs esprits. Bientôt, l'empereur apprendrait qu'il était là. Avec patience, il attendit sa réaction, appuyé sur sa longue queue, ses yeux noirs enregistrant tout ce qui l'entourait. Un des soldats-insectes émit des cliquetis et des sifflements aigus et Kasserr comprit qu'il devait avancer.

Il fut conduit dans une curieuse alcôve ronde. On lui fit signe de se prosterner devant l'insecte géant qui devait être le conquérant de son peuple. C'était la première fois qu'il le voyait, car Amecareth envoyait toujours des émissaires et des gouverneurs sur les terres qu'il dévastait. Cependant, son apparence n'impressionna nullement l'homme-lézard. Kasserr cessa de s'appuyer sur sa queue et retomba sur ses quatre pattes, sans pour autant quitter des yeux les mains griffues couvertes de bagues de l'empereur.

De son côté, Amecareth savait déjà, grâce à ses conseillers, qu'il s'agissait du chef des reptiles, choisi par les siens parce qu'il était le plus fort et le plus fertile. Il remarqua aussi les traces de griffes et de morsures fraîches sur son dos.

– Pourquoi es-tu ici ? lui reprocha l'empereur en se servant du langage des reptiles. Je vous avais ordonné de raser le continent des humains.

– Si c'est ce que vous désiriez, seigneur, pourquoi avoir donné aux humains une femelle sorcier pour les protéger ?

– Il n'existe pas de sorciers qui soient des femmes et...

Amecareth s'arrêta au milieu de sa phrase. « À moins qu'il s'agisse de ma fille ! » devina-t-il. Narvath avait-elle appris à se servir de ses immenses pouvoirs même en grandissant loin du seul être capable de lui enseigner à les maîtriser ?

– Parle-moi d'elle, insista l'empereur.

– Elle ressemble aux humains, mais elle est d'une couleur différente, et ses griffes pénètrent même la peau de ceux de ma race. Elle ne connaît pas la peur et elle se bat comme un véritable guerrier. Je l'ai vue pulvériser tous mes soldats d'un seul coup avec la lumière des sorciers.

– Narvath..., ronronna Amecareth avec fierté.

Mais les lézards avaient échoué et le porteur de lumière respirait toujours. Il lui faudrait donc concevoir une stratégie différente ou attendre le retour d'Asbeth, parti depuis longtemps. Il ne savait pas où il se trouvait ni pourquoi il ne répondait pas à ses appels. Peut-être avait-il péri aux mains des Chevaliers.

— Retourne dans ton île, je n'ai plus besoin de toi, ordonna l'empereur en relevant la tête d'une façon menaçante.

— Acceptez d'abord ce présent. Je suis certain qu'il vous sera utile.

Kasserr lui tendit le morceau de papier qui s'était logé dans ses griffes après la bataille sur la plage et Amecareth le déplia avec soin. Il mit un moment à comprendre ce qu'il voyait. *Enkidiev*... Il ne pouvait pas lire les mots qui apparaissaient sur le plan, mais les divisions entre les divers royaumes étaient très claires et les petits dessins de châteaux représentaient des cibles particulièrement tentantes.

— Il me sera très utile, en effet, murmura Amecareth en chassant le lézard d'un geste de la main.

— Mon peuple a subi de grandes pertes dans cet affrontement avec les humains.

— Il sera dédommagé.

— Il ne me reste plus suffisamment d'hommes pour attaquer leurs villages.

— J'ai d'autres recours.

Sans plus se préoccuper de lui, Amecareth promenait sa griffe effilée sur les frontières des royaumes d'Enkidiev en se demandant lequel abritait sa fille.

BIENTÔT

Les Chevaliers d'Émeraude

TOME V
L'île des Lézards

Wellan sentit en même temps que ses compagnons la proximité du premier village, celui où Curtis et Hettrick devaient secourir les femmes, mais les branches continuaient de se casser sous leurs pieds. Soudain, de petits oiseaux, qui dormaient sur le sol, s'envolèrent en poussant des cris de panique. Wellan ressentit aussitôt l'approche des hommes-lézards. S'agissait-il de sentinelles ou d'individus qui habitaient près de la forêt ?

Les Chevaliers empoignèrent tous leurs épées et formèrent un cercle, dos à dos. Ils attendirent l'ennemi en silence, comme ils avaient été entraînés à le faire. « Ce n'est pas ainsi que les choses devaient se passer », grommela intérieurement Wellan qui ne voulait pas verser de sang.

Ils entendirent d'abord des grondements sourds, puis des craquements de branches. Wellan balaya la forêt de ses sens pour établir le nombre d'adversaires auxquels ils feraient bientôt face. *Il y a en une trentaine*, fit silencieusement Jasson près de lui, les doigts serrés sur la garde de son épée. *On peut facilement les vaincre*, assura Bergeau. « Sauf s'ils ont sonné l'alerte », pensa leur grand chef avec découragement. Et Abnar ne pouvait pas intervenir.

Kira évalua aussi leur situation et, curieusement, elle entrevit une brèche devant elle. Pourquoi les reptiles, qui formaient un cercle autour d'eux, leur laissaient-ils une telle ouverture ? Elle se rappela l'enseignement du fantôme d'Hadrian : la meilleure façon de vaincre un ennemi consistait à semer la confusion dans ses rangs. Elle savait que Wellan ne serait pas d'accord avec son plan, puisqu'il avait un esprit militaire plus moderne, mais elle n'allait certainement pas assister au massacre de ses frères sans rien tenter. Tandis que les silhouettes des hommes-lézards commençaient à apparaître dans le brouillard, elle fonça dans l'ouverture qu'ils négligeaient de surveiller.

– Kira ! s'écria Wellan qui la sentit tomber dans le vide.

Le cri du grand Chevalier provoqua aussitôt la colère de l'ennemi, qui comprit qu'il avait affaire à des humains. Wellan appela le Magicien de Cristal à leur secours à l'aide de son esprit. Si l'Immortel n'avait pas reçu des dieux la permission de se battre à leurs côtés, il pouvait certainement dissiper cette brume qui empêchait les Chevaliers de voir leurs adversaires. Ils auraient pu, bien sûr, utiliser leurs sens magiques pour se battre dans la noirceur la plus totale, mais ils étaient plus efficaces avec leurs yeux. En réponse à sa prière, le brouillard s'éleva vers le ciel et les rayons de la lune éclairèrent subitement la forêt. Les reptiles se rapprochaient, leurs glaives primitifs à la main.

En brisant les rangs, Kira s'était élancée entre les arbres sans vraiment savoir où elle allait, voulant surtout forcer certains des hommes-lézards à la suivre. Elle ne fit pas trois pas que le sol céda sous elle. Elle roula sans pouvoir s'arrêter jusqu'au pied de la pente raide. Voilà pourquoi l'ennemi avait laissé cet espace ouvert : il était impossible d'y prendre pied. Assommée, la jeune femme mauve secoua la tête. Ses frères se trouvaient là-haut et ils avaient besoin d'aide. Utilisant ses griffes, elle entreprit d'escalader le mur de racines et de terre friable. C'est alors qu'elle mit la main sur un objet froid et métallique et étouffa un cri de surprise. Le Magicien de Cristal se matérialisa devant elle en la faisant sursauter.

– Besoin d'un coup de main ? demanda Abnar, flottant entre le ciel et la terre.

– Qu'est-ce qui vous fait penser que je suis en difficulté ? s'insulta Kira qui s'accrochait tant bien que mal aux racines.

L'Immortel fit apparaître une lumière qui sembla sortir de son propre corps, illuminant le ravin où Kira avait plongé. Elle constata, étonnée, que l'objet de métal qu'elle avait touché était la garde d'une épée enfoncée dans la terre. Elle l'empoigna d'une main et la tira de toutes ses forces, au risque de se rompre le cou en retombant dans le vide. Le Magicien de Cristal tendit les bras et la princesse sentit une puissance invisible la saisir par la taille et la soulever dans les airs.

Dans la forêt, les reptiles continuaient de resserrer le piège sur les Chevaliers qui les observaient sans bouger, l'épée en position défensive.

– Attendez qu'ils soient à la portée de vos lames, ordonna Wellan à ses soldats.

– Il ne va pas être facile de leur trancher la queue avec tous ces arbres qui nous empêchent de manœuvrer, maugréa Bergeau.

Les Chevaliers allaient s'élancer sur l'ennemi lorsque Kira s'éleva au-dessus des arbres comme une apparition divine. Les reptiles reculèrent en poussant de curieux gémissements, confondus par cette curieuse vision. Wellan risqua un œil derrière lui et aperçut sa sœur d'armes qui se tenait sur un nuage qui n'avait rien de naturel. Sa peau et ses cheveux étaient aussi verts que les écailles des reptiles. Elle brandissait une épée à la lame déchiquetée telle une rangée de dents acérées.

– Le grand lézard ? ricana Jasson près de son chef.

Pour ajouter à la confusion de leurs adversaires, Abnar apparut au centre du cercle formé par les Chevaliers, sa tunique blanche parcourue d'éclairs brillants. Les soldats humains furent soulagés de le voir se joindre à eux, mais ils demeurèrent tout de même prêts à se défendre. Sidérés, les hommes-lézards laissèrent tomber leurs glaives et se jetèrent face contre terre. Kira descendit lentement entre les humains et les reptiles et planta l'épée magique dans le sol.

– Au fil des siècles, les prophéties finissent par perdre leur clarté, murmura Nogait en faisant même sourire le Magicien de Cristal.

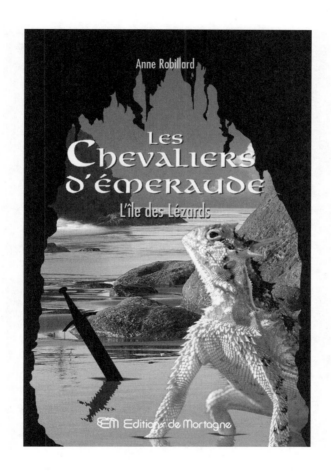

Visiter le site des Chevaliers d'Émeraude

www.chevaliersdemeraude.com